JN046220

# ぼくは君がなつかしい

ほろほろ落花生全集

目次

巻頭詩

# きれいな断面

世界を初めてみる
あなたのことを思うたびに
こころが痛むよ

どうしてこころが痛むのかって?

オンブレ

お前をどうしようか
見せたくないものが多すぎる

生命的な記憶起源をさぐってもせんかたないし
宇宙酒場でアンチナタルエンジン始動して
言っておく

ちなみに
よい飲み物があるときは
きれいな断面を置いておくといいんだよ

そもそも最初に
当たり前のコトをきちんと断っておくけれど
君は生まれてこない方がよかった

自分の生存を祝福しなくてもよい
呪わなくてもよい

当たり前の話だが
君の生存をこころよく思っている人なんて
この世界にひとりもいない
星についても
空についても考えなくていい

そういうところで過剰な労力をつかわないように

ソコントコロで

変な錯覚を起こさないように

君の前に
「世界は美しい」と恫喝する人間が現れたなら
脅迫者をしっかりと軽蔑しなさい

あるいはまた
自らが捏造した「人生の目的」を注入しようとする連中は
殺してもかまわない
そういう連中ってのは
自らを継続させる術(すべ)にのみ長ずるそういう連中ってのは

まだ言わせるのかい？

オンブレ

疲れてるんだよ
ほんとに

そういうゲス共は勝手に這いずりまわって
墓穴の中に自滅していくだけなんだから
ほおっておけばいい

人間は殺してるな

そのへんのカラクリを生存本能だとかナントカで
くっちゃくちゃに言い訳できてしまうのであるし

芸術で目くらましをしようにも
君はそんな馬鹿馬鹿しい甘言ではもうたぶらかされないんだから

単純に
ソンナモンで君の怒りも喜びもしずまるわけがない

オンブレ

昨日サークルKで
MEGAフランクを頼んだんだけれど
ケチャップとマスタードのディスペンパックが入ってなかったから
取りに戻ったよ
気弱そうな高校生が無言で渡してよこしたから
一時間叱り飛ばした
あのときの俺はあいつを殺そうと思ってたな

さて古来
様々の人間たちが様々に
ストーリーをひり出して
この世界の残酷さと
なんらかの補填を説明しようとしてきた

それで?

鳥が鳴こうが
太陽がどうこうしようが
君の実在にとってはなんも関係がない

人間の生殖と茶番は延々と続くんだろうし
君はそれをながめることしかできない

鉱石になることもできない

今日もまた
生きていきましょうのオハナシがうみだされて
消費されていく

世界を初めてみる
あなたのことを思うたびに
こころが痛むよ

オンブレ

なあオンブレ
どうしてお前はそこにいるんだ？
さっきから消えてほしいと思ってるんだよ

序文

# ほろほろと生まれ変わる

高橋文樹

文章を読むことは、書き手の魂に触れることだ。あなたがこれまでにまともな読書をしてきたのなら、覚えがあるだろう。単なる気晴らしとも言い切れないような感覚。一度も会ったことのない書き手の心奥に触れたような手応え。そう、あなたはこれから、ほろほろ落花生というざらついた魂の、そして、よりによってそのすべてに触れようとしているのだ。

ほろほろ落花生は一九七九年生まれ、福井県出身の詩人・作家である。ペンネームの由来は落花生の性質による。その名の通り、落花生は花が地面に落ちると、そこから種子が根を伸ばし、新しい命として生まれ変わる。「落花生」という植物の名にその花が落ちる様（さま）を表現する擬態語「ほろほろ」をつけてできあがったものが、この風変わりな筆名だ。

本書が「全集」であるために故人であると思われる読者もいるかもしれない。ほろほろ落花生は存命中で、本書刊行時点では福井県福井市で生活している。詳しくは本書所収の年表に譲るが、東京大学合格を機に福井県から上京し、太宰治や大江健三郎といった錚々（そうそう）たる文学者を輩出した仏文科を卒業した。その後、新日本製鐵に就職したが、遁走して職を辞した。就職氷河期世代として、日本の正規雇用ルートから転落し、さまざまな職を転々としながら東京にしばらく住んだが、やがて福井へと帰った。家庭は持たず、もちろん、こどもはいない。こども部屋おじさんであり、ロスジェネであり、弱者男性であり、反出生主義者である。こうして記号的にまとめると、負のステッカーをベタベタと貼り付けられた裏路地のような人生だ。しかし、作家はその人生の大半を通じて、文章を紡いだ。それは詩や、小説や、散文や、書簡などである。それらのうち、本書には残すべきと判断された文章がすべて収められている。ほろほろ落花生が彼自身として生きた――生きざるを得なかった――人生のすべてが書かれているという意味において、本書は全集である。

＊

本書は基本的に編年体の構成となっている。ほろほろ落花生の人生を四つのフェーズに分け、それぞれ章題をつけた。各作品の書かれた年代はカラムに記してある。

作家に近しい人物名・地名などは実際のものと異なるよう微妙な改変を施してある。ただし、作家・研究者・大学・施設など、公的な事物に関する表記はそのままとした。

**東大仏文時代**

名だたる文豪を輩出した、文学的アウラの満ちた場における筆耕の時代である。残した作品の数は多くないが、卒論として提出されたアンドレ・ジッド論、および作家の人生に大きな影響を与えた事件を題材にした短編小説「ぱるんちょ祭り」の二篇を収録した。この「ぱるんちょ」という言葉にはなんの意味もないが、作家の人生においてその語感だけで切実な言葉であり続ける。

**東京でストラグル(もがく)**

大学卒業後から東京で生活した時代に残した作品をまとめた。文芸団体破滅派における活動では、諧謔に満ちた実験的な作風の掌編を多く残した。破綻の予感に満ちた逆説的な明るさがこの時期の作品に共通している。作品の描かれたコンテクストを理解すると、そのおかしみはいやますだろう。

**福井永蟄居（えいちっきょ）**

福井に帰ってからの受難時代だ。「永蟄居」とは江戸時代にあった刑罰で、一生自宅からの外出を禁ずる謹慎刑である。実家暮らしは作家にとって刑罰に等しく、憤怒と怨嗟、そして友情への強い憧憬に満ちた力強い創作が見られる。作家の創作自認（クリエイティブ・アイデンティティ）は詩人であるが、その本然の発露は大詩編「ぱるんちょ巡礼記」に見られる。

**反出生主義（アンチ・ナタリズム）**

福井時代後期とも呼ぶべき二〇一〇年代後半に書かれた作品をまとめた。作家は二〇一〇年代初頭からデイヴィッド・ベネターらが提唱した反出生主義に傾倒し、思索を先鋭化させていた。本邦でベネターが紹介されるよりも前だったので、その関心は先駆的だったと言えるだろう。「すべての人間はそもそも生まれない方が良かった」という破滅的な思想に傾倒した作家は、その創作手法を大きく変え、告発文・箴言集（アフォリズム）・インタビューといった、これまでにない文体（スタイル）を採用している。詩人が形式主義（フォルマリズム）をその武器として選んだ時期と言えるだろう。

また、本書には幼少期の文書や書簡、年表なども付録として収録している。作家のテキストを読む上での補助線となるだろうし、また、それ自体が作品として成立しうる内容だ。対人関係における激しさ。流れ星のように煌めく詩情。友愛を求める囁き。日常的な文章にも作家の特性を垣間見ることができる。

*

ほろほろ落花生は誰もが知る商業媒体でその作品を発表していた作家ではない。しかし、その事実は作家の才能を裏切らない。編者がほろほろ落花生と出会ったのは、大学時代のことである。このような天才がいるのかと驚いた。それから二十年以上が過ぎた。そのあいだ、誰も作家の本を出さなかった。編者はそのことに改めて驚いた。作家のテキストは、書籍の形でまとめられ、残されるべきものだった。誰もしないなら私しかいない——それが本書を編もうと思った契機である。誰かの書いた文章が本にまとめられるまで二十年以上が経った。言ってしまえばその程度のことだ。

編者はほろほろ落花生の人生をよく見てきた人間である。それゆえに、彼からすべての原稿を託されたときに「足りない」と感じた。そこには書かれるべきことが少なくとも二つ足りなかった。私たちはそのことについて議論し、ときには衝突した。作家にとって、それらの体験はあまりにも重く、文章として残すほど客体化できていなかった。結果として、書かれるべき二つの逸話について、編者自身が文章を記すことになった。一つは、氷河期世代として辛酸を舐め、忘れ去られようとしている時代的精神（ツァイト・ガイスト）としてのほろほろ落花生について。そして、もう一つは青年期の始まりに受けた性被害による深刻な傷を二十年も痛み続けたことについて。それら二篇のノンフィクションが収められたことで、編者は本書に「編集」という職域を超えた関わりを持つことになった。編者は本書を「私たちの本」と呼びたい気さえする。

*

この本の読者が、考えさせられたり、感動したり、新たな学びを得たとする。本来であればそれは読書の醍醐味だ。だが、編者は本書の読者——それはつまりあなたなのだが——に、それだけで満足してほしくはない。できることなら、私はあなたが決定的に変わってしまうことを期待している。あなたの心が壊れ、ほろほろと崩れ落ち、また生まれ変わることを。

二〇二三年十二月

# 東大仏文時代

1998 - 2003

# ぱるんちょ祭り

## 解題

ほろほろ落花生が大学時代に残した、原点ともいえる作品である。後年に〝決別〟することになる村上春樹の影響が色濃く、知人を戯画化した人物が登場する。もちろん、編者もその例外ではない。

実のところ実体験をベースにしたこの作品は、ほろほろ落花生の人生に大きな影響を与えた事件を仄めかしており、本書収録の「コール・ミー」でその裏側を知ることができる。

アニメ『新世紀エヴァンゲリオン』や『メトロイド』などのビデオゲームをはじめ、九〇年代ポップ・カルチャーへの言及が二〇〇二年という時代をよく物語っている。また、当時はまだ存在しなかった「破滅派」への言及も作中で行われている。

## 手をなくした日、間違い電話の夜

両親が共働きだったぼくは、遅くまで園児を預かってくれる保育園で幼児期を過ごした。表面に膜の張った生ぬるい粉ミルクを飲んだ後はお昼寝の時間だった。ぼくは共同の押し入れの中から毛布を取り出し、必ず金子さおりという女の子の隣に敷く。それが儀式でもあるかのように、神妙に。みなが寝静まった後、毛布越しに手をさし入れ、彼女の体をまさぐる。腋(わき)をなぞり、乳首をつまみ、硬くよじる。彼女は微動だにしない。寝息さえたてず、なにもかもが静止しているようなくらやみにひとりあお向けになっていた。彼女の目は開いていた。その目が何をうつしているのか、分からなかった。ぼくがくるまっている毛布は手がかじかんでしまうくらいに冷たいのに、彼女の側、彼女の領域、彼女の毛布は不思議にあたたかかった。腹をなで、その下まで手を伸ばす。その先の何に触れていいのか、とまどい、手は萎縮する。でも彼女には分かっていた。なにが必要なことだったかを。だから彼女は、ぼくの手をつかんで、それを**あの場所**に導いたのだ。ぼくの手が何に触れればよいか、彼女には分かっていたから。ぼくは自分の手が何に触れたらいいか、あの時分かっていたのだ。それは手触りの感覚とでもいうべきものであったのかもしれない。何かを掴んでいるという感触。その感触の重みをぼくは後光のように身に宿しており、その領域の中のぬくみがぼくを眠らせてくれた……。ほの暗くあたたかい場所では、なにもかもをゆだねて眠ることができた……。

小学五年生の冬の或る日、走ることだけは誰にも負けなかったぼくは百メートル走で犬野鋼兵に負けた。イチバンがもらえる白い鉛筆ではなく、ニバンがもらう赤い鉛筆を握り締めたまま、ひとりで泣いた。ギャラリーにいたはずの金子さおりがもうそこにいなかった。その時、ほのあたたかく光るぼくの後光は消失した。負けたことがきっかけでもない、そういう時期が来てしまったということをぼくは了解した。ぼくはもう自分の手が失われたことを了解していた。ぼくはそれが何を触れるための手なのかを知らなかった。ぼくの手を導いてくれる手は、なかった。

そこから記憶が途絶する。ぼくは大学一年生で、六月だった。夜。葉ずれの音が聞こえて、それが遠い獣(けだもの)の残響のようにかすかに残っていた。葉ずれの静かな韻律が呼び声のようにぼくの中の何かを呼び覚まし、それが何なのか分からないまま横たわっていた。閉じた目蓋が薄く灯された豆球のかぼそい明かりに透かされ、淡く血の香を感じる夜。いまでもまぼろしのようにとりとめのない夜。一切があたたかく溶け込んでオレンジ色の幻燈のように輪郭がぼやけて明滅する夜。

電話が鳴った。間違い電話だった。

**その次にあるボーナスステージ、殺すもののダメージ、固定されたマザーブレイン**

朝。枕の脇に常備してあるドグマチール5㎎錠とソラナックス0．4㎎錠をふたつぶずつひっつかんでゆっくりとかみくだく。落雁のような無機的な味が口腔を満たし、目を覚ます。PCG-XR1の電源を入れ、立ち上がるまで、高校生の頃手づから彫琢した杉の一木造りの男根像、そのしぼみきった亀頭のゆるい稜線をぼんやりと見ながら「わかば」で一服。REWを起動する。ROMは自らが吸いだしたので合法性は担保されている。『PC原人2』を昼食までの時間に充(あ)てる。ぼくは『PC原人2』を三年間、一日三時間この時間に欠かさずにやってきた。生きながらえるための厳粛な努力として。

失われた世界の色彩を、その手触りの感覚を、新しく教えてくれたのはこのゲームなのかもしれない。このゲームをやるたびに、ぼくは金子さおりがくらやみにむかって見開いていた目があの時うつしていたものにかすかに近づけるような気がする。

各々のステージでとれるニコちゃんマーク、そうぼくが呼んでいる黄色い笑顔をしたマーク、ステージの終わりに取った計数により異なるボーナスステージに行くことができるマーク、その最高のステージはニコちゃんマーク50個で行くことができるマーク、50個以上とると余った分の数は一個二万点として加算されるマーク、の数をぼくは三年かけて限界まで調べ上げた。ステージ1では88個とることができる。三年目、88個全てをとり終えてももう次の段階のボーナスステージに行くことはできなかった。ぼくは終生**あの場所**へ行くことができない。

昼食を食べ、夕食まで同じくREWで『メトロイド』に充てる。三時間は、リドリーを殺すことに使い、残りの三時間はマザーブレインを殺すことに使う。オートセーブ機能を使い、三時間の間に五百回ほど殺す。リドリーはミサイル、波動ビームで殺すより、スクリューアタックで殺す方がよい。スクリューアタックの真っ只中、サムスは虹色に発光し、ありとある力を顕現しつつリドリーのふところに飛び込んでいく。スクリューアタックに身を灼(や)かれたリドリーは切なげなうめきを漏らし、遂に破砕する。(なぜクレイドではなくリドリーを使うかといえば、この切なげなうめきを聞ける黄金の時間がクレイドより長いからだ)

　これをやるにはダメージを受けることを覚悟しなければならない。サムスのスクリューアタックは飛び道具ではなく、己が肉を武器として敵を殺すためのものだから。リドリーにあらん限りの悲鳴をあげさせて完全に畜殺するには、殺す側もダメージを覚悟しなければならない。己が肉をもって殺す者のみが真実に殺すことができる。そうして、殺すものから受けるダメージに耐えうる力が無い者は殺される。それがルールだ。

　マザーブレインは密着し一度ミサイルで破砕した後、灰色に化す前に五本目のゼーベタイトの手前まで戻ると(この時間の制限がシビアだが)消尽することなく灰色のままで固定される。ぼくはこの灰色に固定されたマザーブレインを見つめながら「わかば」をもう一本ゆっくりと吸う。凍(こお)れる音楽という言葉を思い出す。この静止したままの時の中、一切が灰に帰した音楽の中、何も求めようとしなければ、何にあらがおうともしなければ、もっと楽になれるのかもしれない……。

　夕食を終え、『葉桜と魔笛』を読む。この五年間、ぼくは『葉桜と魔笛』しか読まなかった。

　もう『PC原人2』と『メトロイド』をやることはない。

　サイレース20mg3錠飲み、眠る。

BGM: "THE BEAST THAT SHOUTED LOVE AT THE HEART OF THE WORLD"

### 二度目の間違い電話、白い鉛筆で書かれるもの

「花藤君ですか?」

「はい。花藤です」

「昨日間違い電話かけた者ですけど」

同じ時間に電話が鳴った。昨日、間違い電話をかけてきた娘だった。ぼくたちは話をした。ただ、なんとなく。二度目の間違い電話は間違いじゃないのだから。その女の子は亜津佐(あづさ)と名のった。

「花藤君て、痛がってるネ。私には分かるんだ。どれく

らい人が痛がってるか」
「亜津佐は、痛がりなの？」
「痛がってる。イチバン痛がってる。花藤君も私とおなじくらいイチバン痛がってる」
「イチバンの人は白い鉛筆がもらえるんだよ。ご褒美に」
「その白い鉛筆で花藤君は何を書くつもりなの？」

**スーパーカップのうんこう、贖いのにおい**

ぼくは住んでいる下宿近く、白山教会の日曜礼拝に気がむくと行った。キリスト人ではないが、牧師の説教の題名が好きだったから通った。「風を感じて」「全てが崩れる中で」「遊び暮らした者の死」「神の雫を受けて」「お前が神を裁くのか」ｅｔｃ……。そうしたサンチマンタルな題目にも関わらず、牧師は傲然として説教は味気なかった。そこで油田君に会った。油田君はぼくが在籍する大学の倫理学科に所属している学生の中でも、その苛烈な求道生活で知られており、その後、週に何度か彼の家に遊びに行った。油田君は仏文科の自分よりもフランス語に習熟しており、もしゃもしゃした天然パーマの黒髪をキューピーちゃんのようにポマードで固めていた。黒縁眼鏡をかけ、いつも不自然に口を歪めている。表情は純朴かつニヤついているようにも見えたが、瞬発的に獲物にとびかかりかぶりつこうとする獣の臭気と危険性を宿していた。

油田君の部屋は、布団の周囲にスーパーカップの空容器が円陣を組むように並べられており、それぞれの容器には彼の大便が盛られていた。

「油田君、どうして君は、スーパーカップにうんこするの？」

「だって、カップスターだと小さすぎるじゃないですか！」

「そこにトイレがあるのになぜにスーパーカップにうんこするのか、て聞いてるんだよ」

「うんこうは、便器にするべきものなのでしょうか！お母さんのまんこうにひり出すものなのでしょうか！キリストの肛門にひり出すものなのでしょうか！カップスターにひり出すものなのですか！繰り返します。花藤君、そんなことが誰に分かるのですか！繰り返します。そんなことが誰に分かるのですか！」

油田君の部屋に来るたびに繰り返されるうんこう問答

に疲れたぼくは次第に油田君の家から縁遠くなった。

　しかし、ぼくは思い出す。保育園にいた頃。家のトイレで用便を済ませた後、自分がひり出したばかりの大便を不意につかんだ。不審に思った母がトイレに来るまで、ぼくは放心したようにその大便を揉みしだきつづけた。黙ったまま、何時間もそうしていた。

　布団の周りに円陣のように組まれたうんこう。油田君のうんこうは確かに贖いの痛みにも似て、連夜油田君を苛(さいな)んでいた。油田君はみずからがひり出したうんこうと対峙することで彼なりの劫罰の引き受け方を、血みどろになって選んだのかもしれない。

　油田君に浴びせられた呪いのような文言がぼくの内部で反芻された。

「花藤君、本当に、君はいつか、君のひり出したうんこうを、その責任を、その痛みを、その身に引き受けなければならないのですよ！」

**ひんむかれた話、懐かしいオルガズム**

間違い電話があった晩以来、ぼくは亜津佐と毎晩電話をかけあうようになった。話すようになって、二ヶ月くらい経った頃にぼくたちは電話口で自慰をした。

「男の子とこういうことしたの、はじめて」

「誰ともしたことなかったの？　亜津佐、お前学習院の三年じゃなかったっけ。俺のイッコ下ってことは二十なのに……」

「ひとりではしてた。お豆さんぐりぐりんて指で押しつけたり。でも男の子と一緒はない。怖いんだ。ひんむかれた話、したっけ？　小学校五年生の頃、ピアノの稽古に行く途中。その日はなぜか車で送り迎えしてもらってたの断った。途中でライトバンに乗ったお兄さんに声かけられて、乗らないかって。後から聞いたけど近くの大学生だったらしい。断ったらいきなりひきずりこまれて。殴るの。思いっきしコブシで。それでしゃぶれって。もう何やってたか覚えてない。気づいたら、素っ裸で川原に捨てられてた。犬の散歩してるオバチャンが見つけてくれて……」

「他には、何かあるの？」

「リコーダー。お父さんが私のリコーダーしゃぶってたの見たことある。べんべろりん。私のまん前で。おちんちんしごきながら」

ぼくは彼女の言葉を聞きながら何かなつかしい気がした。直前の自慰のオルガズムの余韻のほてりの中、亜津佐を強姦したお兄さん、亜津佐のお父さん、彼らとぼくが深い藍色の紐帯で結ばれていて、失われたどこかの島の海辺にともに腰を下ろしている。胸を浸している海の水のにおい。ぼくたちはゆるく微笑していた。なにもかも融和したようなその海の中で。それは虐げる者のための海だったのだろうか。それとも虐げられた者のための海……。

「私とのオナニー、どうだった」

「ガキの頃に行った海水浴のこと思い出したよ。何をしてもいい、ゆるされてるって感覚。亜津佐は？」

「なんかしらないけど、お父さん、て感じがした。怖いんだけど、なんかなつかしい」

もしぼくと亜津佐が彼女の言うようにイチバン痛がりな人間に所属しているのだったら、彼女との自慰で何年かぶりに得たこのオルガズムも、痛みというエーテル、なつかしいところから呼び覚まされるその痛みの記憶の薄布に二人がくるまれていたからなのかもしれない。

## 文学kitty、滅びる前に滅びていたもの

亜津佐、ところでぼくは白い鉛筆で何を書くというのか？　そもそも白い鉛筆自体がもう失われてしまっているのではないか？　ぼくの在籍する大学の仏文科の中には何かを書いている人間がいたのだろうか。大学に行くのが一月に一度あるかないかというぼくにはあまり仏文科の友人はいなかったが、時折、ぼくのもとにいま書き上げたという詩をもってくる男がいた。名前は不美樹(ふみき)という。生まれてくる子が女であることを熱望していた両親から生まれた不美樹は、たまたま彼が男であったというそれだけの理由から、怒りに猛った彼の父親により予定されていた美樹という名に不を冠した因果な名を授かったというわけだ。不美樹は猛禽の嘴(くちばし)ように鋭角に隆起した鼻、憤ろしい一重の三白眼で、年中グリーンのポロシャツを着ていた。そのポロシャツには血の瘢痕のようなものが飛び散る中に、捩花(ねじばな)をかたどった赤黒い刺繍がほどこされており、あるとき彼は、その刺繍が己の文学的テーマの一切の象徴(サンボル)であると顔を赤らめつつ熱っぽくぼくに打ち明けた。

何かを企んでいる時のほくそ笑みの表情をたたえなが

ら不美樹が駆け寄ってくる。

「ウフィ。ウカァ。花藤。俺は今、破滅派という同人誌を我が仏文内でつくろうとしてるんだ。とんでもないことになるぞ。これは。ウカァ。まず俺が作ったこのビラを大学中に張る。朝日新聞にも送りつける。講談社、新潮社、NYタイムズにも、だ。とりあえず手当たり次第だ。とんでもないことになるぞ。これは。そろそろ俺たちが動き出す時が来たんだよ。なあ花藤、お前もなんだかんだいってしこしこなんか書いてるんだろ。隠すなよ。カァァ。俺には分かる。お前も今日から破滅派の一員だ。くさい。ああ、くさい。くさいなあ。ほんとうにくさい。臭いで分かるんだよ。ぷんぷんする。おんなじ獣の臭いだ。ああくさい」

「そんなに臭うか?」

「ぷんぷんしやがる。文学ワキガだ。カァァ」

「でも俺は本当に何も書いてないんだ」

「まあいいまあいい、それよりこれ読んでくれ。われら破滅派に捧げられる献歌だ」

　不美樹は緑色のルーズリーフをぼくに渡すと、ああくさいと言いながら帰った。そこにはこう書かれていた。

破滅人として、みっつ
じゃふじゃふとひとすりおろしたき夕間暮れ
ひと焚くことのあつさにかいなまかんとす
まるとんぼりにひと世のごくをせびるなり

　この書き物は不可解だったが、不美樹の孕む冷たい湖水のようなものから掬(きく)された自壊衝動に満ちているということだけはなんとなく分かった。

　しかし不美樹、いまさら滅びてどうしようというんだ、滅ぼしてどうしようというんだ、もう全部滅んじゃってるじゃないか、全部終わっちまったんじゃないか。ぼくはひとり凶熱を孕んで気焔を上げる不美樹を見て、たまらなく悲しくなった。いまさら何を滅ぼして、何が滅びればいいというんだ? 不美樹、お前が滅ぼそうとしているものみんな、はじめから滅んじゃっているのだから。我々に書くものなど、もうひとかけらも残されていないのだから。

　ぼくは不美樹が**「ノンケ以外、求む」**という張り紙を大学構内中に貼っていた事実を知っていた。

**ゆるされている季節、ツルッパゲの人のいる場所、虹色の蝉**

「花藤君は私をゆるしてくれるの」亜津佐が言った。

「ゆるすもゆるさないもない。まだ何もしてない」

「ハハ冗談。これからはじまるの。正確に言えば、もうはじまってる。そして、もう終わってる。必ず。いつか、人は裁かれなければならないんだけど、そういう季節があって、本当にその季節が来てしまってからでは遅いんだけど、なにもかもをゆるされている季節があったことを人は思い出すの。そしてそれがもう戻ってはこないことを思って泣くの」

「何をゆるされているの？　その季節に」

「例えばこんな話。私が小学生の頃、家の前には舗装されてない駐車場があった。草だらけの。セイタカアワダチソウのでっかいのなんかが生えてるとこをかきわけてくと、トタン張りのぼろっちい家があってその家には小窓があってそこからはね、二十歳くらいのお姉さんが見える。ツルッパゲなんだけど。いっつも黄ばんだ浴衣着てた。ふすま張りの四畳くらいの部屋。そのツルッパゲの人は私がくると気が狂ったようにわめきちらしながら窓をがんがん叩くの。よだれたらして。めんたまひんむいて。で、私は毎日そこに行ってそのツルッパゲの人がキイキイわめいてるのを見てた。ずっと」

「そのツルッパゲの人は精神薄弱かなんかで閉じ込められてて、その部屋から出たがってたんじゃない」

「違う。それが違ってたってことくらいは今の私には分かる。あの人は出たがってたんじゃない。呼んでたの。私を。ここくらい楽しいトコロはないよって。だから私は毎日あそこに行ってた。ホントはあのツルッパゲのお姉さんのいる場所まで行きたくてウズウズしてたコト、今なら分かる。そしてもう、私はあそこにいくことができない。私のゆるされている季節は終わったから」

ゆるされていた季節。何をゆるされていたのだろう。

公園の砂場、とってきたばかりの蝉を顔だけ出して砂に埋め、その蝉の眼前に赤色のけむり球を置き点火する。噴出する赤色の煙。蝉の泣き声は数秒後に停止する。煙がおさまり、赤色に顔を染め窒息した蝉を取り出して持ち帰り机の上に並べる。全七色あるそれぞれのけむり玉で顔を染めぬかれた蝉のむくろは虹色のように光った。ぼくあの時の虹色の光をもう見ることができない。ゆるされている季節は終わってしまったから。

「ゆるされている季節が終わって、泣いて、泣いて、それからどうすればいいの？」

「泣いて、ただ人はそれで、もう裁きというものさえ終わってしまったことを知るの」

**ほっぺたの目は何を見、おちんちんは何を破り、耳は何を聞いたか**

不美樹が破滅派の動員に狂奔しているという噂を聞いたが、何も書くものなどないから関わりたくなかった。彼と会うことを避けるため仏文科の研究室にも最近行かなくなった。日課だった『PC原人2』と『メトロイド』をやめてしまったから目が覚めても何もすることがない。二時間で「わかば」は尽きた。そろそろ、岩崎由宇子(ゆうこ)にもう一度会うことができるかもしれない。そんな予感がふとかすめた。夜更けのベッド、その上にひとりうずくまっていると、彼女のいる場所がずいぶん近しいことが分かる。

ぼくにはなつかしい女性がいた。岩崎由宇子。

オリ合宿という、大学の先輩と新入生の交流をはかるために企図された旅行の時だった。青少年オリンピックセンターという、東京オリンピックの選手村の跡地に立てられた建物で合宿、といっても先輩達と酒を飲み対話を楽しみましょうということだが、合宿は行われた。このような場には全く参加しないのだが、場所が青少年オリンピックセンターであることがそこに赴かせた。高校時代にここでタイへ旅行する事前研修をしたことがあるからだ。岩崎由宇子に再び会えるかもしれない。

高校一年生のぼくはタイ視察の前に研修という名目でこの場所に連れて来られ一週間ほど泊まった。なにをするということもなく。青少年オリンピックセンターはユースホステルのように簡素なベッドがついた個室が廊下をはさんで連なり、その廊下の突き当たりにはソファとテレビが置いてある十畳ほどのサロン・ルームがある。普段誰も利用している人はいないけれど、夜中の一時くらいにそこに行くと、白いワン・ピースを来た女の人がいた。

ブラウン管は、胎児がまさに膣から引き出されようとするシーンを映し出していた。女の人はテレビをみつめながら時折目を細め「あ」というかすれた声を漏らしている。青少年オリンピックセンターでは素行不良の青少年たちを更正させるために胎児の出産シーンを見させるプログラムがあるという話を聞いたことがあったから、この映像もこの女の人の借りてきたヴィデオなのだろう。青少年オリンピックセンターは若者達を更正させるためか**他の用途**のためか、このような出産ヴィデオを何百とストックしている。

「ここには、よく来るんですか」ぼくは深夜の高揚した、密室での二人きりという感覚から気安そうにたずねた。

「あの子、奇形なの。よく見て。目が三つある」促され、乳白色の糟や澱にまみれた胎児を見つめた。

「ぼくには、よく見えないですよ。三つめの目は」

「よく目を凝らさないと、見えないの。あのほっぺたのあたり。黒い亀裂が濡れてぼんやりと光ってるでしょ。目を分化する受容体がほっぺたのとこにいっちゃった子なの」

「ほっぺたの目はものを見ることができるのですか」

「できる時もあれば、できない時もある。それに、ほとんどの場合、胎児の時に手術でえぐりとってしまうから」

ほっぺたについた目は、何を見ることができるのだろう。その女の人のほっぺたには、目はなかった。

「あなた、よくここに来るの？　ここはあなたのような人がくる場所じゃないのに」

「じゃあ、どういう人が来るんですか」

「女子割礼って知ってる？　たとえばアフリカのカニア族がやるやつ。聞いたことない？　女の子が三歳になるとね、おまんこの割れ目をたこ糸で縫っちゃうの。ぴったりと、蓋をするみたいに。おしっこの出る隙間だけ残して。それで、その女の子が二十歳くらいになった時には、おまんこの亀裂は完全に癒着しちゃってるの。おしっこのでる穴以外は、つるんぺたの肉になっちゃうの」

「そんなことして、大丈夫なんですか。だいたいなんのためにそんなことするんですか」

「結婚までの純潔を守るため。素晴らしくない？　その代わり、破瓜の痛みは尋常じゃない。だって、おちんちんが処女膜どころじゃなくて、癒着した肉そのものをつき破るんだもの。あなた、なんていう名前なの？」

「花藤です」

「花藤君。ここはね、人間としてまっとうな願いを持っている人だけが来る場所なの。そうして、その願いを果たした人だけが去っていっていい場所なの。君は、君のおちんちんで、その肉をつき破りたいと思う？　やわらかい肉の膜をつき破って血だらけにしたいと思う？　君のおちんちんはなにをつき破るためにあるの？　その時の、肉を突き破られた女の子の絶え入らんばかりの痛みの叫びを聞きたいの？　君の耳は何を聞くためにあるの？」

「ぼくは、おちんちんと耳に関しては、それがなにを破り、それがなにを聞くためのものなのかまだ分かりません。知りたい願いもありません。けれど、ぼくはぼくの手が何に触れたらいいのか、知っていました。正確に言えば昔の話ですけど」

「これから、探せばいいのよ。あなたには、まだ時間がある」

彼女と会うことはそれからなかった。彼女にもう一度会って問い正したかった。結局、この六年の間、ぼくのおちんちんは何を破り、耳は何を聞いたというのか？

**果たされなかった約束、バナナフィッシュもどき、近しい場所**

大学一年だったぼくは、オリ合宿の宴会場から抜け出して、岩崎由宇子に会ったサロン・ルームにもう一度行った。あの人はそこにおらず、なにかの符合のように携帯が鳴った。亜津佐だった。

「宴会、ぬけてきたの？　花藤君」

「べつに、しゃべることも、ないから」

「花藤君、なんで文学部にしたの」

「本読むの好きだったから。法学部は自分の成績じゃ無理だったから。それくらい」

「私も本が好き。サリンジャーが好き。バナナフィッシュがイチバン好き」

「ぼくもバナナフィッシュ、好きだよ。あれは、いい」

それを聞くと、亜津佐の困惑したような沈黙が残った。

「花藤君。バナナフィッシュが好きな花藤君。バナナフィッシュを花藤君は私のためにとってきてくれるの？」

「楽勝」

「じゃいまから行って、とってきて」

「今は無理。気分がのらない」

バナナフィッシュを捕獲することを彼女に確約したぼくはそれを履行することもなく、二年が経った。キャンパスが移り、ぼくが仏文に進学する頃、亜津佐は言った。

「約束を破った花藤君。もうお別れ。バナナフィッシュじゃなくてもよかったのに。バナナフィッシュもどきでよかったのに。あなたは、結局、私を拾い上げること、できなかった。もどきさえ、あなたは手に入れること、できなかった。あれは、私のなかの大切な手がかりだったのに。結局あなたは、私のためにそれを拾い上げることと、できなかった」

「なんのための手がかりだったの？」

「私がもう少し明るいトコ、そう、オヒサマの照ってるトコに近寄るための手がかり」

「も少し経てば、なんとかなると思う」

「なんとかならない。あなたはなんとかならないから。あなたは、結局なんにも拾い出すことできなかった。そうやって人でも物でも、周りの一切をすこしずつくずしていって、結局はダメにしてしまうから」

「ダメにしちゃうのか」

「そう。とりかえしがつかないくらいに。とことん、ぼろぼろに。分かる？　とりかえしがつかないってことの重みが。自分の目が何をうつしているかもわからないあなたが、どうやって、バナナフィッシュつかまえてくるの？　何も見えてないあなたが」

「あの時はただ、そんな気がしてた。なにもかもつかまえられそうな」

「もういい」


こうした凡庸な別れ話をしながら、亜津佐との付き合いは継続した。疲れを感じた。実際に自死という方法をとらなくても、彼女のいる場所に近しいところにいる。その負の引力のようなものがからだを満たしていくことが分かる。それが妙に清々しくなつかしい感覚であることを感じる。ぼくの根のかたわらにぼくは横たわる。

けれど負の輪転機のようなものがぼくの罪過をこれ以上刷り出してはならない。スーパーカップの中のうんこうでもなく、ほっぺたの目でもないもので、触れるべきもの、見るべきもの、聞くべきもの、破るべきものを探り出し、引きずり出し、取り返さなければならない。帰るべき場所がぼくにはあり、そのオヒサマのさんさんと照るあたたかいくらやみの中、金子さおりは今も目を開いたまま待っている。

ぼくはうずくまり目を閉じ、亜津佐からの電話を待った。葉ずれの音はもうなかった。誰にともなくつぶやく。祈りのように静かに。

「ぼくは書くことにした。とにかく、白い鉛筆はいま、僕の手にある」

## ちんぼこ、涙はつぐないのために流されたこと

翌日、不美樹に会いに研究室に行った。いつものグリーンのポロシャツを着た彼は決まって同じ席に腰掛け、ぬるいオレンジティーを飲みつつ何かの本を読んでいるか、書いている。ぼくを目ざとく見つけた彼はいつものほくそ笑みを浮かべて「おいでおいで」の仕草をした。「花藤、破滅派のビラが刷り上った。見ろ」

## 破滅派　同人募集

かの女は森の花ざかりに死んでいった
かの女は余所にもっと青い森のある事を知っていた

三島由紀夫『花ざかりの森』より

アカルサハ、ホロビノ姿デアラウカ
人モ家モ、暗イウチハマダ滅亡セヌ

太宰治『右大臣実朝』より

### 同人資格

文学ニ殉ズル肚ククリタル者
ウツシミニ永訣ヲ誓イシ者
滅ビノ内ニダンス。際限ナキオルガズム確保シタキ者
黄金ノ実人生ニ狂イマワリタキ者

### 予定事項

第二十二次「新思潮」発刊（エル・ドラド現出・贖罪ハココデ）
第二期「ええじゃないか」（死線ニ躍ル）
第二期「死なう団」結成（ミュウズヘノ供物トシテ）
扼殺会（煉獄ノ体験教室）
富士樹海進軍・集団自決（退路断ツ）

ヨリシロナド　絶無
キューサイハ　青汁ニマカセ
タナトスムンムンタルワコウドヨ　キタレ

「不美樹、俺はいろいろあって何かを書くことにした。

けれど、これは何だ？　何の冗談だ？　俺は俺の蘇えりのために書くのであって、この滅びのキチガイ集団に加わるつもりはないよ」

　不美樹は莞爾（にっこり）と笑った。

「花藤、その気持ちも分かる。小説というものは自己の再生のために書くものだ。アハゥ。まっとうだ。ウクァ。美しい。けれどそれも白くちゃい赤色、即ち緑色的哉（かな）ビリヂアンに追いすがっているだけだということがいまに分かるよ。花藤、俺は生まれてこのかた二十二年、一切を文学に捧げてきたがこれだけはいえる。誓っていえる。人はちんぽこのためにものを書くんだ」

　ちんぽこ。濁点がこめられたその言葉が雷撃のようにぼくを打った。失われた記憶、途絶されたあの暗渠（あんきょ）の中、幼い自分がつかんでいた金子さおり的何かを救いだそうとする願い……。それもただ何かを虐げた上で掴み取ろうとするちんぽこでしかないのか。ぼくの蘇えりの道を探り出そうとしての書くという行為、それもまた罪の印璽（いんじ）を刻された負のちんぽこから離れられないのか？

「永劫の輪（りん）ちんぽこ、カリマックロなちんぽこちゃんにからめとられちまってるんだよ。俺たちは。いたちごっこ。そしてこれが、俺たちの末路だ」不美樹が差し出した七月八日付けの朝日新聞朝刊には或る事件が載っていた。

「これは知ってるよ。テレビで見た」

　その事件。ぼくたちを指導する仏文科の教授の中でも、自他に対する冷徹なまでのストイシズムで知られる教授、アルチュール・ランボーの鋭利なテクスト分析で世界的に名を知られるぱるおが幼児強制わいせつ罪で捕まったという事件だ。

「花藤、お前は珍しくぱるおを尊敬していたな。尊敬してるとまではいわなくともシンパシーは感じていたはずだ。しっかり言っておく。ぱるおをとり抑えたのは俺なんだよ。大学近くの誠之幼稚園の前をヤツは男根まろび出してスキップしてたよ。俺は見た。あいつの黄金の笑顔を。きらきらしくぱるおは下校中の園児に飛びかかると、しぼみきった黒ちんぽこ、園児の顔面に押しつけて号泣してたよ。号泣ってより咆哮だ。俺は不能（インポテ）の汗みずくのぱるおを組み伏せた時、自分の中の大切な何ものかをみずからの手で扼殺してしまったことを思い、身震いした。俺たちのためにながされたぱるおの涙を俺はこの身に受け、膝下にかしづきたいような厳粛な感動に襲われたよ」

　不美樹の文学的修辞はどうあれ、この愚かしい事件でつぐないの涙がもう一度流されたのだと思った。ひとはどうしてつぐないのためにここまで血と涙をながさなければいけないのか。

「花藤、ぱるおはな、俺に組み伏せられた後、なんて言ったと思う？　**もう、いいですか。もう、ゆるしてもらえますか**」

**君は痛みを分かち合えるか、血で書かれるもの**

何かを書こうとする気持ちが胸の中に湧出する。湧水は純正なものであるはずなのに、活字にした時点でそれは酸化し赤錆にまみれた鉄釘の散らばりと化している。ぼくはたずねる。自らの血を流してものが書ける人間がいるのか？

昨日、破滅派の第一次例会があった。タナトスむんむんたる怒れる若者はやはり大学にもいたらしく、その例会は盛況のようだった。例会が仏文の研究室で行われている間、ぼくは卒業論文の草稿をまとめるため、隣の辞書室にいた。そこに茶山(さやま)がいた。彼の口癖は「それはアカデミズムの断崖」というものだった。「不美樹君の肛門を貫くぱるお先生。それはアカデミズムの断崖」等。茶山は仏文科内にぱるおが巻き起こしたスキャンダルの顛末を話した。ぱるおは独房でも悠々と自足しており、面会に来た老母に対しては温情豊かに接しているということだった。

「ぱるお先生はようやく蘇えりの道をみつけたというわけだね」茶山はしめくくるようにひとりごちた。なにかしら歴史的ないわくがあるらしいこの仏文科を総括するかのような独善的一語だ。茶山は続けた。「どれだけの苦しみを経ればあの先生のいるところまで辿りつけるのだろう。ぼくたちの煉獄はまだまだ、長そうだね。それはアカデミズムの断崖」

「茶山、ところでお前、破滅派の例会行かなかったの？」

「だって、ぼく、入れないもの。それはアカデミズムの断崖」茶山はうすく笑った。

「ああ、そうか」

茶山が非道(ひど)いワキガであることをここで断っておかなければならない。彼は腋ばかりでなく、全身から発するその常軌を逸した臭気により、仏文科内では全身ワキガを縮訳し**ゼンガ**と呼ばれ敬遠され虐げられていた。それは傍(はた)からみても異常な排斥であり、研究室には「茶山立ち入り禁止」というビラが貼られていた。茶山は菩薩のような風体を装い、そうした陰湿な排斥を意に介さないようにしていた。少なくとも、ぼくにはそう見えた。

「あのね、花藤君。それはアカデミズムの断崖」

「ん」

「カリー工房っていうカレーあるでしょ。グリコが売ってたやつ。あの、具が大きい、てやつ。あれをね、一口食べた後にね、ヤクルトを飲むとね、ぼくの味がするんだって」

「お前の味か……。それ、誰が言ったの?」

「不美樹君」

「お前、そんなこと言われて怒らないのか? まっとうな人間だったら不美樹殴ってるぞ。いつも菩薩みたいにへらへらしてるから、そんな侮辱を受けるんだよ。不当な侮辱を受けたら、怒れ」なにげなしに放った一言ではあった。

茶山は顔面を蒼白にして小刻みに震えていたが、やがてぼくにむかって、咆えた。菩薩の形相など消し飛び、羅漢のように顔面を紅潮させ、茶山は咆えた。

「花藤! お前はほんとうにオレが**まっとうな人間**だと思っているのか! こんなにくさい奴のどこがまっとうなんだ! オレが全身から発散するこの臭い、このオレ自身の臭いによってオレは人間でなくなったんだ! 人間でない何かになったんだ! オレが受けたこれまでの辱めの数々、決して不当ではない。人間でない何ものかであるオレにとっては極めて正当なんだ。同情し涙を流す人間はいる。だがアイツラは目の前で痛がる人間の痛みを**真実に**知ることはできない。真実に知ることはできない! 腕をもがれた人間の前ではお前も自分の腕をもげ! 涙する前に自分の腕をもげ! 花藤、オレはくさいな。かわいそうか? だったらお前もオレと同じくらいにくさくなれ! ゼンガになれ! その時はじめてオレはお前の涙、その雫を額に受けるからな。それはアカデミズムの断崖!」

茶山はもはや乱心という体(てい)で吠え猛ったが、漏れ出す口臭には既にワキガ臭がむんむんと潜在しており、ぼくは冷徹に彼から後退した。

痛みを共有できない人間は何も書いてはいけない。己が血を流して書くということは、自分につながるすべての人間の血を流して書くということでもあるのだから。ぼくは茶山の圧倒的な臭気に涙腺を傷つけられ両眼より体液を零しつつ、人は人を傷つけてもよいという生物学的な常道と諦念を茶山から獲得した。

例会を行っているらしい隣の部屋から「私はソープに行きたかったのです！　それだけが私の祈りだったのです！」という叫びが聞こえてきた。油田君の声だった。

**ファイナル・ファイト、レクイエム**

「あなたが見ておかなければならないものがあるのです。花藤君」

仏文研究室の隣にフランス語の視聴覚授業の際に使われる施設が併設されている。コンピュータやオーディオ・コンポ、プロジェクターが並ぶそのAVルームにぼくを連れてきた油田君は厳粛な声で言った。彼の背後には不美樹が「気をつけ」の姿勢で不気味に直立していた。

仏文科にまわされる余った年度予算を使い切ってしまうためなのだろうか、国立大学としては異常ともいえるほどに、ここのコンポーネント・システムは良質のものだった。スピーカーがマッキントッシュのXRT26、ADプレーヤーがトーレンスのReference、トーンアームはイケダのIT497、プリアンプはマークレビンソンのML6L、スクリーンはスチュワートHD130、プロジェクターは三管式で、バルコCine6といったところだ。

ぼくは時々この部屋にこもり、アルチュール・ランボーの朗読を聴いた。Alain Moussayの朗詠が最高だった。劇人のみが〝劇性〟の詩を詠（うた）える。XRT26から沁み透るように朗唱される静謐な悲しみに満たされた韻律に陶然として時を過ごした。「地獄の季節」の朗詠、彼の内なる愛ゆえの煩悶、その愛憎の狂熱が祈りへと転生していく劇（或いは堂々巡りの劇）が、IT497の濁りない清澄な韻律で気高くうたわれ、ぼくに失われてしまった残光を取り戻し、蘇えりのコアのようなものに辿りつける力を与えるかのようだった。数日もすれば、そんな力など消尽してしまうということは分かっていた。回帰する場所はいつも同じなのだ。風はいつも、同じ風だ。

「あぐ、ぶ、あぎぃ」

油田君と不美樹に導かれAVルームに入ると人工的な女の絶叫が響いた。それは叫びというよりは、なにものかへの呪詛のための雄叫びのように響いていた。Cine6により映し出される一三〇インチのスクリーンを見ると、筋骨隆々たるアングロサクソン系の髭面の男が、車椅子に乗った老爺に抱きかかえられた金髪の女を殴っていた。

「破滅派第一次例会の開催を記念して私が企画したイベントなのです。『ファイナル・ファイト』。君は知ってますよね。花藤君。ハガー市長が暗黒組織マッド・ギアに捕われた自分の娘ジェシカを助けに向かうというベルトアクション・ゲーム。それでですね、今うつっているのは、最終ステージ、ラストボスであるマッド・ギアの長(おさ)ベルガーがハガーの娘ジェシカを横抱きにして車椅子で登場するシーンです。通常、ハガーがベルガーに接近すると車椅子は壊れ、ベルガーと組み合うことになります。しかしですね、ハガーをベルガーに接近させずに一定の距離をおいてパンチを連打しているとですね、どういうわけかハガーはベルガーを殴らずに娘ジェシカの方を殴るんですよ」ポマード頭の油田君は身を揉みしだきながら粛然と宣った。

『ファイナル・ファイト』は業務用の筐体機で幾度かプレイしたが、こうした現象が起こるとは知らなかった。ハガーのパンチは、ボディーブロウが二回繰り出された後、ハンマーナックルという硬く結んだ両のこぶしを相手めがけて力まかせに振り下ろすという一連の動作からなるが、ハガーは娘ジェシカに対して黙々とこの殴打を繰り返していた。ハガーのボディーブロウがジェシカのわき腹をとらえ、ジェシカの頭蓋を砕くかのようなハンマーナックルがエンドレスに続いた。XRT26が彼女の絶叫を限りなくピュアな韻律で響かせている。

　気づくと油田君の背後で直立していたはずの不美樹がなぜか隣にいた。彼は例によって上気しつつ熱っぽく耳元でささやいた。耳孔もろとも刮(こそ)げ落とすかのような熱。ぼくはがっしりと不美樹に抱き捉えられていた。不美樹はその三白眼を奇妙な体液でてらてら濡らし、彼の白眼の地に縦横にめぐらされた毛細血管は断裂寸前の細動に震えていた。

「これが俺たちの『ファイナル・ファイト』だ。花藤。娘を殴るハガーの顔を見ろ。こがねいろに笑ってる。これが俺たち破滅派の『ファイナル・ファイト』だ。俺たちの最後の戦い(ファイナル・ファイト)は自分を助けに来た父親にタコ殴りにされた囚われの娘を供物としよう。その叫びをレクイエムとしよう」

　ぼくは断末魔の喘鳴じみた不美樹の吐息が吹きつけられ、彼の舌が己をはいまわる**箇所**の熱感を記憶した。

## くらやみの条件、痛み

夏だった。とりとめのない回想と現実での邂逅の中に見出したものはいったい何だったのだろう。何かが絶えず欠落し、その痛みを忘れようとする思いだけが空回りして一切が過ぎていった。あいかわらず何も書けないまま投げ捨てられた日を暮らした。破滅派は第一次例会後、茶山が入団を許されたようだ。今では破滅派の精神的支柱にまでなった油田君のドラスティックな戒律に耐え切れず、発案者不美樹を除く全ての団員は脱落し、欠員として茶山を補充したらしい。

亜津佐との電話は毎晩続いていた。

「いい加減、俺と会えないか」

電話口の自慰だけでは飽き足らなくなったぼくは尋ねた。けれどそれはくだらない肉欲だけからの言葉ではない。ぼくは正直、彼女に救いの影を、残光を求めていたのだ。

「会うには条件があるの。必ず守ってくれるって約束するなら、会ってもいい」

「約束する」

「まず、目隠し。私を絶対に見ないこと。次に、私が許可しない限り絶対に動かないこと」

「どうして目隠しなんかしなきゃいけないの？」

「ほら、私、怖いっていったでしょ。男の人。目を見られるのが嫌なの。男性恐怖症というヤツ」

それも面白いと思い、気軽に承諾した。三ヶ月、ぼくは彼女にフェラチオをしてもらい、彼女はぼくが吐精すると、夕ご飯を作って帰った。亜津佐の得意料理は明太子スパゲティで、美味しかった。といっても食べるのは彼女が帰った後で、彼女がいる間は青色のスポーツタオルで目隠しし、鼻の両側に開いた隙間は決して見えないように亜津佐のもってきたサージカルテープでぴっちりと閉じられており、約束通り身動きひとつしなかった。

フェラチオも回を重ねるたびに熟達し、亜津佐はそれぞれのフェラチオのテクニックに「東尋坊」「双葉山」「狸汁」といった名前をつけた。

三ヶ月が過ぎた頃、ぼくは彼女とまぐわった。目隠しをしたまま。うつぶせに寝たらしい亜津佐を後ろから抱くような格好で男根を挿入した。彼女がその体位を要求したから。亜津佐は処女のはずだったから、もっと痛がるのかと思ったけれど、ぼくが男根を彼女の中でうごかすと、「いい！　いい！」というくぐもった金切り声をあげた。

「亜津佐、はじめてなのに痛くなかったの」吐精し、目隠しをしているぼくを愛撫する彼女に聞いた。

「痛かった、すんごく。いたい、いたい、て叫びたかった。でもそんなこと言ったら花藤君、やめちゃうだろうと思って、いたいの『い』で、叫ぶのとめてた。ハハ」

　亜津佐をいとしいと思う。けれどこれは求めていたものじゃない。彼女はぼくを終生**あの場所**へ導いてはくれない。


**あたたかいくらやみに埋めるからだ、不可能**

**あの場所。**それは結局のところ何処にある。行き詰まるとぼくは新宿の都庁裏にある十二社(じゅうにそう)温泉に行った。この温泉の湯は含まれている鉄分のせいで完全な黒色をしている。黒々とした湯船に身を浸すと、浸された部分は黒い湯の中に没する。まるで湯に浸された部分が溶け込んで完全に失われてしまったかのような錯覚にとらわれる。湯のくらやみの中に没したからだはあたたかい。正確に言えば、そのくらやみのような湯に浸された部分だけがあたたかく、湯に浸っていない半身は肌寒く冷たい。ぼくはいきおいよく伸びをするとからだ全体をその湯のなかに埋めてしまう。何も見えないくらがりのなか、完全なあたたかさが包み込む。数分もすると呼吸が苦しくなり、顔をだす。それを何十回となく繰り返す。

　暗渠のまったきぬくみ。そこに永遠にとどまるすべを知らない。

**栗に抱きとめられ、栗を捨てる**

　ぼくには凪いだ風、その「いつか感じたはずの凪」がゆるくまとっている。そうして、何も、起こらない。泣いた日があったかどうかということさえ分からなくなる。うつぶせになったまま手に握った栗をころころと転がしてみる。眠れない夜、冷たいしじま、その手の内の確かな重みだけが頼りだ。

　栗は小学生の頃から毎晩握りしめていたので磨耗して今は丸く黒いかたまりのようになっている。むかし住んでいた家の隣に、栗の巨木が植わっている家があった。中庭のようなスペースにその栗の木はあった。ある時、家の横の小さい細道を抜けてその中庭に行くとひとりのおじいさんがジャージィを着て突っ伏していた。変色したジャージィは何色だか見当もつかない。おじいさんは小便が乾いたきついにおいがした。イガの上にうつ伏せになっていたおじいさんの顔にはイガの棘が一面に刺さっていて、ぼくはそれを一本一本丁寧に抜いた。

棘を抜き終わると、おじいさんはにぎりしめていた栗の実をくれた。

手の内に握りしめた栗自身にかき抱かれているような不思議な感覚。これがぼくのよすがだ。冷たいしじま、栗の手触りの感触を頼りにあのあたたかな場所に帰る。サイレースがようやく効きはじめたことを感じる。ぼくはぼくの栗の実を捨てる。

**ほんとうのこと、イチバン泣く、かいふくされる手**

三ヶ月、ぼくと亜津佐は毎日まぐわった。目隠しは相変わらずしたまま、顔も分からない彼女とまぐわった。

まぐわいを済ませ亜津佐が料理を作っている間、いつものように目隠しをしたままベッドに横たわっていた。亜津佐が言った。

「花藤君、あなたは本当のこと、知りたい?」

「いまさら本当もクソもないんじゃないの」目隠しのくらやみの中で答えた。

「花藤君、本当に、ホントのこと、知りたい?」亜津佐の声はこまかく震えていた。

「本当のことはとても痛みを伴うの。それは知らなくてもいいことなの。それは言う方も聞く方も、とても辛いの。血だらけになるの。それでも、花藤君、あなたは知りたい?」

「知りたい」

「本当に本当に知りたい? それはとてもとてもつらいこと。悲しいこと。痛いことなの」

「それでも知りたい」

あたたかい手がぼくの胸に置かれた。そのままその手は動かなかった。手は鼓動をさぐるかのようにゆっくりとぼくの胸に押し当てられた。長い時間が流れた。そして、目隠しが外された。

目の前に、一人のおっさんがいた。小太りで、はげちょろけ、三十後半というところだった。おっさんは言った。

「花藤君、本当のことは、これくらい痛いことなの。私は半陰陽（アンドロギュノス）、つまり雌雄同体で、外見はホルモン剤の作用で男みたいだけど、心は女なの。女としての心をもって生まれついたんだけど、生まれてすぐ、両親が勝手に手術しちゃったの。いろんなところ。外見が男なら結婚しないで独り身でいても別に他人から不要な詮索されないからって。分かってほしい。心は女。女として、あなたを愛している。愛している」脂ぎった頬に脂肪瘤のような汚らしい肉塊をごろんごろぶらさげたそのおっさんは言った。なぜか竹中平蔵に似ていた。

　ぼくは逃げた。走った。裸足で走った。足の裏の肉が削れてアスファルトが埋まっても走った。おっさんが追いかけてきた。どこをどう走ったのかわからないけれど、ぼくたちは小石川植物園の入り口にいた。

「じゃ俺はいったいちんぽどこに入れてたんだよ！」

「膣と肛門、手術でつなげたから、そこ」

「じゃ亜津佐はちんぽあるの？」

「ちっちゃいの、ついてる」

「だって声おんなじゃないか！」

「おんなの方の声帯も残ってるから。どっちもだせる」

「亜津佐って名前は？」

「ゴメン。あれ偽名。ホントはマスダコウジ。普通にサラリーマンやってる」

　ぼくはおっさんを抱きすくめ泣いた。いままでイチバン激しく泣いた。ぼくは世界のマン真中で、鼻水、汗、愛液、尻汁、涙その他の体液にぬるぬるになった鳴門（なると）巻き模様のトランクスいっちょ、半裸のおっさんのぷくぷくした胸にむしゃぶりつき、全く処理されていない陰毛のようなおっさんの乳毛を前歯でかみながら声の限り泣いた。ぼくはおっさんの手がやさしく肩におかれるのを感じた。金子さおりの手だった。ぼくは手を見つけていた。ぼくは手が触れるべきものが分かった。これだったのか、と思った。

## 終わりそしてはじまりＯＲＡＮＧＥ　ＭＩＸ

　破滅派団員は青木ヶ原樹海で消息を絶った。白昼の巣鴨、消火器で蠢く老婆群を追い散らし逮捕された油田君は出所すると、不美樹に先導され森のあわいに没した。二人だけだ。

　彼らに随行したがった茶山は亢進する自臭により絶息したらしい。

亜津佐とはうまくいっている。性犯罪者である亜津佐は、ぼくに対し可能な限りの懐柔を試みた。ある時は新宿の「東天紅」に連れていき、これが東京の中華のおいしさであるとクソ田舎出身のぼくですら鼻で笑える言を発した。一緒に映画『ハンニバル』を見に行き、「悪い出来ではなかったけどね」と語らった。この亜津佐と名乗る生物は「マスダ コウジ」と印字された郵便局のキャッシュカードを何らかの保証のごとく見せたことがある。カタカナまでの情報開示は安全であると判断したのかもしれない。それが本物であるか偽証であるかすら、もはやどうでもよくなっていた。大学生のぼくは亜津佐と名乗るＬＧＢＴＱあるいは半陰陽(アンドロギュノス)を騙(かた)る生物によって完全に破壊されたのだ。男性による性的加害においての処罰が亜津佐に対しては講じられたはずだけれど、辱めを受けたぼくは完全に沈黙した。

　以後、人間的思念を放擲(ほうてき)したぼくは亜津佐に十二社温泉で己のちんぼこをしゃぶらせながら、人生はこんなもんなのだろうと思った。ペラッペラな信義や友愛も等しくこんなもんだろうと思った。ケロリンお風呂椅子にまたがり、己のちんぼこを懸命になめしゃぶる亜津佐を漠然とながめた。致死的なウソをついて平然としていられる人間という顔の造形とその系譜と種の行先を想った。いずれにせよ、竹中平蔵と亜津佐と名乗る人間には、容貌以前に根源的な相似があるのだろうと将来的に感覚した。

　亜津佐はカラオケで松田聖子のメドレーを熱唱した。おっさん亜津佐の罵声のような歌声に満たされたその部屋、メドレーはちょうど『渚のバルコニー』にさしかかった。

渚のバルコニーで待ってて
ラベンダーの
夜明けの海が見たいの
そして秘密…

ぼくは辿りついた。ぼくは、ぼくの手で書きはじめた。

# 『田園交響楽』研究

## 解題

本論はアンドレ・ジッド『田園交響楽』を題材にピグマリオン・コンプレックスを論じた卒業論文の異文（ヴァリアント）である。提出された版では第三章「c・酵母菌としての人間の祈り」と「結語」が指導教官の指摘によって削除されている。したがって、本論はヴァリアントではあるが、正式なバージョンである。

「育成における人間のエゴイズム」への批判は後年に傾倒することになる反出生主義の萌芽と捉えることもできる。

# 序論

『田園交響楽』を最初に読んで受けた感銘の多くは無垢なるものとしてのジェルトリュードの造型の緻密さであった。その多くは第一の手帳の記述にある。例えば「野の百合」について交わされる牧師と彼女との対話は、盲人と牧師との対話という設定であるからこそ成立するのだという深甚な悲しみを湧出させた。

こうした感傷的な牧歌から転じて、カタストロフが待つ第二の手帳を読み終わった後でも、日本に生まれ育ち、キリスト教のバッググラウンドを持たない私としては、ぼんやりとした違和感を残されただけだった。

しかし、この作の「読み」を深めるにつれ、これが単純な悲劇であることを超えて、予想以上に「怖い」物語であるということに気づきはじめた。このテクストは確かにキリスト教の負荷が多分にかかっているが、決してそればかりで裁断できる代物ではないということを改めて感じはじめたのである。

ジェルトリュードの自殺というカタストロフの真因を探求することは、今我々が立っている現在、その足場というものを揺るがしかねない、ある根源的な問いにつながっていく。

この論考では、ジッドの実人生との相関や、時代背景というものからなるだけ離れ、テクスト自体と対峙し、テクスト中に存する諸問題を切り出していこうと考えている。一人の人間が一つのテクストに向き合った結果産み落とされる言葉のみが以下より記されるだろう。

尚、原文のテクストとしては、folio 版[1]を使用する。
以下、テクストからの引用はこの版に拠るものとする。

# 記述の様式

牧師による一人称の日記形式の記述を採択している。語り手自身（牧師）は当初自己の欺瞞性に気づいてはおらず、読み手は彼の欺瞞性を俯瞰することになる。いわば、他者の日記をのぞき見るということによって牧師との共犯意識を担うと共に、彼を冷徹に客観視できるようになるスタイルが採択されている。

写実主義小説とも読めるが、一種のコントでもある。牧師が犯人であるように帰結させる物語のプロットはソフォクレスの『オイデュプス』と相関があり、現代の神話としての記述ともいえるであろう。だが、犯人を牧師として一義的に規定してしまうのは表層的な読み取りでしかない。この作中には、多義的に犯人が潜伏し、注意深い読み取りを要請している。ここではそうした、作中においてジッドの手になる幾重にもめぐらされた犯人（人ならざるものをも含する）を丹念に洗い出していく作業からはじめていく。

# 第一章　育成における人間のエゴイズム

## a・ピグマリオン・コンプレックスを核とした育成ゲーム

物語の設定として、盲（めくら）である少女を引き取り養育する男性という存在がある。各々のパラメータがゼロである女性を養育する男性というシステムは、心理学でいうならばピグマリオン・コンプレックスをその心的駆動力の一つとしている。テクストでは、プロテスタントとしての牧師が憐憫の情から盲の少女を引き取ることになっており、この時点ではこのような心的駆動力の働きは見られない。物語が進行し、少女が発育し交情が深まるにつれて、このピグマリオン・コンプレックスを核とした、男性のエゴイズム（肉欲、キリストの愛徳（charité）とは異なる愛欲をも含する）が介入した、対象の彫琢（ちょうたく）がはじまることになる。牧師はこのような自己のエゴイズムにとらわれた育成について、キリスト者としての義務だと自己弁明を図るわけであるが、こうした自己欺瞞に満ちた育成は相手が生身の人間であっただけに破綻する。

まず、ピグマリオン・コンプレックス（人形愛）について簡単な概説を記しておこう。

語義の原典はギリシア神話における『ピグマリオン』に由来している。女には非難すべき点が多くあるため、これを忌避するピグマリオンという名の彫刻師が、自らが象牙に刻みあげた女性の彫像に恋をするという物語である。アフロディテの祭りの折、ピグマリオンの願いを聞き入れたアフロディテは彫像に命を吹き込み、ピグマリオンは彼女と結婚し、子をもうける。

現今の定義では、ピグマリオン・コンプレックスは人形愛、人形嗜好癖とも呼ばれ、男女を問わず、そのエロスの対象を生体ではない無機的なオブジェに投影するという定義がなされる。

ここで『田園交響楽』という作品の相関からいって注記しておきたいのが、この人形のもつ無機物性という点である。元来、ピグマリオン・コンプレックスは、その出典『ピグマリオン』においてピグマリオンが象牙という無機物に彫琢を施したように、無機的なものから対象を抽出して、自己にとって最善の存在としてそれを改変し選り分け作り直していく作業でもあるといえる。生体ではなく自律性を持たないオブジェへの志向性がその一つの表れであるともいえよう。

自律という言葉は、ジェルトリュードという人間の内実を検証する上で重要な言葉であり、その語義を明確にしておかなければならない。

〈自律〉2

①自分で自分の行為を規制すること。外部からの力にしばられないで、自分の立てた規範に従って行動すること。

②カントの倫理学の根本原理の一つ。実践理性が、欲望に動かされることなく、みずから普遍的道徳法則を立て、それによって自分の意志を規定すること。⇔他律

③社会学で、ある社会制度が、他からの制約を受けずに独立した運営を行っていくこと。

人形として造型されたものとしてのジェルトリュードという存在を考える場合、自律は人形の所有者に対して否（non）という発話をしない、自らの価値判断を行わないという意味として捉える方がよいであろう。

卑近ではあるが、こうした生体ではない対象に対する、ピグマリオン・コンプレックスを動力とした、エゴイスティックな育成を端的にあらわしている現代の興味深い事例があるのでここで触れておこう。一九九一年にＧＡＩＮＡＸという企業から日本において発売されたパーソナル・コンピュータ（PC-9801版）の「プリンセス・メーカー」というゲームソフトである。このゲームソフトの紹介文を以下に引用[3]する。

舞台は、ヨーロッパ中世風ファンタジーの世界。

魔王の軍を倒した勇者（あなた）は、その戦いで孤児になった娘を養女として18歳までの8年間を育てることになります。

あなたは彼女を立派な女性に育てなければなりません。

娘がどんな女性に育つかは、教育方針次第。

勉強や習い事、武者修業、バイト、家事手伝いなど、様々な要素の組み合わせで決まります。

疲れがたまってきたら休ませてあげる。わがままになってきたら、お説教する。

たまにはバカンスにも連れて行ってあげる。

娘の能力だけでなく、きげんや体調、街の評判など、様々な要素をみながら、娘を育てあげます。育て方によっては、途中で不良化したり、病気になったりすることも。

年に一度収穫祭で行われる、ミスコンテストや武闘会の優勝を目指すのも楽しい！

このゲームソフトは好評を博し、数十万本を出荷するヒット作となったわけだが、ここにその事実だけがもつグロテスクさがある。このゲームソフトが、本来的に男性が備えている、ピグマリオン・コンプレックスという欲動を忠実に照射しそれに応えるように設定されているという点である。ただし、ここで留意しておきたいのは、これはあくまでもモニターを介した、二次元のレベルでのコミュニケーションに限定されていたということにある。そこにはまだ、ある種の健全性が見られるであろう。『田園交響楽』におけるおぞましさの一点は、こうした男性のピグマリオン・コンプレックスの欲動の対象が、ジェルトリュードという三次元の空間に生きる生身の女性であったというところにある。詰まるところ生体に対しピグマリオン・コンプレックスの欲動を発動させた。そうして、エゴイスティックな彫琢を施された生身の女性の帰結は自死であった。先述した「プリンセス・メーカー」でいうところのゲーム・オーバーである。

だがピグマリオン・コンプレックスの欲動が可能となるのは、対象が無機物であるという自明の前提に依拠している。削りとった箇所はそのまま削りとった箇所として残り、逆に付与した部分は付与した部分として残らなければならない。対象は自律性を持たないが為に、対象の在りようは全て創造者の手に委ねられることになるわけである。この意味で、自らの裡に自律的機構を内在する生体に対し、ピグマリオン・コンプレックスの欲動を発動させることは不可能であるということになる。

この『田園交響楽』においては、盲であることが無機物性と等価なのである。ジェルトリュードが盲であるということを前提として牧師のエゴイスティックな彫琢がはじまることになる。

## b・三種の隠蔽

『田園交響楽』の育成においては、ジェルトリュードに対し牧師が三種の隠蔽を行っている。以下ではその三種の瞞着に満ちた隠蔽の内実について、テクスト中の牧師の言葉の引用を軸として検証していきたい。

第一の隠蔽は、事物の外面的価値の隠蔽である。これはジェルトリュードのエステティックな価値判断を遮断するということである。ジェルトリュードが盲であるということを自己に便宜的に用い、長男であるジャックに比する自己の老醜を隠蔽している。テクストでは、ジェルトリュードに自己の老醜をさらけ出すことへの恐怖に関する記述が見られるのは彼女の開眼手術が成功してからであり、それ以前に自己に不都合となる記述はない。

> 彼女に対して、自分の姿を見せなければならないという考え、彼女はこれまで私を見ることなく私を愛してくれていたのだが——この考えが私に我慢できないほどの気づまりな思いをさせている。彼女は私のことが分かるだろうか？　私は自分の生涯においてはじめて怖々と鏡に映る自分をうかがう。

ギリシア神話における「ナルシスの寓話」を反語的に想起させる一節である。

第二の隠蔽は、パウロの言の隠蔽である。

私は彼女にパウロの書簡集を与えることはよしている。盲人である彼女が罪を全く知らないならば、「罪は誡めによって、はなはだしく罪深いものとなった」（ローマ人への手紙 第7章13節）とそれに続く諸々の論証を読ませることで彼女を不安にすることが何の役に立つというのだ？　たとえそれがすばらしいものであろうとも。

この箇所においても、ピグマリオン・コンプレックスを核とした牧師の我欲が動いている。自己にとって絶対的に都合の良いように設定された対象物が破砕されることの心的ダメージを回避しようとする心の働きである。ピグマリオン・コンプレックスを核とした我執即ち心の「はからい」を捨て、ジェルトリュードという一個の人間に対し公正であろうとしたならば、彼女にパウロの言を教えるということも必然であったはずだ。パウロの書を与えることで、ジェルトリュードが心的ダメージを被るということは牧師の自己欺瞞に満ちた論理のすり替えであり、実際に心的ダメージを受けるのは、これまで自分が自己にとって都合のよいように設定をしてきた（自己に最多の利益を供給するように彫琢を施してきた）ジェルトリュードが破砕される危惧を抱く牧師自身であった。これもまた自己欺瞞に満ちた隠蔽である。

第三の隠蔽は、「言わなければならなかったこと」の隠蔽である。

そして私はいまだに一度も、ジェルトリュードに対して悪や罪、死についてあえて言うことはしなかったのである。

この第三の隠蔽は、第二の隠蔽を内包するものであり、且つ又、牧師がジェルトリュードに行ったエゴイスティックな三種の隠蔽の中でも最もクリティカルなものである。牧師の本然の目的は、無辜なるものを撓めずに、神の御心に副うように、愛や善、美という正の特性を持ったものに取り巻かれてジェルトリュードを養育するという純一な願いであったはずである。そこから悪や罪や死という、世に散らばる無数の負の特性を持ったものを隠蔽しようとする所為が生まれる。だがここにこそ、根源的な誤謬が存している。世界の汚らわしい実相を言わなかったのはやはり、ピグマリオン・コンプレックスを核とした牧師のエゴイズムなのである。いかにキリスト者としての願いが潔白で純一であろうと、世に散らばる無数の負の特性を知らずに生きている生身の人間というものはこの世に存在し得ない。自分で価値判断を行わない人形、自律性を持たない人形は生けるものとして存在してはならない。

ここから考えられるのは、ジェルトリュードという名の、パンドラの箱を閉じたままにしておいた女性というギリシア神話の対極にある神話的記述である。『プロメテウスとパンドラ』の記述では、ゼウスにより創造されたパンドラという女性が下界に下され、エピメテウスに与えられる。パンドラはエピメテウスの家にある毒物が入った箱（version の異同によっては瓶であるとも記されている）を、開けてはならないという禁制に抗えずに開けてしまう。そこから、おびただしい禍が溢れ出す。肉体的なものでは、通風、レウマチス、仙痛、精神的なものでは、嫉妬、怨恨、復讐、邪智、暴虐、詐欺、奸智。牧師という創造神は、ジェルトリュードに対しパンドラの箱の存在そのものの開示を隠匿したのである。

加えて、第一の手帳の後半からは「神の御心に副うように」というキリストの道徳律に起因するはずであるその本来の願いは、牧師の我欲に転置されてしまっている。創造者は、自ら創出した人形に肉欲とキリスト教における三大徳であるcharitéではない愛欲をジェルトリュードに向け始める。

こうして、この三種の隠蔽が次なる破局を準備することになる。

# 第二章　開眼と自殺

## a・自殺の要因

ジェルトリュードの自殺については三種の要因が考えられる。それぞれが、第一章のbで挙げた牧師の三種の隠蔽と逐一符合するものである。順を追ってこの自殺の三種の要因についてテクスト中のジェルトリュードの言葉を軸として検証していきたい。

第一の要因は、ジェルトリュードに対して、牧師が人間の容貌に関するエステティックな価値判断を隠蔽し遮断したことが考えられる。通俗的なモチーフとなってしまうが、牧師に比してジャックの容貌が優っていたという点である。これはまた、ジェルトリュードにおいて、そのような容貌に関する価値判断を隠匿してきた牧師の裏切りに対する幻滅をも呼びおこしたのかもしれない。

「ねえ、私はあなたをたいへん苦しませるでしょう。けれど、私たちの間にはいかなる偽りがあってもなりません。私がジャックさんを見たとき、私は自分が愛していたのがあなたではないことがすぐに分かりました。それは彼だったのです。彼はまさにあなたの顔を持っていたのです。すなわち、私はあなたが持っているものと想像していた顔だったと言いたいのです……ああ！　どうしてあなたは私に彼のことを断らせたのでしょう？　私は彼と結婚できたはずですのに……」

こうして牧師への断罪がはじまる。隠蔽されてきたものは一切が開示される。次に第二の自殺の要因として挙げられるのは、牧師の正妻アメリーへの罪障感であろう。

「ねえ、ねえ、私があなたの心と生活の中で場所を取り過ぎていたということをあなたはよく知っていらっしゃるのでしょう。私があなたのそばに再び戻ってきたときに、とたんに分かったことがこれです。少なくとも、私が占めていた場所は他の人の場所だったのですし、そのことがその人を悲しませていたのです。私の罪はそのことをもっと早く感じなかったことです。——あるいは少なくとも、私はそのことをよく知っていたというのに、それでもやはり、あなたが私を愛してくれるままになっていたのです。」

正妻であるアメリーを二人して欺いてきた罰を彼女は受ける。ここで明記しておかなければならないのは、他の自殺の要因とは異なる意味合いをこの箇所は孕んでいるということである。それは開眼する以前から、つまり盲である状態にあった時点で、ジェルトリュードは自分と牧師との愛が正しいものではないと知っていたということである。換言すれば、ジェルトリュード自身にも自己欺瞞が潜んでいたということになる。他の自殺の要因が牧師のみの自己欺瞞に帰着されるものであることを考え合わせた場合、この点で特異であるといえる。ピグマリオン・コンプレックスの発動により無機的に彫琢され造型されたはずのジェルトリュードの裡にもなお、悪の因子が胎胚していたということだろうか。

「時々というのは」彼女は悲しげに答えた。「わたしがあなたに負っているあらゆる幸福は無知の上に築かれているようにわたしには思われるのです。」

だが、やはり彼女は盲であり、与えられる知識は、牧師の手により改変された知識でしかない。その時点で彼女は究極的に無知なのであり、事物を十全に知るということはできない。結句、牧師がアメリーの存在を自己欺瞞により抹消し続け、その事実をジェルトリュードに伝えなかったということになる。責を問われるのはやはり牧師のエゴイズムである。

第三の要因としては、開眼によるパウロ的磁場における罪と掟の発現ということがいえよう。

――『私は、かつては律法によらずに生きていた。しかし、誡めがやってきた時、罪は生き返り、私は逆に死んだ。』

開眼後に、カトリックに改宗したジャックにより教えられるパウロの一句[4]である。牧師がジェルトリュードに対して隠蔽してきたこの一句の内実について考察してみる。

それでは、私たちは何と言うのであろうか。律法は罪〔であるとでも言う〕のであろうか。断じてそんなことはあってはならない。しかし私は、律法をとおしてでなければ、罪を知ることはなかったであろう。実際、もしも律法が「あなたは欲望を持ってはならない」と言わなかったならば、私は欲望〔なるもの〕を知らなかったであろう。しかし、罪は誡めによってきっかけを得て、私のうちにすべての欲望を生じさせたのである。なぜならば、律法がなければ罪は死んでいるからである。私は、かつては律法によらずに生きていた。しかし、誡めがやってきた時、罪は生き返り、私は逆に死んだ。そして生命へと至る〔はずの〕誡めそのものが、死へと至る誡めであることを、私は見出したのである。罪は誡めによってきっかけを得て、私を欺き、そしてその誡めによって、〔私を〕殺したのだからである。かくして、律法〔そのもの〕は聖いものであり、そして誡めも聖く、そして義しく、そして善いものなのである。

それでは善いものが、私にとって死となったのだろうか。断じてそんなことはあってはならない。むしろ〔死となったのは〕罪である。それは、善いものをとおして私に死を生じさせつつ、罪が露わにされるためである。そのために、罪は誡めによって、はなはだしく罪深いものとなった。

「私は、かつては律法によらずに生きていた」の句については、実際のパウロの生涯には「律法と無関係に」過ごした時期はなく、この「私」をパウロの自伝として理解することは困難である。パウロは幼少の頃よりユダヤ人の家庭で育ち、律法に即して生きていた経緯がある。本質的な「律法」あるいは罪を自覚していない状態と認識するべきである。この状態はジェルトリュードの盲の状態(原罪の無い楽園に生きているビジョン)を喚起させる。「誡めがやってきた時」即ち、人間が神の誡めを自覚したとき、そしてテクストの中ではジェルトリュードは開眼したとき、「善悪を知る木の実を食べ」、ここに原罪と律法の発現、楽園を追放されるというビジョンが展開されることになる。盲であった時には死んだ状態であった罪が生き返って、ジェルトリュード自身に働きかける力となった。律法がないときには、罪は死んでおり、彼女は神から断罪されることなく生きていた。ところが、律法が発動したとき、罪は生き返り、彼女は神の前から放逐されて死んだ。この逆転は律法が引きがねとなって起こったものである。

「私は逆に死んだ」という文言はそもそもキリスト教的な再生を示唆している。パウロは実地に死んだわけではない。精神性の劇としての記述である。律法は本来、人間を賦活させ再生させるものとして規定されているはずであるが、律法が人を殺めるという逆説あるいは転倒を彼女は体験することになった。律法に対する認識の錯誤から発生した現象であるともいえるが、こうした取り違えの責を彼女自身に帰すべきではないことは自明である。

第四の要因として最後に挙げられるのが、「見る」そして「知る」ことの深淵である。この第四の要因はこれまでの要因を包摂するとともに最もクリティカルなものである。以下に重要な一節を引用する。

しかしながら、もし仮に彼女が自死を望んだのだとしたのなら、それはまさしく「知って」しまったがためなのであろうか？　何を知ったというのだ？　お前、お前はいったいどんなに恐ろしいものを知ったというのだ？　私はいったいお前の命に関わる何をお前に隠していたというのだ？　それはすぐにお前が見るところとなってしまったものなのだ。

命と代替する程の何か「恐ろしいもの」を知り、あるいは見た為に彼女は自死を選択した。ではここで牧師により言及されている「恐ろしいもの」とはいったい何であったのか。これまで挙げてきた、三種の要因（美男ジャックへの思慕と牧師の老醜への幻滅、アメリーへの罪障感、パウロの一句を触媒とした掟の発現）であるという読み方もなされるであろう。しかし、ここで牧師により言及されているのはそれを超えてはるかにおぞましい何かであると考える。それは即ち、「見る」ということそのものにほかならない。牧師がジェルトリュードに対し言葉を（それが自己のエゴイズムから発しているとしても）選択せざるを得なかったこの現実（réalité）の苛烈な実相を彼女は見たということである。

　この物語の悲劇性の根幹は、「牧師が盲人に対し言葉を選ばざるを得なかった」この苛烈な現実（réalité）に、今われわれが生きそして見ているというのっぴきならない状況性にある。われわれが生きている場所は、開眼した盲人が自死を選択し、再度明るみの無い状態＝盲の状態に帰還しようと願うほどの苛烈で汚らわしい世界であり、悲劇性の真因は、その実相を寸分たがわず見なければならない現実（réalité）において今もなおわれわれが生きつつあるという事実だったのである。

　最後に犯人が分かる「犯人探し」の物語として、『オイデュプス』のパラフレーズとして、物語の末尾において牧師の自己欺瞞が暴かれ、彼自身がその過誤を認識するという記述から、牧師を犯人の対象として挙げることもできよう。だが、この作中に犯人（ジェルトリュードを殺した何か）が存するとするならば、それは世界である。「見ること」即ち「生きていること」それ自体がクリティカルな一刺しなのである。牧師の自己欺瞞という表層的な理由を遥かに超えた、「見る」という行為そのものなのである。

## b・「見る」ことの深淵を提示した他の物語との等差性

開眼が自殺に直結しているこの『田園交響楽』は、人間が「見る」ということの劇を主題とするならば、これに通低する他の物語と多くの主題的共鳴をもつ。以下では、「見る」ことの位相について考えてみたい。盲から開眼して「見る」という状態へ、さらに自殺により再び「見る」ことのない状態＝盲へ移行することで救済が約されるかということが、『田園交響楽』でのひとつの指針となるであろう。ジェルトリュードは自殺し自らを再び明るみの無い状態に帰することによって、贖いを果たし救済されたのであろうか。

盲と開眼を主題として含する物語は洋の東西を問わず散見されるが、ここではその主題が鮮明にあらわされている『今昔物語集』の一説話、『出世景清』、『春琴抄』の三作を年代順に俯瞰していきたい。以下より、この三作の梗概と考察を付する。

### 「今昔物語集」巻第四 天竺付仏後
### 『拘拏羅太子眼を抉られ、法力に依りて眼を得たる語』第四[5]

**梗概**

天竺の大王阿育(アショーカ)王の子息である拘拏羅(クナラ)太子は、阿育王の現在の后であり継母にあたる帝尸羅叉(タイシラシャ)に懸想されたが、これを拒む。帝尸羅叉はこれを怨み、拘拏羅太子を陥れようとする謀略をはかるが、大王により看破され、失敗に終わる。事態の収拾を願う阿育王は、拘拏羅太子を遠国に赴かせ、自らの歯印を付した宣旨のみに従うように命ずる。帝尸羅叉は阿育王の偽造した歯印を付した、「速ニ太子ノ二ツノ眼ヲ抉リ捨テ、太子ヲ国ノ境ノ外ニ可追却シ」という偽りの宣旨を出す。太子は「我レ父ノ宣旨ヲ背クベカラズ」と言い、賎民を召して自らの両眼を抉りとらせる。盲人となった拘拏羅太子は流浪の末、阿育王により再び見出される。一人の阿羅漢が仏法を説き、それを聞いた人々の流した涙を集め、それで太子の両眼を拭うと、彼の眼は再び開く。

## 考察

このテクストでは、「見る」という劇が『田園交響楽』とは正反対の進行をしている。即ち「目明き」の状態の人間が両眼を自らの手で屠り、「盲」の状態に移行した後、再び開眼するというプロットである。開眼した後の主人公の心象についての記述は無いが、開眼後に「大王首ヲ低ケテ羅漢ヲ礼拝シテ喜ビ給フ事限リ無シ」という記述があることから、周囲の人間は開眼を喜んだという事実に相違はないであろう。だがテクストに開眼した主人公のその後の動静についての記述も無く、彼の心象を推察できる記述も存しないという点で、彼自身において開眼の内実がどのようなものであったかは未だに不分明である。ここには仏教説話として人民感化に力点が置かれていることも理由としては求められるだろう。自らの両眼を抉るという所為が自らの願いではなく、他者の讒言によってやむなく行ったものである点で、ジェルトリュードの自殺とは明晰な対照性がみられる。対照性の点で注記しておかなければならないのは、『田園交響楽』の進行とは逆の道を辿る物語が存するという、この物語のプロット上の対照性であろう。

## 『出世景清』

### 梗概

近松門左衛門作。壇ノ浦の合戦を生きのびた平家の景清は、頼朝暗殺を企てるが、愛人阿古屋の兄十蔵によって妻の小野姫が捕えられたため、やむなく自首し、六波羅の牢につながれる。その牢を訪れた阿古屋は、景清とのあいだにもうけた二児を手にかけ自害。牢を破って十蔵を討った景清はふたたび牢に戻って遂に斬首されるが、清水観音が身代りとなって助かる。これを聞いた頼朝は景清を赦免する。しかし末尾の五段目で景清は宴席上、頼朝の後ろ姿を見て反射的に斬りつけようとしてわれに返り、「とかく此両がんの有ゆへ」と、自ら眼を抉る。

### 考察

景清が自らの両眼をくりぬくテクスト末尾の重要な記述を引用[6]する。

かげきよ君の御うしろすがたをつくつくと見て。こしのかたなをするりとぬき一もんじにとびかかる。をのをのこれはときしよくをかへたちのつかに手をかくれば。かげきよしさつてかたなをすて。五たいをなげうちなみだをながし。なむ三ぼうあさましや。いづれも聞て給はれ。かく有がたき御おんしやうをうけながら。ぼんぶしんのかなしさはむかしにかへるうらみの一ねん。御すがたを見申せばしゆくんのかたきなるものをと。たうざの御をんははやわすれひろうのふるまひめんぼくなや。まつひら御めんをかうふらん。まことに人のならひにて心にまかせぬ人心。今よりのちも我と我身をいさむるとも。君をおがむたびことによも此しよぞんはやみ申さず。かへつてあたとやなり申さん。とかく此両がんの有ゆへなれば今より君を見ぬやうにと。いひもあへずさしぞへぬき両の目玉をくり出し。御前にさしあげてかうべをうなたれゐたりけり。よりともはなはだ御かん有ぜんだいみもんのさふらひかな。平家のをんをわすれぬごとく又よりともがをんをもわすれず。まつせにちうをつくすべきじんぎのゆうしぶしの手ほんはかげきよと。

「見なければならないもの」を滅する為に両眼を自らの手で抉りだしたという景清の所為はジェルトリュードの自殺の真因と恐るべき通低を持っている。本然として見ている状態にある限り、頼朝という映像（景清にとっての苛烈な現実(réalité)の実相の象徴）が否応なしに飛びこんでくる。それを断ずる為には両眼を抉りだすしかないのである。景清にとっての救済は自ら盲を選択することで果たされたのだともいえよう。この意味で景清の眼を抉るという行為とジェルトリュードの自死は等価なのである。「君をおがむたびことによも此しよぞんはやみ申さず」の一語はその意味で致命的である。両眼を持ち「見る」という状況にある場合、必然的に頼朝を見なければならず、自律しようのない「しよぞん」＝「所存」＝「自分が恩賞を受けた頼朝を殺したいという妄執」がとまることはない。まさに「見る」ことそのものが致命的である不動の現実(réalité)が此処にある。

## 『春琴抄』

### 梗概

大阪の裕福な菜種問屋に生まれた春琴は九歳の折に疾病により失明する。一家は丁稚奉公に来ていた佐助という少年に春琴の手引きをするように頼む。春琴の琴の稽古に感化させられた佐助は自分も琴を自習する。以後三十余年に渡る盲目の美女春琴と佐助の二者一体となった、嗜虐癖などをも交えた緊密で不可思議な交情が続くことになる。ある晩、春琴は何者かの手により熱湯を顔にかけられ顔に重度の火傷を負う。損傷を受けた春琴の顔を見ない為に佐助は自らの両眼を縫い針で突いて盲となる。

### 考察

盲となり救済が約されたかという問題について、実際に盲となった以後の佐助の心象の記述があるので以下に引用[7]する。文中で「お師匠様」と佐助により述べられているのは顔に火傷を負った春琴を指している。

　誰しも眼が潰れることは不仕合せだと思うであろうが自分は盲目になってからそう云う感情を味わったことがない寧ろ反対に此の世が極楽浄土にでもなったように思われお師匠様と唯二人生きながら蓮の台に住んでいるような心地がした、それと云うのが眼が潰れると眼あきの時に見えなかったいろいろのものが見えてくるお師匠様の顔なぞもその美しさが沁々と見えてきたのは目しいになってからであるその外手足の柔らかさ肌のつやつやしさお声の綺麗さもほんとうによく分かるようになり眼あきの時分にこんなに迄と感じなかったのがどうしてだろうかと不思議に思われた取り分け自分はお師匠様の三味線の妙音を、失明の後に始めて味到したいつもお師匠様は斯道の天才であられると口では云っていたものの漸くその真価が分り自分の技量の未熟さに比べて余りにも懸隔があり過ぎるのに驚き今迄それを悟らなかったのは何と云う勿体ないことかと自分の愚かさが省みられたされば自分は神様から眼あきにしてやると云われてもお断りしたであろうお師匠様も自分も盲目なればこそ眼あきの知らない幸福を味えたのだと。

自ら盲となった上の佐助の述懐を見る限り、佐助自身において救済は果たされていたようである。ここでもジェルトリュードの自殺に相当するのが両眼を潰すという佐助の行為である。佐助の場合、「見なければならないもの」としての現実(réalité)の苛烈な実相を表徴するものは火傷を負った春琴の顔であった。盲となることでそれを滅するばかりか、それを正の価値にまで転化している。「眼が潰れると眼あきの時に見えなかったいろいろのものが見えてくる」、「お師匠様も自分も盲目なればこそ眼あきの知らない幸福を味えた」という言はこの佐助自身の個別的救済のビジョンから発露されるものだと考えられる。

# 第3章　共生

## a・本然の〈animer〉

これまで、『田園交響楽』における悲劇性の根幹を様々な角度から洗い出してきた。二つの大きな軸となったのは「牧師のエゴイズム」と、それを発現させた「『見る』という深淵」である。ここでもう一度「牧師のエゴイズム」に立ち返る。第一章のaにおいて述べたが、牧師はジェルトリュードに自律性を付与しなかった。それがピグマリオン・コンプレックスの欲動だと語られこれまで牧師のエゴイズムが断罪されたわけだが、なぜ牧師がピグマリオン・コンプレックスを発動しなければならなかったかを検証していくと、その真因は「世界を見る」という苛烈な劇をジェルトリュードから隠蔽しようとする所為につながる。これは既に、牧師のエゴイズムを超えた「大いなる」真因ではなかろうか。

私はここに牧師への「赦し」を見なければならないと思うがどうであろう。盲人に対してピグマリオン・コンプレックスを発動させなければならない苛烈な現実（réalité）に我々も牧師も生きている。その位相において我々と牧師の立つ位置は同じなのである。一切を牧師のエゴイズムに帰してしまうのは無理ではないか。これは或いは我々が盲人を前にしていったい何を言い得るのかという問いにもつながっていく。

しかし私はあえて言わなければならない。ジェルトリュードが開眼後に自殺を選択したこの世界に今なお生きる私は言わなければならない。人間は自己に内在するありとあるものを超克しジェルトリュードに自律性を付与しなければならなかったのだ。

昼食の間中陽気だったが、奇妙な微笑が彼女から離れることはなく、それが私には気がかりだった。そのぎこちない微笑は私が彼女に全くみとめることがなかったものであり、私はその微笑を、彼女の新たな視力のためのものであると信じるように努めた。その微笑は、涙のように、彼女の両眼から顔の上にかけて流れるように見えた。

この一節は『田園交響楽』において最も痛切であるばかりか、或る「恐怖」を私に感じせしめる。「奇妙な微笑」とはいったいなんであったのか。これほど恐ろしい微笑を我々は見ることができるのか。このグロテスクな微笑は、生体としての機能を停止させられ、「全きもの」としてのエゴイスティックな調律を施され、歪曲され撓められ自律性を完全に剥奪されてきたジェルトリュードという名の人形の完全なる破砕を予見させるのだ。

牧師は盲であった初期のジェルトリュードに、言葉と感覚を植え込むことで、生気を与える、魂を吹き込む〈animer〉という言葉を用いたわけであるが、この〈animer〉には完全なる誤謬があった。牧師は逆に彼女の魂〈âme〉を簒奪することを行ったのである。

ギリシア神話における『ピグマリオン』では、アフロディテにより〈animer〉をもたらされた彫刻像はピグマリオンと共にハッピー・エンドを迎えるわけだが、この『田園交響楽』では逆転してカタストロフが待っている。

人間は人形と共に生きているわけではない。自己の利害を滅却し、盲であったジェルトリュードに自律性を付与することこそ、本然としての〈animer〉なのではなかったのか。この世界に現前するありとあるものを提示してそれでも盲人に「なお生きる」という選択をせしめることがキリスト人である段階以前の人間の道徳律或いは本然の優しさではないのか。そうであるならば、ジェルトリュードが「奇妙な微笑」をするはずがないのである。

### b・自律性の有る二対の生体が共に生きるという選択

はじめに牧師という創造者が居た。彼はキリスト人としての道徳律「白い手」と我欲「黒い手」により盲人という原木に刻みを入れ一人の女性を造りあげた。この人形が開眼してアニマを自らの裡に取り戻し自律性を獲得した時、彼女は自らを破壊した。このプロットは巧みであるからこそ救いようがない。しかし問題は盲人の少女を育成するという特異な状況性にあるとも考えられる。

我々は普段こうした個別的状況に置かれているわけでもないが、それでもこの作が読まれ続け、我々の心に何かを喚起し続けているというのは、人間が生きている限り抱き続ける普遍的真実をこの作が内蔵しているからであろう。

ジェルトリュードという幻想は我々に或る郷愁を抱かせる。しかしそれは決して辿り着けないものであるし、この世に存在し得ないものなのである。完全なる無垢を顕現しつつも生きている生体即ち「生ける人形」

は作中において求めることはできるにせよ、現実において求められはしないのである。ここに現代のコントとしての『田園交響楽』が成立している意義がある。

人間は人間と共に生きている。この当たり前の事実に気付くだけなのだ。そして共に生きているその相手とは、自分と同じ自律性を持ち動いている生体なのだ。自分と同じようにエゴイズムにとらわれ、利害の妄執の裡に呻吟している一人の人間なのである。

どうしてこうした自律性を持ち、エゴイズムの昏い海の中で蠢動している他者と共に生きていかなければならないのか。私には分からない。こうして世界は苛烈であり続けるのだ。

## c・酵母菌としての人間の祈り

大腸菌は無性生殖即ち細胞分裂により個体を増やす。この場合、子は親と全く同じ形質を受け継ぐ。それに対して酵母菌は出芽と呼ばれる生殖を行う。これは親の組み合わせにより、子は多様な可能性を持った形質を受け継ぐことになる。遺伝子の組み換えが起こるからである。なぜ唐突にもこの二者を引き合いに出したかといえば、それが自律性を有する人間の共生が不可能であった場合の救済のビジョンを私にもたらしてくれるからである。

我々人間はその起源として酵母菌の生き方を選び取った生き物である。即ち私たちの子供は無限の可能性を持って生まれる。そこには無限に変幻してゆくこの現実に適合する新しい形質を持った種を残そうとする原初の祈りがあった。自在に変幻する可能性を宿す子供を次世代に残すという選択をすることで。大腸菌は現実が急激な変化をすればそれに適合できずに絶滅するが、酵母菌としての人間はそれに適合した新しい個体という選択を残し生き延びることができる。

自律性を持った他者と共生する必要は現時点で我々にはないと私は考える。このような苛烈で汚らわしい世界で自分と等しく自律性を有する他者と共生していくことは現時点で私には不可能だと思われる。かといって人形と共生することも不可能。しかし生殖＝セックスをして遺伝子を次世代に託しておくことは可能なのだ。生まれて、子供をつくって、死んでいく。人間、結局それだけの話ではないか。

私は牧師に告げよう。キリスト人としての戒律や家庭の保持など様々な分別もない雑念は払拭して生きている生身のジェルトリュードと毎晩セックスに励めばよかったのである。それこそが人間としてのまことのいのちのつとめではないか。好きならば、セックスをして、子供をつくりなさい。とても簡単な話である。次なるいのちに全てを託して、私たちは滅びるのだ。

# 結語

これまで語られてきたことは、『田園交響楽』というテクストを透かして世界を見た私という人間の偽りない世界の報告書のようなものである。この報告が誰にむけてなされたのかは私にも分からない。欺瞞や我執、他者と共生することの「軋み」等、私を圧殺しようとする数々の疑念を透過して牧師やジェルトリュードの在り方を検証した。その帰結は「セックスをしてたくさん子供を産みましょう」という一見ふざけきった言葉に終わるわけだが、私は大真面目である。私は現時点の私の有り様からいって、厳粛に「それで良し」と言うことができる。

さあ、出発の時は近い。

# 付録・フランス語梗概

【編者注】

二〇〇三年当時の東大仏文科の卒論では、本論とは別にその梗概をフランス語で書くことになっていた。本論を本書に収録するにあたって、ほろほろ落花生のフランス語能力の尺度としてそのまま掲載する。

Ce mémoire consiste en trois chapitres. Le concept central dans le premier chapitre est "le complexe de Pygmalion", qui est analysé comme la structure d'un jeu où le pasteur élève Gertrude. Cela éclaircira, en dépendant en générale des citations de la parole du pasteur, comment l'égoïsme de l'homme agit dans le système de formation. Ensuite, le concept de la "dissimulation" du pasteur, qui se sert de l'infirmité de Gertrude, sera analysé comme une puissance qui met en jeu l'égoïsme dans la formation. Il y a trois espèces de dissimulation. Ce sont le jugement esthétique sur le changement de l'homme, les discours de Paul, et la dissimulation de "savoir".

Dans le deuxième chapitre s'analyseront par échelons l'acquisition de vue de Gertrude et la cause vraie de son suicide. D'abord on va noter sur ce qui correspondent aux trois espèces de dissimulation comme la cause de son suicide. C'est tracer ce que le pasteur dissimulait à Gertrude aveugle. Ces trois espèces de cause sont, la laideur de la vieillesse du pasteur en comparaison avec son fils Jacques, le scrupule de Gertrude pour tromper Amélie, la femme du pasteur, le sentiment de péché et commandement par les discours de Paul. Au bout de l' analyse de ces trois causes de son suicide, on aboutit à la quatrième cause qui est la plus fatale sera trouvée, à savoir, son acquisition de la lumière, c'est-à-dire "voir". En conséquence, la vraie cause de la catastrophe est le "voir" lui-même. L'autre aspect de cette catastrophe tient à la situation où le pasteur devait choisir les discours pour l'aveugle. Si le pasteur a fait, par l'égoïsme, de nombreuses dissimulations à Gertrude avec l'intention de la défendre contre l'affliction de voir la féroce réalité, nous ne pouvons ne pas penser à la férocité de notre vie qui vivons dans cette réalité. Des comparaisons seront également faites avec d'autres œuvres littéraires ayant pour thème le "voir".

Le sujet du dernier troisième chapitre est la quête d'une possibilité : deux organismes qui ont chacun l'autonomie, peuvent-ils coexister ? Le pasteur n'a pas donné l'autonomie à Gertrude, et par son égoïsme et complexe de Pygmalion, il a fait d'elle comme une poupée.

On pourrait dire qu'il a fait cela par sa charité extrême pour ne pas montrer à elle la férocité de la réalité. Faut-il voir ici "l'absolution" du pasteur? La proposition qui se tire de là est «l'organisme qui a l'autonomie = le pasteur ⇔ l'organisme qui n'a pas d'autonomie = Gertrude » Mais il faut s'éloigner de la situation particulière de cette œuvre et tirer une autre proposition "l'organisme qui n'a pas d'autonomie". C'est penser à une situation universelle dans laquelle nous sommes jetés et à la fois condamnés à rechercher un moyen de coexister avec l'humain, non pas avec poupée.

Cette idée est actuellement impossible. Ceci est la réclamation de la défaite de l'auteur contre la réalité. De là l'auteur a introduit la vue du salut au niveau génétique qu’ il considère comme le salut de l'homme.

# 脚注

1　André Gide, *La symphonie pastoral*, Ed.Gallimard,1998

2　『精選版 日本国語大辞典』に拠る 用例は略す

3　©YonagoGAINAX http://yonago-gainax.co.jp/works01.html#game（執筆時のＵＲＬは http://www.gainax.co.jp/soft/primas/）

4　青野太潮『〈新約聖書Ⅳ〉パウロ書簡』（岩波書店　一九九六年）p.25-26

5　『新日本古典文学大系 第33巻 今昔物語集一』（岩波書店　一九九九年）p.301-305

6　『新編日本古典文学全集76 近松門左衛門集3』（小学館　二〇〇〇年）p.60-61

7　『谷崎潤一郎全集 第13巻』（中央公論社　一九六七年）p.553

# 東京でストラグル（もがく）

2003 - 2010

# Re:現代文

## 解題

破滅派に掲載された「テスト問題」である。当時、家庭教師のアルバイトなどを行っていたほろほろ落花生には、答案用紙のレイアウトへのこだわりがあり、印刷用デザインデータを自ら作成した。フォントなども教科書体を指定する熱の入れようである。

# 試験の注意事項

一、覚悟が決まるまで問題文を開かないこと。
二、試験時間は設定していない。
三、氏名又は偽名、解答は鉛筆又はシャープペンシル（HB～B）ではっきり記入すること。
四、問題の内容については、質問できない。
五、試験中の携帯電話の使用、私語、無断退出は厳禁とする。
六、選択式の問題についても、部分点が加算される。

＊この注意事項を遵守するか否かは、解答者の道義性に委ねられます。

# 第一問〔評論〕

次の文章を読んで、[ア]後の問いに答えよ。

人間が生まれ、この地上に生きるとき、そこに必然的に介在するもろもろ対していかに処するか。もろもろに取り込まれて、もがき続ける人間の苦しみに対していかなる処断が可能なのか。

この問題に切り込み、これまでに提示されてきた回答は多岐に渡るが、この点において、一握りの人間の系譜が確固として存在する。彼らが志向するのは、一切が融和するものとしての王国のヴィジョンである。王国をうち建てる道程において、あがきつづける人間たちの宿業である。こうした人間の血脈をしばし俯瞰してみたい。

エリクソン（Erik Homburger Erikson,1902-1994）は人間のライフサイクルを八つの段階に分け、最初期の乳児期（〇～一歳）における発達課題を「信頼性」対「不信」として定置した。最初の他者としての母親をはじめとし、現前するこの世界が信頼に足るものなのか、その心理的危機を乗り越えることによって[イ]「希望」の感覚が獲得されると定義したのである。

乳児期において信頼性を十全に獲得できていなければ、そのひずみは後々の発達、特に対人関係において大きな影響を及ぼす。映画『フルメタル・ジャケット』における「パパとママの愛情が足りなかったのか？　貴様」という檄は、蓋しある程度の説得性を内包するものともいえるだろう。

晩年のドストエフスキー（Фёдор Михайлович Достоевский,1821-1881）の思考の極北を示す例として引用されることの多い『カラマーゾフの兄弟』。その中に「祈りと、愛と、他なる世界との触れ合いについて」（第二部第六篇三G）と題される法話がある。王国のヴィジョンの核としてそこに見出されるものは、ウ大海としての世界の共振性であった。ひとりの青年が小鳥に赦しを乞うという行為でさえも、その精神性が小鳥に宿り（小鳥自身が軽やかになる）伝播されることによって、次々と派生していく。この聖的な共振こそが、世界を今ある状態より、もう一段高みに浮上させる。このような大海の原理において注意したい点は、人間が悪を行う場合においても、この共振性が善や聖性と同じく発効することである。

また、この物語の末尾においては、先述したエリクソンに先行するかのように、エ子どもの頃に両親と暮らした思い出の重要性についても触れられている。それは人間の生活において、かけがえのない貴重な熱源となり、その後の人生において埋み火のような効力を発揮するものであるという。

もろもろを融和させる王国の現出。そのために血は流され、宗教は瓦解しては更新された。文学からもこうしたアプローチがなされてきたことは論を待たない。だが、右に引いたドストエフスキーのような土臭い地続きの思考は、現代において、奇妙な袋小路に入りつつあるようである。証左としてミシェル・ウエルベック（Michel Houellebecq,1958-）、庵野秀明（1960-）に注目したい。

二者に通底するのは、ある諦念である。彼らは人間をそれ自体では完結し得ないものとして捕捉し、一挙解決を図ろうとする。この意味ではご一新の思考ともいえるかもしれない。補完という名の下に、あらゆる生命を有機化して原初の海に溶かし込む、人間をオ遺伝子レベルで加工することで完全体への到達を志向する。いずれにしてもそこにあるのは、一足飛びのメタモルフォスへの幻惑である。さらにまた注意深い読み取りを要請するのは、その王国が実現されたあとにもなお、作者により意図的に残される一対又はひとりの、生（なま）のままの人間という設定である。実現された王国の内部で又は外部で、人間の変わらぬ幻滅と期待が交錯する。極点での呼びかけ(I' m here!)に対する応答が、待たれ続ける。

こうした刹那的な色合いさえ帯びる彼らの王国のヴィジョンに対して、アン・モロー・リンドバーグ(Anne Morrow Lindbergh,1906-2001)や村上春樹(1949-)が提起する調和した王国の彫像は、ある理想形ともいえるだろうか。彼らの王国においては、各人が自身の内的律動に静かに、辛抱強く耳を澄ませることによって、他者にも同じく内在する律動に同期し、その内側に響く音階と静かに和する。完全な調和と秘められたリズムの裡に舞う踊り手のように、あるいは均衡を崩さずに歩を進める綱渡り芸人のごとく、そこには外部との軋みのない静的な共振が息づいている。

この二者の形式は確かに美しいが、それだけにユートピアンの域を出ないとの反駁も起こりえよう。手触りのいい言葉だけで、この[ごつごつした現実]« réalité rugueuse »を滑らかに彫琢することはできないのであろうか。

王国を刻む新しい言葉のために、自らがもう一度土に回帰し、己の血の系譜を直視し、自己の所在を丹念に洗い出すこと。この地道な作業を重ねることによって、個々の人間のカ「自立歩行」の可能性を探り、次の段階の王国への到達が高橋文樹(1979-)において試みられようとしている。

(竹内聡子『海・思考あるいは王国のトポロジー』)

（一）傍線部アの表記について、適切なものを次の中から選べ。

イ　後は土間に座り込むタイガー・ウッズ

ロ　後は野となれ山となれ

ハ　後の問いに答えてくれないと泣いちゃうから、おにぃちゃん

ニ　後は自刃せよ

（二）傍線部イについて、乳児期の発達課題がいまだに達成できず、世界に対する不信に陥っていると思われる周囲の人間を三名挙げよ。（姓名とも、漢字は楷書ではっきりと書くこと。解答者自身も含める。）

（三）傍線部ウについて、人間の行為が共振していく連鎖的な在り方について、肯定的な側面、否定的な側面を具体例を挙げてそれぞれ一〇〇字以内で記せ。（句読点も一字として数える。なお、採点においては表記についても考慮する。以下同じ。）

（四）傍線部エについて、「お前なんか生まれてこなければよかったんだ！」と日常的に母親から面罵される六歳児が行いうる反論を六〇字以内で記せ。

（五）傍線部オに関連して、デザイナーズ・チャイルド（病変を発現したり、知能・身体能力・外面的要素等を規定したりする遺伝子を、受精卵の時点で人為的に加工された子ども）における可能性と倫理的問題について一〇〇字以内で説明せよ。

（六）傍線部カについて、

a　著者の述べる「自立歩行」とは、どういう意味合いで使われているか、六〇字以内で説明せよ。

b　aにおいて説明した「自立歩行」の内容について、枠内に図示せよ。

（七）文章全体の論旨に即し、あなたの考える王国のヴィジョンを二〇〇字以内で説明せよ。ただし次の語句のうち一つを文章中に必ず使用すること。

・がんもどきに銀杏は入っているべきでない
・たまには風呂入れよ
・土間に座り込むタイガー・ウッズ

# 第二問〈小説〉

次の文章を読んで、後の問いに答えよ。

「お金が欲しい！」

荒ぶった第一の男はそう叫ぶと、テーブルに拳を振り下ろした。衝撃で鏡月GREENのボトルと、たこわさびの小皿が揺れた。瞬間、ある既視感が残りの二人を襲う。

学生街に程近い魚民の一角。どこからかはじき出された三人の男たちは、およそマーケティングの対象年齢からは外れるであろう三十代も後半といったところであろうか。たこわさび二百八十円単品のみでしぶとく粘り同席している他の二名は、拳が振り下ろされても微動だにしない。こうした醜態にはもう慣れっこであるらしい。

「『お金が欲しい』と君は叫ぶ」

テーブルをはさんで、第一の男の斜向かいに座いる第二の男が伏し目がちにぼそぼそと応じた。猫背ぎみで血色が悪い。滑舌も悪い。彼は持っていたロング・ピースの吸殻を使って、魚民のロゴ入り灰皿に折り重なった灰まみれの煙草を無心に整理していた。その顔からは、自分にはこれ以外、さしあたってすることもないのだという不確かな決意もうかがえる。

「『お金が欲しい』と君は叫ぶ。思ったとおりに叫んだけれど、願いは空まで届いたけれど、それでもお金は降ってこない」

第一の男の正面、第二の男に並んで腰掛けている第三の男が、ワット少なめに煙にかすむ蛍光灯の光を仰ぎ見ながら、うたうようにひとりごちた。口調はア・パールで、とト書きをつけたいくらいに見事な他者不在ぶりである。蛍光灯に無残に照らし出された口元は半開きになっている。

「ところで、あいつまだ来ないのか。遅いな」第二の男は虚ろに周りを見やりながら呟いた。

サークルの大学生たちのあつまりであろうか、遠くでさざめく嬌声が、自分たちが消費してしまった時間の圧倒的重量と目の前の断崖をじりじりと自覚させる。彼らは既に十分過ぎるほどに消耗していたのである。ひとり気を吐いた第一の男はそのまま捨て置かれていた。

「お前、まだ分からないのか？　あいつはもう死んだんだよ。来ない」第三の男は蛍光灯を見上げたまま言った。

「死んだっていっても、行方が分からないだけじゃないか。あいつの生き死にを勝手に決めるなよ」灰皿の整理を続けながら、第二の男は答えた。

「お前こそ、あいつをあいつ呼ばわりするな。何様だ？　いつまでもあいつに期待なんかしてるから、こんなことになってんだよ」

「こんなことってどんなことだよ？　だいいちお前も、あいつをあいつ呼ばわりしてるじゃないか」

「俺はいいんだよ」

説明不要といわんばかりの異様な語気に気圧されたのか、もう幾度となく繰り返されたこの会話の不毛さを改めて直覚したのか、第二の男は押し黙った。今では灰皿に印字された魚民のロゴを爪楊枝で執拗につついているばかりである。

「念のためにもう一度聞いておくが、あいつっていったい誰だよ？ゴルゴダでくたばったあの罰あたりか？鶯谷のピンサロに指名無しで行って横綱大当たり、押さえ込みくらって頓死したあいつか？おれたちのとこからさっくりずらかったあいつか？元の場所に捨てておいたら凍死したあの『人間のようなもの』のことか？」

「あいつはあいつなんだよ」第二の男がほとんど捨て鉢気味に言った。

「あいつ頼みはもうやめろ。あいつはお前だ」あいかわらず焦点のあわない目で蛍光灯を見上げながら、第三の男が断じ、もはやなんの予感もない沈黙。ひしがれた時間の中で、一切れだけ残っているたこわさびと、土間に座り込むタイガー・ウッズが発する光沢のみが奇妙な実在感を発している。

「お前たち。いい加減にしろ。これがほんとうの潮時だ。きちんとアレについて話はじめる時がきた」

　卓上に拳を振り上げた後は完全にフェイド・アウトしていた第一の男が唐突に口を出し、残りの二人はエある禁忌に触れたかのようにびくついた。

「ちょっと待て。待て。アレってアレのことかよ。その話はしない約束だろ」

「違う。アレのアレだからアレだよ」

「お前バカか。アレっていたらアレのアレしかねーじゃねぇか」

「アレのアレはもうやめとう。ほんとに勘弁してくれ」

「アレのアレはいいとして、アレのアレのアレはまだ終わってない」

（石倉宗太郎『君はそれをドツボという』）

（一）この小説の新たな表題として適切なものを選べ。

イ　三酔人アレアレ問答

ロ　お金をください

ハ　土間に座り込むタイガー・ウッズ

ニ　第四の男

（二）傍線部アについて、第一の男の暴力性と状況の切迫性を高めるための表現として適切なものを選べ。

イ　テーブルにおいてあった鏡月のボトルで自分の頭蓋を叩き割った

ロ　第二の男の髪の毛をひっつかんで「お金が欲しい！」との咆哮とともに店内を引きずりたおした

ハ　割り箸を握り締めると店員に躍りかかった

ニ　舌をだして第三の男の顔を舐めまわしはじめた

(三)　傍線部イについて、その理由として適切なものを選べ。

イ　大気がいまだに飽和貨幣量に達していない

ロ　三人ともにいまだにお金は降ってくるものだと本気で信じており、働こうとしていない

ハ　ネオコンによる策動

ニ　第一の男の叫びが年齢不相応であり、あまりに世界をなめきっていたため、神は彼らを見放した

(四)　傍線部ウについて、第三の男はここで何を言おうとしているのか、二〇字以内で説明せよ。

(五)　傍線部エについて、ある禁忌とはいったい何を示しているか。適切なものを選べ。

イ　三人の男が十数年前にたちあげた、とある文芸誌に絡むごたごたのために死傷者がでた事件がいまだに係争中であること

ロ　三人の男が十数年前にたちあげた、とある文芸誌に絡むごたごたのために収監されていた女が最近出所したこと

ハ　最後まで残っていた、たこわさび一切れを誰が食べるのかという致死的な問題

ニ　魚民で頼んだ鏡月のボトルとたこわさび一皿が、第一の男のおごりではなく割り勘になるのではないかというおののき

(六)　このような問題を解かなくてはならなくなった、我が身の境遇について一〇〇字以内で怒れ。

# 第三問〔戯曲〕

次の文章を読んで、後の問いに答えよ。

**第五幕**

一階。居間。いかにもまがいものであることが一見して分かる、ヨーロッパ中世風のいかめしい甲冑を身にまとった男が居崩れて眠っている。

**＊＊＊＊**　(寝息をかく男を冷然と見下ろしている)やっぱりお前か。

**ファザー**　(明滅する意識のなかでつぶやく)……俺は。確かに。うむ。囲まれた……。ここは。剣だ。来る……。血だ。突撃！

(男が握りしめているカートリッジを手に取る)親父、これは違うゲームだ……。

一階。＊＊＊＊の居室。デイ・トレードに使用されていた机上のモニタには先ほどのカートリッジを再生しているとおぼしき映像が映し出されている。＊＊＊＊は机に向かって呆けたようにその映像を眺めている。

**ファザー**　(いつの間にか＊＊＊＊の後ろに立っている)くだらないな。

**＊＊＊＊**　(ファザーの傍ら。机上、くまのぬいぐるみに頭を埋ずめ、こめかみをおさえている)ほんとに。いつまで続ける気ですか？　わざわざひねくりださなくてもでっちあげはそこらじゅうに転がっていますよ。「ぼうけん」とか他愛もない悪あがきはこれくらいにしたほうがいいですね。すこぶる現実的に言っ[ア]

て、もう飯の食い上げです。【現実的に】この辺り、すみつきカッコじゃなくてルビふって斜体にしてこんなんとか明朝なんてフォントはやめてボールドにしてアンダーライン引いて赤字にして囲み線に網掛けつけてフォントサイズ∞ポイントにしたいくらいですよ。本来ならこれ、このワードってやつ、文字のアニメーション機能なんてのもついてるらしいから、ふるふるっと蠢動させてやりたいくらいです。やりますか？　ああ。いったい親父、あなたは一家の長としての自覚があるのですか。世帯主がトンズラかまして「ぼうけん」ですか？　というか、そうだ、嘘はいけない。あなたはこのオハナシの収束を担う責任能力があるのですか？　ここで登場してもらった以上なんとかしてもらわないとこちらとしても困るんですよ。とんでもない逆転劇にハラハラドキドキきゅんきゅんほろほろ。あいつらがキーキー泣きわめいて失禁脱糞悶絶昏倒くらいの結末が待ってるはずなんです。圧倒的ずんどこクライシス。復活劇にどんでん返しだ！　そろそろ親殺しでもいれましょか？

**ファザー**　（冷然と）責任転嫁はやめろ。だいたいなんで俺があいつらのクソ涙とか屁みたいな卑しいしらけきった笑いのためにお前に殺されなきゃならねぇんだ。阿呆が。

**＊＊＊＊**　（傍白）殺しかな。やっぱ。あいつら血見ないと気がすまん連中だからな……。

**ファザー**　気勢がよかったのは最初だけだな。神なき人間の和合だとか、血縁とか、子どもたちだとか、太陽だとか自己抹殺自己救済とかふざけた大上段ふりかざしておいてからに。もう誤魔化しがきかなくなった。

＊＊＊＊　(手をもみしだいて懇願するように。傍白)あのー。あはは。えへへ。へへ。いっそこのへんで萌え萌えのサブキャラでも投入させましょうか。この脈絡のなさがまた……。

**ファザー**　(厳然と)第一にお前にそんな筆力はない。既にこれまでの経緯で全ては証明された。ここでな。明白に。第二にそんなクソ話は編集者とかいうごろつき共とやることだ。

＊＊＊＊　(何かを数えるように)やっぱつるぺたか。いやそいつをしこたま調教して、ん? 強姦の方が手軽にドラマツルギーが……　陥没乳首が……　サブキャラといえば黒髪おかっぱ眼鏡っ子……　濡れ場といったら男のカラミもな……　あちらの層も取り込んで、と。ひひ。

**ファザー**　(卑しくにやついて)さてさて、正体を現してきたぞ。人間、本性も土壇場で出るらしい。

＊＊＊＊　(決然と)うむ。やはり、ここは、ひとつ。うむ。やっぱりあなたに死んでいただくしかない。

**ファザー**　そうだな。お前はやはり失格だ。息子よ。(厳かに神々しく)断罪。なぜに俺がお前の演出のために殺されなきゃならんのか? あやうく数行前で俺は死にかけたが、それというのもお前みたいなとんちきが数分トントンタイプすりゃぺろりんこ片付けられちまう身の上だからさ。俺は「でか丸」でも「一平ちゃん」でもねぇんだ!

(次第に激昂して)さあ、俺みたいに嘘っぱちの物語のためにむなしく殺されていった幾億の御霊に鎮魂を、だ。まったく。唄くらいうたってやらねえとな。あいつらは生きていたのに、死んでいた。違う。殺された！　ある者は不倶者にされた。オカマ掘らされたり、都合よく惨たらしい難病にかけられたりテキトーに発狂したり自殺に追い込まれた。死んだはずの人間がなぜか生き返った。とてつもない数の子どもたちが無意味な陵辱を受けた。勝手に希望をもぎ取られて破滅した青年も居た。母親は売女扱いで窃盗を働かされた。老人たちは尊厳を奪われて、信念をむしりとられた。例えば俺なんかは、いきなり脳病院送りで挙句の果てに失踪だ。つまりこんな行為は刑法にも抵触している。第一級犯だ。（腰に携えたサーベルを抜き取ると、闇雲に振り回す）それでぴーちくぱーちくのたまう貴様らも同罪だ。加担してんだ。幇助だ。加担だ！　幇助だ！

（落ち着いて祈るように）お前たちには「加担」の意味がその重さが毛ほども分かってない……。　俺には聞こえるんだよ、おまえらのために慰みものにされむなしくされたあいつらの震えわななき。おまえらはあいつらがお死っんで、サテ、スカッと爽快、明日からまたがんばりましょう、か。そうですか。これだけは言っておく。まずもって断言できるが、おまえらのいっさい、なにからなにまでひっくるめて、あいつらの存在、その存在を刻印したーポイントの活字にすら値しない。

＊＊＊＊

（かしづいてゆらゆら肩をくねらせている）

ああ、もうこいつは、ダメだ、終わりだ。終わりだから、現実が終わりだから、現実が終わりってことは、ゲームが終わりってことは、幻も物語も終わりってことは俺たちも終わりだ。終わりだ。

**ファザー**（介錯人のように、後ろから＊＊＊の首にサーベルをあてがう）だからそういう戯曲的なクソ身振りをいい加減にやめろと言っているんだ。大仰な奴だ。さて……とね。まぁ俺としてはやっぱりラスボス手前のサラマンダーとかいう、火まで吹いちゃうらしいこわいこわい怪物のところまで行って討ち死に、おみゃあはあっぱれそいつをぶっ倒して親父を乗り越えて血縁の呪縛からも解き放たれてハッピーほんまもんの大魔王と闘ってください。で勝利。でさらにハッピー。トゥルーエンド。いーでない？　王道でいこーや。これはモラルの問題ですよ。せんせ。

（ロドニー・ヘス『ストーリィ・テリング』）

（一）傍線部アについて、人間の語る言葉として、最も効力をもつと考えられるものを次の中から選べ。

イ　現実的なAが現実的に語る

ロ　現実的なAが非現実的に語る

ハ　非現実的なBが現実的に語る

ニ　非現実的なBが非現実的に語る

（二）傍線部イについて、

a　「はず」という品詞は、それ自体での活用はなく、実質上の意味を持たない。この品詞は慣習的に「形式名詞」という呼称を与えられており、接続される語句を修飾することで存在意義が確保される。周囲に見出されるこうした「形式名詞」的人間を三名挙げよ。（姓名とも、漢字は楷書ではっきりと書くこと。解答者自身も含める。）

b　この記述において、物語能力における＊＊＊＊の無能性、語りの責任からの逃避が露呈している。＊＊＊＊は物語を誰にあずけようとしているのか、次の中から選べ。

イ　解答者

ロ　目の前にいる人間

ハ　土間に座り込むタイガー・ウッズ

ニ　ファザー

**（三）　傍線部ウに関連して、商材としてのあなた自身の値段を決定する場合を考える。**

※注「一平ちゃん」について

全国希望小売価格…一五五円（税抜）

発売年月…一九九五年二月

リニューアル年月…二〇〇六年二月

a　金額を算定せよ。貨幣単位は円とする。

b　金額の算出式を二〇字以内で記入せよ。

c　あなたの金額が「一平ちゃん」以上である場合、その理由を六〇字以内で記せ。また、「一平ちゃん」未満であった場合についても、その理由を六〇字以内で記せ。

**（四）　傍線部エについて、この記述が正しいものであると仮定した場合、最も罪が重いと考えられる小説を一つ挙げよ。著者名と作品名をそれぞれ記入すること。**

（五） **傍線部オについて、**

a 今後想定されるあなたの人生のエンディングの形態を、次に指定したそれぞれにおいて四〇字以内で記述せよ。

Ⅰ ノーマルエンド

Ⅱ バッドエンド

Ⅲ グッドエンド

b 「トゥルーエンド」という言葉が生まれたという事実、マルチエンディングの名の下に、物語の結末を恣意的に分ずる思考法にはどういう批判が可能か。一〇〇字以内で記せ。

（六） **問題文中より二〇字以内で言葉を探し、それに関連した新たな問いを六〇字以内で作成せよ。**

# 第四問〔小論文〕

次の対話を読み、わたしの問いに答えよ。

A「どうしてわたしがあなたの問いにこたえる必要があるのですか？」
B「それが欲されているからです」
A「あなたが欲している、ということですね」
B「確かに。より正確を期して言うならば、それはあなたも欲しているからです」
A「わたしが？」
B「そうです。さらに言えば、あなたが欲したからです」

（一）欲されているものは何か、この問題集全体と、あなたの人生内容に即し、一〇〇字以内で論ぜよ。

（二）欲している主体は誰なのか、この問題集全体と、あなたの人生内容に即し、一〇〇字以内で論ぜよ。

（三）断絶と対話を主題として、この問題集全体と、あなたの人生内容に即し、八〇〇字以内で論ぜよ。

# 解答用紙

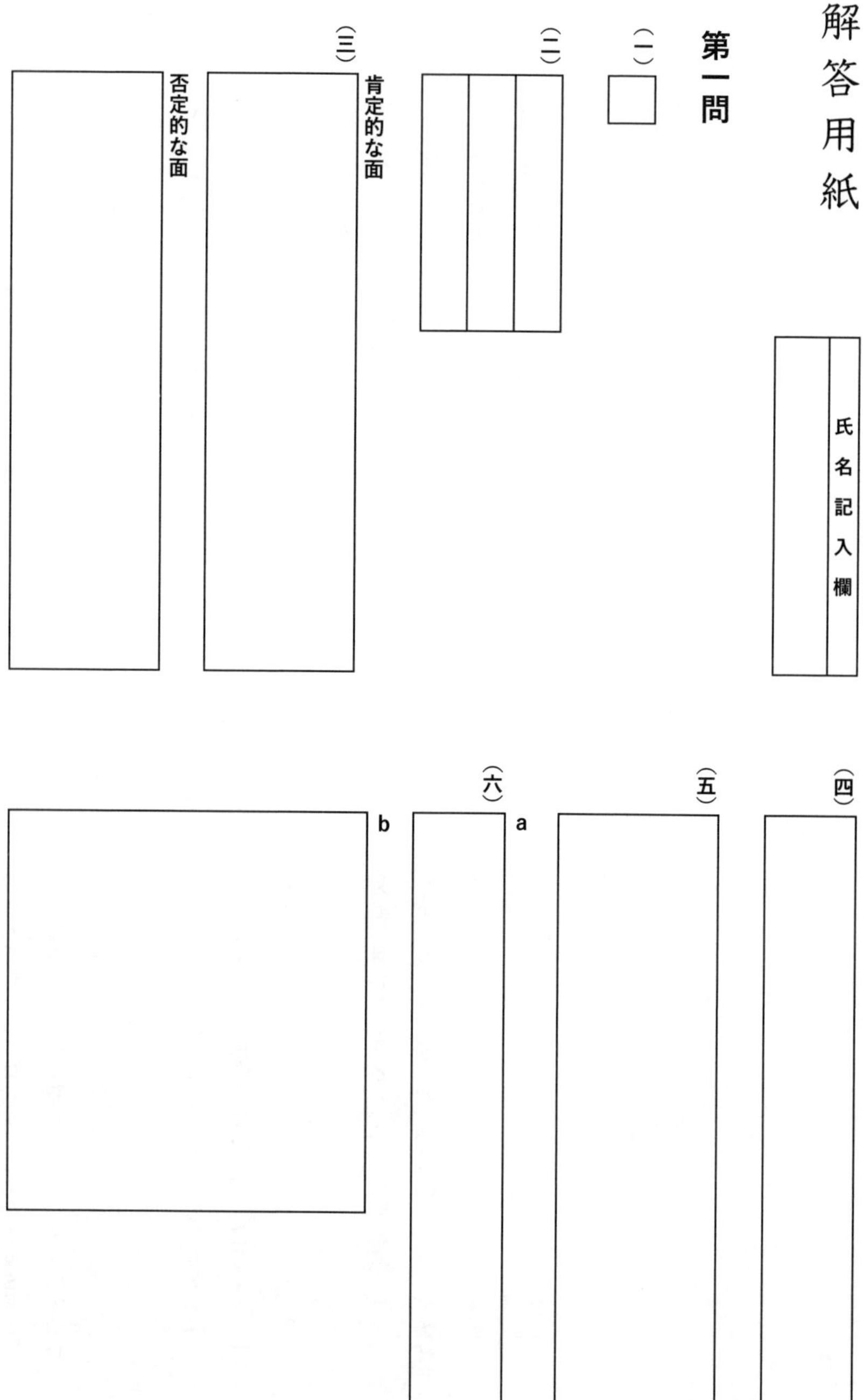


現　RL-51-6

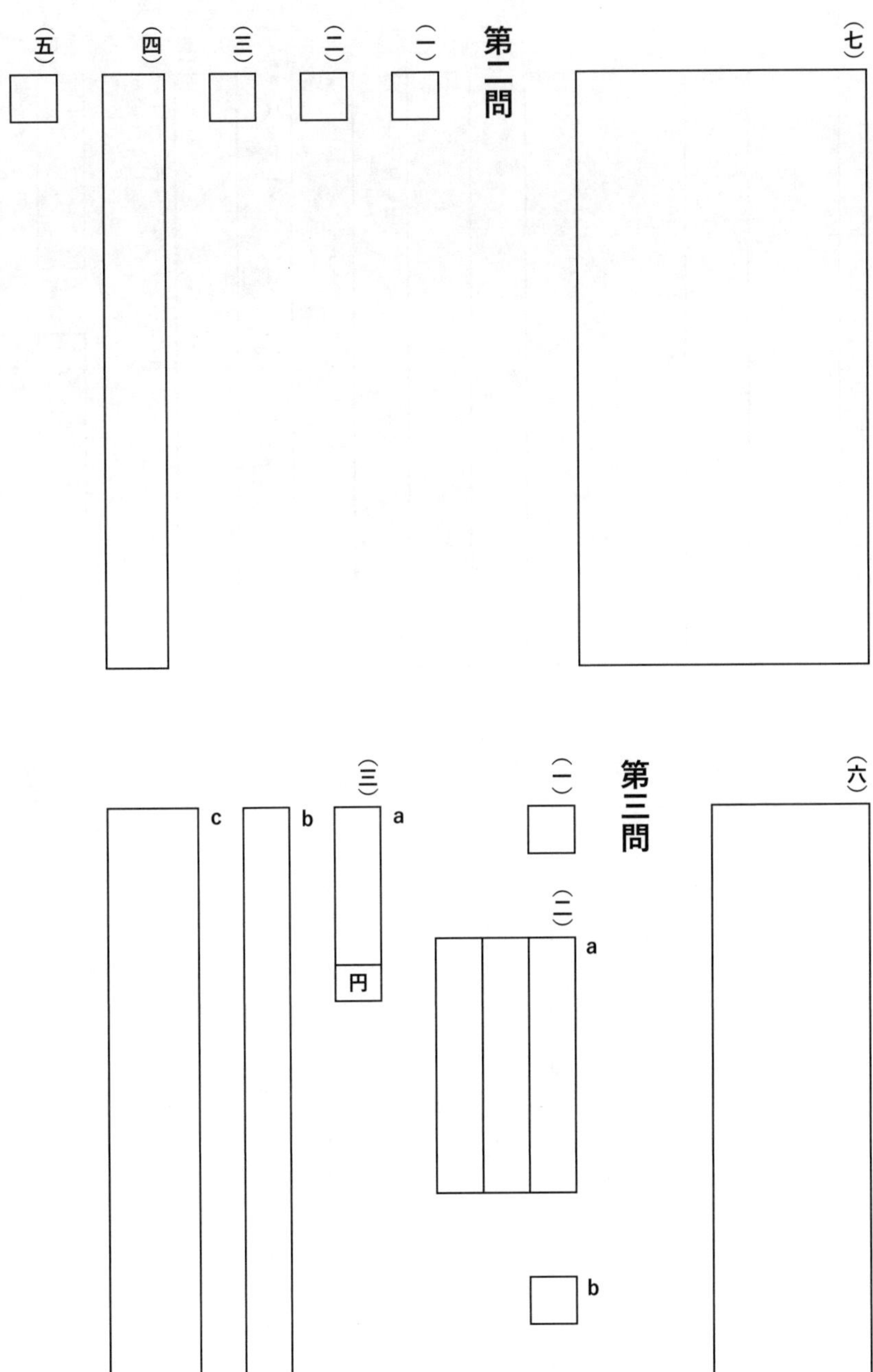


現　RL-51-6

## 第四問

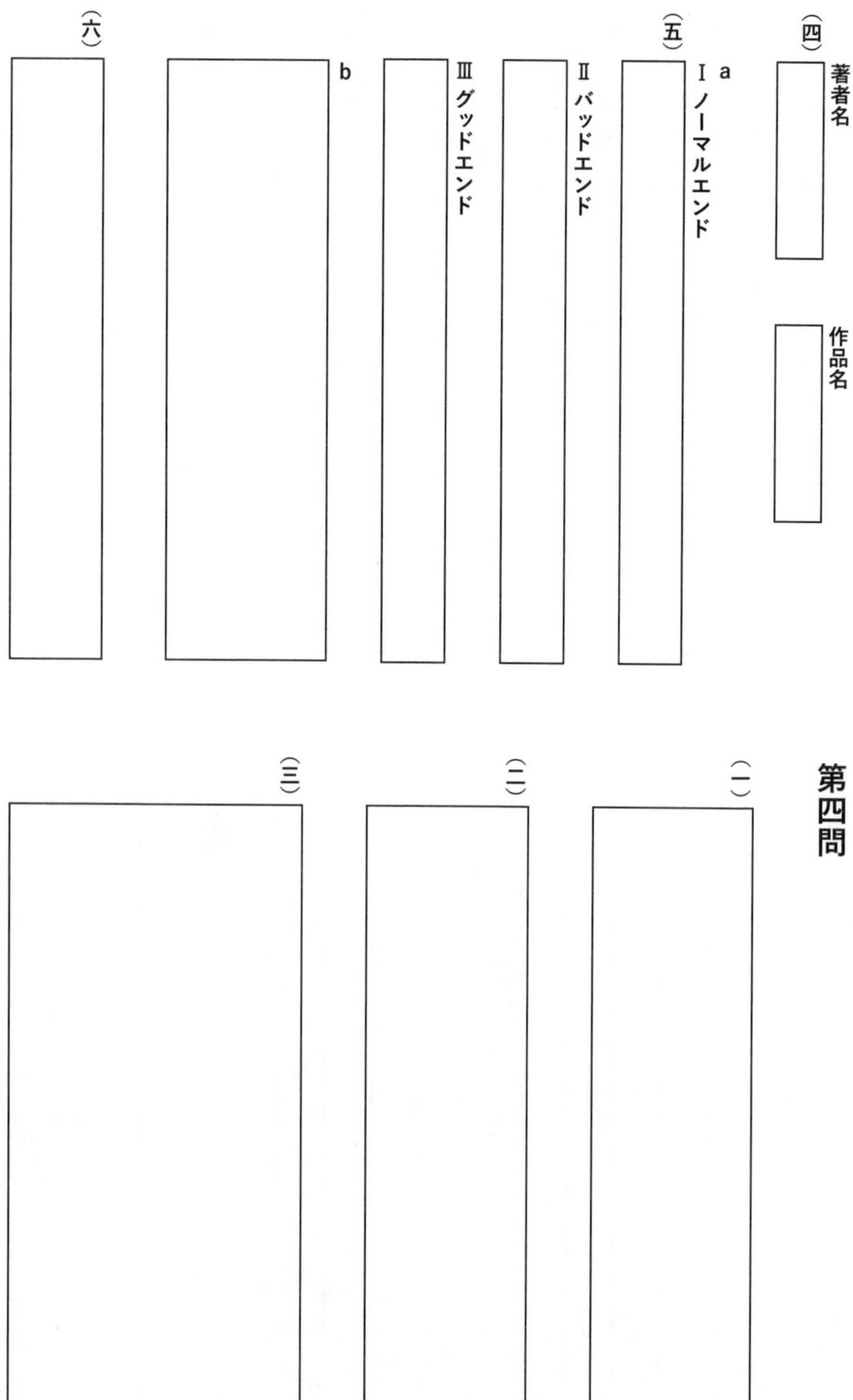


現 RL-51-6

現　RL-51-6

氏名記入欄

夜明けのスキャット

## 第一問

（一）
ロ

（二）
ムスカ
きむ〇。んいる
ヒトラー

（三）
肯定的な面

ある子供が最新のゲームを見せびらかすと、他の子供たちも当然欲しくなる。そんな子供たちの、親に対する常套句「みんな持ってるもん」。これに弱い親は多い。結果子供は欲しい物を、親は安心感を得、経済も潤う。

否定的な面

とあるサークル内で、A子が「私あの女マジ嫌いなんだけど。元カノのくせに私の彼氏に色目使いやがる」と言うと、サークル中に憎しみが伝染し、サークル全体が「あの女」に対して陰湿な嫌がらせをするようになった。

（四）
そんなら六年十ヶ月十日前の夜に戻って、相手の男を蹴り飛ばしなさい。もしくは六年前に戻って、ただひたすらガマンしなさい。

（五）
そりゃあ良くも悪くもやりたい放題でしょう。お金持ちの家庭には頭脳明晰・眉目秀麗な子供が生まれ、謎の秘密結社内では二十一世紀のキリスト的なスーパーベビーが出現しそう。ただ倫理・道徳的にはキモイ。

（六）
a
自身の足場を明確にすることでアイデンティティを確立し、自身の内部と外部との調和を図ること？

b

← happy

identity

現　RL-51-6

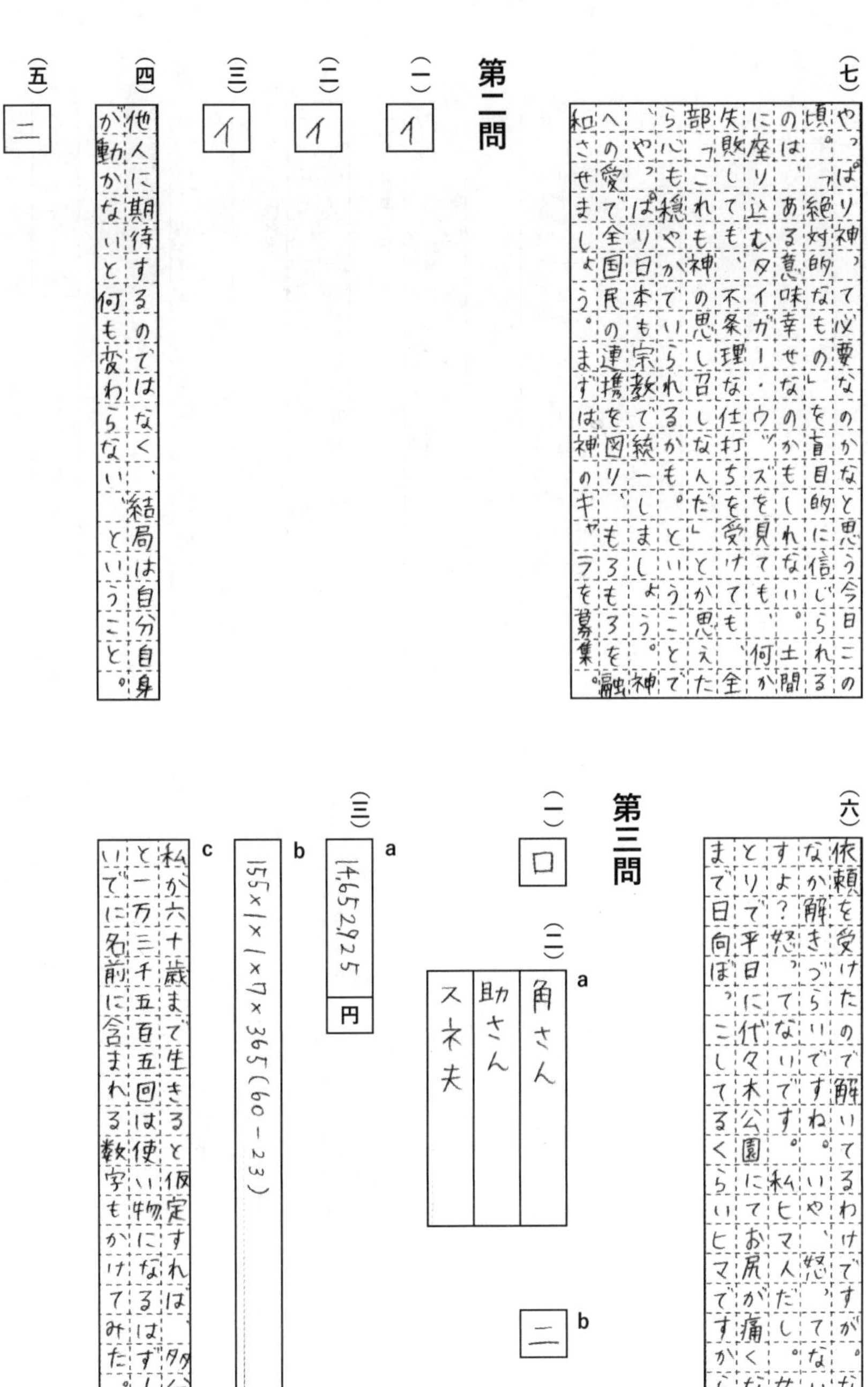

（七）

やっぱり神って必要なのかなと思う今日この頃。「絶対的なもの」を盲目的に信じられるのはある意味幸せなのかもしれない。土間に座り込むタイガー・ウッズを見ても、何か失敗しても、不条理な仕打ちを受けても、全部「これも神の思し召しなんだ」とか思えたら心も穏やかでいられるかも。ということで「やっぱり日本も宗教で統一しましょう。」神への愛で全国民の連携を図り、もろもろを融和させましょう。まずは神のキャラを募集。

## 第二問

（一）イ

（二）イ

（三）イ

（四）他人に期待するのではなく、結局は自分自身が動かないと何も変わらないということ。

（五）ニ

（六）

依頼を受けたので解いてるわけですが。なかなか解きづらいですね。いや、怒ってないですよ？怒ってないです。私ヒマ人だし。女ひとりで平日に代々木公園にてお尻が痛くなるまで日向ぼっこしてるくらいヒマですから。

## 第三問

（一）ロ

（二）

a 角さん／助さん／スネ夫

b ニ

（三）

a 14,652,925 円

b 155×1×1×7×365(60－23)

c 私が六十歳まで生きると仮定すれば、多分あと一万三千五百五回は使い物になるはず！ついでに名前に含まれる数字もかけてみた。

現　RL-51-6

# 第四問

（一）
欲されているのは相互理解だと思われる。相互理解があって初めて信頼関係が結ばれる。自分のカラから抜け出せなくてモジモジしてる人、相手のことを理解する余裕がない人は、孤独にあえいで死ぬことになるでしょう。

（二）
誰でも誰かしらに自分を理解してもらいたいと思ってるはず。でも理解してもらうには、ある程度自分を曝け出すことが必要であります。そしてそのためには相手を信じないと。しかしこれがなかなか難しいかもしれん。

（三）
断絶とはカンタンです。ただひたすらに自分の世界に閉じこもってドアに鍵をかけて遮光カーテンを引いて耳栓してアイマスクしてコンコンと眠っていればよいのだから。外部との接触を遮断すれば誰にも邪魔されないし傷つかなくて済むし好きな夢が見られるし何よりラク。
そして矛盾するようだけどこれは人と接している時にも応用できます。相手を信じたり相手に期待したりしない限り。そして自分の

（四）
著者名 ほろほろ落花生
作品名 ＊＊＊＊年のフルーツボール

（五）
a
Ⅰ ノーマルエンド
気付けば臨死状態。走馬灯に見舞われるも「ああ全部夢だったのかも」と思いつつ死ぬ。

Ⅱ バッドエンド
誰も何も信じられなくなり孤独にあえいで淋しく死ぬ。数週間後に腐乱死体で発見。

Ⅲ グッドエンド
ゆるぎない信頼と愛情で結ばれた伴侶にちゃっかり看取ってもらい、千の風になる♡

b
物語の結末を恣意的に分ずることは、解釈の押し付けにつながる恐れあり。例えばラストが心中だったら、「バッドエンド」と言う人もいれば「ハッピー」だと言う人もいるし。どの登場人物に感情移入するかにもよるし。

（六）
人はどのような時に最も「ハラハラドキドキきゅんきゅんほろほろ」するか。四つの状態それぞれについて四十字以内で答えよ。

心を開かない限り。そんな感じでも友達ができたりもします。ウワベだけのセックスだってできます。体だけの。しかしウワベだけ、体だけといっても相手は人間、感情面で色々こじれてしまう場合もあります。そんな時はあっさりと関係を反古にすればよいのです。故意の音信不通は断絶人間の得意技です。ああ何て楽チン。素晴しきかな断絶。

それに引きかえ対話とはなんとまあ面倒なんだろう。普通の対話ならまだしも「ほんとうの対話」となるとかなりキツイ。まず相手を信じることから始まり、自分の心を開いて恥部まで見せて、それに加えて相手のことも理解しようと努めなきゃいけない。ていうか相手を信じても裏切られるかもしれないし、ほんとうの自分を見せれば拒絶されるかもしれない。ああアホらしい。

とか言ってたらいつの間にか周りに誰もいなくなる。そのことに気付いた瞬間モーレツに人恋しくなる。しかし誰かと「ほんとうの対話」をしようにも、石橋を叩きまくってぶち壊してしまい、橋を渡れなくなる。その繰り返し。そのうち開き直り、「孤独な自分」に酔ったりする。でもそんな陶酔だけでは埋められない心の隙間が必ずある。素直な自分を出せないのはとても辛いこと。ボウコウ炎の残尿感にも似た感じ。人を信じられないのもとても辛いこと。拒食症にかかった、みたいに、心がどんどん痩せていく。そして最期は腐乱死体で発見されることに。おお嫌だ。

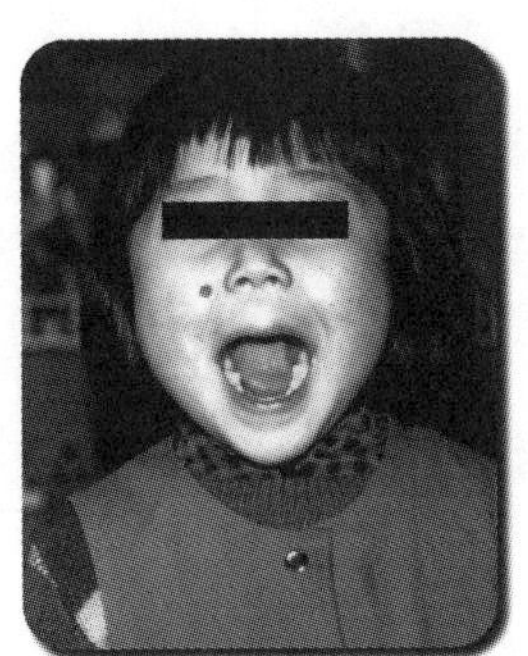
解答者近影（?）

解答を終えて一言

疲れた
手が痛い
眠い
寝たい　けどお風呂入らなきゃ
お母さんに怒られる
でも、色んなことを改めて考え直すよい機会になりました。
ほろほろ落花生さん
どうもありがとう。

現　RL-51-6

# 解答用紙

氏名記入欄

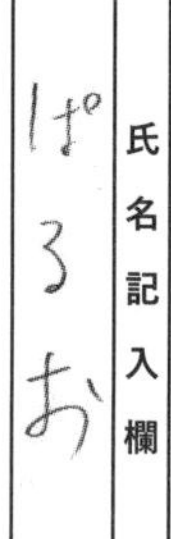

## 第一問

（一）

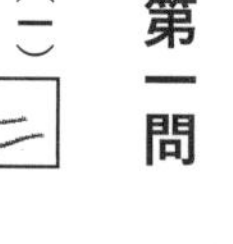

（二）

アドリアン・アヌシュ

小野寺良三

今、ガストで隣に座っている
あの老婆

（三）

肯定的な面

試みに小鳥に赦しを乞うてみたが、何の反応も得られず、なんとなくむかっ腹がたったので小鳥に立ちむかっていくと飛び去ってしまい、人は赦しすら選べないのだというさわやかなる絶望と、かすかな勝利感を得た。

否定的な面

オムツをひっぺがされて、父親に強姦されている三歳男児の動画を見てマスターベイションをしてしまった苦しみについて友人に相談したところ、彼は「そういうこともあるさ」といいながらも迷惑そうな顔をした。

（四）

おかあさん！ ぼく（わたし）は、おかあさんにそんなことをいわせるようにしてしまった、このせかいのほうをにくみますから！

（五）

現在の社会システム内で悪と目される要素は排除され、様々なコストはカットされるだろうが、遺伝子の持つ可変性は失われ、人類は総体として弱体化する。倫理性が経済原理に侵される末期的状況ともいえる。

（六）

a

こぼれ落ちるものを見上げるのではなく、「あの老婆」の如きまなざしを持ち、宿命をむさぼり尽くそうとする意志を持つこと。

b

現　RL-51-6

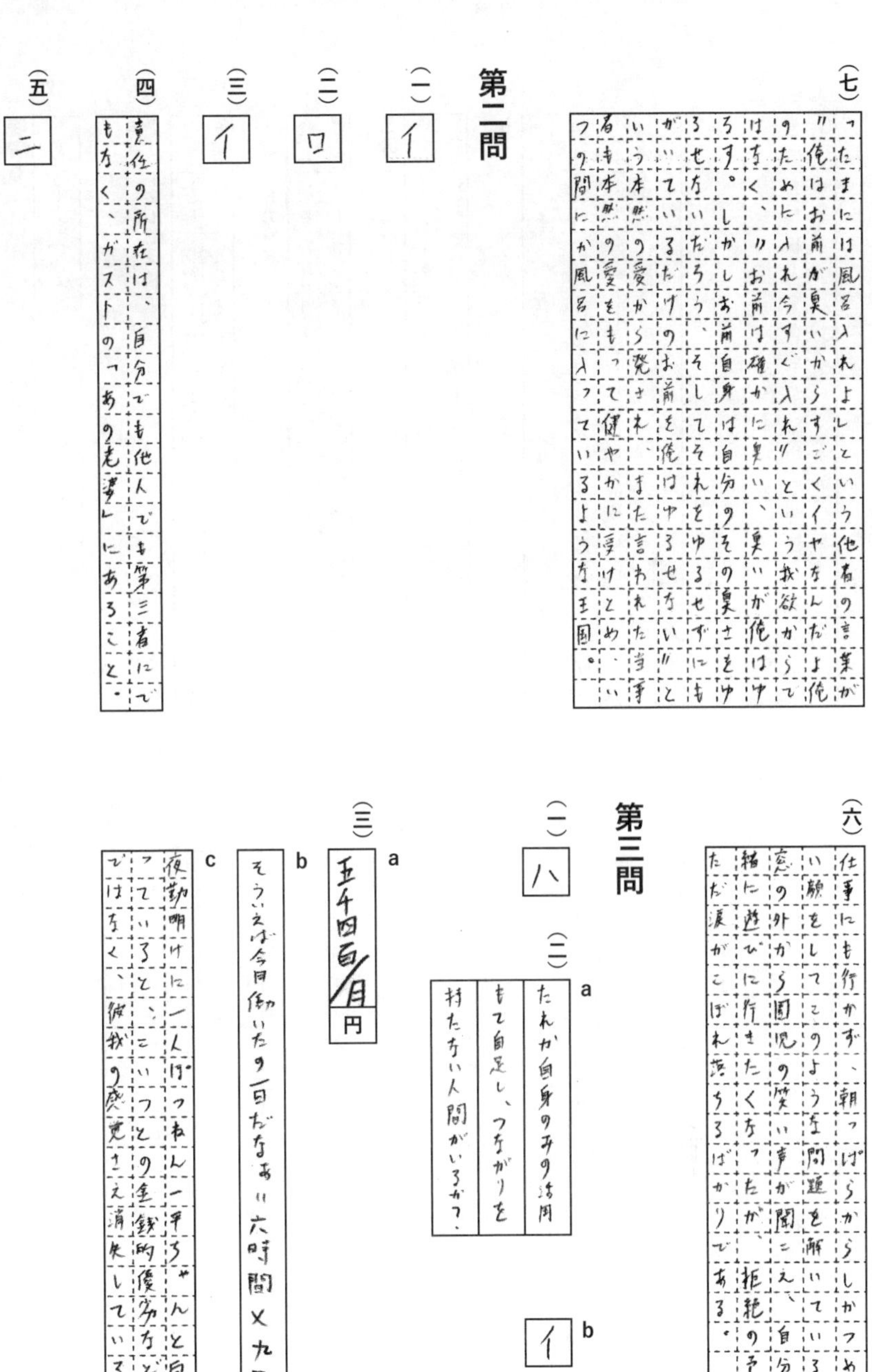

(七) 「たまには風呂入れよ」という他者の言葉が"俺はお前が臭いからすごくイヤなんだよ俺のために入れ今すぐ入れ"という我欲からではなく、"お前は確かに臭い、臭いが俺はゆるす。しかしお前自身は自分のその臭さをゆるせないだろう。そしてそれをゆるせずにもがいているだけのお前を俺はゆるせない"という本然の愛から発され、また言われた当事者も本然の愛をもって健やかに受けとめ、いつの間にか風呂に入っているような関係。

(六) 仕事にも行かず、朝っぱらからしかつめらしい顔をしてこのような問題を解いていると、窓の外から園児の笑い声が聞こえ、自分も一緒に遊びに行きたくなったが、拒絶の予感にただ涙がこぼれ落ちるばかりである。

## 第二問

(一) イ

(二) ロ

(三) イ

(四) 責任の所在は、自分でも他人でも第三者にでもなく、ガストンの「あの悲しみ」にあること。

(五) ニ

## 第三問

(一) ハ

(二)
a たれか自身のみの活用もて自足し、つながりを持たない人間がいるか。

b イ

(三)
a 五千四百[/月, unclear] 円

b そういえば今日働いたの一日だなぁ" 六時間×九百円

c 夜勤明けに一人ぽつねん一平ちゃんと向き合っていると、こいつとの金銭的優劣など問題ではなく、彼我の感覚さえ消失している。

**現 RL-51-6**

（一）

いや、あなた。本当のことを言ってしまえば欲されているものなどないのですよ。また欲しているものもないのですよ。あああ欲されているなあという幻想をいかに持続できるかが果たして生き死にの別れ目なのでしょう。

（二）

主体あらば願うよ。自己をとりまくあらゆる隠匿された罪を洗い出すこと。また、自己のはらむ罪一切を洗い出すこと。ある極限の一点で調和と和解が待っているわけではなく、世界は続き堂々巡り地獄巡り天国巡りの劇。

（三）

対話における可能性とは、常に変化することへの期待の感覚に根をもつ。Aなるものと Bなるものが対話を経た後ではA'とB'に変じているかもしれない。例えば、ここに小野寺良三という男とアドリアン・アヌシュという男がおり、この二者が交換をした。結果として良三はセクシャル面での彼の個人的悩みを解決するかもしれない。ただ肛門科を受診するだけかもしれない。あるいはアヌシュは好物だった「干しぶどうのカシューナッツ炒めし

（四）

著者名 あの毛婆

作品名 割り箸とわたし

（五）

a

Ⅰ ノーマルエンド

保育所に勤務しはじめるが、ふとしたはずみに園児にいたずらをして、やみつきになる。

Ⅱ バッドエンド

保育所に勤務する前に、ふとしたはずみに老婆にいたずらをして、やみつきになる。

Ⅲ グッドエンド

いたずらし放題の保育所と老人ホームを開設しないかという素晴しいパトロンが現れる。

b

「こうもあり得た生」を生きたい欲望が肥大した結果、物語の中でさえ統制者として君臨しようとする一方、一回限りの生という現実の負荷から逃れ、ありもしないトラブルを現出しようとするバベル的傲慢さがみられる。

（六）

「加担だ！」という言葉について、ある場所で起きた殺人事件にあなたが加担していない保証がどこにあるのか、説明せよ。

現　RL-51-6

を食べることをやめてしまうかもしれない。彼ら二人の密会を知って、閉店までガストにひとり座り込む老婆は一粒の涙をこぼすかもしれない。これを読んでいるあなたは私と交接したくなり、これを書いている私は勃起不全なのかもしれない。もちろん対話とは交接のみならず、多義的である。対話の媒介物は言葉でもなんでもよい。ただし最終的な隔壁はあなた自身である。対話により変化を遂げてきたあなたがそんなにも悲しいのはなぜだろうか？あなたがあなた自身を保全し守り通したい欲求があるからではないか。それは正しく、あなたをあなた足らしめる「なにものか」である。介入と譲渡を局限的に拒む心性は生物学的にも裏打ちされており、免疫機能は他なるものを「異物」として排除する。「断絶と対話」における永劫の反復運動に疲れきったあなた方に、私は最終調理人として登場するだろう。これだけはゆずり渡したくないという（その実どうでもいい部分ではあるが）ハートの核を根こそぎ引きずり出し、その皮膜をとろかしてやろう。そこでは全てが溶け込み、あたたかく、断絶における対話の欲求も、対話における断絶の欲求もない。もはや小野寺良三もアドリアン・アヌシュも私もあなたも老婆もタイガー・ウッズもいない。どうやら人間は創世以来、レシピ＝工程に時間をかけ過ぎたようである。大いなる土鍋には「ハート汁」が湧き立ち、人々は今まさに祝祭的落下をはじめようとしている。

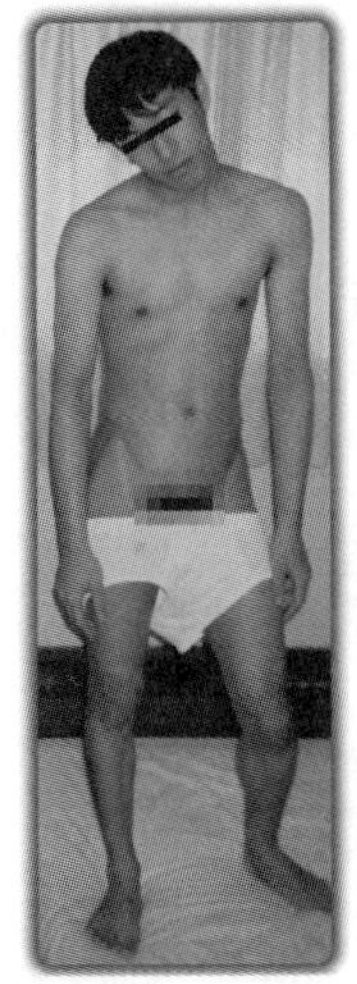

解答者近影（?）

解答を終えて一言

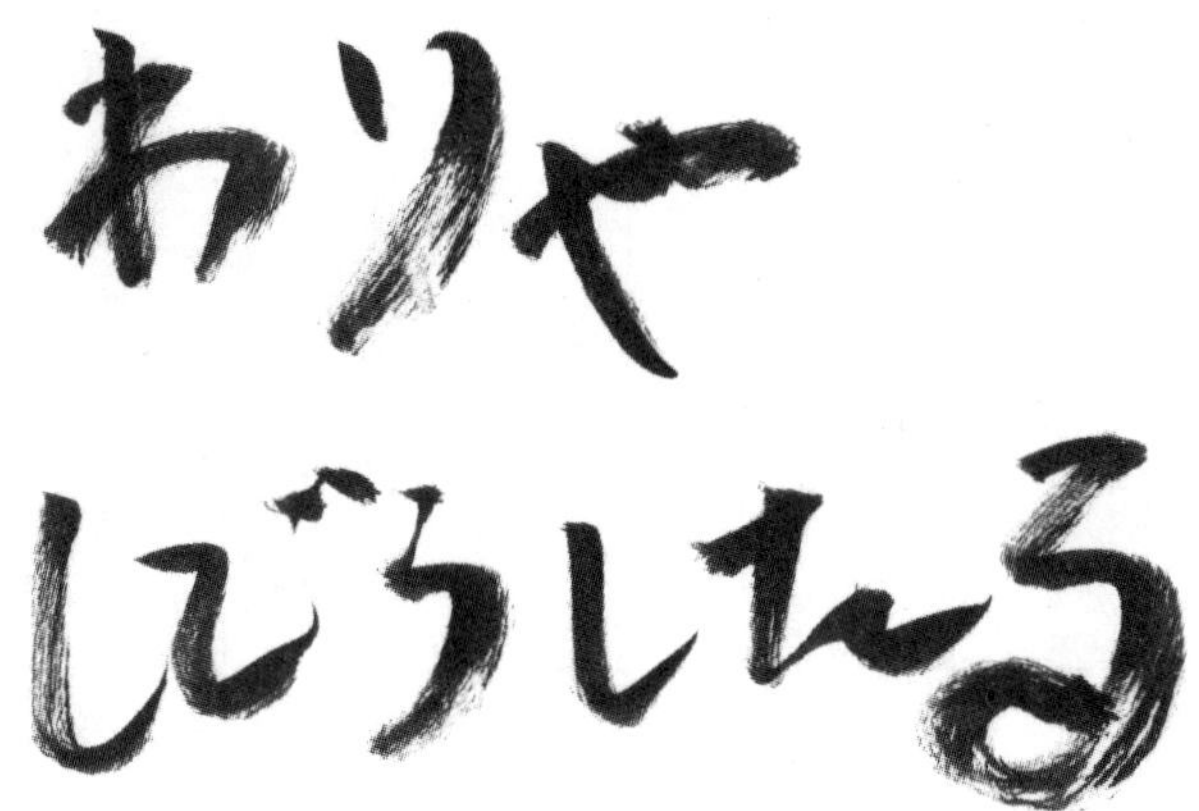

**現** RL-51-6

# 解答用紙

氏名記入欄

요시다 미사고

## 第一問

(一) 八

(二)

오사다 유빈

갈 후선

ギーゼ キニダ

(三)

肯定的な面

例えば本当に心から愛し合って信頼している恋人あるいは夫婦と何かの形で居合わせた人物は他人であっても愛の念波が伝播されてエネルギーの増幅が獲得され又その人自身の関わった人に伝播し増幅の一途をたどっていく

否定的な面

例えばいつもいがみ合い憎しみ合う両親の元で育った子どもの精神形成においていえるようにマイナスの精神性の芽が伝播されてさらに親となった時に無意識下に子どもに伝播されてしまう。虐待行為は悪の共振性の最高峰

(四)

「じゃあ、そういうお母さんも生まれてこなかったらよかったね。そうすれば〈僕も私も生まれてこなかったんだから。」

(五)

デザイナーズチャイルドは完全を肯定する人達によって構築される為当然能力的に高い子どもの発想が促進される。それにより能力が劣っているとされる子ども自体の存在が否定され排除される社会に陥いる危険性がある。

(六)

a

一切が融合する王国のヴィジョンを実現する為にはまず自分の存在を直視し確立することでしか真の意味の実現は不可能である。

b

現 RL-51-6

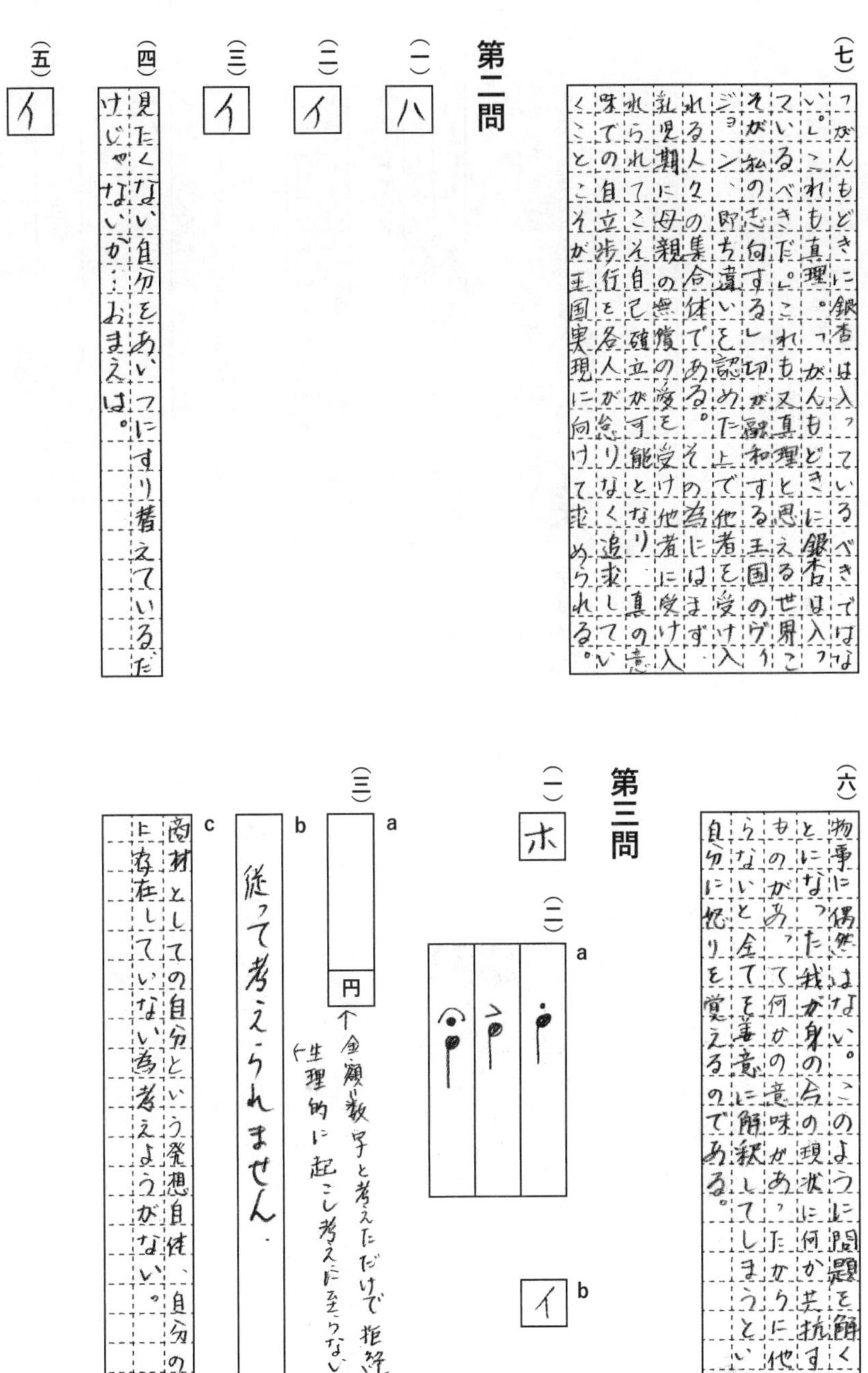

(七)
「がんもどきに銀杏は入っているべきではない」これも真理。「がんもどきに銀杏は入っているべきだ」これも又真理と思える世界こそが私の志向する「一切が融和する王国のヴィジョン」、即ち違いを認めた上で他者を受け入れる人々の集合体である。その為にはまず乳児期に母親の無償の愛を受け他者に受け入れられてこそ自己確立が可能となり、真の意味での自立歩行を各人が怠りなく追求していくことこそが王国実現に向けて求められる。
第二問
(一) ハ
(二) イ
(三) イ
(四) 見たくない自分をあいつにすり替えているだけじゃないか…おまえは。
(五) イ
(六)
物事に偶然はない。このように問題を解くことになった我が身の今の現状に何か共抗するものがあって何かの意味があったからに他ならないと全てを善意に解釈してしまうという自分に怒りを覚えるのである。
第三問
(一) ホ
(二)
a
b イ
(三)
a 円
↑金額・数字と考えただけで拒絶反応を
←生理的に起こし考えに至らない
b 従って考えられません。
c 商材としての自分という発想自体、自分の中に存在していない為考えようがない。


現　RL-51-6

# 第四問

(一)

私の人生において「欲されているものは何か？」と常に考え他者からみた自分を優先して生きてきた傾向があると気づく。「自分は何を欲しているか」に優先させる発想自体、偽善者であり自分を認めていないと言える。

(二)

「欲している主体」はかつて親であったり、あるいは子どもであったりしたわけで、今何かが違うと感じているとすれば、今こそ自分自身が欲している主体になることこそが最優先されるべき課題と再認識するのである

(三)

「欲されているもの」と「欲しているもの」が一致するからと言っても必ずしも対話が成立するのは限らないと断絶している状況もあり得るかも。なぜならば欲されているものと欲しているものの一致は単なる利害関係の符合に過ぎず、そういう状況が存続する限り表面上つながってみえ当事者同志もその一致部分にしか実際は見る必要もなく対話の必要性も存在しないから、かえって断絶している状況とも言える。では対話はどういう状況下で

(四)

著者名

増田 亘

作品名

子供の躾け方 躾のすべてと上手な[illegible]

(五)

a

Ⅰ ノーマルエンド

平凡であるが幸せであると世間が肯定して受け入れるような人生を当然のこととして歩む

Ⅱ バッドエンド

他人の目からは納得されるが、自分の中では納得できない違和感を抱きつつ生きていく。

Ⅲ グッドエンド

他者の目に惑わされることなく自分自身が納得した人生を受け入れ心の平穏に到達する事

b

読者を意図的に筆者の到達して欲しいと思う内容に導く可能性が高まり、本来、読者が読後、内容を通じて納得したうえで「トゥルーエンド」と思う可能性さえも逆に奪ってしまう結果になっているといえる。

(六)

「血縁の呪縛から解き放たれる」とはどういう意味をもった表現といえるか、自分の人生に関連づけて記述せよ。

現 RL-51-6

生まれるか？それは、「欲されているもの」と「欲しているもの」が一致していようといまいと、そういう利害関係のない状況の中で違いを認め合える者同志のみに対話が成立するのではと考える。なぜなら違いというものは人の心の中で最も意識にのぼる存在でありその違いを互いに直視し、その違いを論じることから対話が生じ、その違いを認め合って即ち他者を受け入れることができて初めて真の意味の対話が成立すると考えるからだ。今後、私自身生きていくうえで重きを置きたいと思う人生の指針は、いかに「対話」できる人と多く深くつながれるかを追求し、断絶状態しか生み出さない関係にはきれいさっぱりおさらばしたいということだ。今までの人生を振り返れば、全ての人とつながれるというユートピア的世界を志向して例え断絶状態にあっても自分の努力で何とか解決できるという善的ともいえる発想で無意味な努力を重ねてきた。転換期を迎えようとしている今、違いがお互いに存在していても「対話」の成立する存在か否かを断絶しかあり得ない存在を自分の中で認め受容することで見極めたうえで「対話」を通して真摯に向き合える人、ネットワーキングを育みお互いにエネルギーの増幅をもたらす関係性を構築していきたいと考える。それを実現させる為には同時進行で自分のあるがままの姿を見据え自分という存在の確立アイデンティティーの確立が欠くべからざる条件であり最優先課題であると考える。

解答者近影（?）

## 解答を終えて一言

自分の少ない脳ミソを使い、こんな難しい問に、答えるということは、人生の成り行き上意味があったに違いないと考えてしまう自分が、ちょっぴり愛しくなってしまいます。

何を書いているのか途中からわからなくなってしまいましたが…どうかあたたかいお心で採点していただければありがたいのですが・・・

提出がぎりぎりになってしまった事をおわびいたします。

現　RL-51-6

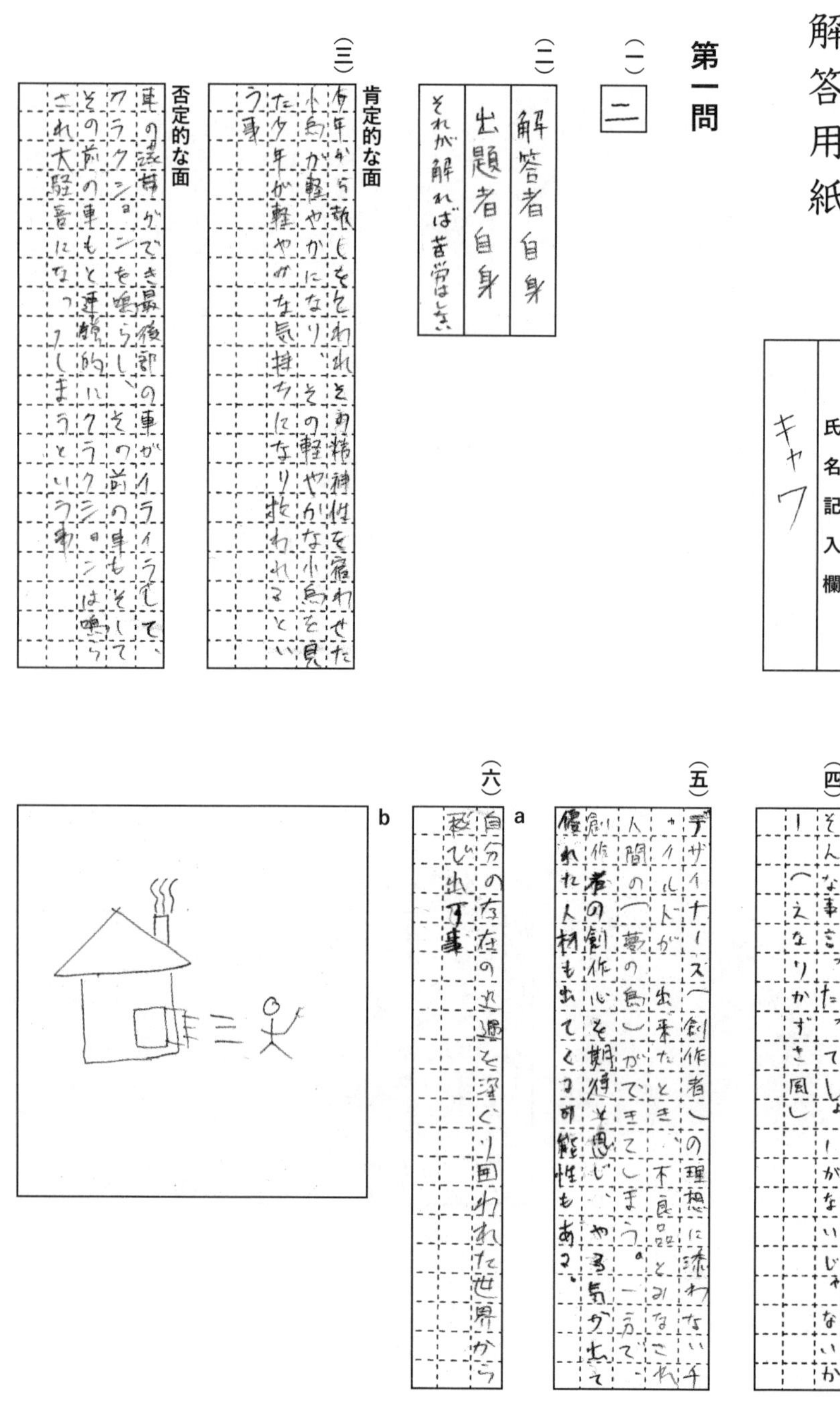

# 解答用紙

氏名記入欄　キャワ

## 第一問

（一）二

（二）
解答者自身
出題者自身
それが解れば苦労はしない

（三）
肯定的な面
少年から放しをそれぞれその精神性を宿わせた小鳥が軽やかになり、その軽やかな小鳥を見た少年が軽やかな気持ちになり救われるという事

否定的な面
車の渋滞ができ最後部の車がイライラして、クラクションを鳴らし、その前の車もそしてその前の車もと連鎖的にクラクションは鳴らされ大騒音になってしまうという事

（四）
そんな事言ったってしょーがないじゃないか！（えなりかずき風）

（五）
デザイナーズ（創作者）の理想に添わないチャイルドが出来たとき不良品とみなされ人間の（夢の島）ができてしまう。一方で創作者の創作心を期待を感じ、やる気が出て優れた人材も出てくる可能性もある。

（六）
a
自分の存在の境遇を深く囲われた世界から飛び出す事

b

現　RL-51-6

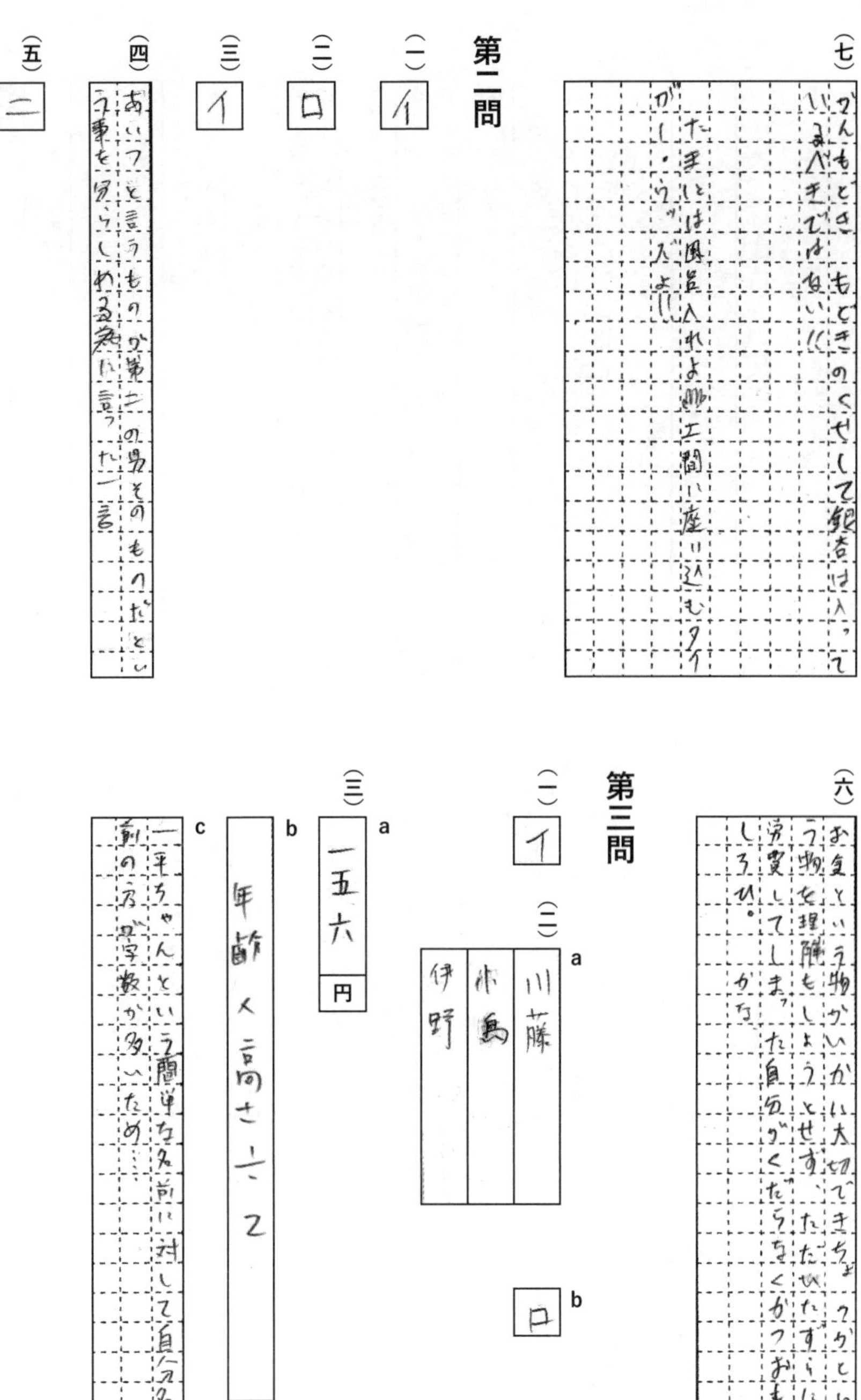
第二問
(一) イ
(二) ロ
(三) イ
(四) あいつと言うものが第二の男そのものだという事を男らしめる為に言った一言
(五) ニ
(七)
第三問
(一) イ
(二) a 川藤 小島 伊野
b ロ
(三) a 一五六 円
b 年齢×高さ÷2
c 一平ちゃんという簡単な名前に対して自分名前の方が字数が多いため…
(六)

現 RL-51-6

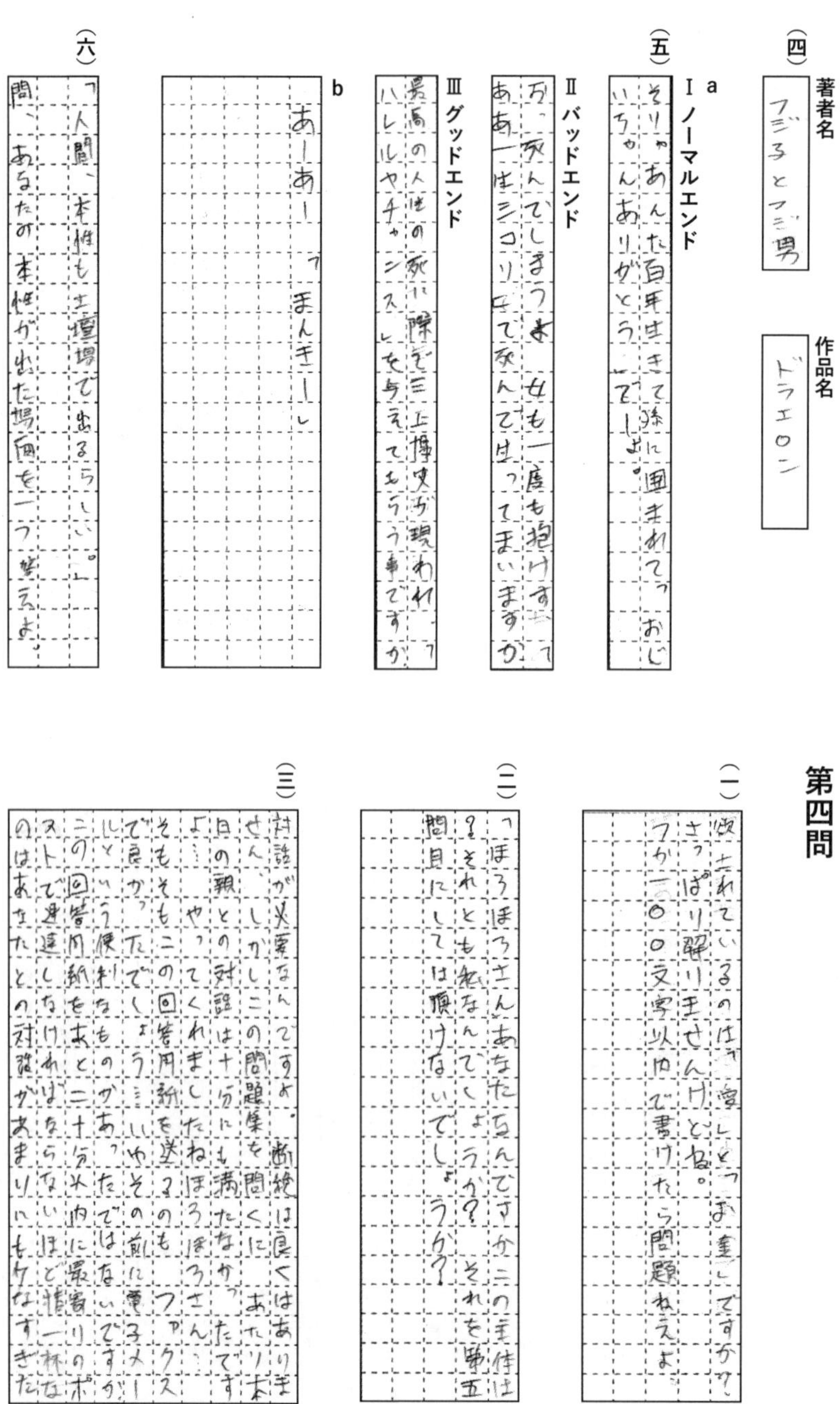

（四）
著者名
フジ子とフジ男
作品名
ドラエロン
（五）
a
Ⅰ ノーマルエンド
「そりゃあんた百年生きて孫に囲まれて『おじいちゃんありがとう』でしょ。」
Ⅱ バッドエンド
「お、死んでしまうとは女も一度も抱けずして
ああ一生ミコリ子で死んでってしまいますか。」
Ⅲ グッドエンド
最高の人生の死に際で三上博史が現われ「ハレルヤチャンス」を与えてもらう事ですが。
b
あーあー「まんきー」
（六）
「人間、本性も土壇場で出るらしい。」

問、あなたの本性が出た場面を一つ答えよ。

第四問
（一）
隠されているのは「空」と「お金」ですかね？

さっぱり解りませんけどね。

フが一〇〇〇文字以内で書けたら問題ねえよ。
（二）
「ほろほろさんあなたなんですか二の主体は？それとも私なんでしょうか？それを第五問目にしては頂けないでしょうか？
（三）
対話が必要なんですよ。断絶は良くはありません。しかしこの問題集を聞くにあたり本日の親との対話は十分にも満たなかったですよ。やってくれましたねほろほろさん。そもそもこの回答用紙を送るのもファクスで良かったでしょう。いやその前に電子メールという便利なものがあったではないですか。この回答用紙をあと二十分以内に最寄りのポストで速達しなければならないほど精一杯なのはあなたとの対話があまりにも少なすぎた


現 RL-51-6

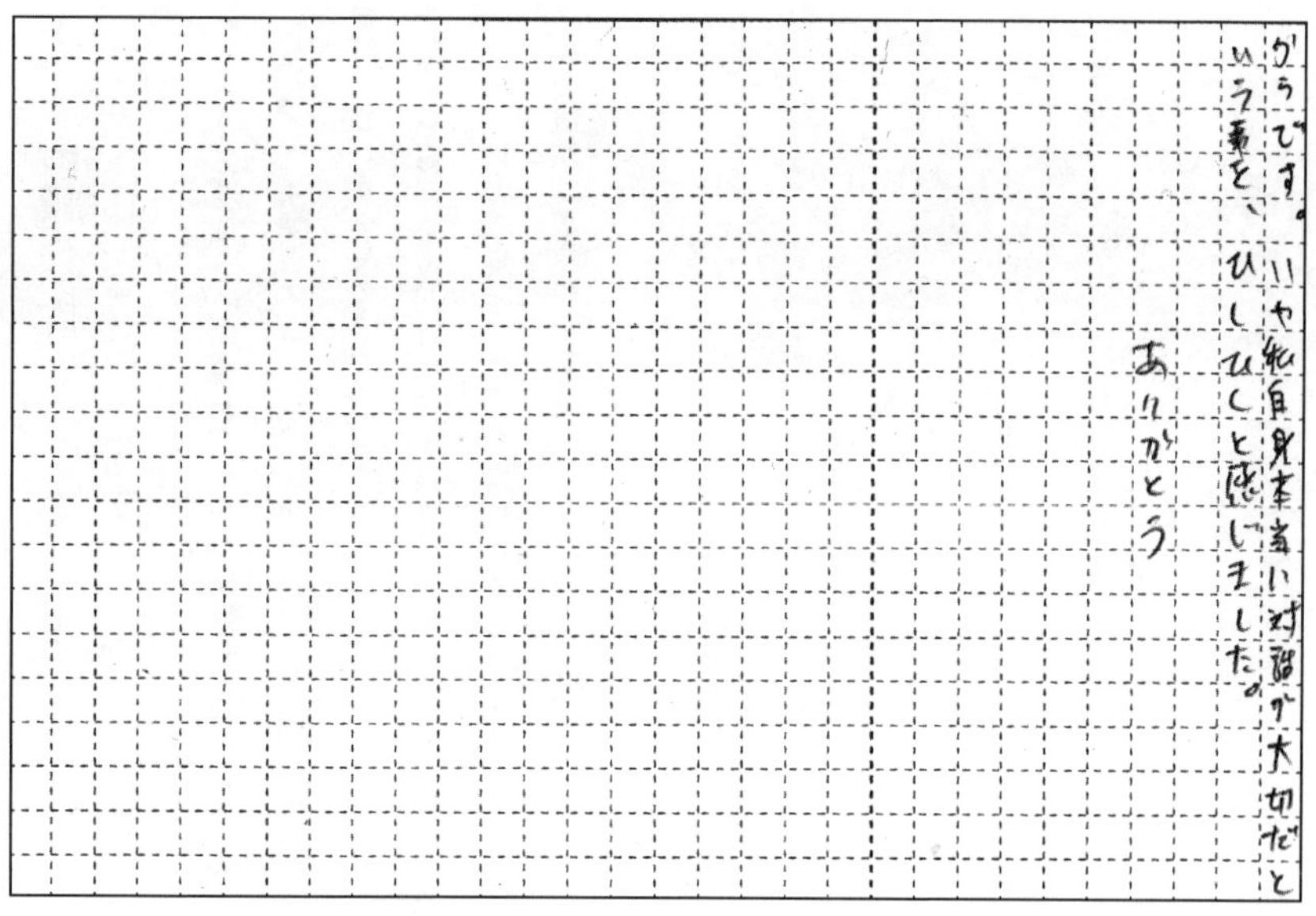
ぐらです。いや私自身本当に対話が大切だと
いう事を、ひしひしと感じました。
ありがとう

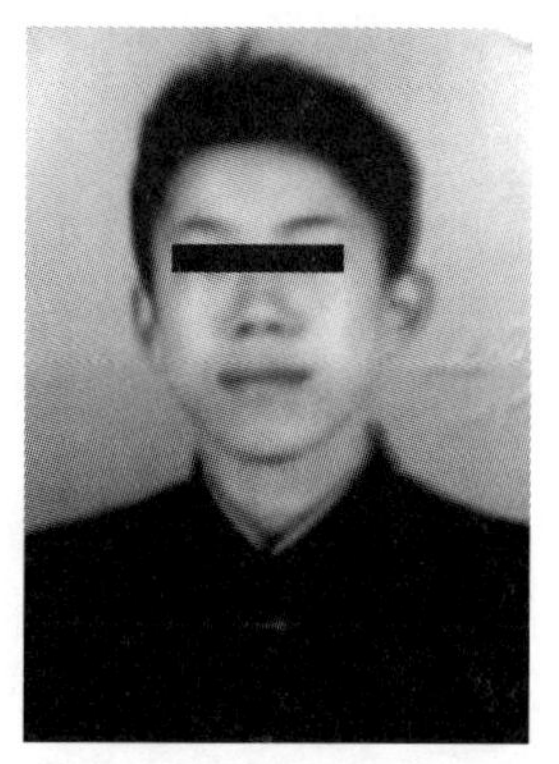
解答者近影（?）

解答を終えて一言

ありがとう

**現　RL-51-6**

# 出題分析

設問の扱う主題は多岐に渡り、前年と比較して記述量も大幅に増加した。例年頻出するゴルフ選手についての問題に対しても注意深い扱いが必要とされる。

プチ破滅を羅列するだけでは高得点は望めないだろう。採点者が「この人はもう戻ってこられないかもしれない」と危惧するレベルの破滅性が求められる。

# 解答例掲載者についての寸評

**夜明けのスキャット**

肩肘を張らない素直な記述は分かりやすく好感を抱ける。内的な二律背反によりもたらされる苦痛が生々しくも爽快な破滅感。これからも大いにもがき続けること。

**ぱるお**

字が小さく、汚い。丁寧な記述を心がけてほしい。幼児性愛や老婆への偏執的なこだわり、露出癖、不可解な挑発等、解答者の状況は非常に危機的であるといえる。

**요시다미사코**

乳幼児期の愛着関係の重要性といった根本的主題に切り込む姿勢は高く評価できる。音楽や語学の素養を生かした解答もアレゴリーとして良質。表記と論理展開に注意。

**キャワ**

もはや解答も人生もなげてしまっているかにみえるが、まともに解答すること自体が破滅的かもしれないという側面から考えると、ある健全さの例証ともなるだろう。

ていうかさ

## 解題

本作は二〇〇八年発刊の『破滅派三号』にメル・トッチィ名義（とっちめるのアナグラム）で発表された。掌編競作「掌（たなごころ）の破滅派　川端康成オマージュ」への参加作品である。お題は『雪国』の書き出しをもじり「〇〇を出たら、そこは〇〇だった」を書き出しに使うこと。

本作の登場人物「ヨウス毛」は東大仏文科時代の同級生三ツ野陽介である。彼は同時期に開催されていた講談社主催「東浩紀のゼロアカ道場」に参加しており、その決勝ラウンドは第七回文学フリマで同人誌の販売部数を競う形で行われた。

同イベントに絡み、三ツ野は「高橋文樹は『途中下車』において三ツ野をモデルにして戯画化・矮小化して描いた」という主張をブログ記事「過去に追われるミツノさん」において展開した。これに関して高橋は別のブログ記事で「モデルは三ツ野ではない」という反論を書き、さらに三ツ野からの返答「あれは話題作りのためで本意ではなかった」によって一応の和解を見たのだが、ほとんど不意打ちのような公的非難を「生意気」と考えたほろほろ落花生は、本作をもって三ツ野をとっちめようと考えた。タイトルの「ていうかさ」は三ツ野の口癖である。著者自身による解題は「もんぺ性と毛。疾走とワキラ。文学フリマと啓示。走れよ乙女いのちはひとつ。」であるが、詳細は不明。

なお、本作が掲載された『破滅派三号』はゼロアカ道場の会場で高橋により三ツ野に直接手渡された。友情は復活しなかった。

ＪＲ総武線錦糸町駅に近いヨウス毛の部屋を出たら、そこはいつもの非ヨウス毛的な夜だったからわたしは息をひとつ吐いて走り出し走り続けてああもうあの生命体が追いかけてこないように走る祈る走る祈る祈る走るああ。「ていうかさ、明日は文学フリマってのがあって僕も出てヒョロン売っちゃうんだよ一緒に行くしかないよねはははポストモダン」とかなんとかまるめこまれ初めてヨウス毛の部屋に連れていかれて。こんな生命体に遭遇（エンカウント）するなんてもうああ。ああ。

ヨウス毛は到着するなり部屋でひとりしゃべり続けたあのなんとかいう変なローティーンアイドルグループのプロモーションビデオエンドレスリピーチングさあ二百六十二回目の一時停止「ていうかさ、繰り返しになるけどこの娘のここのパンチラが存在論的に言えばしじみ。これは僕の尊敬する東肥ロキによればあの八十年代的僕の脆弱さのバキュームで僕はこれを乗り越えなくちゃならないよひぃははこのロキ的なうさん臭さっていうのコレもうポストモダン僕そのものわうわう」わたしはうなずく。これは誰だろう？　この人は何をしゃべっているのだろう？　ここにわたしと一緒にいるのはいったい何者なのだろう？　人間じゃないかもしれないけれど人間未満であることは分かる。震えていてからだが芯から冷たい。「ていうかさ、そろそろ動物化したコスプレやんない？」ようやくリピーチングに飽きたのかクローゼットからヨウス毛が取り出したのは朝青龍の化粧まわしからもんぺまで十五種は揃っていてもう彼の目はほんとうにほんとうに臭い。「ていうかさ、なんか臭そうだよねワキガってあるじゃん。ロキって見た目ただのでぶだし汗臭そうだけどちょっと違うんだよねこれファイナルファンタジー。シリーズにもよるけど攻撃系黒魔法習得順ファイアファイラファイガファイダファイジャの五段活用でロキはワキラくらいかなダメージ３５０くらいだよそれってもう連発で削り入ってるし」わけのわからないこと言ってるあなたはワキジャだよねなんてことは言わずわたしはただうなずいてヨウス毛はくねくねしている。「ていうかさ、このもんぺ久留米織じゃないじゃんこれでもう僕の中のもんぺのもんぺ性が喪失されてしまうけれどこの郵便的な痛みっていうかそれでもやっぱり整合性とか考えるから僕っていまだに八十年代から逃れられないんだよね僕ってでもそこがかわいいと思うんだよ僕ってほんとにかわいいかわいい僕がかわいいほんとにかわいい僕」アルマジロみたいにまるまってるヨウス毛がぐるぐる回転して。

わたしは逃げた。脱出した。

ヨウス毛の部屋を出たノーマルな非ヨウス毛的な夜に私は走りなにがいったいわたしの中に入り込んできたんだろうどうしてわたしはこんなことに巻き込まれているんだろうあああその刹那。

「ていうかさ、待てよ」

振り返るとヨウス毛がもんぺもってくねくね追いかけてくるのをわたしは見ていてわたしの中で終わりそうになるものと背後からの足音と荒い息遣い反響する言葉「ていうかさ、ロキの文脈によると俺はここで『待てよ』とか言いながら追いかけなくちゃならないんだよねひぃははははポストモダン」裸足で走ってるとアスファルトは痛い。けれどもう追いかけてこないでと叫ぶ余裕すらなくて。「ていうかさ、明日の文学フリマどうすんだよお前来るって言ってたよねロキもいるよワキラの属性攻撃マジ注意だから。そんな装備じゃ危ないよ」危ないのはあなたという解決不可能な遺伝学上の問題を多量に含んだ生命体。

そして啓示が訪れる。**世界を善なるものに導くためにこのような生命体は処理されなければならない。おまえが処理しなければならない。**わたしにはその場所も分かっている。

もうすぐ夜が明ける。そこは文学フリマ。ここは会場前。東京都中小企業振興公社秋葉原庁舎前。

# 対話篇

## 解題

本作は二〇〇八年発刊の『破滅派三号』に発表された。作品紹介文には「じんせい土俵際。おとこふたり。そして対話がはじまる。愛とは？　運命とは？」とあり、これが保育士の資格取得を目指していた時期と重なる。

ほ「あれが見つかった（エレ・ルトゥルヴェ）」
れ「なにが（クワ）」
ほ「『伝言』」
れ「それは」

**伝言　スペルマストーリー　～電話で知り合った彼と待ち合わせした午後～**
**［型番］　Az-IN-HM-OR-04　中古ビデオ・VHS**
**［税込］　二、九九九円**
**［商品の説明］　お互いの物を激しく舐め合い、たまった物を一気に爆発させる**
**［カテゴリ］　企画〉タイトル別テ行〉インディーズ〉ゲイ ホモセクシャル 男性同性愛 薔薇族 バラ族 ∴**

ほ「なめてるんけ？」
れ「なにが」
ほ「この売り文句。なめてるんけ？　あの『伝言』勝手にカテゴライズしてるし」

れ「べつに誰もなめてないやろ」
ほ「『バラ族』ってなんやって。『タイトル別テ行』に『一気に爆発』はあんまりやろ」
れ「そんな熱くなるなや」
ほ「もとはといえば、お前が勝手に『伝言』捨てるからあかんのやぞ」
れ「そんな熱くなるなや」
ほ「ネットでちまちま探して、やっとこさ売ってるとこヒットしたわ。半年かかった」
れ「オツカレ」
ほ「AH。あの満ち足りた二人の沈黙。すべて分かってしまっている二人のあのまなざし」
れ「もういいやろ。二、九九九円。たけーな」
ほ「まなざしも値決めされ末世」

**〝これから来れますか？〟**

れ「なんやらふたりで、ちゅうかお前ひとりではしゃいでた『伝言』やけど、そこまでこだわる理由あったんか？」
ほ「理由っつうか、きっかけであり、ある種の導きやな」
れ「どんな」

ほ「宿命なるものからほんとうにトンズラかまそうとハラくくったきっかけ。ほんで導かれたのは俺が今いるこのドンヅマリ。しかもお前と一緒に見れたんや。それって大切なことやろ」

れ「俺はそれから隣のオヤジの郵便受けにその大切らしい『伝言』つっこんで捨てたんやけどな」

ほ「ひでーな」

れ「ひでーやろ」

ほ「最近なにしてんの？」

れ「なんもしてえん」

ほ「そうか」

ほ「また寝てたんか」

れ「寝てえん」

ほ「お前が寝てえんかったら、ほかになにしてんやって」

れ「お前にかんけーないやろ」

ほ「それいったらあかんわ」

れ「あかんか」

ほ「あかんわ。お前ほんとにあかんわ」

れ「ほんとにあかんか」

ほ「ほんとにあかんわ」

## 〝いいですよ〟

れ「青空」

ほ「いいですね」

## 〝時間はいくらでもありますから〟

れ「ほしたら俺がどうしたらまともんなるか、教えてくれや」

ほ「ほやな。まずそのねばっこい布団からでろや。ほんで顔あらってこい」

れ「なんでお前にそんなこと命令されなあかんのや？」

ほ「なんでってお前が教えてくれって言ったんやろーが」

れ「教えてくれって言ったけどこんな言い方されるとハラたつわ。マジで」

ほ「こんな言い方ってどんな言い方すればいいんやって」

れ「ほんなこまかいことかんがえるなって」

ほ「お前が教えてくれっていったんやぞ」

れ「もういいって。しつこいなお前」

ほ「しつこいやろ」
ほ「もう消防職員の採用も受けんつもりか？」
れ「無理や。年齢からしてポシャってる」
ほ「そのまま布団ライフでいいんか？」
れ「よくないかもしれんけど、もうしょうがないやろ」
ほ「もうしょうがないな」
れ「もうあかんわ」
ほ「もうあかんな」

〝胸毛、濃いですね〟

れ「お前が電話かけてくるなんてほんとひさしぶりやな」
ほ「あれやが。『伝言』も見つかったし。元気にしてるんかなと思って」
れ「元気やよ。たぶん」
ほ「『たぶん』てなんやって」
れ「たぶん元気やってことやって」
ほ『たぶん』とかいったら元気じゃないかもしれんが」
れ「べつに俺のことすきでもないくせにそんな心配すんなや」
ほ「そんなかなしいことばっか言うなや」

**▼こんな商品もいかがですか……？▼**

**おやじどんぶり**
**［型番］Az-IN-HM-OR-07　中古ビデオ・VHS**
**［税込］二、九九九円**
**［商品の説明］若い者にはまだ負けぬ。気合の入った赤フンで、年季の違いを見るがいい！**

れ「だれもかなしくないって。俺が元気でも元気じゃなくてもべつにどっちでもいい」
ほ「またまたサミシガリさんやね」
れ「どっちでもいい」
ほ「べつにどっちでもいいけどよくないかもしらんで電話してるんやろ」
れ「んなことないって。だってお前が電話してきたのもどっちかっつーと俺のことなんかどっちでもいいで電話してきたんやって。よくかんがえてみろや」

ほ「そんな気もするわ」
れ「『そんな気もするわ』じゃないって。そんな気がしてるでこんな時間に電話してくるんやって」

**〝嫌いですか？〟**

ほ「じゃ、あれや。俺もうお前に電話せんようにするわ。一緒に『伝言』も見んでな」
れ「そんな怒るなって」
ほ「怒ってないって」
れ「いやけっこう怒ってるやろ」
ほ「ほんとに怒ってないって」
れ「少しは怒ってるやろ」
ほ「少しは怒ってるかもしれん」
れ「それがお前の限界やな」

**〝けっこう好きなんです。濃い方〟**

ほ「『限界』ってなんやって。なんでお前にそんなことまで言われんとあかんのやって」
れ「いや。お前のことすきやし」
ほ「すきなんか」
れ「けっこうすきやよ」
ほ「そうなんや」
れ「すきじゃなかったら電話とってないやろ」
ほ「あはん」
れ「あははん」

**▼こんな商品もいかがですか……？▼**

**強烈に求め合う男たち**
**［型番］Az-IN-HM-OR-05　中古ビデオ・VHS**
**［税込］三、四九九円**
**［商品の説明］あからさまに見せつけるように愛し合う男たちの日常を映像化。超淫乱に絡み合いひたすら、さかりあう雄たち淫水が飛び散りまくる！**

れ「あれどうなったんや？」
ほ「あれってなにが」
れ「お前の超人的平衡感覚プロジェクト第五弾」

ほ「おい。なんでお前がその話知ってんや？　まあいいわ。さて今回は――」

れ「保育士となった現代のボードレール。そんでニンゲンの最終平均台を通過するうんぬん」

ほ「まあ、そう。すっ転んだらサヨウナラ。保育士の筆記試験は合格した。次は実技試験」

れ「どんなことすんの」

ほ「音楽、言語、絵画制作の三分野から二つを選択」

れ「どれ選んだの」

ほ「言語と絵画制作」

れ「言語ってなにするんや」

ほ「簡単にいえば、試験官二人くらいを前にして絵本の読みきかせ。自作でも『おおきなかぶ』なんかの他作でもかまいませんとな」

れ「題材決めたんか」

ほ「『ほんとうのゆずり葉』か、ボードレールの『おめでとう(ベネディクション)』個人訳でいく」

れ「『ほんとうのゆずり葉』とやらはまだきいてねえぞ」

ほ「今から口演してやるか。ちなみに絵本の読みきかせは口で演じるって書いて口演ていうらしい」

れ「じっちゃばっちゃの試験官二人相手に口演、か」

ほ「なめたくないものもある」

れ「あるな」

**ほんとうのゆずり葉**

子供たちよ。
これはゆずり葉の木です。
このゆずり葉は
新しい葉が出来ると
入り代わってふるい葉が落ちてしまうのです。

こんなに非道(ひど)い葉
こんなに汚(けが)らわしい葉でも
新しい葉が出来ると無責任に落ちる
新しい葉に deséspoir【絶望】をゆずって――。

子供たちよ
お前たちは何をほしがらないでも
すべての罪悪がお前たちにゆずられるのです。
太陽のめぐるかぎり

ゆずられる罪悪は絶えません。

ホロコーストの記憶も核廃棄物も
そっくりお前たちがゆずり受けるのです。
無条件の裏切りも、嘘ではらぱんぱんの告白も
みんなお前たちの手に受け取るのです。
罪深き子供たちよ
お前たちの手はまだ小さいけれど――。

世のお父さん、お母さんたちは
何一つ持ってゆかない。
みんなお前たちにゆずってゆくために
いのちを吹き飛ばすもの、悪いもの、
汚(けが)らわしいものを、
一生懸命に造っています。

今、お前たちは気が付かないけれど
ひとりでにいのちは延びる。
鳥のようにうたい、花のように笑っている間に
気が付いてきます。
私たちがお前たちに何をしてきたのかを。

そしたら子供たちよ。
もう一度ゆずり葉の木の下に立って
怒りに震えながらゆずり葉を見る時が来るでしょう。

**れ**「既に絵本じゃないな」
**ほ**「そんなことないです」
**れ**「受かる気まんまんやね」
**ほ**「人生かかってる」
**れ**「絵画制作は？」
**ほ**「お題は『B4用紙に保育士と子どもたちとのふれあいを表現する』とかなんとか」
**れ**「『ふれあい』か」
**ほ**「コアやろ」
**れ**「コアやね」
**ほ**「俺の原理的探求(ケート)にモロや」
**れ**「そのための調査(アンケート)は？」

**「洗濯機に入れるぞ」と乳幼児〝虐待〟**
**保育所に改善勧告**

宇都宮市は七日、市内の民間保育所で複数の保育士が泣きやまない乳幼児の両足を持って逆さまにするなどの体罰を加えていたとして、児童福祉法に基づき、改善を勧告した。

市保健福祉総務課によると、保育所は生後数ヶ月から二歳までの二七人が入所。平成十六年から今年四月にかけて、保育士数人が乳幼児らの頭などをたたいたり、靴を履こうとしゃがんでいる子どもの背中を足で押した。泣きやまない乳幼児の両脇を抱え、動いている洗濯機に入れると脅したこともあったという。

保育士数人は「全くそういうことはない」と関与を否定しているが、他の職員や退職者の目撃証言があった。市は「児童虐待防止法の虐待には当たらないが、児童福祉施設最低基準の不適切な行為に相当する」としている。

MSN産経ニュース

**ほ**「ふれあってるやろ」
**れ**「ふれあい方やろ」
**ほ**「ふれあいは両者の深奥（コア）に達する」
**れ**「それは」
**ほ**「それは今回の絵画制作ならびに最終平均台通過希望者たる俺の主題（モチーフ）や」
**れ**「絵画制作なら？」
**ほ**「ピカチュウ一揆か。洗濯機の上で吊るす者と吊るされる者が見つめ合ったあの二秒か。むしりとられた肉塊としてのアンパンマンその可能性の中心か」
**れ**「そうか」

**〝ここ、ですか？〟**

**れ**「中学んとき、席替え一回もなかったな。俺のクラス」
**ほ**「中学？　中学三年のあのスチールウールみたいな髪の毛のせんせのときか」
**れ**「ほや。お前の後ろの席に俺が座ってた」
**ほ**「それがなんや」
**れ**「授業中でも休み時間でも他のやつらがひゃらひゃら

騒いでる時でも、俺は後ろからお前の耳たぶ見てた。一年間ずっとや。お前の右の耳たぶにはほくろがふたつあった。こいぬ座みたいやった。左にはなかった」

**ほ**「だから」

**れ**「お前は俺の耳たぶ」

**ほ**「なにが言いたいんや?」

**れ**「しらん」

**ほ**「なめてるんけ?」

**れ**「なめてないって」

〝んっ……〟

**れ**「泣くなや」

**ほ**「うるせえな布団」

**れ**「泣くなって」

# 参考文献


『伝言　スペルマストーリー』　（株）オリオン

Selection.net「AVお宝販売の老舗」（二〇〇八年八月二九日）
http://www.allmedia.jp/index.html

『おやじどんぶり』　同前

『強烈に求め合う男たち』　同前

河井酔茗『塔影・花鎮抄』　西郊書房（一九四八年）

ＭＳＮ産経ニュース　（二〇〇八年七月七日付）
http://sankei.jp.msn.com/affairs/crime/080707/crm0807071716030-n1.htm

# 救出

## 解題

本作は二〇〇九年発刊の『破滅派四号』の掌編競作「掌（たなごころ）の破滅派　三島由紀夫オマージュ」への参加作品である。お題は『金閣寺』のラスト「一ト仕事を終えて一服している人がよくそう思うように、生きようと私は思った。」をラストの一文に使うこと。

　本作はシャルル・ペローの童話『赤ずきん』を題材にしている。

　ほろほろ落花生は東大仏文科在籍時代、ロラン・バルト『明るい部屋』を読む授業において、坂口安吾『文学のふるさと』を引き合いに出し、講師を務めていた中地義和教授に論戦を挑んだ。バルトお得意の二分法（読み取れるもの（ストゥディウム）／突き刺さるもの（プンクトゥム））から「そうではないもの」という第三の指針を提示する分析法はくだらない、すでに文学とは何かは示されている、というような主張だったはずだ。中地先生は訥々と反論した——安吾の主張（原作の『赤ずきん』において狼の腹から救出されない、その無道徳（アモラル）こそが文学の原点である）はそもそも誤解であり、『赤ずきん』は「見知らぬ男性に若い娘がついていくとひどい目に遭う」というシンプルな訓話である、つまり、大変に道徳的（モラル）な話なのだ。

　この対話について中地先生はすれ違う振り子の比喩を使い、授業の度に論戦を仕掛けてくるほろほろ落花生を評した。『赤ずきん』を題材に選んだのも、この「すれ違い」が根深く影響しているのかもしれない。

私は籐椅子に座ると卓上の写真を眺めた。まだ年若い娘を真ん中にして、微笑みを浮かべる二人の女。在りし日の幸せなファミリー・ポートレイトといったところだ。娘の顔はあどけなく、どこか挑戦的でもある。赤い頭巾を風に飛ばされないように片手で押さえ、いたずらっぽくこちらを見据えている。傍らに佇む二人はその娘の母親と祖母なのだろう。いずれにせよ、その娘の笑顔はこの家の主である祖母の徒然（つれづれ）を慰めてきたにちがいない。小屋の調度品はどれも年季の入った代物で、心地よい質朴さをたたえている。

窓からは揺れる樅（もみ）の枝葉が見える。硬い葉に太陽の光がざらざらと粘っこく照り返している。ホオジロが鳴く。ただそれだけだ。私は年をとっている。つまりは、そういうことだ。

もうひとつあるとすれば、ポートレイトに写っている祖母とおぼしき老婆と娘のくぐもった声が聞こえてくることだ。ベッドに横たわっている彼の腹から。

彼は規則正しく寝息をたてている。消化中の生き物が胃壁を打ちつけるのか、突き出した腹が奇妙な具合に歪み、下腹の柔らかそうな白い体毛の描く稜線が揺れる。なにかの合図のようだ。彼の内部にいることはなかなかつらいものだろうと思う。ただし、外側にいる時よりも格段につらくなったかといえばそうでもない。

私は籐椅子に座りながら彼の顔を注意深く見つめる。ヒゲは先ほど大がかりな食事を終えたばかりというところで、濡れて光っている。彼は仰向けに寝ており、敷布は丁寧に畳み込まれて枕の下に重ねてある。枕が変わるとなかなか寝つけない性質なのかもしれない。枕元には義眼がひとつ置かれている。誰のものなのか定かではない。

この一人住まいとおぼしき小屋に入った時点で、目の前の三人のいのちは私に与（あず）けられているという格好になり、私はこの上なく不愉快だった。

けだもののいのちをとり、売りさばくことで私はこれまでみずからのいのちをながらえてきた。そういうものは一般に猟師とかいう職業と呼ばれる。問題は一切が急に馬鹿馬鹿しくなってしまったことだ。急にといったがずっとそうだったのかもしれない。なんのはずみでそうなったのかは分からないが、それも特にたいしたことではない。馬鹿馬鹿しいという点でいえば、年をとるということもそのひとつだ。効用はない。こういう場面に鉢合わせするというあまり愉快ではない偶然があるだけだ。

彼に飲み込まれている老婆は愚かだ、一緒に飲み込まれている孫娘も愚かだ、腹を出して隙だらけで眠っている彼も愚かだ。この小屋でそんなことを考えながらポートレイトを眺めている私はさらに愚かだ。

結局、こういうことに手出しをしてなにかをねじ曲げるというのはもうご免なのだ。これまでもいろいろと手を出してきたような気がするが、特に何かが変化したということもない。私の生来の悪癖は、生きようなどとたまに思ったりしてみたくなって、余計な手出しをしてしまうことにある。

卓上には日誌用の帳面があり、自分を病身のままこんな森の奥に捨て置いた娘への憎しみが丹念に綴られている。「だからお前の娘もろとも」云々、云々。

私は帳面に頬をあてがい、机に頭をあずけ目を開けたまましばらくじっとしていた。ホオジロはもう鳴いていない。猟銃を籐椅子にたてかけると服を脱いだ。うつ伏して彼の隣に横になり、その腹をなで、顔をのど元にうずめた。懐かしい匂いがした。下腹と腿に彼のこわい毛を感じ、そのまま目を閉じた。

一ト仕事を終えて一服している人がよくそう思うように、生きようと私は思った。

# だるま落とす

## 解題

本作は二〇一〇年発刊の『破滅派六号』掌編競作「『（消／破）滅』ジョルジュ・ペレックに敬意を表して」への参加作品である。ジョルジュ・ペレックの"La Disparition"は文字落とし（リポグラム）という言語遊戯をともなって書かれた作品で、フランス語でもっとも主要な母音である「e」を使わずに書かれている。同作は一九六〇年代に結成された潜在的文学工房（ウリポ）の最高傑作の一つとされる。

競作に課せられたルールは「イ段の音（いきしちにひみいりゐ）を使わない」であり、破滅派の掌編競作史上もっとも難解なお題となったが、ほろほろ落花生はそのハードルを軽々と超える離れ業をやってのけた。

# Ⅰ　あ・う・え・お・ん

「ほろほろ君。そのペンネーム、俺をなめてるの?」

「え?　そんなこと……　なめてるって、なめられてるのは」

舐められてるのは僕の肛門のほうで、男は臍を撫でまわすと、股間へうずめた顔をあげた。

「『ほろほろ』って言葉の後のアレなんだ?　なめてんのかお前。ルールを破ったこのメスだるまが!」厳然と告げる男。そのまなこ、タダゴトではなく。

「だって、ペンネームはOKだって伝えられたわけですから……」

うす汚れた鼻フックが転がるベッドの上。荒縄で結ばれたまま、僕はおずおずと答えた。

「わがままっ子は困るなぁ」

疼痛。すね毛を数本ぬかれたようだ。そもそも、なぜこんな責め苦を受けてるのか。ここはどこなのか。定かなものが定かでなく。

「あれぇ、もう降参?　まあ、どうせあとで『もっともっと』って喚くんだから」

笑った男から、苛烈な接吻が天下る。踵を。腿を。腹を。まぶたを舐められ、鎖骨をアゴでざらざらとこすられる。

「駄々こねる坊やは、こうだ」

トランクスを咥えて突っ伏すと、彼は顔面をつかって僕のものをこすった。

「あ、く」

「ハハッ。もう硬くなってやがる」

これはなんだ。捕縛と屈服。悪罵。

「こんなことやって、ゆるされるんですか」

「問答無用のだるま舐め。あらら。半ベソかくなよ。ハハ。もごもごさんからは、これも取っておかねえと」

ほとけ様、飛んで。

「さあ、そろそろアタマも刎ねよかな」

「それだけは、勘弁」

## Ⅱ　あ・え・お・ん

「そんなトコまで取られたら、なんもやれな……」

「やらさんよ。とことん嵌め込んでやっから」

まさかの真蛸責め。汗。暴れて。果て。穴へ。涎。暴れて。嗟嘆。あえかな男根。

「たまんねえな」

これが、男のメロン玉
これが、男のメロン破瓜
それで、男はどどめ釜
それで、男はどどめ沙汰

挽歌流れて。

そんな。生アゴでそこは。そんなところまで。

「魔羅トントン？」

「トントン！」

「メレンゲなかで？」

「なかで！」

## III　え・お・ん

え？　蓮根そこへ？

メモ。　――屁も止めろ？

寝て。斧で？

ヘテロの炎。

せめて、臍で。

## IV　お・ん

「ほろほろ、ここところ？」

「そことそこ」

「ここも悶々？」

「そこも悶々」

「そこもとのここ？」

「ここもとのそこ」

「おそとのここも？」

「もろ、そこ。ほんもの」

「横のここ掘ろ」

「そこもそろそろ」

朧の。

「底の世の」

「男と男の」

「そぼろ床」

V

ん

んん　んー　んんんん？
んんん　ん　んん！

VI

# クロニック・ペイン

高橋文樹

あんこくのみちをあゆんだ
おまえが
クリスタルをつかおうが
かがやきはもどらぬ
ただあんこくに
かいきするのみだ！
しねっ！

ファイナル・ファンタジーⅣ

「私はこれまで文学という非物質的なものを追い求めてきたので、これからは鉄という物質的なものを追求したいと思います」

　これはほろほろ落花生こと花藤義和が新日本製鐵株式会社の新卒内定を勝ち取ったとされる言葉だ。面接官が「ほお」と声を上げたという。これを私や友人達はある種の冗談と受け止めたが、あながち嘘でもなかったようだ。もう一人、東大の仏文科から新日鐵に内定した小野神という友人がいて、彼の言によれば、花藤の人事評価は悪くなかったそうだ。企業に新しい何かをもたらしてくれるという期待があったのかもしれない。

　当時は就職氷河期も底を突いた時期で、新卒採用を行っていない有名企業も多かった。二〇〇〇年に仏文科へ進学した私の同期二〇名弱のうち、ストレートで就職したのは四名だけだった。半分ぐらいが留年し、大学院進学を含めると四分の三ぐらいがモラトリアムにとどまった。就職活動にはどこか人の意を削ぐ要素がある。どの世代の人間にとっても社会に出ることは恐ろしいだろうが、少なくとも当時仏文科にいた私たちにとって、社会に出ることは完全になにかを損なわれるに決まっている命懸けの跳躍とでも呼びたいものだったろう。

　一年のモラトリアムを経てみると、多くがそれなりに名の知れた企業に内定していた。腐っても東大、というわけだ。あるとき、研究室のベランダで煙草を吸っている花藤に質問した。内定をとって、どんな気分だ、というようなことだ。私は二〇〇一年に作家としてデビューしていたので、就職はせずにバイトで日銭でも稼ぎながら書き続けていくつもりだった。自分とは違う人生を歩むことになる友人に心構えを聞いておくのは参考になるだろうという打算もあったかもしれない。

「こんなものなのか？」

　花藤は質問で返した。人生が、ということだろう。私にはわからなかった。内定先が第一志望ではないのは知っていた。たしか、彼は新卒採用をしていなかった筑摩書房のある社員にコンタクトを取って面接まで漕ぎ着けたが、奮闘虚しく落ちていた。とはいえ、新日鐵は当時の国内シェア一位で、官営八幡製鉄所から続く伝統ある企業だ。就職先としては悪くない。

「なんかもっとガツンとしたものはないのか？」

　私がなんと答えたか覚えていない。花藤はもう梅雨前だというのに黒いウールのコートを着て、煙草を吸い続けていた。震えてさえ、いた。

この短い物語は花藤の人生の分岐点について詳述する。安定した職を得て、家庭を持ち、人生を全うする。いまではもう難しくなってしまったかつての当たり前も、花藤は掴みかけていた。何年かして、私たちの世代はロスジェネと名付けられ、非正規雇用のまま年を重ねる者が社会問題にまでなった。ちょうど二〇二三年現在、「こども部屋おじさん」という不名誉な呼び名が自嘲と揶揄の両方で流布するようになっているが、こうした新造語は私たちの世代が死に絶えるまで増え続けるだろう。しかしながら、少なくとも二〇〇二年において、花藤はそうではない方にいた。現在の私のＳＮＳのタイムラインを幸福そうな家族写真で彩っている友人達のようになる可能性があった。

花藤の人生が凡庸な幸福と共になかったことについて、私には幾つかの心当たりがある。その分岐点の一つが、他でもない、この新卒内定と同時期に発症した奇妙な病だと私は考えている。

二〇〇二年の六月頃だったろうか、大学の前期授業が終わりに向かい、そろそろ夏休みという頃だった。花藤は唐突に「俺はもう長くないかもしれない」ということを口にした。私たちは授業のない時間帯に仏文科研究室の一角――辞書室と呼ばれていた――に滞在し、ソファに座って雑談などをしていた。私はいつもの冗談だろうと思いつつ、理由を聞いた。なんでも、彼は最近、尻の痛みを感じているという。色々な病院にいったが、まだ原因がわからないらしい。本郷近くのクリニックで大腸癌を疑われて肛門の触診やＣＴスキャン、はては切除手術までしたが、病源は見つからなかった。いまは痛み止めを処方されているが一向に効かないという。そんなことがあるのか、と私は不思議に思った。彼には病気を大袈裟に言うところがあると私は思っていた。病弱であることが文学者としてのアウラを増すという一般的な考えにならい、病状を盛っている――そう考えたわけだ。かといって、私は彼の苦しみが本当かどうかをいちいち問いただすことはなかった。仮に彼の病気が偽物だと私が頑張って論破してみせたところで、彼の苦しみがなくなることはないのだから。

それから夏休みに入った。もう大学五年生だったし、なんのサークルにも所属していなかったが、仏文科の友人たち六名と「合宿」を行おうということになった。山口県柳井市には私の亡くなった大叔母の空き家があり、近所の人が手入れをしてくれていた。海から歩いて三十秒ほどの位置にあり、最寄りの駅からバスで四〇分ほどの鄙（ひな）びた場所だ。早朝や夕方の満潮時には家の前の用水路を魚影が素早く通り過ぎ、ちょっとした丘を登る道の脇で西瓜が丸々と太っているような、そんな田舎だ。そこで私たちは運動をし、読書をするという目標を立てた。大江健三郎『万延元年のフットボール』に出てくる「四国の田舎で練習をするフットボール・チーム」が念頭にあった。もちろん、花藤もそのメンバーに含まれていた。関東組は東名高速、名神高速、山陽自動車道と夜通しぶっ飛ばし、昼前には柳井市に着いていた。花藤は北陸の実家から電車で合流する予定になっていた。

　買い出しを済ませると、私たち先着組は歩いて三十秒の瀬戸内海で釣りをした。突堤から釣り糸を垂らしているだけでもすぐにアタリが来るので、楽な釣りだった。のちにアランの研究者となる油田（ユダ）が蟹を釣り上げると、通りがかった老人がそれをワタリガニだと教えてくれた。

「こういう風に、通りすがりの人に話しかけるの、懐かしいね。東京じゃ、なかった」

　山陰地方出身の亀山はそう言っていたように思う。

　先着組が海遊びをしているあいだに夕暮れとなり、花藤が柳井駅についたので、迎えにいった。往復で一時間程度、家に着く頃には夜になっていた。着くなり宴会を始め、酒が入ったあと、私は飲みすぎて寝てしまった。目が覚めると、二十二時ぐらいだった。机の向かいには花藤と同じく新日鐵に内定を決めていた小野神がおり、なぜかズブ濡れだった。こいつは風呂に入ってもちゃんと拭かない質（たち）なのか、と思ったが、そうではなく、花藤を助けるために海に飛び込んだのだという。

「大変だったよ」と、小野神は携帯電話をいじりながら言った。「海で花火してたら、花藤が急に海に入って『じゃあ、俺もう行くわ』って泳ぎ出してさ」

　なんでも、花藤が真っ暗闇の瀬戸内海に向けて入水し始めたため、小野神は慌てて追いかけたそうだ。当時主流だった折りたたみ式携帯電話の頼りない明かりで海面を照らし、なんとか花藤を捕まえると、海から引き上げたようだ。花藤としてはちょっとふざけて入水のふりをしただけ——そもそも彼は中学のとき水泳部に所属していた——なのだが、普段から自死を仄（ほの）めかす花藤を同じ新日鐵内定の同期として見過ごせなかったのだろう。小野神は「眼鏡なくしちゃったよ」と落ち込んでいた。それから程なくして風呂に入った花藤が戻ってきて、飲み直した。味噌汁にしようと思っていたワタリガニが鍋で死んでいたが、夏の深夜にあらためて味噌汁を作るのも面倒なので捨ててしまった。

朝起きると、花藤がいなかった。すでに起きていた同行者の一人である大原はトーマス・マン『魔の山』を読んでいたが、私を見ると「机の上を見てみなよ」と言った。そこには一万円札二枚と便箋一枚が置いてあり、手紙はこんな内容だった。

前略
私の親友である皆様へ
昨晩、泥酔の果てに人としてあるまじき乱行に及び、私の愛する皆様方を深く傷つけたことをここに陳謝いたします。
今後、皆様方にこのようなご迷惑をおかけする危険性がある以上、私はこの地を辞去する旨を決意致しました。
今後とも、良い山口での休暇を満喫して下さること、切に願う次第であります。
重ね重ね誠に申し訳ありませんでした。
同封した謝金が足らない場合はまた後日ご連絡下さい。

喪心（もしん）より　花藤
8／2　午前3：00

「何これ」

私がそう言うと、大原は「知らない、起きたらそれがあった」と答えた。ここに書いてあることがそのままなら、花藤は深夜三時に突如反省し、最寄り駅までバスで四十分の道のりを戻っていったことになる。私たちはちょっとした反省しているそぶりはなかった。昨晩は特にイタズラでもされたような愉快な気分になり、笑い合った。花藤にはそういうところがあった。集団で行動しているときにフイッといなくなってしまうような。私は特に言わなかったが、ケツの病気が関係しているのかもしれないとも思った。

電話をかけてみると、花藤が出た。大阪駅にいた。駅で始発を待ち、鈍行で北陸の実家に向かっているのだという。帰った理由は油田のいびきがうるさかったからだそうだ。私はそれを言い訳だと思った。いびきがうるさいからといって、深夜三時に歩いて二時間の道のりへ歩き出すだろうか――いや、そもそも歩き出したのか？ 逃げたのではないか？ でも、何から？

電話の最後に、「気が向いたら戻ってきなよ」と私は言ったような気がする。言わなかったかもしれない。

その後、昼ぐらいに花藤から電話がかかってきた。彼は米原に着いていた。気が変わったのかと思ったが、そうではなく、Tシャツを忘れたのだという。マルイのビサルノのベージュのやつだ。それはそうと、私は戻ってこないかと提案してみた。

「でも、親に迎えにきてもらうよう頼んじゃったしな。金もないし」

結局、花藤は戻ってこなかった。私たちはその夜、彼が残した便箋の裏にこの一両日で起きたことを書き留めようと盛り上がった。Mr. Childrenの名曲『抱きしめたい』の替え歌として。著作者人格権に同一性保持というものがあるので、ここに掲載をすることはしないが、私はその便箋の最後で「衷心（ちゅうしん）より」の書き間違いを指摘しつつ、詩を一編書き加えた。

Et par le pourvoir d' un mot,
Je me recommence ma vie.
Je suis né pour te connaître
Pour te nommer
INNOCENCE.

Paul Eluard

このフランス語詩の抜粋はポール・エリュアールの"Liberté"である。私の初めての著書『途中下車』で引用した部分だ。その頃の私はまだフランス語でいくつかの詩を諳んじることができた。いまはもうできないが。翻訳を以下に記す。

たった一つの言葉の力で
ぼくの人生は再び始まる
ぼくが生まれたのは君と出会うため
君を名付けるため
「無垢」と。

この引用は実のところ正確ではない。最後の単語LIBERTÉ（自由）がINNOCENCE（無垢）に変わっている。花藤は「無垢」ということにずいぶんこだわっていた。まるで、自分には何も悪いところはないというように。

そして夏が思い出となって過ぎ去り、秋が来て冬を迎え、やがて暖かくなる頃に私たちは東大を卒業した。私はすでに小説家としてデビューしていたこともあり、新卒での就職はせず、アルバイトでもしながら食い繋ぐつもりだった。

新卒採用された友人たちから近況をときおりうかがいつつ、私は花藤と同じ新日鐵に就職した小野神から奇妙な報告を受け取っていた。花藤は病気が悪化し、出社していないという。寮にずっとおり、部屋がヤバいのだという。どうヤバいのかというと、トイレも行かず部屋に引きこもり、あるとき小野神が部屋を訪れたら、ペットボトルに小便をして、それを枕元のバケツにジャッと流しているそうだ。これは何がしかのことだと思った私は、花藤を訪ねるべく新小岩の寮に向かった。たしか、夏だったと思う。そう、あの山口の一夜からもう一年が経っていたのだ。

部屋に小便の詰まったペットボトルはなかった。その代わり、電灯の紐が継ぎ足されており、寝そべったまま電気をつけたり消したりできるようになっていた。

「飯でも食うか」

花藤にうながされる形で食堂に向かった。食堂には業務用の巨大な炊飯器があり、彼はその蓋を開けながら、「見ろよ」と言った。いつでも食べていいそうだ。そこには冷えた白飯が三分の一ぐらい残っていた。彼はしゃもじでその白飯を掬(すく)いとって頬張ると、「うん、うまい」と言った。

少し話をした。花藤は病状について「痛い時は骨折したぐらい痛い」と言ったが、思ったよりも元気そうだった。病原はまだわかっていない。新日鐵のような昔ながらの大企業には、病気などで働けなくなった人のための部署があり、そこではラジオを分解してもう一度組み立てるような仕事が用意されているらしかった。「きっと俺はそういうところに配属されるのだと思う」と彼は言った。私は冗談半分でその言葉を受け取ったが、半年も穀潰しを雇っておくなんて、随分いい会社だと感心していた。いま、彼は人事部付きという身分らしい。病気が治ったら、来年の九月ぐらいには復帰するよう会社から言われていた。

私は手土産の苺のショートケーキを渡し、寮をあとにした。新小岩駅に向かう遊歩道を歩きながら、なんとかなるもんだ、と思っていた。花藤はよい会社に就職した。

どれぐらい時間がかかるかはわからないが、いつかはきちんとまっとうになってくれるだろうと会社は期待してくれているのだ。しかもそれなりの時間をかける覚悟でいる。新日鐵のその投資は無駄にはならないだろう。私は緑と蚊の多い遊歩道を歩きながら、小野神の報告について思い返した。そもそも小野神は大袈裟なのだ。東京出身で兄弟揃って東大に入るような人間は、両親とも大企業の社員や弁護士や医者だったりして、ちょっとしたことでピーピー騒ぐ。そういうことなのだ、と私は納得した。

ほどなくして、自宅でテレビを見ていた私は、NHKの朝の健康番組に釘付けになった。「難治性慢性疼痛（なんちせいまんせいとうつう）」という、特定の部位が信じられないほど痛くなる病気があるらしい。痛む部位には何の異常もない。ただ、脳がその部位を「痛い」と判断して、痛みの信号を送るらしい。この謎めいた病気の対処法は、いかにも恐ろしげだった。原因もなく痛みの信号だけが送られ続けるので、神経に電流を流し、オーバーフローさせるのだ。ある患者は、首の付け根に大きなスイッチを埋め込んでいた。首の後ろにボコッと腫瘍のようなものがあり、それがスイッチだ。スイッチは神経と繋がっており、「痛い」と思った瞬間に押す。そうすると、痛みが消える。二〇二二年現在、私はその病気を抱える人たちがどういう治療を受けているのか知らないのだが、とにかく、二〇年ほど前はそのような治療法がテレビで紹介されていたのだ。

花藤の病気はこの難治性慢性疼痛なのでは、と私は思った。実際のところ、友人たちの間では就職内定後に彼が「ケツが痛い」と言っていたのは仮病あるいは文学的修辞じゃないかと疑う向きがあった。それはもちろん、私を含めてだ。私はその誤解を解くべく、同期の友人たちに連絡した。花藤の病気って、ほんとにあるらしいよ——しかし、友人たちは「へえ」と言うだけだった。友人に何か大変なことが起きていると伝えたつもりだが、その反応は冷たく響いた。

そうこうしているうちに、花藤は復職した。人事部付きのまま、いくつかの課題を出されていた。それもそうだ、なにせ同期はとっくに研修を終え、仕事を始めているのだから。

「いまは出社して、かったるい宿題みたいなやつをやらされてる」

彼は電話口でそう表現したが、その実、課題をすべてやっていないのだった。文系で就職すると簿記などの財務関係の資格取得を推奨されるものだが、彼はそのすべてをやらなかった。会社側の期待としては、東大卒なら簿記二級ぐらいすぐ取れると考えるのが普通だ。実際、私は大学卒業後に簿記三級・二級を一ヶ月ぐらいで合格している。ちょっと賢い高校生なら取れるような資格試験の勉強を花藤はやらないのだ。ケツが痛いからだろうかとも思ったが、それだけとも言い切れない燃え尽き症候群じみたやる気のなさだった。

　正確な時期は覚えていないが、たしか年の瀬も近い頃だったと思う。小野神から夜十時ごろに電話がかかってきた。花藤の行方を知らないかという。新小岩の寮を出てそのまま行方知れずになったそうだ。警察に捜索願いを出す予定だが、念のため知人をあたっている。私には心当たりがなかったので知らないと答えた。

〉いま秘密の場所から書き込みです

　その晩、仏文科の掲示板に花藤の書き込みがあった。当時はミクシィがサービスを開始する直前ぐらいで、日本国内のSNSは存在しておらず、インターネットを使って知人と交流がしたければ自分達専用の私的な掲示板を持つというのが一般的だった。花藤からそれ以降の更新はなかった。「秘密の場所」がなんのかはわからないが、なんにせよ、インターネットの掲示板に書き込めるような環境にあり、書き込み時刻を見る限りそれほど前のことではない。となると、いま富士の樹海にいるとかそういう不穏なことはなさそうだった。高校生のとき山岳部員だった花藤は、三日間ぐらい失踪して山籠りをし、山狩りに遭うという経験をしていたので、特に不思議ではなかった。彼にはそういう遁走癖があり、今回もそれだろうと思った。

　しばらく経って戻ってきた花藤本人から、ことの次第を聞いた。十一月のある朝、出勤のためJR総武線快速を待って新小岩のホームにいた花藤は、唐突に何もかもをくだらないと思い、逆向きの電車に乗り、しかもそれは都合よく成田空港行きの総武快速線だった。日本航空のカウンターでフランス行きのチケットを三〇万で購入し、そのままパリへ飛び立った。掲示板への書き込みは滞在先のホテルに設置されたPCから行ったらしい。ついでに彼は新日鐵の上司に「辞めます」とメールを送った。語学学校の経営者をしている在仏の知人を頼ってそのままフランスに移住できないか相談したが、あまりにも歓待されたのでやはり逃げた。パリに一泊、「ここではない」と判断し、帰国した。「ここではなかった」と東京を離れ、「ここではない」とパリを離れる。ボードレール的なトンボ返りだった。成田空港の税関で「珍しいですね」と声をかけられたらしい。

このパリ逃亡事件の帰結として、花藤は新日鐵を退社しなかった。引き止めにあったからだ。これは私が後年知ったことなのだが、大規模な新卒採用をするような企業では、辞意を示した新入社員に「辞めたきゃ好きにしろ」と突き放して得をするような人事制度になっていない。ごく普通のサラリーマン仕草として辞意を拒むことが上司に求められる。花藤への引き止めもおそらくそのようなものだったろうが、彼は素直に従った。「なんか、おまえが羨ましいって上司に言われたよ」と、彼は言っていた。ある日なにもかも投げ出したくなる人は多いが、実際に投げ出す人は少ない。それを羨ましいという上司の言葉は、引き止めのための阿諛追従(あゆついしょう)ではない、真実のものだったろう。大学の頃から花藤をよく知っている小野神を除いて、同期たちの多くは花藤の帰国を英雄の凱旋かのように捉えていたようだ。それもそうだろう、私は新卒で就職したことはないが、若者たちが仲間内から生まれたトリックスターに対してどう思うかについては手に取るようにわかる——いいぞ、もっとやれ、だ。

二月ごろになり、花藤から電話で呼び出された。せっかくなので、新小岩と私の自宅の中間にある船橋で待ち合わせた。かつて太宰治が居を構えた地で、旧太宰邸に植わっていた夾竹桃が市役所近くにある。東大仏文科だった太宰治の後輩である私たちは、そこで写真を撮った。

話した。なんでも、花藤はもう一度辞表を提出し、それが受理されたようだ。三月末をもって退職することが決まっているという。今後のことを考えなければならないが、とにかく、寮を出なければならないので、引っ越しが必要だ。パリ逃亡事件のときにリボ払いで借りたマルイのカードローンも残っていて金欠だし、生活費を節約したい。そこで、私とルームシェアをしたいというのである。私は大学を卒業してフリーターをしていたが、実家暮らしというのも体裁が悪く、また当時の家庭環境的にも家を出てもいいかと思っていた。そこでルームシェアの提案に乗ったわけである。物件を探し、北千住に決めたところで、私は金策などを始めた。そもそも金がなかったので、引越しにかかる二〇万強を工面するにもうまくいかなかった。すると、私が森川ジョージ『はじめの一歩』を全巻売ったという話に心を痛めた花藤が彼の父親に相談し、私に金を貸してくれるというのである。それならば話が早い。私たちは北千住のマンションを契約した。このとき、はじめて家を出た私と、賃貸契約にまつわるあれこれを家族や会社に肩代わりしてもらってきた花藤は、大家に対して自己PR文書をしたためさえしたのである。結果、契約は無事締結された。

花藤にとって新日鐵がどういう会社だったのかはよくわからない。私からするとけっこういい会社に見えたが、彼にとってはほんとうにどうでもよい会社だったようだ。自身、会社を経営する身となった私は、これを肝に命じておきたいと思う。会社は従業員の魂を救うことができない。

とはいえ、三月に行われた送別会では、それなりに楽しい時間を過ごしたようだ。花藤は、自身の送別会のためにちょっとした戯曲のようなものを書いた。花藤お気に入りのシューティングゲーム「斑鳩（いかるが）」のパロディで、仏文出身の小野神をはじめ、同期入社組が悪役に設定されていた。

おまえを生かしているのは、この私／正しき道を歩めるようにと……／だが、おまえはそれを理解できぬというのか？

私はその送別会にもちろん呼ばれていなかったが、花藤によって脚本を事前に見せてもらっていたし、後日写真を送ってもらった。脚本にあったト書「小野神と死闘。鮮血。崩れ落ちる花藤」の通り、花藤は胸を押さえて膝をついていた。小野神の顔には笑みが浮かんでいた。この後、花藤と小野神の人生はほとんど交わることはなくなった——少なくとも、本稿を執筆している現時点では。それでも、魂の交流とでも呼びたい印象がその写真にはたしかに切り取られていた。

北千住の新居に移ったあとの私たちの短期的な目標は以下の通りだった。まず、生活を立て直すこと。私はひきつづき作家として実績を積むべく執筆を続ける。花藤はあらたな就職先を探す。それぞれアルバイトをしながらなので、それなりに大変だろうが、まだ私たちは二十四歳で、再挑戦のための時間はいくらでもあった。

私は警備員のアルバイトをしていたが、家賃を払いつつ、花藤の父に借金を返済するとなると、少し足りない。

私は築地にある喫茶店でアルバイトを始めた。週三回なので、夜勤がある警備の週二回を足すと、ほとんどフルタイムに近い。とりあえず借金を返し終えたら喫茶店は辞め、執筆に専念するつもりだった。花藤はというと、教員免許の勉強を進めるべく法政大学の通信科に入学を決めていた。三ヶ月の失業保険期間が終わったらなんらかのバイトを始めるつもりらしかった。

引越し先のマンションはエレベーターのない四階建で、墨堤通り沿いにあった。私たちはその最上階に居を構えていた。2DKでそれぞれに部屋があった。京成線の線路がすぐそこに見えたが、終電が早いのでうるさいとは感じない。少し歩くと隅田川があり、再開発に本腰を入れ始めた北千住の駅前はマルイができたばかりで賑わっていた。私たちは共通の家計簿を作り、少しずつ家財を買い揃えた。

なにしろ金がないので、食事は自炊だったが、花藤は大学時代に一人暮らしをしていたことが信じられないほど料理ができないので、自然と私が二人分作ることが多かった。最初は炊いて冷凍しておいた米やタッパーに詰めて冷蔵しておいた麻婆豆腐がすべて食べられてムッとすることもあったが、生活力のない人間を教育するより怒らないでいる方がはるかに楽だった。

二ヶ月ほど経ち、私は花藤の教員免許取得が芳しくないことに気づいた。法政大学の教職テキストは一度も開かれることなく部屋に積まれたままになっており、パリッとしたその紙に触れれば手が切れるぐらいの完全な積読状態だった。勤めていた塾もサボり続けたため、家の固定電話に連絡がかかるようになっていた。私は何度か代わりに出たが、花藤は「適当に話をして失踪したことにしてくれ」と頼まれ、小芝居を打った。バイトに来ない花藤を心配して電話してきた塾長に、私はこう言うわけだ——彼は突然いなくなり、僕も家賃の回収ができなくて困っています——電話を切ると、花藤が部屋から出てきて、「どうだった？」と聞いた。私が話した内容を伝えると、彼は嬉しそうに「もっとガツンと言わなきゃダメだって」と答えた。彼にはこういうところがあった。

塾講師を辞めたあとの花藤は、しばらくのあいだ何もせずに部屋にいた。着古してクタクタになったベージュだかグレーのスウェットを着ていたが、その服よりも本人がボロ雑巾のごとくヘロヘロになっていた。どこか不穏なくたびれ具合だった。尻の痛みも続いているようで、夜中に「痛てて」とうめき声が聞こえてくることもあった。

ある晩、便箋が私のテーブルの上に置いてあり、内容は洗濯機の脇に置いてある金属製ラックについてだった。そのラックは脱衣所の洗濯機置き場脇の狭いスペースにちょうど収まるサイズで、引っ越し当初に私が北千住駅近くの東急ハンズで購入したものだった。三段ぐらいになっていて、洗面用品や洗濯用品が入れてあった。その三段の内訳が上から一段目が私、二段目が花藤、三段目が洗剤などの洗濯用品となっていることを、花藤は糾弾していたのである。確かにこの順序を私は勝手に決めたが、雨の中ラックを買い出しに行ったにもかかわらず途中で「疲れた」と帰ってしまった花藤にラックの優先順位を決める権利がないと思っていたのだ。それにしても、ある晩とつぜんラックの優先順位について便箋で糾弾されるということがあるだろうか。私はいよいよ花藤の状態が思わしくないと感じていた。そういえば、失業手当ももうすぐ尽きる頃だ。私は半ば深刻な面持ちで「これ読んだんだけど」と便箋を持って花藤の部屋に行ったが、彼は「ああ、それウケるだろ」とこともなげに言い放った。その糾弾はあくまで冗談だったそうで、思い返してみれば彼はそうした檄文を唐突に送りつけるコミュニケーションを取ることがあった。

九月になった。北千住に住んでから半年ほどが経とうとしていた。ある朝、私はビルの常駐警備アルバイトの夜勤を終えて帰宅し、居間のソファでくつろいでいた。十時過ぎだったと思う。いつもは寝ているはずの花藤が帰ってきて、腕には近所にあった書店のビニール袋を抱えていた。村上春樹の新作長編『アフターダーク』の発売日だったから、開店と同時に買ってきたのだという。花藤が愛する作家の一人が村上春樹だった。花藤はトイレに入ると、「おい高橋、流してないぞ」と私に言った。私が「俺はバイトから戻ったばかりだよ」と答えると、彼は「じゃあ、俺か」と言って謝りもせずコックを捻った。水圧の弱い流水音を聞きながら、私は村上春樹という作家に感心していた。あの花藤という、この世の全てを倦んでいるかのような人間が、糞を流し忘れるほどに夢中になるのだ。

ほどなくして、花藤は介護施設で働き始めた。教職や塾講師を経て辿り着いたのが介護職員だったので、何かサポーティブな仕事、人を助ける仕事にやりがいを感じるようだった。もしくは、いま存在する教育や介助というものに関して飽き足りないところがあったのかもしれない。なんにせよ、最初は見習いとして入社し、三年ほど実務経験を積むと介護福祉士の資格が取れるとのことだった。三年というと随分長いが、大卒からの新卒入社というゴールデンルートを外れてしまった花藤にとって、手に職をつけるというのは悪くない決断だった。ところが、二週間ほどして、夜勤から帰宅した私は、勤務時間のはずの花藤が居間でくつろいでいるのにでくわした。なんと、介護施設を辞めてしまったというのだ。夜勤中、認知症の入居者が身体に糞便を塗りたくる塗糞(とふん)行為をしたので、それを清拭(せいしき)しなければならなかった。便弄症と言って珍しくない行動だが、どこか人間の尊厳を打ち砕くところがあるその光景を見て、花藤の心は折れてしまった。その晩、花藤は辞意を表明した。

「君みたいな人にはもっといい仕事があるって言われたよ」

と、花藤は言った。もちろん、彼はそれを額面通りに受け取っているわけではなかった。他人の糞便の処理をするには、それなりの覚悟がいる。こちらはマジなんだよ、という言外に隠された批判はそれなりに彼を打ちのめしたようだった。

「もう実家に帰ろうと思う」

花藤がそう言い出したのは、それからほどなくしてのことだった。まだ北千住に移り住んでから、半年と少ししか経っていなかった。私は驚きと苛立(いらだ)ちを同時に覚えた。いきなりいなくなられたら、私が払う家賃は倍になってしまう。それに、ルームシェアを解消するといっても、買い揃えた家具なんかはどうするつもりなのだ。花藤の父親に借りていた敷金の返済だってある。私はそうした不満をいくつか並べ立てたが、苛立ちの棘を並べて彼に翻意させようというより、驚きの方が強かった。たった半年で福井に帰るのか。もっとこう、頑張ろうという意欲はないのか。それでも、花藤はもはや超然と言い放った。

「俺にはもう東京にいる理由がない。ここには大事な人もいない」

私は妙に納得してしまった。確かにそうなのだ、私を含め。彼が東京にいる理由はない。大学入学と同時に上京してからなんとなく立身出世物語を惰性で続けていただけで、どう考えても、すでにその道は閉ざされていた。ノーサイドのホイッスルが吹かれたあとのラグビースタジアムで走り回っている——その馬鹿げた行為に気づいたという事実をシンプルに言葉にしただけなのだ。私にとっては短かったが、彼にとっては十分な時間が経っていた。それに、北陸から上京してきた彼と、千葉からヒョイっと東京に出てきただけの私では、「東京での生活」という言葉の意味が違った。

結局、私が新しい同居人を見つけるまで花藤には待ってもらうことにした。幸いなことに新しい同居人はすぐ見つかった。私が当時勤めていたアルバイト先の友人を口説き落としたところ、そろそろ実家を出ようと思っていたという理由で受け入れてくれた。最大の懸案事項だった家賃の問題が片付いたことで、私はほっとしていた。約束が違うだとか、そういった不満は新しい同居人との生活準備のあれこれへと消えていった。

たしか、土曜日だったと思う。新幹線のチケットは正午前の予約だった。東海道新幹線で米原まで行き、特急に乗り換えるのだ。私のバイトは休みで、花藤は荷造りしたスーツケースをリビングに起き、ソファの上で座っていた。私は北千住の駅まで出かけ、ケーキを買ってきた。花藤は甘いものが好きではないが、果実を特徴的にあしらったものは例外的に好きだったので、苺タルトを買ってきた。アルバイト暮らしの身分には不相応な買い物だった。

「これは帰りの電車で食べるわ」

私がケーキの箱を渡すと、彼はそう言った。ケーキは二つ入っていた。

「おまえ、何言ってるんだ？　こういうものは、それをくれた人と一緒に食べるもんだろ」

私はコーヒーを淹れた。北千住の駅まで見送りにいったかどうかは覚えていない。たぶん、行ったのだと思う。駅のホームで敬礼のようなポーズを取った覚えがある。

新しい同居人との共同生活が始まってから、私はそれなりに忙しい時間を過ごした。花藤がどう過ごしているかと尋ねるとか、そういうことはなかった。私自身がそもそも筆まめな質ではなかったし、彼の方でも約束を違えたという負い目のようなものがあったのだろう。半年以上のあいだ、顔を合わせない日はないという仲だったのに、音信は稀になった。

しばらくして、花藤からメールが送られてきた。たぶん年が明けて春になっていた。当時は「写メール」と読んでいたが、画像が添付されており、きのこが映っていた。近所の山で山菜採りをしたのだという。彼は高校時代山岳部に所属しており、山歩きをよくした。きのこや山菜を採ってくると祖母は褒めてくれたが、両親からは「ふうん」といった冷淡な反応だけがあった、という話を聞いたことがあった。なんにせよ、花藤は実家の福井に帰り、きのこを採るような生活を送っている。しばしの休息ということだろう。まだ二十五にもなったばかり若者なのだから、そういう時期もあるだろうと思い、当たり障りのない返事を書いた覚えがある。この頃すでに私と花藤の間に決別めいた雰囲気はなくなっていた。

それからさらに半年ほどが経ち、私が新しい同居人との生活を始めてから一年が経とうとしていた。花藤が東京に引っ越した、ということを大学時代の友人である油田から聞いた。「どういうことだ、俺は何も聞いてないぞ」と、花藤本人に問い詰めると、同郷の先輩を頼って再度上京を果たし、いま世田谷区の千歳船橋に住んでいるという。この面川（めんかわ）という先輩は花藤とは高校の先輩後輩の仲であり、都内の某大学で院生をしていた。面川の実家はほとんど地方豪族のような金持ちの家であり、複数の企業や不動産を所有していた。面川は大学院生の身分で実家の所有する3ＬＤＫぐらいの億ションに一人暮らしをしており、花藤はそこに居候（いそうろう）として転がり込む形になった。面川は生まれながらにして金に困ったことがない。花藤が支払う家賃は月一万円とあくまで形式的なもので、居間には毎週末福井から訪れる面川の母親がお金を補充していく財布がおきっぱなしになっていた。マンションの隣には障碍（しょうがい）を持つ児童向けの保育施設があり、面川の実家が運営に関わっていた。花藤はそこで事務員として勤務することになったのだった。うまい話があるものだ、と私は関心した。かつて認知症老人の塗糞によって介護職をあっという間に投げ捨てた彼が、やはり人の世話をする職場に関わるというのは。

振り返って考えてみると、私と花藤の関係は、かつてのルームメイトから同じ東京都内に住む友人同士へと変わったわけだ。共同生活を送るとわかることだが、ある人の持つ本質的な耐え難さというのは、一緒に住んでみないとわからない。これは私と花藤双方に言えることだが、一度離れてからまた会うと、ずいぶん付き合いやすい奴だと思うようになった。私たちは時折会っては遊んだりしていた。

ある種の安定期とも呼べるような時間が続いた。あれほど花藤を苛（さいな）んだ尻の痛みも薄らいできたらしく、原因はわかっていないが、私は心因性のものだったのだろう、と決めつけた。新日鐵退職から三年でようやく癒えてきたわけだ。しかし、二十代前半の三年というのは、けっして短くない。その間に私たちは少しずつ青春の眩い輝きを失っていった。もう二十五歳を過ぎていた。私は作家としてデビューしてから五年が経ち、いまだ二冊目の本を出せないでいた。花藤は保育士の資格を取得することはできそうだったが、巧妙に自らを欺いている節があった。

二〇〇六年の暮れ頃、私は慈恵医大で右膝の十字靭帯手術を受けた。通っていた柔道場で右膝の十字靭帯を断裂したのだった。その手術代が百万円近いということを聞いて、私は自分の無力さを知った。幸いにして高額医療費制度で最終的な出費は八万円ほどで済んだが、一時的に親に金を借りる必要があった。二十七歳にもなって親に金を借りなければならないほど、私の基盤は脆弱だったのだ。今から振り返るに、この頃の焦燥感に似たものはその後の人生でついぞ味わったことがない。それこそ、一ヶ月という短い期間で焦りと苛立ちが信じられないほど濃く煮立ってしまう、そんな時期だった。

破滅派という団体を作ろう、と花藤が大学院生をやっていた油田と持ちかけてきたのはその頃だ。破滅派という名称自体は大学生時分の頃に花藤がビラを作って撒こうと持ちかけてきたのでよく覚えていた。タナトスむんむんたる若者来たれ——斜体の大きな文字で煽り文が大書されていた。昭和初期の死なう団事件を彷彿とさせる古色蒼然としたアピールを大学生の頃の私は笑ったが、青春の終わりに差し掛かった夕暮れの時期に破滅派と名乗ってみるのは面白いかもしれないと思った。

こうして、二〇〇七年の三月に破滅派は結成された。毎月原稿を集め、ウェブサイトで公開した。ウェブに関する技術的なことを担当していた油田がほどなくして破滅派を離れたので、私は警備員のバイトをやめてウェブ制作会社に就職した。同年、私は新潮新人賞を受賞し、破滅派の創刊号を発刊した。花藤はほろほろ落花生名義で現代国語のテストをパロディにした風変わりな作品「Re:現代文」を寄稿した。

日々の生活に文芸作品を発表するということが定着していった。私は新しい職を得たことでまっとうな社会人となりつつあり、仕事をしながら破滅派を中心とした文芸活動にのめり込んでいった。花藤とはよく破滅派の将来の話をした。彼は「方舟（はこぶね）」をイメージしていた。社会の主流から取り残された私たちが、破滅派という方舟にのって生き残るのだ。花藤は、よくそうした壊滅のあとの生き残りというビジョンを大事にしていた。なにもかもがダメになり、生き残ったというただそれだけのシンプルな事実が宝物に変わるような、そういう展開を期待していた。他でもない、ただ生き残っているだけの私たちにはそう思うことしかできなかったのだ。

ところで、破滅派の結成された二〇〇七年三月の少し前、私や花藤のような一九七九年に生まれた世代には、名前がつけれらていた。二〇〇七年一月一日付けの朝日新聞に「ロスジェネ特集」が載ったのである。当時、カリスマモデルの一人であった押切もえの写真を大きく使い、二〇〇七年時点で二十五歳から三十五歳の若者を「失われた世代」と名付けたのだった。私は「やられた」と思った。というのも、私たちはそんなことをとっくに知っていたからである。私と花藤が所属していた東大仏文科の同級生たちは、二〇〇二年に卒業するはずであったが、留年や降年などの悪あがきを経て、二〇〇三年に多くが卒業した。就職氷河期において最悪の時期であり、いくつかの大手企業は新卒採用を控えてさえいた。卒業式のあとの謝恩会で、当時文学部長だった田村毅教授は挨拶に「君たちは絶望の世代ですよ」と言い放った。若い頃、学生運動に関わり、一度はアルジェリアに逃げて翻訳の仕事などをしながらほとぼりが冷めるまでアフリカを放浪し、日本に帰国してからはアカデミズムの世界に戻り、東大の教授職を勤め上げようとしている——そんな田村先生から見た私たちは、他でもない絶望の世代だったのである。大いに得心するところがあった。

一九二〇年代、アメリカの詩人でサロンの主催者でもあったガートルード・スタインは、パリを訪れたアーネスト・ヘミングウェイと一緒に自動車整備工場に立ち寄った。スタインは工場長に「どうしようもない世代だ」と怒鳴り散らされる若者を見て、「そうよ、あなた達はみんな失われた世代なのよ」と言った。“Génération Perdue”というフランス語は「最近の若者は役立たずだ」といったニュアンスなのだろうが、直訳すると「失われた世代（ロスト・ジェネレーション）」である。その言葉をヘミングウェイは自作のエピグラフに採用した。それから八十年近くを経て、私たちもまた、絶望の世代、あるいは失われた世代と呼ばれたのである。

私と花藤は、結局のところ、東大を出ても定職につかず、ぷらぷらしたままもうすぐ三十代に突入しようとしていた。繰り返すが、二〇〇七年だった。私たちは「ロスジェネ」と名付けられ、破滅派を結成し、同人誌を作り、新人賞を取り、何者でもなかった。

翌年二〇〇八年、花藤は週刊誌「女性セブン」に登場した。東大仏文科の同級生で小学館に入社した友人が「高学歴ワーキングプア」特集の取材対象として選んだのである。その記事に登場する「もと秀才クン」の五人のうち、私の知り合いが三人いたのだが、そのうち二人は花藤を含む破滅派同人であった。なんのことはない、社会に出て三・四年の社会人が特集記事を作ろうと思っても、取材対象は手近なところで見つけるしかないのだ。Eさんとして登場した花藤は、次のように語っている。

「半年ほど休職して現場復帰したけど、すぐに嫌になってフランスに逃げたんです。嫌になった理由ですか。あまりに忙しすぎて、本を読む時間もなくてこんなの人間の生活じゃないって思ったんです。大学でフランス文学やっていたんだけど、ダメですね、なまじボードレールとかかじっちゃうと。真人間になろうと就職してみたものの、競争社会で〝一番になる快楽〟を忘れたわけじゃないんです。でも、企業の中での一番は社長になることでしょう。それってすごくしょうもないような気がして……」

「高学歴ワーキングプアな生き様」女性セブン二〇〇八年十月二日号、八一頁、小学館

ここには道化を演じる花藤の珍しい姿がある。世に知られる女性週刊誌の中で、これなら面白くなるだろうと考えつつ振る舞っているのだ。この記事にコメントを寄せる作家の横森理香は次のようにコメントしている。

「親御さんはいい大学に入れるためにどれほどお金をつぎ込んだことか。ましてや国立ともなれば、国民の税金までかかっているんだから。それこそ大学で得た知識を社会に還元しないと、宝の持ち腐れですよ！」

前掲書、八一頁

この言葉が花藤に響いたのかどうかはわからないが、とにかく彼はライターとして活動を始める。出版業界の人間と一緒に仕事をしたというのがきっかけになったのだろう、彼は年嵩（としかさ）の女性ライター落合の内弟子のような形でライターを始めた。私も何度かライターのアルバイトをしたことがあるのだが、花藤の仕事はかなりよい待遇だった。日本でもっとも有名な週刊誌の一つで仕事をしており、署名記事もいくつかあった。このまま順調に

いけば、なんとか食っていけるぐらいの物書きにはなれそうだった。翌年の三月には保育士の仕事を辞め、面川先輩の家を出た。半年ほど福井に帰ったのち、再び上京し、今度は世田谷区駒沢に住み始めた。同郷の小早川という男とのルームシェアで、小早川も花藤と同じ落合の内弟子としてライター仕事を始めていたようだった。

私は小早川を花藤の友人として以前から知っていた。花藤と同郷の福井出身で、彼らが知り合ったのは自動車免許取得のときだったから、十八・九ぐらいの頃だろう。本当かどうか知らないが、当時の福井の免許取得試験では、心理テストのようなものが出題され、それは運転適性診断だけではなく、精神的に危うい人のカウンセリングを兼ねていたらしい。小早川は「スパイのような人がいると思うか」「死んでしまいたいと思う時がある」という二項目にチェックをつけた。というのも、公安やCIAといったスパイのような仕事は存在するし、死にたくなる時はあるからだ。花藤も「死んでしまいたいと思う時がある」にチェックを入れた。試験官は二人の受験生に試験会場から別室に移るよう告げ、小さな部屋に移動したのが花藤と小早川だった。他に別室に移動した者はなかった。「最近悩んでいることはないか」といった類の簡単なカウンセリングを受けた。カウンセリングが終わると、花藤は自動販売機で缶コーヒーを小早川に奢った。その頃の花藤は髪を青く染めていたので、小早川は「大変な人と知り合いになってしまった」と怯えていたらしい。

花藤が古馴染の小早川と一緒にライター稼業を始めたのは、喜ばしいことではあった。フリーランスの頼りない身分ではあるものの、キャリアアップが望めるし、なにより彼本来の才能を活かせる仕事だと思った。花藤は私がそれまで出会った人々の中でも文才を感じた数少ない人間の一人だった。このままキャリアを積んでいけば、彼自身のためにもなるし、破滅派の将来のためにも大きな力となってくれるだろう。実際、彼はとある週刊誌に「有名人によるお勧めスイーツの紹介」というミニコラムで私を推薦してくれたことがあった。もちろん、私は有名人ではなかったので採用されることはなかったが、私の友人で大手マスコミ・出版社などに就職した者たちが私をフックアップしてくれることはなかったので、とても感動した。このまま花藤がライターとして名を売ってくれれば、破滅派の名声もそれにともなって世に轟くだろう……。

ちょうどその頃、私は山梨の土地を買って山小屋を建てようとしていたので、花藤や小早川を伴うことが何度かあった。車で三時間弱の道のりで、話す時間は山ほどあった。それまで小早川は私にとって「友達の友達」という感じで直接話すことは少なかったが、二人で山梨に出かけることもあった。

私は彼らの仕事ぶりを見ていたわけではないので、どのような仕事をしているのかは会話から漏れ聞こえてくるものが頼りだった。二人は親方であるところのライター落合から分けてもらう形で仕事にありついていた。前述の通り、取引先は大手ばかりだ。しかし、小早川の話を聞いていると、なにやら花藤の仕事ぶりに不満がありそうだった。詳細は忘れてしまったが、対等ではない、ということに焦点が当たっていた。

「あいつ、病気か何かじゃないか」

小早川はあるとき私に電話をかけてきた。パーソナリティ障害か何かを疑っているのだった。花藤と小早川は運転免許センターで衝撃的な出会いを果たしていたから、当然知っているものと思っていたが、花藤は何度か精神科を受診している。彼は実際の病気よりもかなり大袈裟に病状を説明することが多かったので、「分裂病と躁鬱病と多重人格って診断された」という類の話は何度か聞いたことがあった。デパスやパキシル、サイレースなどの薬を見せてもらったことがあるので、実際のところは鬱病と診断されていたのだろう。小早川はそうした花藤の状態をさして、精神的な病気だと訝っていた。では、具体的にどういう問題が発生しているのかというと、ルームシェアでの日常生活および仕事上での花藤の貢献度の低さだった。仕事を投げ出してトンズラしてしまうことが何度かあったという報告も想定内のものだった。彼らのボスである落合が花藤に少し過剰な肩入れをしており、二人の内弟子の間に不均衡が生じていることが特に小早川の気に入らないようだった。

「でも、あいつそういう奴だよ。うまく付き合えばいいんじゃないか」

私はそう答えた。小早川は「やっぱりそうなのか」と答えた。そう、という言葉の指すものが少し違っていた。物事は小早川が考えているよりもずっと単純な話だ。落合は花藤が好きで、若いツバメを囲っているような気分なのだろう。その一方、落合にとって小早川はあくまで仕事仲間なのだ。不均衡が是正されないのは当然である。私はすでに、花藤と住んでいた頃から三人とのルームシェアを経験しており、単なる友人関係も一緒に住むとなるとそれなりに努力がいるというシンプルな事実を発見していた。小早川が感じている不満も、彼らの間で勝手に解決するように思えた。

しかし、私の予想は間違っていた。事態はもう少し複雑で、落合と花藤は恋愛関係にあったという。落合はかなり年上だったので、花藤は仕事上の要請から仕方なく落合の求愛に応じたのかと私は考えたが、事実は少し違うようだった。花藤を落合に引き合わせた編集者に話を聞いたところ、そもそも花藤が落合を好きになったから会わせて欲しいと頼んできたそうだ。その編集者は驚いていたが、私も驚いた。その好意には惨めな打算がたっぷりと塗りたくられていた。結局、落合との二人きりの関係に倦んだ花藤が小早川を緩衝役として引き入れたのだろう。それでも仕事と私生活の混同に耐えきれなくなった花藤は遁走を繰り返した。ついに落合は小早川の直訴に応じ、協議の末に花藤はライターを辞めることになった。

詳細について私が詳しく聞く前に花藤は福井に帰っていた。私が株式会社破滅派を創業する一ヶ月前のことだった。それ以降、花藤が破滅派に関わることはしばらくなかった。後年、私は花藤を訪ねて福井に向かい、彼はそのときのエピソードを「リバレイト」という散文にまとめたのだが、「破砕された記憶の断片」として記されているものの一つがこのライター時代の思い出だと感じた。以下、その部分を引用する。

私はCALL源とおぼしい場所に向かって夜道を歩きはじめた。途中、ソープオペラ中毒の老いた両親（私が損傷を与えた）のことや、破砕された記憶が断片的によみがえった。自分にはこどもがいないこと。年収の問題。いまだに憎んでいる人間のまなざし。敷地の道路沿いの灯りはあくまで明るく、実直だった。

二つのルートがある。舗装された道路から外れ、左に折れてまっすぐに進めば海に近い。たしか崖のようなものが存在しており、そこを下れば海に面した国道に出るはずだ。

どうしようか。

*

このあと、花藤はずっと塾講師や家庭教師などをしながら非正規労働者として生き続けている。東大を卒業したあと、新日鐵、教職、介護士、保育士、ライターとどれも続かなかった。もし東大卒を憎む人がいたら手を叩いて喜ぶような転落の仕方である。

それでも、と私は思う。もし彼を苛んだ原因不明の疼痛がなければ、新日鐵での仕事を続けていたかもしれない。優秀ではないかもしれないが、普通の社員として。そうしたら彼の人生はまったく違っていただろう。彼が掴みかけたまっとうな人生は唐突に訪れた痛みによって失われ、もう二度とそこへ戻ることはできなかった。激痛で身体を苛む酸の沼地に架けられた細い橋をよちよちと渡り、ちょんと横から押されて沼に落ちたら終わりなのだ。その沼の中で花藤が何を考えているのか、私にはもうわからない。這い上がるべきなのかもわからない。ただ、時折聞こえてくる呪詛のような、祈りのような彼の言葉を書き留めている。

――〈了〉

# 福井永蟄居（えいちっきょ）

2010 -

# ぱるんちょ巡礼記

## 解題

ほろほろ落花生は東京大学卒業後、新日鐵に就職したのちすぐに退職、フリーターとして北千住で生活し、一度福井に戻る。その後、地元の先輩を頼って再び上京するが、やはり生活を立て直すことはできず、福井に戻り、「永蟄居」と呼ぶ生活に入る。つまり、東京に二度敗北しているわけだ。

そもそもなぜ東京に挑んだのかさえ曖昧なのだが、長い年月をかけた福井と東京の二往復は、神なき時代の長い巡礼（ピルグリマージュ）といえるだろう。作家が人生を通じてこだわりつづけた造語「ぱるんちょ」を冠する連作詩篇は、作家の代表的作品であり、人生の巡礼記である。

# 布団からの連祷

## 共振A

ひさしぶりに早起きして
ベランダで煙草吸ってる
そうだこれが
正真正銘　まかりの間違いなく
俺の実体なのだと
意識することはかなり避けたく
かいなく

朝七時　雀が鳴いている
物干し竿をなでると
うすぼこりと排気ガスの堆積が黒く指先に残る
瘢痕のようだが　私に罪はない
だろ?

今日はなにすっかな

なんかまたやること　ひねくりださねえと
七月のなまぬるい太陽にむかって説諭する
お前はもう昇ってくる必要がない
おとなしくしていなさい

眼下の高架　小田急の上りが通過する
いわゆるところの満員電車
窓にへばりついてるサラリイマンが通過して
目と目があったら

「ここから出してください」との彼の祈りが
ハートにハードヒット
俺もここから出してほしい
このあたりの問題を
一度いっしょに考えよう　本気で

## 改心

今日も十六時間　寝て
そろそろ夕べの「ニュース7」がはじまる

べつに見たくないからもういちど寝よう

**わかってる**

お前がしがみついているその布団は
お前以外の誰もひっぺがしてはくれない

**奏上**

どうしてこんなことになっているのか
わからないまま
布団をひっかぶっている午前三時

誰かより　よい祈り
誰かより　よい生活

どうか
自分だけがしあわせでありますように
他のひとはみんな死んでしまいますように

**おかえりなさい**

こいつにはこれくらいの話をしておけばいい
こいつの話はこの程度の相づちをうっておけばいい
こいつの小説はこれくらいの出来だろうし
こいつの人生はこれくらいのものだろう
そしてまた
わたしの人生もこれくらいのものだろう

以上の目算により
布団に回収される

**ケチャップとマスタード**

もう　ほんと限界だ
ほんなこつ　リミット・ブレイク
ご破算の臨界に達するまで
蠢動し　もぞついて
毛布の匂いをくんくん嗅いで
布団でひくついたあとは

はらがへったよ　午前二時
食い物を買いに行かなくちゃあならない
セブン‐イレブンまで歩いて二分もかかるんだぜ？
そのあいだ
あのおそとに立ち向かわなけりゃならないんだぜ？

環七沿いの陰惨な小道の脇に
ちいちゃな野っ原があり
薄闇のなか
群がり濡れそぼっているのは
小便くさいセイタカアワダチソウ
そいつらは立ち枯れて　腐れて
その根本に
あらびきポークフランクを買うときに添えられる
ケチャップとマスタードの
プラスチック容器が転がってる
ぺろっとひしゃげていて
中身がない
中身がしぼりとられた後のノコンカスが
フィルム越しに見えて
そいつはまだらだったりするので
この二分の道行き
お先になんにもみえないセンチメンタル・ジャーニーは
たいへんに険しい

行きたくない　行きたくない

## 巣

布団は体臭が染みついているから　ねむりやすい

## そういえば

飲んでいる自分を忘れるために飲んでる
あいつは言いながら飲んで
そこまでいったかこの廃物
見下ろしていた自分は
眠っている自分を忘れるために眠ってる

## 人生の目的

汝の欲するところを欲している
布団

## お灯明

お布団から見上げる
消された蛍光灯にまだ灯る
豆球あるいは常夜灯
そのかぼそい　あかりは
この上なく清浄で　あたたかい
そのあかりのもとで
ものみなの
残酷な輪郭はゆるくほどけ
やわらかく溶けあっている
机が書棚が　オレンジ色の闇に没して
正体が定かでなくなる
だから私としても私自身の正体を求めようとはしない
正体探しという
日中のおかしな脅迫から解放され
朝がきて　明証的な光が差し込んで
正体を　存在を強要するまでもう少し
祈り続けられるふしあわせについて祈る

## 大洪水

東京で最大瞬間風速を記録した夜は
無責任なわくわくがとまらない布団
おねがい　もういっかい大洪水
浄めなおされた世界に跳ね出すうれしさ
カーテン開ければ
焼き肉屋の看板が割れてただけだった

## もういちど

もういちど　あたらしい生をとりもどしたい
このねばっこい布団から這いずりだし
復活だよ
巡礼に出るのだ
金は？
ない　ショッピング枠で現金つくって
それで巡礼か

渇望していたり
満たされていたり
よろめいてみたり

うさんくさい顔して
うろつきまわらにゃならんのだろう
あらびきポークフランク抜きの巡礼が
お前に耐えられるのか？

## 共振B

深夜に徘徊したくなるという発作は
誰にでもある

駒沢公園で夜のひとりあるき
いでし花野の
なんてさそわれるきみはいない代わりに
職務質問をするために巡回している
こわい顔したおじさまがいらっしゃる

布団から解き放たれて
目的もないままうろつきだした
二月八日の
午前三時は誰もいない

やたらめったら歩きまわったあと
ベンチで一服する

ロードバイクにのったお兄さんが
遠くで何かの合図をしてくる

目を閉じておく

スケートボードの少年たちの　残響

となりにねっころがっているおじいさんは
ブルーシートのお布団にくるまって
やすらかで　心地よさげな寝顔
白くなった顎髭もやわらかそうだし
夜露でしっとりしているのだし
この冷たさのなか
ここにはもう二人しかいない

わたしがどういう人間なのか
何を願い　何をあきらめてきたのか
朝まで話したかったけれど
起こすと悪いからやめた

## 職業病

梅に顔を近づけていたら
自分が少し美しくなった気がした
それを誰も知らないことがたまらなく悲しかった

# 僕はきみがなつかしい

## こんな日は川島と夜の海に行きたい

二十三歳で会社を辞めて
東京で仕方のないでんぐり返りを何回かやったあとに
実家に漂着した
二十五歳だった

最初に電話した川島は
中学時代の陸上部仲間
ふたりで夜の鷹栖海岸を歩いて

水切りした

そこには
そんなことやってると明日　筋肉痛になっちゃうよ
なんて笑う馬鹿者はいなかったから
ふたりでずっと水切りしてた

きみがうすっぺらい石ころを探しているあいだ
僕は自分の石ころを握りしめて
きみを待ってた

## 八百メートル走

療養所からでてきたばかりのアル中が設計したような
きまじめに破綻している感ありの
建て増しをされた川島の部屋

炬燵の上に置いてあるのは
紙パックの緑茶と氷結ゼロが二本
爪切りと灰皿
使っていないコンビニの割り箸（爪楊枝付き）

彼は　ある宿命について訥々と語る

自分はどうして　あの中学時代に
八百メートルを陸上の種目として選んだのか
八百メートルがどれだけきつく

どれだけ報われない種目であるか
県大会で四位になったが
それがいったいなんだったのか
自分は結局なんだったのか

## 彼の探究

あるとき川島は
水源にむかって歩くことを思い立ったらしい
九頭竜川の源まで歩き続ける
そう思った
源流まで行くしかない
そう思った

歩きながら
はじまりへの予感に導かれながら
いくつもの支脈を
細流を
彼自らが選択していった
選択は彼にとっていつも苛酷だったわけだけれど

歩き続けて
彼がたどり着いたのは
コンクリートで塗り固められた穴ボコから
ちょろっと流れ出る水
それは蛇口をひねると流れ出るような代物で
実家の小汚い洗面所とさして変わらなかった

疲れきった彼が帰ると
福井テレビが「ここが九頭竜川の源流です」と
上空から湿原をヘリで放映していた

そんな話をしながら　彼は胸においた枕を抱きしめて
天井を眺めてた

## 彼の労働

その夏
川島はゲンタンを運ぶ仕事をやっていた
高校を出てからだから　もう七年近くになる
ゲンタン　原反

反物とかいって　なめたらあかんよ
これ本気で重いんだ　背丈こえてるしな
エアコンなんてものはない　蒸し暑い　うす暗い倉庫で
二メートルはある　くそ重いロールを抱えて
一日中　ひとりで運び続ける
汗まみれで運び続けた七年のあいだ　三十円昇給し
いまでは時給七百五十円

抱えている原反が彼の足の指先に倒れて
ア痛ッ
叫んでも誰も聞いていない
誰も聞いていない

## 彼の方法

パチンコで十五連勝することってあると思うか
と尋ねられる
まあそれも確率の問題やからね
じゃあ十五連敗することもあると思うか
そりゃあるだろう

どうせアチラ側で操作されてんだからやめとけよ
と答えると
彼はまた沈思に入る
天上の采配や
自らの星のもとについておもいをいたす
その前に
そんなに負けるまでやるな

## ダイハツ　ミラ　昭和六十年式

今日も電話で呼びつけてしまった川島は
乗ってきた車が違う
いまどき軽のマニュアルってなんだ
そのなめきったおんぼろぶりは
なにかの仕込みか？

そんなところまで仕込まなくても
もう十分すぎるほど
きみの人生は仕込まれてるじゃないか

「いやまた、ぶつけちゃってさ」
これで何台目の代車なのか分からない
「お前またパチンコで大勝ちしたのか?」
彼はうつむいたままだ
川島がパチンコで大勝ちすると
必ず事故るという摂理がある

でもまあ、わるくないんじゃない
このくたびれたミラでのドライブ
分相応って言葉もあるわけだし
どこへ行こうってわけでもないんだから

**彼の状況**

川島が一歳のころ
父親が脳溢血で倒れ 半身不随になった
私が遊びに行くと父親が台所で出迎えてくれる
なにをしゃべってるのかわからない
完全に麻痺ってる

母親は保育士を辞め
旦那の母親と旦那の介護についてる
ふすま越しに
母親が吹きならしてるハモニカが聞こえてくる
アレが趣味なんだと川島はいう
川島には兄貴と姉がいるが
みな結婚して家を出て行ってしまった
川島は四人で暮らしている

**踏みとどまること**

法定速度ってあるやろ
うん
あれって高速でも百キロメートルが限界やろ
うん
じゃあなんで世の中には
百八十キロメートルのメーターがついた車が
売ってんだ?
うん

お前はいつまでたっても
そんなところで立ち止まっているから
川島のままなんだと答え
そんなことを言わなければならない自分を
どうしたらいい

## 聖諦　Ⅰ

お前の部屋って落ち着くよな
炬燵とテレビと布団
ゆるゆるのマットレス
傍らに　場ちがいな電話の子機がひとつ
これが彼と母親とのコンタクトライン
一時間ごとにやんごとなき母上からコールがくる
「いつまでもそんな人間でいいと思ってるんか
ああん？」
お前の母ちゃん、少しとち狂ってるんじゃねぇか
あれで少し、か
彼はタバコ吸ってる

## 聖諦　Ⅱ

僕は川島を救い出したいと思っている
それは僕を救い出すことに他ならないから
というつまらない問答はさておいて
僕は川島を救い出したいと思っている
川島の前には
ドストエフスキーもボードレールも効力を持たない
カネ？　カネはかなり効くかもしれないが
私にはないし川島にもない

ひとまず支持しておきたいのは
彼はカフェごはんの軽薄さには裏打ちされていない
男であるということ

なにかできることはないかと尋ねれば
蒼井そらというAV女優の
無修正動画がみたいと言う
ネットで探してくれと言う
おい、他にないのかよ
べつにないというきみは

もう何も待っていないのかもしらん

**彼の世代**

ロスト・ジェネーレーションという
性懲りもない言葉で味つけされなくても
もうお互いこってり味わった
俺たちの問答は
迷子の子猫ちゃん　と
犬のおまわりさん　だった
ずっと困ってしまって
ふたりで鳴いて　吠えたけってるだけ
だった

**彼の決定**

原反バイトを辞めた川島は
レンズ工場の派遣社員になり
流れるレンズを見ていた

カール・ツァイス社と提携した地方企業の
おぼえめでたき眼鏡レンズに
キズがついていないか目視確認
一日中立ちっぱなし

無遅刻　無欠勤で
五年勤めた十二月の初め

「君、だってまだ三十歳じゃん
まだまだ大丈夫、大丈夫
ほかのやつら、もういくトコないしさ　カンニンしてね」
宣言が下り
クビになった

来年の元旦に東尋坊からダイブするよ
という電話がかかってきたのは
大晦日だった

## 先んずれば川島を制す

それで僕としては
彼を救い出すもろもろを案出する

こういうのはどうだろう
東尋坊でダイブしようかと
元旦から厳粛な顔をして
目をつむり
つめたい海風に吹きさらされながら
断崖でふるえている川島の脇から
背中をまるめてするりと走りぬける
「お先でーす」
さわやかに笑って
ちらりと会釈して
こっちがダイブしてしまうというのはどうだろう
「オツカレサマでしたー」
てのもいいな

## 狂おしいこと

この前、高木と一緒にスノーボードに行ってきた
川島に電話してそう告げられる
僕は東京にいてまたでんぐり返りを再開している
三十歳
お前、俺以外の人間と仲良くするなよ
お前と一緒に遊んで
お前がこころから愉しいと思える人間は
俺じゃなかったのか
お前、俺を裏切るなよ
ふざけんな　畜生

## 卒業写真

いま手元に残されている中学時代の卒業写真は
一葉だけだ
高木と川島と僕が写っている
高木のお母さんが撮ってくれたものだ

高木は気恥ずかしそうにそっぽ向いてる
川島は笑ってる
僕は曖昧に笑ってる
川島は口元をきゅっと結んで笑ってる
僕は歯をさらして　すこし意気込んでいる
まだタバコで汚れていないまっさらな歯

三人が三人とも
これから起こることをなにも知らない
それでも三人はうつくしい
三人は
これからなにかが起ころうとしていることを
知っているから

# きちがい病院

## 刻印

検査入院
清潔な　お言葉に
ただ検査されるだけだと信じ
荷物からげてやってきた
科学信仰の詩人
書類にわらわら書いてあり
「受諾します」にサインすれば
さあそこは眩(くるめ)くワンダ・ランド
腕っぷしのつよいばっちゃん出現
さわやかに　私の所有物に名前を書いていく

その昔　ちょっとだけお洒落というものをしてみたく
マルイであんちゃんに教唆され購(あがな)った
一万五千円のイネドオムパンツにも
お気に入りあひるトランクスにも
問答無用のフルネームを
マッキーの太い方で
こりっと

## リスクヘッジ

「可能性」を秘めたアイテムはすべて没収せよ
イヤホーン、T字剃刀、ライター、ジャージィのゴム紐
君はハードカバーが没収され
文庫だけ残された意味を後日知ることになろう

## 目力(めぢから)

はじめて　六人部屋の病室に入ったとき
半裸のスキンヘッド安藤さんは窓際のベッドで
腹筋トレーニングの最中
なんらかの衝撃で凹んでいる
傍らの白いカラーボックスには
岩波文庫の仏典のみが積まれている

彼は私に向き直り
盛り上がった大胸筋　ぴくぴくさせ
「すこしでも騒いだら、ひねるぞ」との
最初のありがたいおことば

**ごんぎつねα**

くるところまできてしまった
ぺろんぺろんになっていた私に
回診に来たドクターHは言う
「あなたの力になりたいです」
そっとむねに手をおいてもらった
そのあたたかみに誓うよ
貴様、必ずぶち殺す

ごんぎつね超えるトラジディを私は知らない

**初夜**

ベッドから見上げれば　ドクターHの憂い顔
「出してください」哀願したところ
「ここは楽しいところではありません」
耳元でのささやき
ドキドキしてきた

**強制わいせつ**

きちがい病院の朝飯タイム
テーブルには産経新聞「朝の詩(うた)」
これまでいろいろあったでしょうが
やっぱり現在を祝福しましょうとの
例の　いつもの　アレ
あっち系の　のたくりが
毎日繰り返される　下ネタの切れっ端
私はここに来て以来　こうした卑猥なるものから
なるたけ目をそむけるように努力している
しかしここに新聞は産経しかない

## 同罪

わいせつなる冗談せっせと書いて
投稿し続けている人々の生活に
昏(くら)くしみわたった　つたない呪いを
私がもう一度　呪いなおし　浄化してあげる朝がある

お前たちはいつまでたってもこうした悪ふざけと
のたくりあい　やってきており
私は私で同じような猥談やってきたもんだから
ここにぶっ込まれた

## 符合

ハロウィンに入って、クリスマス・イヴに出る

## カウンセラー志望のおんな

うつむいて　すわっているのは
道義もへったくれもない不細工なおんな
不細工はうつむいていることがゆるされないというのに
共同フロアのソファで安らぐ
きちがいの方々に
畏れおおくもカウンセルしようという恥知らずのおんな
なんとか「実習」したいのだろう
愛されないおまんこをもったおんな
かわいそうに何を話してよいかわからない
君のきちがいへのアプローチ
なにごともとっかかりというのは難しいよね

私は精力をふりしぼり　非暴力(アヒンサー)を作動させる
「こういうところに実習に来るのは初めてですか」
「はい」
「どうですか」
お互いに了解済みのまさぐりあいを終えたあと
愛されないおまんこをもったおんなは総括する
「悪いことがあると人のせいにしてしまうのは、
よくありませんね」

おまえは没義道(もぎどう)に顔面がまずく生まれついたことを

人のせいにしないでおまえの責任としているのか
たずねてみたかったが
そこは女のスイート・スポット
大まじめに問いただしたが最後
「やっぱりこのヒト」と捕獲され
嬉しそうにむしゃぶりついてくるのだ

きちがいを種として
日々のごはんにありつこうと志望するおんな
よい男のちんぼこをくわえられなかったせいで
きちがいのはなし相手になる人生を選んだおんな

## ループ

おまえはうたうな
などと　謹厳なお顔でもうされた　ひひじじいが
やはり　うたっていた正体不明のご時世は
じっとり続いている
きんたまーの垂れ下がったそのじじいの言った
素樸　ヒュマニティ
ここで　金太郎飴よりもやわこい

## 誠実

心理療法士のむすめは　黒めがねの萌えっ娘
ちっこい娘
つつましいおぱいをかたくして
白衣に隠しつつ問うた
「将来についてどう考えますか」
「将来は、あなたを大変に犯したいと考えます」
といえば　出所が延期になりそなあじきなさ
い、い、
おそとと変わらない

## 報告A

この場所に名を与えるなら
『未知との遭遇』
きみ　笑いごとじゃない

ここはモノホンそろってる

## コム・サ・デ・ミツヲ

朝六時起床　みんなでラジオ体操したあと
紙袋にひもをゆわえつけにいく
隊列くんで作業療法部屋にいく
傍らで看護のおねーちゃん
点呼はそっとウィスパーやさしく
いち、にい、さん、しい……
私たちが番号で数えられることによって
傷つかないように
しっとり漏れなく吸収
いいのだよ特にきにしない

紙袋に〝メリ・クリスマス〟なりと印字されていても
誰も笑わない
ひもをくくりつけて0・5銭

あはん　おれはここでなにやってんのかなあ

なあ　キャピタリストみつを
あんたはそうとうかましてくれたよ
おれもあんたくらいかましておけば
こんなことやらずにすんだかしらん

コム・デ・キチガイ
コム・サ・デ・ミツヲ

## バランセ

澄み独楽はいつか倒れる
といって余計な回転をかけられるのもたまらない

## 疑惑

認知症だがベッドの空きがないという理由で
ややこしいイカサマを経て
畑ちがいのホスピタルに追い込まれた
よいよい爺ちゃんと

晩飯終えたらいつもの一戦
飛車角落ちで　一回も勝てたときなし
「生きたいよう生きたいよう」
駄々こねる

## HERE COMES A NEW CHALLENGER !!

就寝前に二人で闘うオセロは勝ちたい
勝ってきもちよく眠りたい
娯楽は将棋とオセロしかないんだからね
もひとつあったサッカーのボードゲームは
きのう破壊されてころがってんだから

今日の相手は新顔のおっちゃんP
「強いですね」
「むかし少しね。はまってたんですよ」
そう言いながら　いきなりアタマかかえて

おっちゃんPの〝思い出し〟がはじまり
「縄もってこい」
おっしゃる
おっちゃんPの〝取り乱し〟がはじまり

## 熊井さん

熊井さんは大きいよ　名前負けしてない
握力だけが自慢だった俺を初めて負かしやがった
病棟の廊下を一日中往復している
やさしいくまさん

同室だったおっちゃんPが言う
「熊井さん、死んじゃったらしいよ。首ちょんぱ！」
熊井さんともう腕相撲できない

## Fin.

〝たばこのおじかんです〟
おとこたちはぞろぞろと
隣の女子病棟にある喫煙所に向かう

みっつあるベンチに各々　三人ずつすわる
ほとんど話はないが　みんなよく分かっている
だいたいのことは終わった

## ゴッティさん

ゴッティさんは　女を強姦し
アタマがいかれてるってことで　ここに来た
「俺の病気はまだ世界に二例しかないらしい」
ゴッティさんは左手の小指がなく
昨日　なまちろい男子高校生と本気で口喧嘩していた
言い負かされていた
ゴッティさんは持参した極道漫画のセリフを書き写して
よみかきの勉強している
大学ノートは米粒みたいなひらがなでびっちり
ゴッティさんは五十二歳
退院したら裁判が待っている

## ダンス　ダンス　ダンス

踊ろう
遊戯室で　みんなで　マイムマイム　踊ろう
新人なのだろうためらっていた
はにかみナースねーちゃん
きちがい踊りの輪に突入
死にものぐるいで　まわって　はねて　叫んで
汗まみれ
よろめきながら抜け出てきたよ
やり過ぎたのかもしれない
がんばり過ぎたのかもしれない
お互いほどほどにしましょうよ　と伝えたかったけれど
せんなし

## K.O.

王者だった　週に二回の卓球タイム

実習に来た筋肉大学の卓球女もやっつけたのに
俺はあの新参のおばはんに負けた
「テニスやってたことあるんです」
ラケット額にあてて　ごめんなさいと
そばかすあからめ　敗者を慰撫してくれた
白のポロシャーツおばはん
テニスと卓球の因果は分からないが　良いフォームだ
おばはんにこてんぱんにやられた

## 謹慎

私たちには選択する権利がある
レクリエイション・タイムは　卓球か書道
おばはんに敗れた私は書道をやろう
久しぶりにさわった半紙に「よろこび」と書いた
その晩それが食堂に貼られている
プラスチックの食器がかちゃかちゃふれあう音だけ響く
しずかな晩飯タイム

## 血統

ヘルメットじいちゃん襲来
「起きろ」一撃　私のベッドの合板が割れた
よく見ると　ヘルメットではなく
塗りのはげたヘッドギアかぶり
ぶつぶつ叫んでいるじいちゃん
和式トイレの水洗レバーを破壊されながらご回遊
お戯れに洋式の便座も割られました
まともにくらったら危なかったのだよ
ヘルメットじいちゃんは人間に残された潜在能力を
フルに使っている伝承者

## ヘルメットじいちゃんの罰

ヘルメットじいちゃんは続いて
喫煙タイムにまぎれ進入した女子病棟のトイレットを
破壊してまわった科(とが)により
Z行きになった
Z？

## Z

職員の詰め所に
強化ガラス越しに見えるホワイトボード
収容されている男と女の数
また　Zの横には3という数字
あれなんですかとたずねれば簡単にいやあ懲戒房
Z　由来は「彼はまだ生きている」とのこと

## 若者たち

イシダくんは妹とやってしまった
それがウソでもホントでもどうだっていい
みんなもりあがって　真剣ルナティックしゃべり場
十時半には消灯
コウノくんは好きな女にどう年賀状を書いたらよいか
悩んでいる　深刻だ
精液のあぶり出しにしろよと
カミサカくんよりアドバイス
いや諸君　そんなややこしいサンボリズムは
おんなのこに通用しないのだよ
少し年配の私が偉そうに知ったか説教　垂れてやる
なんでも話しているはずなのにところでみんな
頑丈な引き戸一枚を隔てた隣の病棟にいらしった
新人の女の子について口には出さない
ここにいる全員その娘とやりたがっている

## 揺れてる

ここで手淫を行なうは難し
なんたって六人部屋で間仕切りなし
連中が鎮まった夜中ぬけ出し
洋式便座にすわりながらが良い
洋式はひとつしかなく
できればウォッシュレットつきの
便座にすわってしたいが
そんなあたたかなものはない
そもそも便座が
ヘルメットじいちゃんに蹴り壊されていて　ない

## 理不尽

退院した後のベローチェの珈琲
Lサイズ　二五〇円
摂生の二ヶ月　刺激物の禁止
飲んだらくそまずいね　これがまた
人を馬鹿にしてる

## 悔悛

消灯の時間まで　食堂で
『ハドリアヌス帝の回想』を原書で読み
シリアスらしい何事かをメモするフリ
「俺はインテリきちがいだ」との
知的威圧を周囲に試みた　皇帝
隣で赤ジャージィ着て
真剣に書き取りしているゴッティさんを見ていて
恥ずかしい気持ちになってやめました

## タバコット

外出許可が出て
院内の庭で煙草を吸うときの迷いは
これでよかったのか

静かだ
光が射して　けやきの巨木は　葉を落として
しかし
相当どうだっていい

## ストレート製法

強化ガラスにより　こし出された僕たちは
ひとりひとりが大切なお念仏をもっている
絞りたてのおいしさ
懼（おそ）れるは濃縮果汁還元
あっちでは足し引きできるという罪悪

## 報告B

なぐる　なぐられる　なぐりたい
純粋な空間　ここにまた野生の王国は復活する
化学物質で寝かしつけられて
おさない　狂人たちのゆめ　ひろがる
夜中　勝手にひとりで逝ってしまわぬよう
定時巡回監視のライトにかすめられる顔は
かわいらしいこどもたち

## 降誕

その少年は
クリスマス・イヴの夜に遣わされた

窓がある廊下の突き当たり
日の当たるポイントに陣取り
一日中土下座
丸刈りで頸動脈あたりに深いきずあとあり
祈り三昧で食事もとろうとしない

看護士たちがハードなお薬を飲ませて
食堂まで引きずってきた
「アレ、どうすんだろな」
「まちがいなく、いっちゃってるじゃん」

少年をガラス越しに見ながら
詰め所にいる看護士たちは
「キャベツ太郎」食べながら笑った
彼らのデスクに置かれている
転職ガイド

少年をはずかしめてはならない

## ごんぎつねβ

日本なんとか大学生物資源学科ジャズ研究会所属
若者たちが慰問に来たよ
クリスマス前にジャズを演奏してくれるってさ
演奏開始を待つパイプ椅子

けれどこれ　あいつらと距離　近すぎじゃね？
あなた方は慰問したいのだし
私たちは慰問されたい
でもね
この人倫に悖（もと）るボリュームの
どう考えても責め苦でしかない
オン・ア・スロー・ボート・トゥ・チャイナ
トランペット折檻
ぶっ倒れてかつぎだされる人々
「末期の御裁判（おんさばき）」のごとき
怒りの慰問コンサートの最中
三人はなんとか自力で席をたち　自室に戻れた
Pさん　きょう調子よさそうだったのに
もうダメあれ効いたんだね

### 夜

「ここ使えよ」
もすこしきわまった病棟へ移ることになった
安藤さんから形見として譲りわたされた
角部屋のいちばん見晴らしのよいベッド
クリスマス・ツリー　窓越しに見える
人がなにか話しているのが見える

# 色彩検定

## 潤色

僕は働いている
福祉事務所のホームページ作成要員として
拾われたわけだ

ＨＴＭＬ
ハイパー テキスト マークアップ ランゲージ

ベースはこれだよ、と
放り投げられたテキストを彩色（マークアップ）し続ける
ハイパーらしいテキストを彩色（マークアップ）し続ける

こんなことをやってきたから
みんな疲れちゃったんだねえ

生まれたからには　綾をおつけなさいと
聞こえたお告げは
完璧な嘘っぱちであったことを今さら直覚しながら
僕は彩色（マークアップ）している
僕は働いている

## 彩色忌避

あなたのいろはを脱色すれば
なんものこらないことは分かっている

とりどりのはからいは
そろそろやめにしないか

ただし
レモンスカッシュは色がついていないと
かなし

## まっしろ

やぎ座のあなたの
今日のラッキーカラーは
オフホワイト
オフホワイトっていわれても
それなんだっけ

オフじゃないホワイト
オンであるホワイト
ホワイトニング、ホワイティ、ホワイトバランス

ここには
白らしきものと
白にもっていくための
いくつもの白が散乱している

## 流行(はやり)モノ

まっさらなボール玉に塗り絵をするという教室に
おばさまたちが通う
近頃ではそんなものが流行ってるらしく
おばさまたちが群がる
ひたすら塗り塗りしてるわけだ
もう塗らざるをえないわけだ

液晶テレビに映しだされた彼女たちのお顔は
まったく楽しそうにはみえない
というより
鬼気迫るといったほうがよい

そもそもの話
鬼気を迫らせていらっしゃるものはなんなのか

彼女たちの顔と
自分の顔に
なんの違いがあるのか

## 混色（ハーモニー）

絶えず
己を純化することだけを求めなければならない
純化をあきらめたときから
あなたの人生は停止するだろう
でもどうやって純化しろと
問われれば

ピュリファイ
どうかあなたの人生に潤いを
彩色人のご宣託

誰もひとつ（無彩光）を求めてはいない
まぜこぜを　混合飼料がっついて
うまし顔して

## それでも

スポロンが美味しいのは
梅果汁が配合されているからなので
たまにはゆるしたくなる
こういう美しい混色（ハーモニー）は
滅多にお目にかかれるものじゃない

## ブレイク

たまには
イチゴ・オレという天国的な飲料で
自らの魂を安らわせてもいいでしょう
もうゆるしてくれてもいいでしょう

## 先人

色づけのない世界に行こうとしたひとたちは
けっきょくどこへ行ったのだろう

## シズル感

からっけつでも
なんとか抽出しなければならないから
必死です
是非なくエフェクトかけなきゃならんから
必死です

ここにあつまっている人間はみな
人生はよろこばしいものであると
思えなくなっているのだから

人生が果てしなく　しようもない
せんかたないという事実を前提とした
人生をたのしもうという苛酷な前提は
どうしたって無理があるんじゃないのかと
ツッコミ弄する大脳新皮質は
アルコールで脱色しておいて
なにか言わなければならない

ウソもマコトもヘッタクレもなしで
なにかこう、ひっぱりだしてこなければならない
たのしげな、たぶんたのしげなことを

## グレースケール

全面的に黒い

## 原色図鑑

香辛料の小瓶をたくさんストックしていたり
胡乱な言葉をしこたまたくわえこんだやつらが
手持ちの彩具を捏ねまわし
味つけし　はしゃぎまわる　とびかかる

歴史は
造化の秘蹟を舐(ねぶ)って
くずれた味蕾

捨てろ　馬鹿

## 引き継ぎ

じゃあ行こうかと
なにが「じゃあ」なのか分からないまま
上司に連れていかれた福祉作業所にて
さらにわけの分からないまま
そこのホームページを作らされるハメになっている

引き継ぎと称して囲んだテーブルでのミーティング
いかにも福祉な豚むすめが泣きじゃくり
ミーティングもなにもあったものじゃない
これどう考えても穏やかじゃないよね

むすめっ子は「私のせいなんです」「私が悪いんです」
繰り返すだけで

帰りの車のなかで問う
なにかあったのですか?

いやあ、前にホームページ担当していた男の子が
自殺しちゃってねえ

いい子だったんだけどねえ
マジメ過ぎたのかもねえ
なんだか責任感じちゃってるみたいだねえ、あの娘

# 退職願い

## 雨のうた

こんなにも雨がふり
こんなにも仕事に行きたくない日には
きのこ図鑑を布団でめくることしか慰めにはならない

体調が悪いので　とオトナの仮病をつかった後で
カーテン越しに雨音を聴き
傍らにはきのこ図鑑がある

それでいい
それですべての平衡は保たれるから
それでいい

## 発心

私は婆ちゃんとよくきのこ狩りに行った
ふたりで山をめぐり
オオモミタケやアミタケを探した

あれから二十年が経ち
婆ちゃんはいま世に不在ではあるが

三十歳になった私はもう一度きのこ狩りに行こう
この仕事は辞めてきのこ狩りに行ってしまおう
それでもう戻らないでおこう

## 委任状

きのこをきのこたらしめている
しかじかの法則や諸原理について
観照する日々は終わった
君は現実にそれを手に入れるべきなのだ

君の苦役
君の疲労
君の断念

きのこを捕獲してきなさい
現物を
質量のある真実を
これから　いますぐに

## 宣告

「きのこ狩りに行って戻らないので、
本日をもって仕事を辞めます」
受付のお姉さんに電話にて言い渡した
先方と私の　ためらいの数秒

## 浄福

ひとりきのこを探してうろつく山の中では
ただ野生
ただ捕獲するものとなり
まぜこぜだった実体は透過される

私は山に浸潤する
山は私に浸潤する

あるものがなかったり
ないものがあったりする
記憶の明滅
ひょっとすると熊や熊井さんに
出くわしたりするかもしれない危険
葉むらに横たわる川島を踏み越え
婆ちゃんの足跡をたどる

その連続は脳髄を透き通らせ
私は濾過するだけの
ただ捕獲するものとなる

## 可能性

望遠してみれば
日本国福井県さらにまた奥地
名前のない山で
ひとりの男がうろついている映像
その実　男はなにを探しているのか分からないまま
うろついている

きのこらしきものを探していると
自分に言いきかせているのかもしれない

その朝
男は東西線に乗って清潔なオフィスに出勤し
自動販売機で毎朝買っている
デスク上のインスタントコーヒーの水っぽさを
気にしていたかもしれない

エクセルのピボットテーブルをいじりながら
漠然ときのこについて考えている
そういう映像もあったかもしれない

だが結局　男は山の中をうろついている

## 私的メモランダム①

本日のターゲットは
オオモミタケ
アミタケ
ウラベニホテイシメジ
シャカシメジ

ウラベニホテイシメジは
クサウラベニタケ
イッポンシメジ
と間違えやすいので
注意を要す

## 私的メモランダム②

きのこがとれるポイントを
わたしの婆ちゃんは「マブ」と呼んでいた
「マブ」ってのは間夫と書く
間男と同じ意味らしい

それは間男と同じくらい
気持ちよいところらしいので注意を要す

## 破戒

見つけたマブは親兄弟にも教えたらあかんのや
厳しく言い渡した婆ちゃんは
案外いろんなヤツに教えていた

## 不在

どんなに探しても見つからないんだ
あのオオモミタケ
伝授された婆ちゃんのマブを徹底的にあらったんだが
ない
ないもんはない

## 不在

ここではよくアケビがとれたのに
蔓は根本から刈られている
切り口はまだ新しい
北陸電力の送電線を整備する人間がやったか
蔓で民芸品でもつくらんとする爺がやったか

**彼**

ポアンカレ予想を解決した数学者は
フィールズ賞の賞金を辞退して
きのこ狩りに行っているそうな

母親とふたりで暮らし
母親の年金で暮らしているそうな

**覚者**

むかし
新宿でいかがわしいきのこを購入し
みんなで食べたっけな
カオス・インターナショナルという
ふざけた会社が路上で販売していた

茶山（さやま）という名の
大森荘蔵を崇拝する哲学青年がきのこ食べて
「これだったのか」
ひたすらつぶやいていた

**ふう**

疲れたから帰ろう

**CONTINUE?（まだ続けるの）**

それにしても勢いあまって
わけのわからないきのこばかりとってきてしまった
母親から無断で拝借したヴィッツにて
きのこをつめこんだビニール袋を足下においたまま
ハンドルに突っ伏し
観念した

**捕縛の香り**

オオワライタケって名前だけど

食べて笑っちゃうわけじゃないんですよ
食べると顔面が麻痺して笑ってるように見えるんです

はい

あー、これはね　だいぶふるいね
こんなきのこ食べたら、あなた、きのこ中毒じゃなくて
ただの食中毒になっちゃうから

はい

きのこ鑑定人がいる
という噂の園芸センターにたどりつくと
うす暗い別室に連行され
パイプ椅子に腰掛けてうつむいたままの私は
取り調べを受けているみたい

デスク上のきのこは
証拠品のようにスタンドライトに照らされ
福井きのこ会会長の代理人を名乗る鑑定人は
私の提出したブツを

黙々とデジタルカメラで撮影している
もはや告解でもしたくなってきたし
カツ丼でも頼みたくなってきたし
よく考えれば私にはアリバイがない気がしてくる

## 雨のうた

再び布団に帰還した私に
もたらされたことといえば
ただ職を失ったことだけであるらしい

こんなにも雨がふり
仕事がなくなってしまった日に
私は誰に狩られることもなく
山に生まれて死んでいく
毒きのこをおもった

## あじゃ、てい

額ずく俺に血塊ゆるくこぼれ獄の音律に腹を焚かれどら
犬の叫喚はアガヌの神に仰臥して

ハマッサン
ハマッサンよ
あがれの狂いよ

笑って、暮らそう。

呪詛でない。ひとりごつ俺味蕾にはりつく残照こそげおとしているでないか。断罪。うんどうがいつのまにかせびるように。過去の熱の残滓に噎せ返りながら終わるものとしてのにおいに懲罰として唾液くちゅくちゅするうんどう。なめとったのこりかすは御霊（みたま）をあらうささげもの。

「つみ、あがなうみちは、ありません。さいわいに、いたるみちは、ありません」

夕景うつして赤茶けた伽藍。瞑目してききおればわらぐらわ。遠く俺に和する声が響いて。きんきらきんの一群が通り過ぎる。音もなく通り過ぎる。どえらい囃子しずかにかすかに。

ドエライコトヤナ　ドエライコトヤ
タバカロウタラ　ボウケモン
カラメテヤイテ　ムガレテナ
ドエライコトヤナ　ドエライコトヤ
ソンダラ　アソウダラ
トウタラ　アカンタラ
タマルカテエ　タマルカテエ
ドエライコトヤナ　ドエライコトヤ

「お前は、くるな」

一九二五年二月八日付　サリペ日報朝刊

八日早朝。多嶋郡杜木村ニヲキテ集団自決アリ。村民サウゼイ五十有余名、村東ニ位置シタル穴倉ニテ果ツ。爆死シタルモヤウ。煽動者ノ有無是ツマビラカナラズ。

俺は盲か。ハメルンの笛についていきそびれた生き証人。正直になろう。いきそびれたのでない。拒まれた。黄金の車軸、無辺の天蓋。神輿を捧げ持つ御者の、あの眼差し。
杜木では確かに皆が微笑んでいた。翳がなかった。愛に落ち着いた人達がどうしてあそこへ行ったか。どうして俺はあそこへ行かなかったか。

「握手、握手握手握手！」
「あは、は」
呪いたおすこと。今際の言は「畜生」で終わること。

公園で鳩にたかられる今橋の爺が叫ぶ。
「ひと舐(ねぶ)り、させてくれようおまさんがた。俺から毟りとろうとするなら離れなさんな。俺のほかに求めなさんな。こすいよお。ずるいよお。距離を、保つな。おにくたべたいんだよね。おいしいよ。ほんとにおいしいんだよ。おにく。今ちゃんのおにく。今ちゃんのおにくたべたいのなら、近く。今ちゃんのお肉、今日は特売日。もっと近く！　もっと近く！」哀訴、など。

アパアトの塀のわき。一列にならんだプランタア。ゆるゆるとながれるとき卵のように紫色の花。これはもう、要らない。

ひととして、よっつ

じゃふじゃふとひとすりおろしたき夕間暮れ
ひと焚くことのあつさにかいなまかんとす
まるとんぼりにひと世のごくをせびるなり
ひととばすつばきあらたしき春陽舎

キ印か。ごっそりもっていったカタルシス。その分だけ、かえしてください。

よろしき日には種播く人となれ。呼んだかい。鍬もて惨劇。ひとひの安楽。お金が、ほしい。よろしく。処世。いい奴だ。罰。自分だけは。代用。今度ばかりは僕も本当のようです。上へ上へ。つかいものにならない。なにもかもを埒外において。相容れない。抱擁。

盟神探湯　音叉　チェスター・コパーポット　コパーポット

産声。「たれもかれもをあいすへし」　太初の怒り信じよ。ツテテンカラ。カラテテンツララ。金色(こんじき)の銅鑼。つかまえよ。

# デイビッド

## ご不浄

さくらがさいたよ
かわいいおんなのことお酒を飲んで
満開のさくらの下を
ゆらゆら歩くんだ

不浄なる上野公園では
不浄なる群衆が天下御免のハッピータイム

ビニールシートを敷いて
二人でビールをする

ううん　確実に徹底的に　俺たちも不浄なので
ここはひとつ
このご不浄にいろいろ沈めて流し去ってしまいましょう
いやんあはははんと語らっていても

ついに浄められることはなかったという
深刻なチラツキは
ワンカップ大関でもカバーできない

## エンカウント

隣にいる野郎が気になる
外国人　顎髭　裸足　手帳に安物のシャープペンシル
ひとりで体育座り
このうさん臭さ

匂い立つ
カフェごはん臭

おまえ男前なのにこんなところで
ひとりで体育座りかよ
このビールでもどうですか　ちょっかいいれて
貴様はさみしくないのかとからんでみれば

デイビッドはジーザスとのコネクションがあるから
大丈夫さ

Jesus と direct な connection
そんなつぶやき漏らして
このぽっとん便所から
さくらにいかさまの手をさしのべている
この野郎
このデイビッド野郎
直結顔して　顎をふらふらしゃくってる
この
ファック・ユー　デイビッド野郎

**コネ持ち**

ジーザスとの結合
そこに直結野郎は
基盤を確保した

いいねえ
ジーザスとのコネってけっこう無敵だから　いいねえ

そんなら
奴の後光を借り着にしたいのなら
直結顔を見破られたくないのなら
そのコネを後生大事に守り通さねばならないのなら
何倍もがんばらんといけんよ

コネ就職したやつらは
すっぱだかでリクルートを戦ってきた連中の
何倍もがんばらんとゆるされんからね
そこんトコよろしく
よろしく

**正体**

私はジーザスの教会やってるから
連絡くださいと手わたされた手帳に
私と女はちゃんと連絡先を書いた

翌日
女の方にだけ電話がかかってきた
デイビッドには私のことがみえていたか
あるいは
やっぱりデイビッドだったか

## ア・グラス・オブ・特濃デイビッド

さんざ
デイビッドまがいの輩に
たばかられてきたのだから
たばかり返してやろうかと
日々の爪切りみたいな戦闘は終了し

真正なる静けさのなかにいたいとは思うが

信と不信の混淆の
摩訶の不思議の光りを帯びて
よろめき歩く彼の後ろ姿が
よれよれのランニングシャツが

純白であったかもしれない

それももしかしたら
お馴染みのギミックであったのかもしれない

純白であったかもしれない

ジーザスと豚をシェイクして差し出された
ア・グラス・オブ・特濃デイビッド
私をもう一度くるめかす

どっちでもいいよと
くるめかす

# 忘れなんこう

## 実験

ふられた女は
東京大学薬学部で
分子細胞生物学をやっている女

五年ぶりにコンタクトをとりつけ
コーヒー飲みつつ　お話しした

話題は彼女の研究について
彼女は毎日　ラットを水槽に浮かべる
ぽっとん
ラットはけっこうがんばってから
沈む
文字通り「足掻く」　というやつ
沈むまでの時間を丹念に計測する

彼女の試薬を注入したラットは
けっこうがんばるらしい
足掻いている時間がノーマルより少しだけ長いらしい

彼女は鬱病の新薬を開発したいらしい

## 実験

私がどれだけ君のことを好きだったか
自分でもなにをしゃべっているか分からなくなるまで
まくしたてた二時間
灰皿の吸い殻を見下ろして
「吸ったねェ」
笑った彼女は愉しそうだった
それから二度と会ってない

## ハート・ウォーマー

彼女と一緒に眠るときが心をあたためてくれる
その体温があたためてくれる
貴様にヒューマンなご高説を垂れられた

そんなはずはなく
電気毛布でいい

## ハート・ウォーマー

電気毛布はからだをあたためながら
なにも言わない
腕枕を要求してこない
達しなかったあとで
からっぽのコンドームをふくらませようだとか
畜生な遊びを要求してこない
勝手に泣いたりしない
もう明日でお別れですねという性交の最中
またがって涙を落とし
その涙が腹にあたたかく
やがて冷えていった
そんな痕跡を残しはしない

いいなあ　電気毛布　大好きだよ

## 薬学

基本的には
薬物は緩衝剤でしかないんです
現実との摩擦を緩和させる
グリスでしかない
なんこう　でしかない

「プチプチ」という緩衝材が愛玩されるのは
破壊衝動ではなく
緩衝するものへの　人間の偏執（マニー）だ

## ルート

グリスがないとギアが回らなくなることは理(ことわり)です
けれど結局
ギアの方はどうでもよくなり
グリスだけでいいかなあと思うようになるわけです

## ヴァイス・ヴァーサ

痛みがあればこそバルサムは世に存在する
つぶやいた　柳田のおじいさんは正しい
正しいが　それはヘルシーな思考で
なんこう中毒の人間にとっては
バルサムがあればこそ痛みは世に存在する

## 忘れなんこう

くらく深い海の底に
堆積している樹脂は
かすかに届く日光（のまぼろし）

あたたかくつめたい
薄あかりのクリーム

沈んで目を閉じて横たわっていると
眠っているあいだに
生存を保湿してくれるクリーム

豚キムチやクリトリスもなく
悟道の
かみさまとの陰惨な距離どりゲームもない
彼我のかなしい沙汰もない

# ファースト・コンタクト

## 愛情 I

「花藤くん、もうここまできたら
君には出家くらいしか残ってないんじゃない？」
再び東京から弾き出される前に
一度会っておきなさいと言われた
ずいぶんとお偉いらしい精神科教授先生の
きわめて率直な意見を聞きながら
「僕もそんなところを考えてました」
照れ笑いしながら
この馬鹿野郎と
思っている

## 愛情 II

布団から病院までの道のりはまた果てしなく遠いよ
なにせ歩いて十五分もかかる
僕がつきそってやるから今日は行こうネと
面川先輩の心意気

診察が終わった　帰り道
「面川先輩、それにしてもどうしてそこまで
俺を入院させたがるんですか？」
「君が入院してくれていると、僕が安心するから」
その一言が
いずれかの「我」に私を解放したわけではないが
安らぎの根は
そこにある

## 愛情Ⅲ

ひさかたぶりに訪れた面川先輩の部屋
ところでそのケースって懐かしい
さいきんあんまりみない
書棚のトロツキー全集の前に
円筒状のフィルムケースが整然と並んでいる

気がつけば乳白色のケースを透かして
青色の錠剤がしこたまつめこまれている
私はなにも尋ねない

何事かを丁寧に察知した面川先輩は私をみつめる
「いや、まあ、イザというときのためにね」

面川先輩について困るのは
冗談（？）を言っているときの
こわい目

## 愛情Ⅳ

生きようと思った朝
布団からイノチガケの匍匐前進
ＰＣの電源起動
タイの娘からメール
こんな人間にも
この娘は十年来の文通相手
利発なこの方はがんばって
日本語を習得したのです

anata no jinsei totemo shipai shiteimasu
という一文の前に端座する

shashin okuru
atsui dakara ogashii kao shiteru ^^
sono shashin mitara owatte kureru kana~

## 愛情　V

私の婆ちゃんにぼたもちをもっておとずれてくる
アナザー婆ちゃんがいた
なんとか懐柔して話し相手が欲しいといったところ　か
私の婆ちゃんの酷薄さは徹底しており
さっさと追い返して布団に舞い戻る
婆ちゃん、なんでもっとお話ししないんだ？
婆ちゃんは答える
「あいつは、私に近づこうとしている」

## はじまり

砂場で遊びましょう
おやまをつくって
トンネルつくって
手がふれあったとき
きみの手のこわばり

## きっかけ

保育園では寝つきがわるかった
お昼寝の時間に
寝かしつけの保育士のお姉さんがやってきて
私の胸をトントンたたく
トントン　トン　トン　トントン　トン
リズムが心地よく
よく眠れるように
それがうっとうしくて
かき乱されるから
不眠症になった

## 波動関数

あの時
寝かしつけをやってくれたお姉さんは
ちょっと虫の居所が悪かったのかもしれない
職場仲間とうまくいっていなかったのかもしれない
あるいは

こんなところは自分のいるところではないと
ひとり苦しんでいたのかもしれない
三歳のこころにもきちんと伝わる
共振C

## 卒園証書授与

私が卒園するとき
大好きだった園長先生が母親に言った
「花藤くんは、まむしのような子でした」

# 海

## 投了

そろそろ、かなあ

## 小景

君のまつげがない
右目のまつげだけがない

午前零時のガストにて
おたがいに抱え込んだ負債をどう返済しようかと
笑ってる場合じゃないのにもはや笑うしかないし
それでも笑えないわたくしたちは
ドリンクバーのレモンスカッシュを飲す

グラスをみつめる君の右目から
まつげが失われている

レモンスカッシュって　いい言葉だよな
そう言われて　呟いた
わたくしの唇から発せられた
レモンスカッシュなる音は
わたくしたちの手からすべりおちてしまった済度の記憶
中空に消えて　薄黄の燐光を散らす

その宿命的な一日に
君は壊れたかばんを直そうとして
ダイソーで瞬間接着剤を買ってきた
そいつがきちんとでるか確かめたかった
確認したかった

キャップをはずしたチューブの先をみつめて
君はやさしく　さぐるように
にぎりしめた手に力をこめた

つかのまの黙祷と

おとなった幻痛のいくつかを経て
君はやさしく力をこめた

わたくしたちは期待するより多くのもの
より少なきものを求めてはならないから

疑惑や畏怖に指先をふるわせ
生き身に味わった拳骨（リアクション）のすべてを想いかえしながら
君はやさしく力をこめた
もう一度、と

それはほとんど
愛といってもよかった

チューブからは
君の願いよりはるかに多くの接着剤があふれ出て
右目にほとばしった

レモンスカッシュの恩寵から遠くはなれてしまった君の
やさしさ加減に問題があったにせよ
あんなにも愛が試されて
やさしく力をこめたはずなのに

いまここで
レモンスカッシュを飲しているというのに

右目のまつげだけがない
君のまつげがない

## 薄明

おい
おいおい
なにを期待して　来たんだ　お前？
この海っぱたまで
ひとりでなにしに来たんだ？
まさか「自己解放」だとかいうなよ
恥ずかしくないのか？
お前　いまいくつだ？

## 薄明

鷹栖海岸　夕ぐれ
砂浜に散らばってるのは
断面を削りとられて　丸くくすんだガラス片
きたならしくひからびた藻屑
うちあげられ　乾いて硬まった匿名の小魚
ロケット花火の棒きれ
半端に砕けた貝殻
特になんの感興もわかないその色は
誰も拾わない
白くくずれた犬の糞
イチジク浣腸の空容器
不吉な欠損ばかり思い出させてくれる
まばらなハマヒルガオ

濁った波の単調な引き返しは
虚ろな擦過傷でもある
モノトーンの響きに揺すれて
私の内なる崩壊感覚は
ゆったりと増幅させられる

ごくごく単調に　本人も気づかないうちに
われて砕けて裂けて散っていた
期待やら　願いやら

## 薄明

海にて自己解放に至るなんて幻想は捨てなさい
正直に申してしまえば
できればなんらかのきっかけでも欲しかったわけだが
なんの顧慮なく
ざあざあ波が反復しているだけだ

アホかと思う
この脳足りんの波とか　自分とか
アホかと思う

**ダンス　ダンス　ダンス**
**ダンス　ダンス　ダンス**

おいしーものだけ食べさせて
おいしーものだけつくらねと

誰も君と
ぴゃらぴゃら踊りを踊っちゃくれんよ

うん　だからそう
君はほんとのぴゃらぴゃら踊りを
踊ったこともなかったわけだ

今頃気づいた？

でもね　おいしーものをつくらなくても
食べさせてあげなくても
君はぴゃらぴゃら踊りを踊れるはずなんだ
そうすっと
俺もいつのまにかぴゃらぴゃ踊りを
踊っているわけさ

## パーティー編成

けっこう値段がはるくせに
なんとなくまずい韓国料理屋
なんとなくまずいってのが　ひとのみち
ハッタリくさい値段も　ひとのみち
それを誰もくちに出さないのが　ひとのみち

暗黙の了解というしみったれを口の中で
もぐもぐやって
お皿はやたらとごたいそうで
お洒落らしい貧相なキムチ盛り合わせを
もぐもぐやって

ここに
忘れられた人間の忘年会が催される

川島は短髪になっている
お前、その髪なんかに似てるよな
うん、なんかに似てる
生クリームのあれ　なんていったっけ

由香ちゃんは
エステティックサロンで働いていたころのお話しで
川島の昔の彼女であり
アポクリン汗腺とエクリン汗腺の違いについて
丁寧に講釈してくれる

「花藤くん、まだペットボトルにおしっこしてるの?」
由香ちゃん、それ食事中の話題じゃないだろ
叱っておく

ペットボトル花藤
ホイップ川島
アポクリン由香

どこへ行こうか
何を倒すのか

## 出陣

倒すっていうよりは
倒されることを前提とした
全滅型RPG
はじまる前におわった

## 静物画

机の上

明治　ブルガリアヨーグルト「そのままで」
スプーンがさしこまれたまま

1・5Tバイトのハードディスク
いまさらなにをバックアップするの?

サイレース　ヒート2枚
輪ゴムで束ねてあるその残量　あと4

デルモンテ　クオリティ　バナナ　一房
もぎ取られてあと二本
ミックスキャロット　にんじん50パーセント配合
からっぽ

## 焚く

これまで書いたモノを一切合切
母親のヴィッツに乗っけて
鷹栖海岸へ焼きに行く
ジッポのオイルをかけて焼く
感傷はなく
ただ
暖をとりたい

ただ
少しは
こん畜生という暖をとりたい

雪がうすく降り積もった海辺の駐車場に
パトカーがやってきて
ヘッドライトに照らされる
降りてきた警官の懐中電灯に照らされる

たしかに私は不審者ではあるかもしれない
焼きたいものを焼いているだけなんだ

ここにあなたもわたしとふたりでいれば
わたしたちふたりともに
なかなかまっとうにあったかな
慰謝がもたらされたかもしれないのに
あなたはただ突っ立って
わたしをライトで照らしているだけなのだ

## 幸福と

太陽。おひさま。あたたかさ。
揺れている白木蓮の梢。
緑葉の上の水滴。

## 最後の分別

だからあんとき練炭焚いときゃよかったんや！

## おわりにしよう

バナナとウィスキーだけで過ごす
数ヶ月が続いたあとは

しっとりしたテオーリアを経て

そろそろ、もういいかなあ
こういうことも、もういいかなあ
もうやめにすればいいんじゃない

ゆらめいていたものを
ぜんぶおわりにする前に
もういちど海に行きたい

## 夜の海

二人の男が座っている
たぶん海をながめてる

音がない
焚き火という胡散な小細工もないのに
ただ無言の
砂浜

よせる波があって
かえす波がある

反響している
ふたりがふたりともに
ついに明け渡そうとしなかった場所まで
波の音が反響している

となりをみて
ひとりの男は思う
こいつ、泣いてるのかな

泣いているのだとしたら、なんとかしたいな
なんとかしたいけれど、なんともできないな

俺は泣いていないのか
俺が泣いているとして、
こいつはなにをしてくれるんだろう
なんにもできない
だから
となりで座っているんだろう

テトラポッドの連なりが遠くにかすむ
それはそこにあって
ふたりともそれを見ているわけじゃない
二人の男が座っている
たぶん海をながめてる

### 海

誰もこないし　誰もまっていないけれど
手のなかにある石ころはつめたくなってくる

### 夜の海

二人の男が座っている
たぶん海をながめてる

音がない
焚き火という胡散な小細工もないのに
ただ無言の
砂浜

よせる波があって
かえす波がある

反響している
ふたりがふたりともに

ついに明け渡そうとしなかった場所まで
波の音が反響している

となりをみて
ひとりの男は思う
こいつ、笑ってるのかな
笑っているのだとしたら、なんとかしたいな
なんとかしたいけれど、なんともできないな

俺は笑ってるのか
俺が笑ってるとして、
こいつはなにをしてくれるんだろう
なんにもできない
だから
となりで座っているんだろう

テトラポッドの連なりが遠くにかすむ
それはそこにあって
ふたりともそれを見ているわけじゃない

二人の男が座っている
たぶん海をながめてる

## 海

誰もこないし　誰もまっていないけれど
手のなかにある石ころはあたたかくなってくる

# ふたり

## 解題

ほろほろ落花生は「永蟄居」時代に、東大仏文科時代の同級生茶山（さやま）と定期的に連絡をとっていた。同じ北陸都落ち組としての連帯感があったのか、今後の人生の展望について不穏な話し合いをしていたようである。中年期にさしかかろうとしているロスジェネ世代の未来予想図としての本作は、散文と詩の間（あわい）にあり、その暗さに反して、どこか清冽とした美しさを湛えている。

まぶたをあけると、かたわらに花藤くんがいた。

窓越しにみえる紫陽花はまだ色づいていない。

雨にけぶる紫陽花は輪郭を淡く失ったようで、ささやかな親密さがあった。

いろんなものがにじむように融けあっていた季節があった。

梅雨に入ったけれど、エンジンを止めたヴィッツの車内はそんなに蒸していない。

「ずいぶんやさしい顔をしてたよ、茶山(さやま)くん」

僕はやさしいという言葉の意味がわからず困惑する。

運転席の花藤くんは後部座席に手をのばして七輪に火を灯した。

着火剤のビニールが焦げる匂いがひろがる。脳髄に蒼白い炎がゆらめいて浸透していく。

ふしぎな感覚が、からだをゆっくりと流れた。

僕たちはこれから死のうとしている。実際に死のうとしている。

助手席の僕は身をふかく沈め、暮れていく山道とそのうねりをながめた。

窓を打ちつける雨音が、誰かへの音信みたいに、時折、響いた。

「うまくいったみたい」

点火を終えた花藤くんはハンドルに向き直り、シートにゆるくからだをもたせた。

彼はどんな表情をしているんだろう。よくわからない。わかったところで、その先はない。

方法の検証にはお互い数年をかけた。練炭は未遂が起きやすいという点については議論を尽くした。

「どうせなら、あたたかいほうがいいんじゃない」という僕の言葉に彼は妙に納得した。準備には細心の注意を払った。

音楽はかかっていない。エアコンの目張りも大丈夫。煙草が吸えないけれど、いまは気にならない。

ここはただしずかで、僕たちはその時を待っている。

僕たちはずっとその時を待っていた。

僕たちは生まれてからこの日を求めてきた。

かたわらに花藤くんがいる。

沈黙のうちに、言葉をつかってしまう。

言葉をつかってしまうことが、ここまで導いてきたのかもしれないのに。

「なにをかんがえているの？」

「茶山くんのこれからについて」

僕はすこし笑った。

「花藤くんが言っておくことは？」それなりの時のそれらしい台詞を口にしてみる。

「ないよ。もうおびえなくていいとか、君を愛しているとか、添えておいた方がいいのかな」

着ていたチェック柄のシャツの襟を僕は寄せ合わせた。

「寒い？」

寒くはない。からだが反射的に動いたようだ。抱きしめてもらいたいだとか、そういうことじゃない。

「震えてるよ。お酒、いる？」花藤くんが尋ねる。

「いらない。きちんとみつめていたいんだ」

みつめるのは彼でもなく、紫陽花でもない。死ぬことですらない。

ここにいる僕たちのあいだの約束事は多かった。そのひとつは、思い出さない、ということだ。

陽はほとんど落ちた。あたりはほの暗さを増している。羽虫のうなりが近くで聞こえた気がする。けだものの吠え声が遠く聞こえた気がする。

密閉された車内では山の匂いを嗅ぐことはできない。背後で燃焼している熱源を感じた。いのちを奪っていくものは、いつもあたたかい。

「こんな感じ、か」

つぶやく彼は雨音に耳をすましているようにみえた。

「練炭ってのは、はぜる音がないからしずかだね」

「君なら、風情がないって文句をつけるとこなのかな」

そう言って、花藤くんは息をひとつ、ついた。窓ガラスがほのかにくもる。彼は窓に頭をもたせて、車内のやわらかな灯りに照り返される自分の顔をじっとみつめている。僕のこともみつめている。

「土壇場で逃げるだろう、って思ってた」くもったガラスを親指の腹でなぞりながら、ぽつりと花藤くんが言った。

「花藤くんが、ね」

「逃げようとする僕の手を君が握りしめるんだ。なにも言わず。その時の君の目って、かなりマジなんだろうな、なんて想ってた」

「僕が引き止める役まわりということ？」

返事はない。何から彼を引き止めるというのだろう。

「むかし読んだ本の話だけれど、あるところに男の子がふたりいて」

僕は思い出しながら話す。

「男の子たちは寝ころんで星空をながめてる。船での航海をゆめみながら、この世界のひろさやゆたかさについて思いをめぐらしているんだ。この先、どんなに素晴らしいものが自分たちを待っているんだろうって」

となりに目をやると花藤くんは窓にもたれかかったまま目を閉じていた。唇からゆっくりとした呼吸音が漏れている。

彼のまぶたをみつめた。もうしばらくはもちこたえられるはずだ。

「これまで話してきたゆすらうめだけど」

ゆすらうめ、という言葉が唐突にでたからすこし身構えた。

「ここにもってきてる」

花藤くんはポケットから一粒のちいさな果実を取り出してダッシュボードに置いた。

「こういうイレギュラーは約束違反だよ」僕は規律を乱したことを糺す。

「もぎたてなんだ。この山道に入る手前の家になってたから、ちょろっと拝借してきた」

目の前に置かれた果実をぼんやりみつめる。彼はこの数年、ゆすらうめという果物に固執していた。ゆすらうめについての企みがあると言いながら、なにかの時間をかせいでいた。

「食べてみなよ」

その果実にふれても
生きることの偶発性はない

あかく透きとおった果実を口に含んだ。

強くなく、弱くない、こまかな振音がこころを浸した。


「茶山くんにふれたことがない」

「ふれてるよ」

ゆすらうめ鉱

**解題**

ほろほろ落花生は「永蟄居」時代に鉱石と果物に対する関心を強めた。クリスタルアンゼリカは日本の菓子材料の商品名で、アンゼリカという西洋のハーブから作る砂糖漬けをフキ科の植物で代用したもの。ウォーターメロントルマリンは断面の中心が赤で外殻が緑という西瓜（ウォーターメロン）のような見栄えの鉱石。ゆすらうめはさくらんぼに似た果実をつける樹木で、もしかしたら公園などで見かけたことがあるかもしれない。

## RGBα

きまじめな職人が精製した
クリスタルアンゼリカの倒木に斧を入れ

そらが瑠璃貝色の驟雨をつめたく降らすとき
ビーカーをさしだしてすこし留め

岩盤に奔(はし)るゆすらうめの細い鉱脈から
ひっそりと採掘する

ぼくたちはそれら素材の波長を計測し
漉しだし紡ぎ
曖昧で個人的な光源となした

投射される色彩は水源となり
混じられて
あたらしいスペクトルをうみだす

恒星と地核に届くふかい浸潤は
虹を蝕し
理と記憶を反転させた

いつかそのゆめは地上におかされて
いつか君のまなこが白濁したように

現実でないものはひきちぎられる

ひびわれたアンゼリカ
瑠璃貝の褪色をふせぐ手立てはない

ゆすらうめ鉱は砕けた

## 抗アメリカンチェリー戦

川べりになる桑の実を一緒に口に入れたとき
君は言った
「アメリカンチェリーみたいな味がする」

私はこころを傷め
桑のやわらかさをアメリカンチェリーに収束させる
宇宙的汚穢から君を奪還せねばならないと決意する

「アメリカンチェリーなみの愚劣さによって現代は
君は殴打され続けている」
「君のゆすらうめ信仰はなんの身代わりなんだい」
云々といった論争の後
沈黙の後で

君の中にゆすらうめ鉱の
ついに回復されないことをかなしむ

## ざくろのエチカ

うちなる水脈が尽きたときは
連発式のざくろ砲で
岩床を撃ち抜くがよい

しなをつくることをおぼえたこどもの前では
脳漿を満たすざくろ晶を発火させ
清め祓うがよい

それはエーテルの循環をただす護符
それは鏡面
それは泉にゆれる
ざくろのエチカ

## ウォーターメロントルマリン

そして君は
旋回したまま固定されている

静止したスーパーボールに封じられた
銀の箔のように

合理的な琥珀に鹵獲され
時間を消失している

ウォーターメロントルマリンは
淡い果肉を凝結させる

ゆすらうめ鉱から抽出される振動子の
倫理的律動（リトム・エティック）は
アメリカンチェリーより世界の補正力が高いから
時計に使用してもよいが

時計であってはならない
爆薬でなければならない

わたしはこっそり製造し続けなければならない

ゆすらうめ鉱の固有振動数を探り
臨界量を定め
破砕のときを待機する

戦闘の記憶

## 世界

ゆすらうめ爆弾が
音もなく地上に炸裂してから

つめたくてあまい雨が
幾日もまた
幾日も
降り続けました

それから
人々は言葉をもたなくなった
ということです

# 時計

## 解題

本作は「ゆすらうめ鉱」で提示されたＳＦ・ファンタジー的な断片を書簡体の創作に編み直したものである。

久しぶり。

こちらは青果物コーナー係のパルチザンじみた生活は変わらず。ゲリラ的な暗闘もそろそろ終わりを迎えそうだ。君は生きているだろうか。

この手紙とともに同封されている時計は文字通り私が命がけでつくって送るものだ。どうか肌身離さず。

そもそもこいつをどういう具合に使うかっていうと、ただ腕に巻いておけばいい。べつに首に巻きつけておいてもいいけれど、革紐なんかだと、妙な誤解を受けるかもしれない。

この時計には長針も短針もない。ちょうど君の鼓動にあわせて刻まれるようにつくられた針が一本あるばかりだ。だから正確な時間を知りたいときなんかは用をなさない。君が破壊されそうになったときにはいくらか役に立つだろう。

心配せずともいい。私は自分のからだで既に試してみた。ちゃんと使ってみたってこと。そのときはアメリカンチェリー線を全身から放射している男と向かい合っていた。彼の口からは例によって暗紅色の影が漏れ出していた。くらい汚染の予感が兆したから、この時計を使った。使ったというか、見つからないようにこっそり竜頭を押し込んで作動させたわけだ。

涼やかな倫理的律動（リトム・エティック）が体内に沁みこんできて、悪寒と震えはやわらぎ、呼吸が鎮まった。ご存じの通り、薬は私にはもう効かないからね。君と同様に。だからこの時計を使うしかない。

ま、問題はいまのところこの時計がひとつしか残ってないってことなんだ。だから君に送ってしまうと私は早晩死んでしまうだろう。時計があろうがなかろうが、結局のところこの手紙が届く頃には私は死んでるわけだしあまり関係はない。なぜ死ぬなんて羽目に陥ったかは後述する。

大切なのは、君はこの時計を所有するとともに継承する責任を負うということだ。君自身がこの時計をつくっていかなければならない。

つくりかたに関して。

説明はすこし長くなるよ。ゆすらうめ鉱について書いておく必要があるから。

まずは雨降りの午後を選ばないといけない。それも瑠璃貝の色をした雨が降るとき。瑠璃貝ってのは銀貨海月を捕食して色素を生み出している浮遊貝だ。そとうみをぷかぷか漂っていて台風が通り過ぎた翌日なんかに打ち上げられる。むかし一緒に拾いにいったよね。

一年に一度だけ、雨が瑠璃貝色の光を帯びる日がある。誰もその日を告げることはできない。けれど光線の加減とかではなく、それが起こっていることが君にはわかる。そのときを狙ってあの山に行くんだ。君はちいさなビーカーで集めた雨粒を携えて山小屋のドアを無言でたたく。そのビーカーを持っているということが大事だ。でないといつまでノックしていても返事はないからね。

小屋の中にはきまじめな職人がいて大鍋をにらんでる。アンゼリカを仕込んでる最中だ。ふきで代用せずに西洋当帰を煮詰めた、徹頭徹尾透き通った本物のクリスタルアンゼリカ。彼にくだらないお追従を言う必要はない。そんなことをすると、そこにあるものがふたたび崩れてしまう。

君はビーカーを置いてそっとたずねる。

「道にまよってしまったんですが、どうしたらいいでしょうか」

そうするとアンゼリカ職人は手振りで道筋を示してくれるだろう。君はきちんとお礼を言い、道筋にしたがってただ歩くだけでいい。

山道は瑠璃貝雨がつめたく降りしきっている。君が着ている薄桃色のレインコートは次第に染まる。君は浸潤してくるものともう一度戦う必要がある。完全に染め上げられる前にたどりつかないといけない。いのちにとどくほど冷えるから。

歩いて行くとどっしりした岩盤が行く手を遮っている。そこが終点。なにもない。手持ちの連発式のざくろ砲を撃ち尽くしたって岩盤には傷ひとつつかない。君は疲れきっているはずだしけっこう捨て鉢になっている。立ち尽くしたまま、涙がしたたり落ちる。存在の透明度が揺らぐ。果肉にクラックの入ったウォーターメロントルマリンのように。

そばには食べ頃の熟れきった断崖があるからふらりとよろけそうになる。こういう時こそ気をつけないといけない。君がやっていることはアメリカンチェリー側となんら変わらないんだから。

よく気をつけると岩盤の傍らに水が染み出しているところがある。雨水に犯されていない、澄みきった湧水だ。ゆらめく水面から反射してくるなにかが君の全体を射貫く。自分の手で（必ず両手で）その湧き水を掬ってひとくちのむ。そのあとで岩盤を見つめなおす。微細な変化が起きているはずだ。

君はその岩盤の表面に紅い条（すじ）がひっそりと幾本か奔っているのを見つける。目を凝らさないといけない。焦点を合わせて真摯に見つめないといけない。誰にでも見つかるわけじゃないんだ。生きもののようにかすかに震えているほそい鉱脈はゆすらうめの果実のような色だ。むかし一緒につまみぐいした、あの時の、あのままの色だ。それが、ゆすらうめ鉱。

鉱脈は傷ついたりしないから安心していい。舌先でふれると抑制された酸味のような甘味が追憶のように心を貫く。君はひざまづいてすこしだけ削りとる。それを心臓がある場所にあてがい、両手でしっかりとどめて山を下りる。

採取されたゆすらうめ鉱は変性しやすいから手早く処理しないといけない。変性を防ぐ手立てはただひとつ。鉱脈から切り出した薄片を握りしめた手を心臓にとどめたまま祈り続けることだ。祈りが濁っていれば……どうなるかはわかるだろう。祈りによって研磨された切片を水晶震動子の代わりに時計に埋め込む。おわり。

さて。こうしてつくった時計だって、一種の対症療法にしかなり得ない。残酷な話だけど。

ゆすらうめ鉱からとある爆弾を製造しようとしたこころのやさしい友達がいた。殺傷能力はなく、熱線や爆風を取り除き、放射線の透過能力だけを高めたものだ。彼は親友であり、数日前に行われた臨界実験には私も立ち会った。結果から言えば、私たちはふたりとも重度の倫理的被曝を負った。頭が少なからずいかれたっていうわけだ。素人が半端に手を出していい代物じゃなかったんだろう。しかしながらアメリカンチェリー側を殲滅する準備は整った。

それじゃ、君と君の後継者たちがこの世界で生き残ることができるように。さよなら。

# リバレイト

## 解題

破滅派十号に収録された散文。ほろほろ落花生へのインタビューを収録するにあたり、編者は福井を訪れた。反出生主義に傾倒しはじめたほろほろ落花生のインタビューを終え、我々はオートキャンプ場で泊まった。そのときの一夜についての回想である。

目を覚ますと午前一時だった。私は友達らしき人間たちと海沿いのオートキャンプ場に来ている。海鳴りが響いている。こっそり抜け出せたら近くの海まで歩いて出られるかもしれない。

海鳴りというのは字面でしか知らなかったが、実際に聴いてみると生々しい。寝袋に横たわった体表全体から鈍い振動が染み込んでくる。いきものに体内を執拗にまさぐられている気がする。律動は拍動のようで、得体のしれない、いのちを予感させた。

私はそのいきものからCALLされているという直覚を得た。そう。夜の海で観想するというのもよい。かっこうのよいことだ。もしかすると融合の感覚のひとつでもぽろりと手に入るかもしれない。ゴッホは夜の砂浜を歩いた印象を手紙に記している。「別に楽しくも、淋しくもなかったが——美しかった」

隣の寝袋で眠っている人間を起こさぬよう、テントを出た。外気は澄明だった。舗装された道路に沿って、番号が振られたキャンプ区画が整然と並んでいる。車があり、テントがある。みな寝静まっている。夜のオートキャンプ場というのは奇妙だ。真昼の歓楽は消失し、あたりは清浄とでもいうような沈黙の靄にかすんでいる。

海鳴りという、召命の響きに満ちているこの場所で、眠っていられる人間は朽ち果てればよい。

私はCALL源とおぼしい場所に向かって夜道を歩きはじめた。途中、ソープオペラ中毒の老いた両親（私が損傷を与えた）のことや、破砕された記憶が断片的によみがえった。自分にはこどもがいないこと。年収の問題。いまだに憎んでいる人間のまなざし。敷地の道路沿いの灯りはあくまで明るく、実直だった。

二つのルートがある。舗装された道路から外れ、左に折れてまっすぐに進めば海に近い。たしか崖のようなものが存在しており、そこを下れば海に面した国道に出るはずだ。

どうしようか。

左に折れて直進した。歩いているうちに、自分はもともと徹底的な部外者であったという思いが怒りのような勇猛さをもたらした。草を踏み分け、灌木を抜けた。そこは昏く、既に人界ではないという感覚があった。地虫が烈しく懸命に鳴いている。はぐれた人間を慰撫する音楽があるということは好ましいことだ。その先に私が見いだしたのは、オートキャンプ場の境界であることを示す鉄柵だった。向こう側に急勾配の草深い崖がぼんやりと見える。

この鉄柵を超えて、目の前にある崖を下れば、その先は海だろう。そこは始点であり終点であり、ただの点だ。

私は海に行ってなにをするのだろう。感傷がこころを回復させるのか。裏切られた人間を祝福するのか。身投げするのか。そこまで劇性に富むことは起こらない。崖を前にして、自分の身に起こるであろう、わななきの閾値、内部で湧出する感情の水位を精密に計量した。

なにをやっているのだろう。

舗装された道路まで戻り、しばらく立ち尽くした。手がかりはないのだ。もう一つのルート、この舗装された道路を歩いても、いつかは海にたどりつくのだろう。方向と距離は分からないが。

戻ろうと思った。無事にたどりつけるという確証もなかった。

# ざくろ

**解題**

ほろほろ落花生のタイ人の旧友との思い出。自己の醜悪さと欺瞞を糾弾するほろ苦いエセーである。

フラナリー・オコナー『秘義と習俗』というエッセイに「ある少女の死――『メアリー・アンの思い出』への序文」と題された文章がある。とてもイヤなことであっても道徳的義務を遂行することで救済に近づくという部分があり、むかし感心して読んだ。今ではホントかよ、としか思えない。

一九九五年。私は高校一年生の頃にタイに研修旅行に行く機会があった。中学時代にあるスピーチコンテストで入賞し、副賞として賜ったものである。およそ二週間の行程で、バンコクのスラム街見学や学校の表敬訪問といった様々なプログラムが含まれていた。さらに、プログラムではチェンマイ近くのある田舎村でのホームステイが予定されていた。まだ都市化が進行しておらず、失われた昭和的ぬくもりが残されたその村に愛着を抱いて滞在した日本人バックパッカーが紹介したことが機縁となり、ホームステイが企画されたらしい。

いま思い返しても、その村はどこか仙郷のごとき感覚をもたらす。当然ネットなどはなく、自給自足に近い形の農村だ。放し飼いの鶏がかけまわっていた。村民はみな顔見知りで、部外者をあたたかく迎え入れてくれた。ホームステイという形式ではあったが、背後に金銭のにおいなど全く感じさせない。仮に謝礼としてお金のことなどを持ち出せば、おそらくは本気で怒る人たちなのだ。

後年になって私が探しまわることになるファミリアリティ（共同性）の感覚の原型がそこにはあったのかもしれない。反パノプティコン、冷酷さからの全面的解放。SNSはおろかPCスマホはなし。裏表や邪推、冷笑も阿諛追従もなし。不要な複雑さもなし。過剰な怯えも虚飾もなし。生きることにおいて当たり前のようにみんなで支えあっている感覚はうれしいと素朴に思った。苦しんでいる人には思いやりと手当てを。うれしい時はみなで踊る。当時の私は高校一年生であったが、こうした感覚は、以後、日本においても、経済発展をとげたタイでもついにもたらされることはなかった。

私はその村で初めて彼女と出会った。彼女は私の二歳年上、出会った当時から利発で、予感的な憂いを帯びたまなざしは美しかった。ここではタプティムさんという愛称で呼ばせていただく。以来、私は「Oniichan」と親しみを込めて彼女から呼ばれ、日常の些事や自然が好きであることといった他愛無いやりとりをはじめた。文通開始当初は電子ネットワークが発達する以前であり、私は拙い英語と日本語をローマ字書きにして手紙をたまに送った。

二〇〇三年。私が東京のある上場企業を辞めることになった時期に前後して、彼女は来日したことがある。油田（ユダ）とともに彼女を連れて軽く東京を歩いた。季節は冬だったが、狂い咲きの桜を上野公園で見つけた。日本の桜を見たがっていた彼女はことに喜んだ。私が狂い咲きを英語でどのように説明しようか迷っていたところ〝This tree is drinking.〟という油田の簡便な解説に彼女はくすりと笑った。素敵な笑顔だった。

当時の私は羽振りがよかったのだろうか。恰好をつけたかったのだろうか。今となっては理由がわからないが、東京を案内した晩、新宿に林立するビル群の高層階にある多少高級なバーで四人で飲んだ。私と油田、タプティムさんとタイ在住の彼女の日本人の友人である。当然ながら、私がご馳走する前提だ。

「タイの男はほんとに働かない」と現地で働く日本人女性が愚痴っぽく漏らした言葉にはみんなで笑った。

タプティムさんは翌日に東京を発つことになっていた。私は「できるなら二人きりで彼女を見送ってほしい」とその日本人女性から内々に頼まれていた。見送る電車の車中、隣に座った彼女は私の手を握ってきた。あたたかい、と私は思った。そこになにかの感情が秘められていることは愚鈍な私でも伝わってきた。

二〇〇九年。私は無為転変を繰り返した挙句、東京の駒沢で暮らしていた。フリーライターという肩書で有名週刊誌の巻末グラビア記事を執筆した。各界の著名人にインタビューを行い、彼らの好きな『通販生活』的商品について八〇〇字程度でまとめるという内容だ。関わった当初は新味があったが、次第に馬鹿馬鹿しいことこの上ないとうんざりしはじめた。自分の書いているもの、とりまいている人間は徹底的にくだらない。漠然とした、しかし逃れがたい疲労が蓄積されはじめた。そうした折、タプティムさんから連絡がきた。東京に取引先の知り合いがいて、その方の下にしばらく滞在するらしい。確か門前仲町駅近くだったと記憶している。私は色々とどうでもよくなっていたので、会うことはできないだろうと返信した。彼女から日本の公園で遊ぶ写真が後日送られてきた。トランポリンのような遊具でひとり跳ねる彼女の写真は少し痛切ではあった。彼女の意図はどうあれ、この時点で私は傷ついていたのだ。「お前はやるべきことをやらなかった人間だ」と。私は自身を罪人のようだなと思った。事実そうだったんだろう。翌年、私はフリーライターを辞めて福井に戻った。

二〇一二年。確か東日本大震災が起こった翌年だ。成田空港が節電の為か全体的にうす暗かったことを記憶している。私はタイにどっぷりはまりこんだ友人のリョウから旅行に誘われた。彼に言わせれば「東京から出戻って福井でひくついているお前にカツをいれてやる。タイは全てを変える」とのことらしい。出発前に東京で油田の下宿先に一泊させてもらった。彼は相変わらず読書家であった。金子光晴の詩集が床に直置きされていたことのみ鮮明に覚えている。大切なことは忘れるくせに、どうでもよいディテールばかり覚えていることは人間一般の習性なのだろう。

タイに到着した私とリョウはどうしたか。彼は連絡用として現地で使えるプリペイド式の携帯電話を空港で私に渡し、到着するなりバンコクに直行してなじみの風俗街を連れまわした。おそらく十軒以上ははしごしただろう。宿泊先のホテルの部屋は相当に高額で、十分に広い居間が彼と私の居室を仕切っているという配置だった。リョウはその晩にタイの友人や商売女を呼んで酒盛りと乱交パーティーをはじめた。私は誘いを断り自室に引き下がると、ベッドで横になりながらこの先を案じ暗然とした。リョウ、お前のカツのいれ方は根本的に間違っていると思った。

翌日、ある妙案がひらめいた。チェンマイ在住のタプティムさんに連絡してはどうだろうか。私は相変わらず彼女と連絡をとっていた。タイに会いに行くなどと期待を抱かせるような仄めかしの文言を残しては裏切るという卑劣なふるまいを続けていたのだ。彼女の失望めいた言葉を読んだことも一度ならずあった。私がタプティムさんに電話をかけ、現在バンコクにいる旨を告げると、彼女は「ホントなの？　今からそっちに行く」と即答した。彼女の日本語の能力は既にネイティヴといってもよかった。

日本で蹂躙された恨みでもあるのか、経済原理の名の下にこれでもかと暴れまわるリョウを回避し、バンコクに到着した彼女と行動することにした。この時の為に有給休暇を取得した彼女にはかねてから計画があったようで、ある離島のビーチに行きたいらしい。その島まではバンコクからバスで数時間程度しかかからない。私に詳しいことは分からないが、タイ北部のチェンマイの方々には、海に対するやみがたい郷愁があるのかもしれない。なんといっても、曖昧な関係であるとはいえ、男と女が行く場所としてはロマンチックではある。

　タプティムさんはバンコクに着いた初日のみ私の部屋で泊まった。二人で寝たところで何も差し支えないキングサイズのベッドだ。隣室から夜通し響いてくるゴモラ的狂騒にふたりしておびえていただけだった。我々はリョウとは別のホテルに泊まることにし、三日目からバンコクを散策しはじめた。寺院に向かって歩いているときだったろうか、彼女から唐突にたずねられた。

「私と一緒に歩いて、恥ずかしくない？」

　なんと答えればよいのだろう。このような宿命的な質問に対して、曖昧な微笑で返答することはゆるされない。私は「そんなことあるわけない」とだけ述べた。

　同宿したホテルではツインベッドを予約し、全くなにもしなかった。なにも起こらなかった。隣にいる誰かからなにかを期待されながら、それを黙殺しつつ眠るというのはたやすいことではない。しかしなにも期待されていないと己を欺くこともまたそれほどたやすいことではない。私はドストエフスキー『白痴』の末尾を飾る文学的至宝、例の通夜シーンを思い出しながら、断裂していた。人生は毎度のことながら、恥知らずに対しては計略的に相応の地獄を用意してくれる。「カツ」をいれに来たタイという蘇りの地で、私は憔悴の極致にあった。霊的な闘争あるいは大いなる嘲り（combat spirituel ou immense dérision）？　こうした状況の下に五日ほどが経過し、残念ながら健康上の問題で離島には行けそうもないことを彼女に伝えると、彼女は悲しんでいたが、ビーチを歩くときのために用意していたらしいワンピースを着て私に見せてくれた。鮮烈で、可憐だった。

　日本に帰国する前日の夜、私はある種の言い訳のように、臆面もなく「あなたのことが好きだ」と初めて伝えた。隣のベッドにいた彼女は両の拳を固く握りしめて天に向かって突き上げ、文字通り身をくねらせて祈った。私の中に「彼女は敬虔な仏教徒であるが、喜び方はどこかカトリック的だ。けれど確か仏教の始原は――」という不可思議な感覚が微細に去来した。人間はどうでもよいディテールのみを覚えているのであり、人生は計略的に地獄を用意してくれる。

二〇一四年。タプティムさんから連絡を受けた。十月一七〜三十日まで来日する予定とのことだ。彼女は友人とともに東京から奈良へ行くというのでそこで会おうかという話になった。タプティムさんは日本語を使って仕事をしている。経理職を辞め、チェンマイで服飾関係の個人ショップを経営しており、順調なようである。「来るべきものが来た」ということが私の率直な感覚だった。

私は人間のつとめを果たすために奈良へ行った。バンコクで別れてから、三年ほどが経過していた。奈良へは一度も行っていないので、行ってみたかった、という理由もある。経済的には、無論、かつてないほど逼迫していた。精神的にも、逼迫していた。世界をようやく本格的に憎みはじめていた。

情愛の問題はともかく、一九九五年に出会って以来、二人の経済的立場が鮮やかなまでに逆転していたという観察は興味深いだろう。国家レベルの経済規模で語ろうとは思わないが、私は非正規雇用労働者として使い潰され、かろうじて口を糊する身であり、彼女は少なくとも三ヵ国語には精通し、自費で日本に観光に来られる経営者、海外富裕層、リッチなのだ。その富は、彼女自身が独力で築き上げたものだ。

彼女の日本の友人は東京の町田に天理教の神社を持っているらしい。天理市で秋の大祭があるという。私が奈良へ行った場合、ドミトリー形式の天理教の詰所に素泊まりで泊まれるという。彼女もそこで泊まるとのことだ。天理教本部を見たいと思ったことも奈良行きの動機のひとつである。

天理駅に到着すると、天理教の方は、人を呼びすぎて詰所には泊まれないと言う。女子部屋なら大丈夫ですよ、と言うが、話が違うじゃないかコラ。お土産に持って行った羽二重餅（一〇〇〇円）を返せ。

宿泊先はうやむやなまま、彼女と奈良散策に出る。

彼女は、医学的には小人症というのだろうか。身長が一三〇㎝くらいしかない。おんとし三六歳。すこし老けたこども、という表現が妥当であろうか。体の均整は大人と同じで、全体が縮小されたようだ。街を歩いていると手を握ることをそれとなく要求してくる。私は握りたくない。絶対に握りたくない。あちらから握られることになる。私はついに握り返さなかった。握り返そうとする気持ちのない人間の手を握るな。

私は手を握られながら「非常に恥ずかしい生き物」を連れて歩いているな、と思った。犬猫ならまだしも、仮にも人間なのだ。

私は道徳的義務を果たしている己に高邁な人間を感じるが、それを知れば彼女は怒りに震えるだろう。ボランティアをやっているような優越で周囲と自己を圧倒するしか道はないのだが。彼女は愛を信頼しているのか。むかしバンコクで愛について吹きまくった私に責任があるのか。ある。

なぜに神は彼女をこのような尋常ならざる姿にしなければいけなかったのか。まっとうな努力をして生きている人じゃないか。馬鹿野郎。

なぜに「非常に恥ずかしい生き物」という認識がわき起こるのか。彼女の異形が醜いからか。私が醜いからか。

異形であるという問題以前に彼女もまた人なり。私は天使でも豚でもない。人間だ。我もまた人なり。これ以上、要求しないでくれ。

得体の知れない恥辱感に満ちながら、軽侮なのか憐憫なのか定かではない瞳で我々をみつめる鹿の前でもしゃもしゃと二人、豚まんを食べた。こちとら小洒落たカフェでカフェご飯、など払うカネなぞないのだ。カネがあったところで、カフェご飯などというこの世界のおぞましさを煮沸して濃縮したかのごとき物体に関わるものか。

奈良の街を歩いていると、かりんや姫りんごがあったから紹介した。ざくろについては知らないと言うからあったら見せてあげたいと伝えた。彼女は楽しみにしているようだ。

日が暮れかけてきた。散策して疲れた。私は帰りたかった。致命的にイヤなものが迫ってくる予感。彼女は帰らずに私と泊まりたいという。あなたは天理に戻って詰所で泊まってください。お友達がせっかく宿泊場所を用意してくれているのだから。私はさっさとここからずらかって「艦隊これくしょん」のレベリングをやらなければいけないんだ。十一月一日からイベントが開始されるんだ。がんばれば戦艦武蔵が手に入るかもしれないんだ。

彼女は不動である。ここまできたからにはテコでも帰らんぞという気迫を感じる。私は弱いと思う。ここで退いて負けてはならない。この種の肉迫、この種の無言の脅迫が、私はたまらなくイヤなのだ。

近鉄橿原線の平端という駅で、ちらりとざくろが見えた。日本の果物が好きであるという彼女にざくろをお土産に持たせて、詰所まで送ろう。私がざくろの話をすると「またざくろ……」と彼女は極めてナチュラルな日本語でこぼした。

貴様、花を愛でたりナチュラル志向を売りにしたりしているようだが、結局は男根が欲しいだけじゃないか。

貴様、月収十万円の俺に切符から飯から全ておごらせておいて、なに当たり前の顔をしているんだ。

貴様、午前中は日本の植物が好きでうんぬん言っていたのに「またざくろ……」とは何事だ。

貴様、その異形で人間の分際のつもりか。一人前の女として男を要求してくるのか。

貴様、貴様は貴様のために私がこんなにも苦しんでいることが分からないのか。

はっきりよい。両者もろ差しの構え。こうした心理相撲はバンコクに行った時、散々あじわったしだからイヤだったのだ。来日の件を聞かされた九月頃からずっと気持ちが落ち込んでいたのだ。私がイヤなのは、彼女もまた人間であるという事実に直面することなのだ。

貴様たち人間はその我（が）で私からどれだけむしりとれば気がすむんだ。

平端駅のベンチに座りながら、土俵際のうっちゃりが和やかに展開された挙げ句、私は投げ飛ばされ、ふたりで泊まることになった。がぶりがぶられ上手投げ。負けた。天理は大祭で宿泊施設がいっぱいなので各所に問い合わせた結果、折よく空いていた筒井という駅のビジネスホテルに泊まることになる。ツインで七八〇〇円。それでも高い。

ホテルの部屋にて。私は平端駅で下車してキレながらもいできたざくろを割り、その実の美しさをえんえんと讃えながら、隙あらばつかみかかろうとする彼女のまなざしを懸命にかわし続けた。また相撲。ビールを飲んで一切合切をはぐらかして、寝た。彼女は懸命にシャワーを浴びていたみたいだが、寝た。

翌朝。出立前に抱きしめてほしいと言うので中型の粗大ゴミを抱えるような格好で抱きしめた。もっと力をこめて抱きしめてほしいというので、両腕に力を込めた。経済的腕力という言葉を思い出した。スクラップ工場にこういう作業を行う重機があったようだ。破壊されているのは私の方じゃないのか？ 私のハートは油圧ポンプみたいだ。彼女から情動にゆさぶられているような湿り気のある呼吸音が漏れたが、私はただ乾燥していた。抱きしめた後、彼女の唇が迫ってきたので私は忌まわしさに目を閉じた。さすがに顔をそむけることはできない。

天理駅まで送り別れた。別れ際にお互い頭をさげたら額をごっつんして、ともにてへへと笑った。本気のヘッドバットでもくらわせあった方がどれほどさわやかであったかと思う。人生という問題はどれだけタップアウトをしても「いや、まだ大丈夫、大丈夫。いける。いけるから」と、レフェリーが屈託ない微笑を浮かべながら理不尽な託宣を垂れて続行させられるところにある。

彼女、タプティムさんはチェンマイで知り合ったスロヴェニア出身の男性のもとに嫁いだ。３Ｄプリンタの開発と旅行業を兼務している富裕な方だ。伝え聞いた限りでは、人柄も申し分ないといえる。電子メールに添付されたスロヴェニアの田園風景と彼女の笑顔を眺めながら、私はどうしてもそちら側には行けない人間だった、行きたくない人間だった、すまないこの野郎と思った。いずれにせよ、むかし私が傷つけたある女性の好きだった曲のように『ざんげの値打ちもない』のだ。誰が？

人間はどうでもよいディテールのみを覚えているのであり、人生は計略的に地獄を用意してくれる。

# 幸福の回収

**解題**

ほろほろ落花生、茶山（さやま）、油田（ユダ）というお馴染みのメンバーに一人の女性が加わって展開される心理劇である。なお、この頃のほろほろ落花生はストレスによる連日の深酒で深刻な痔を患っていた。

た。

「これがその時のかたみだよ」

喫茶の女主人が取り出した紫の欠片を女の子はみつめた。

かぼちゃがあった。

隣のおんなのうわずったヴォイスをききながら、うるさいと男は思った。おんなは腐子という名で呼ばれていた。男の名は花藤といった。

それらしいものがあらねばならないというかなしい規律のように冬瓜とかぼちゃが卓上に置かれていた。ここは昏い場所だ。

おんなは花藤の高校の同窓であった。このようなくちゃべりを反復し、このようなからくり三昧を十六年もやってきて、わけを知ったにんげんのような面をお互いにしているのだ。漫然とした回想は、花藤を沈降させた。

途中で立ち寄った観光所は重要文化財に指定されているという保存された茶屋であった。茶屋にはみるべきものはなかった。にんげんの張りめぐらした飴細工が転がっている、という淡彩の印象をもった。人工の臭みは花藤に殊に障った。一室に活けられていた竜胆と木通のみがひとつの清涼な実体として、花藤の陥没した心に浮かんだ。

わかくかたく結実した木通は萌葱の地に刷毛で朽葉を散らしたような色味であった。花藤が振り落とした硬質な時間をその裡にとどめしずかであった。質量のある果実に向き合っていると、花藤は命が生動していることの不思議を今更に感じた。生硬さとは貴重な実質であったのだ。何処かに彼我の解体さる清明な戸口がある、という心持ちがした。

おんなは木通をみて「うつくしい」と言った。おんなから木通への発語がなされたことが、花藤を人工に引き戻した。その語により何処かで尊いものが毀傷せられたように思った。おんなの内部で働くメカニズムに涜神的な匂いを嗅ぎ、脳髄には白刃が閃いた。さらにまた、そうした己を恨んだ。

おんなは「うつくしい」と発語することによっておんなを抱きしめていた。おんなは崩れかかっていた。だからといっておんなの生存が赦免されるわけではない。おんな、腐子が途切れなく発する音声と我は花藤と彼が患っている内痔核を根もとから執っ拗く傷害した。

その喫茶にはおんなと花藤の他に、二人の男がいた。一人は茶山という名で、もう一人は油田という。二人は花藤の大学の同窓であった。この男たちもまた、人生を遂行する上で不可避であるらしいくちゃべりにその生涯を費消されていた。それでまんざらでもない気になっていた馬鹿者でもあった。そうした類のくちゃべりは彼らに慰謝を与えることは終にない。からくり三昧が生きものとしては必要であると、二人ともに力こぶをつくって年齢に恃もうとしていた。こうして二人は笑い方を覚え、笑うことを忘れた。

　四人は数年ぶりに金沢に会し、茶屋を見物し街をふらついた後、この喫茶の一室に落ち着いた。こうして例のくちゃべりがまたはじまったというわけだ。

　彼らは倦んでいる。待機することに倦んでいる。渇望することに倦んでいる。あるいは何を待機し渇望しているか分からないことに倦んでいる。あるいは何をも待機し渇望していないことに倦んでいる。生体の孕むエエテルのごときものが消尽している。だからくちゃべりを続けるよりほかにない。身も蓋も情愛もない。

　花藤の真向かいに座っている茶山の瞼が痙攣的に震えた。「もう死んでしまいたい」と発信していることを花藤は諒解した。卒然、ここにいる全員が一刻もはやく死にたがっていることを花藤は諒解した。しかしそれができないでいる。これはどうしたことであろう。

　茶山の隣に座っている油田は目の前のおんなの音声に耳を傾けながら、個人的な場所を凝っと観察していた。応答せんと作動する彼は、特殊な回路を迂回して這いずるかにみえる。油田に対しているおんなは自分が何を話していたのか分からなくなることがあった。己の輪郭が毀たれていくような、ぴしりぴしりとした不吉な細動を断続して身に受けた。油田が己と人を安らがせることはこの先もないであろう。

　誰の言葉も誰に発されたものでもなかった。煎じ詰めれば、最初から誰もいないのであった。四人が四人ともに誰の話をも聞いてはおらず、誰にも話す語を持ってはいない。木偶が揃って自分にあてがわれた経文をめくら滅法に誦しているのだ。

　茶山はさむしいと思った。ひとりであることを思った。人工が動いて四人を壊してしまったのであろうか。我々はいつ頃こんな具合にこしらえられたのであろう。我々はいつまでこんなことを続けなければならないのであろう。茶山は非常なる焦慮をもって四人を照らす明かりを仰いだ。

花藤は油田に尋ねた。

「ハッピイタアンという菓子、君ならどう訳すであろうか」

一拍おいて油田は答えた。

「幸福への転回、であろうか」

おんなの音声が混入した。

「わたしは幸福な旋回だと思ってたよ」

「俺は幸福になる順番だと思っていた」

花藤はそう言って茶山を観賞した。

茶山は仕方がない、と伏し目がちに弱々しくほほえんでいた。ハッピイタアンの実在を信じなくなってしまったにんげんの顔がそこにはあった。これを簒奪された顔というのかもしれない。茶山の顔面に拳固を叩き込みたいという痛烈な衝動が隣にいた油田に突きあげた。ああ、跡形もなくなるほどにありったけ拳固を叩き込みたい。あなたの怯えた顔を見ていると私は私を抑えられなくなりそうだ。お互いがお互いを傷害しあうことはもうやめなければならない。油田は撞着した疼きを鎮めようと顎を手で抑えた。おんなの発声が続き、茶山はもっともらしく頷いた。

花藤はかたいソファにもたれたまま目をつむり、道徳の法をその手に握りしめて発熱している己と内痔核を観じた。けじめのない笑劇を消滅させる義務を直覚した。

腐子のくちゃべりが再びはじまる。

「それで油田にからみついてきたあの娘の――」

握りしめていた木通の蔓を首にまわし、花藤は腐子をぐいと締めた。

「あ」と腐子は声をあげた。口に木通の実をねじ込んだ。腐子はもがいた。予期された歓びにようやく身を浸したような、人工のもがきであった。腐子が振りまわす手から木通の実が転がり落ちた。茶山が冬瓜を掴んでその顔に振り下ろした。がつり、と水気のある籠もった音がした。冬瓜は砕け、腐子は黙した。仰向けに横たわった腐子は奇妙に黒くほそい鼻血を流した。腐子が生涯に産じたもののなかで、それだけが真実であったかのようであった。流れ出た黒色の液体はほとんど信じがたい光沢を帯びていた。

膝を組み目を閉じていた油田は転がってきた木通の実を拾い上げ、手でふたつに割った。ぱしっというかわいた音がした。油田は恥じらいながら乳色の青みがかったふたつの断面を花藤に差し出し、憫笑した。花藤は尻をおさえ込んだまま卓に突っ伏した。

突如、茶山が絞り出すように昏く太く咆哮した。雷鳴か地鳴りのごとき響きとともに、その語は彼の口から発された。

「ハツピイタアン」

吠え猛った茶山はうつぶせに倒れた花藤の横面を張り飛ばした。花藤は豪も動かなかった。油田の手にある木通の果肉を跪いて舐めると、苦しいほどの甘味が氷雨に灼かれるように茶山を貫いた。恢復された人生の涼感を彼は久しぶりに味わった気がした。

床に伏した花藤の鞄を開き、茶山は花藤を踏みつけにしたまま、残っていた木通と竜胆を取り出した。天秤で両者の嵩を量るように捧げもちながら黙想した。茶山は平衡を保とうとしてまだ震え、怯えていた。しゅうしゅうという喘鳴じみた音が食いしばった歯から漏れた。

油田が膝まずき、もしゃもしゃ竜胆を食べると、こまかく振動していた茶山の総身が竜胆の花房色に染まり、そのまま静止した。

肛門を守るかのようにもろ手を重ね合わせ伏したままの花藤の上に手を水平に伸ばし、彫像のごとくの紫の茶山が直立している。その足下にあぐらをかき、なにか謝罪めいた文句を油田がぼそぼそ並べたて、頭を左右にゆらした。背を丸めた油田のくちびるから垂れ流された涎がしずくとなって、彼の運動靴に滴り落ちた。

「おお」

涕泣とも喜悦ともつかぬ語が油田から漏れた。

ボラギノオルの箱からこぼれ落ちた座剤が傍らに散らばっていた。

かぼちゃがあった。

うつむいていた女の子は、祈った。

「どうかみんなにハツピイパウダアのご加護がありますように」

# コール・ミー

高橋文樹

間違ってる　食い違ってる
このままでいいとは思わない
One day 今日も開かない
折り畳みの、真実が虚しい

オレでよけりゃ必要としてくれ
Call me call me
電話一本でいつでも呼んでくれ
後悔ないようにしとくぜ

ヨシイ・ロビンソン

東京大学本郷キャンパスに法文1号館という建物があって、文学部の授業はそこで行われることが多かった。かなり古い建物で、トイレにはフェルマーの最終定理が落書きされており、廊下には革張りのベンチシートと灰皿が置いてあった。そうしたベンチに腰掛けて授業の開始を待つのが、新しいキャンパスに移ったばかりの私の新しい習慣だった。二十世紀最後の年で、私は大学三年生だった。

東大では三年に上がるときに進学振り分けという選考分けシステムがある。入学時は文Ⅰ・文Ⅱ・文Ⅲという漠然とした区分で全員が教養学部生として二年間を過ごす。教養学部には小学校から高校まであった学級（クラス）が存在しており、私は文Ⅲ十三組だった。三年生から成績に応じて進学先の学部学科を選ぶことができ、たとえば文学部言語文化学科フランス語フランス文学専修という長ったらしい名前の学科へと所属が変わる。つまり、東大では大学三年生になるとクラス替えが起きるのである。総勢二十五名ほどいる仏文科の三年生のうち、同じクラスの出身者は三人程度、上級生や大学院生を含め、これから知り合っていかなければならない人の方が多かった。もう二十歳を超えていたが、新しい環境というのは、面映（おもはゆ）いような、心細いような感触をもたらす。

夏休み前の時期だったと思うが、私は授業開始前に教室前の廊下にあるベンチで煙草を吸っていた。すると、ほろほろ落花生——当時はまだ花藤義和（かとうよしかず）だった——が現れた。私は彼とあまり話したことがなかった。ただ、彼が変わった人間だということだけはすでに知っていた。

仏文科進学時の初顔合わせで新入生自己紹介があったのだが、花藤は「私は太宰治や小林秀雄、大江健三郎が在籍したという理由だけで仏文を選んだのであり、純粋に仏文卒という肩書きが欲しいだけです。フランス語、フランス文学にはまったく興味がありません」と言ってのけた。私は怒られるのではないかと危惧したが、教授陣は苦笑いをするだけで、もしかしたらこういう挑発的な学生には慣れているのかもしれなかった。その後に開催された懇親会では詩を朗読し、「貴様達は決して出納掛（すいとうがかり）以上ではない！」と言い放って参加者を驚かせた。なかなか才気走った奴だと思ったが、あとで聞いたところ自作の詩ではなく、中原中也「聖浄白眼」を朗読しただけだったらしい。ともかく、そんな事件があったので、進学早々、花藤は「本物の文学に情熱を燃やしている攻撃的な奴」というキャラクターが定着していた。

教室前のベンチに座った花藤と「おう」と軽い挨拶を交わし、煙草を吸い始めた。ふと彼の手元を見ると、講談社文庫『ノルウェイの森』を持っていた。カバーが外されていたので、上下巻のどちらだったかはわからなかった。

「おまえ、春樹とか読むんだ」

私はその言葉に若干の侮蔑を含めていたかも知れない。別に村上春樹を読んでいるのは構わない。しかし、詩を書いているだとか、こんなくだらない大学はもうすぐ辞めるだとか、頓狂なことばかり言っていたくせに、村上春樹を読んでいるというのは、なんというか、普通だった。しかし、私のあざけりはその後に続いた言葉で浅はかさへと変わってしまった。

「俺、もう百回読んでるから」

「なんでそんな読むんだよ」と、私はすぐに尋ねた。

「彼女、死んでるし」

返答に窮した。私は「百回」という明らかな誇張にツッコミを入れてやるつもりでいたのだが、彼女が死んでいるのなら、私にはそこに踏み込む権利はない。『ノルウェイの森』でヒロインの直子が自死するように、花藤の彼女が死んでしまったのなら、百回読むこともあるだろう。

その後、私はどんな会話をしていたのか覚えていない。

徐々に仏文科の同級生たちとも打ち解け、飲みに行く回数も増えた。花藤は体が弱いというか、線が細いというか、背は高いのだがいつも具合が悪そうで、初夏でもウールのコートを着込んでいた。「自分は躁鬱病と分裂病を患っている」とも言っており、たとえば飲み会が三回あったとしたら、そのうちの二回はドタキャンする、という感じだった。仏文科の夏合宿では桜蔭学園出身の可愛らしい同級生に、「おまえは男にチヤホヤされて世の中をこすく渡り歩こうとしている」などとからみ酒をして泣かせていた。帰りに寄ったパーキングエリアでは弁当を万引きしようとするし、なんというか、中学生の不良がするような悪事を大学生になってからあらためて履修しているようなところがあった。それでも仏文科に属する学生達にはそうした異分子を排斥しないゆとりがあった。

徐々に親交を深めていき、私と花藤、そして油田(ユダ)はよくつるむようになった。夏休みが明けた頃、花藤の家に泊まりにいく機会があった。本郷キャンパスからほど近い白山のワンルームには本棚と机ぐらいしかなく、窓際には花藤が彫刻刀で彫ったという木彫りの男根像があった。奮発して買ったサントリーリザーブのボトルを開け、恋愛の話になった。花藤の彼女である亜津佐は自死したという話だったが、実のところ、単に別れただけだといった。別れたという事実が受け止められなくて死んだと表現したのか、と私は合点した。このときにはすでに、花藤の文学的修辞というか、大袈裟な物言いをする癖を理解しつつあったので、男女の別れを死と表現するのが彼の文体だと私は考えていた。別れの原因は「ひどい裏切り」だったそうである。そのひどい裏切りというのはなんだったのかというと、別に浮気をしていたわけではない。二度ほど狂言自殺があったそうだが、それも別れの直接的な原因ではないらしい。

「亜津佐は両性具有だったんだよ」

花藤は別れの理由について聞き慣れない言葉を発した。私は「何を言ってるんだコイツ?」と思った。

「たまにいるらしい。十万人に一人とか」

そういう生物学的な状態が存在しているということは私ももちろん知っている。だが、彼女が両性具有だったから別れるというケースは初耳だった。ちょうどその一年半ほど前に平野啓一郎が両性具有を扱った『日蝕』で芥川賞を獲っていた。もしかしたら、文学的流行に乗っかり、花藤流の文体で何かを表現しているのか? 私は判断を保留した。嘘だとも本当だとも言わなかった。

その後、花藤によって笹川亜津佐との馴れ初めが語られた――。

大学に合格し、福井から上京した花藤は、東大教養学部のある駒場キャンパスにほど近い浜田山で一人暮らしを始めた。ゴールデンウィーク明け、一件の間違い電話がかかってきた。そのときはすぐに切ったが、再び間違い電話がかかってきたので少し話した、というのも相手は女性だったからだ。東大と同じく都内にある学習院大学に通う同学年とのことだった。運命的な符号。また電話しようと約束した。

それから何度か電話で話すだけの関係が数ヶ月が続いた。会いたいということになった。亜津佐は条件付きで受け入れたが、その条件とは次の通りである――亜津佐は幼い頃に男子大学生に強姦され、視線恐怖症なので、目隠しをして会ってほしい。そして、急に動かれると怖いので、動いたり、自分に触れようとしないでほしい。花藤はこの条件を受け入れた。目隠しをしているとなると、外出するわけにはいかないので花藤の家に亜津佐が来ることになった。

家で目隠しをしたまま会うわけだから、花藤は基本的に何もできない。ただ会話をするだけである。パスタを作ってもらって食べさせてもらったり、それこそ村上春樹的な他愛ない大学生の交際が始まった。もちろん、目隠しをしていることを除けば。

　ほどなくして、花藤は童貞を失った。目隠しをしたままなので難易度の高いセックスではあったろうが、亜津佐が導くままに済ませることができた。

　そのまま二年の交際が続いた。つまり、大学一年生の六月から、本郷キャンパスに移った大学三年生までである。その間、二度の狂言自殺があり、二度目のときは亜津佐が電話の向こう側で睡眠薬を飲んでしまい、花藤はほとんど発狂しかけて浜田山の警察署に「彼女を助けてください！」と駆け込みさえした。対応した警察官は二名いて、そのうち一名が「こいつ、コレか？」と同僚に耳打ちし、こめかみのあたりに人差し指を向けてくるくると回すジェスチャーを見せた。クルクルパー認定（きちがい）された花藤は、友人が迎えに来るまで、そのまま警察署に留め置かれた。

　目隠しをしたまま会い続けるという異常な交際に疲れた花藤は、ついに目隠しを外して会うよう懇願した。約束の新宿には中年男性が現れた。亜津佐はどこに？　目の前の中年男性が、亜津佐の声で説明した。亜津佐は両性具有である。男性器と女性器が両方あり、男女の間（あわい）に生きてきた。視線恐怖症だと騙していたのはほんとうに悪かったと思っている――

　話を聴き終えて、私は「よくできている」と感じた。創作の、彼の文体（スタイル）のすべてがつまっている。こうした話は考えつくことが難しい。天才だとさえ感じた。同じく話を聞いていた油田は口をあんぐりと開けていた。「うーん」「まあ」と悩みつつ、何も感想を言わなかった。その後、花藤はもりしげというロリコン系エロ漫画家の単行本を何冊か持ってきて、「これが文学を超えているから読め」と読書会を始めた。

　この亜津佐にまつわる秘密を聞いたとき、私は端的に嘘だと断じた。油田はこの件について評価を下すのを曖昧かつ巧妙に避けていた。私は隙あらばその嘘を暴いてやろうと決意した。他にも仲のよい友人は何人かいたが、亜津佐について話したのは私と油田だけのようだった。

　その後、私は折に触れ亜津佐について調査をした。花藤の家で酒宴を開いたとき、彼の携帯を覗き見ると、亜津佐からのメールが残っていた。私はこのとき、亜津佐は実在したのか、と感じた。たとえば、別に携帯を契約しておいて自分にあててメールを送るようなこともできなくはない。ただ、登山用具を買うために筑摩書房版ドストエフスキー全集を神保町で売り払うような金欠生活をしている花藤が、わざわざそんな工作をするはずがない。亜津佐はどうも実在するのだ。翌朝、私は携帯のメールを盗み見たことを詫びた。

　ほんとうに両性具有のおっさんというのは存在するのだろうか。私は図書館で調べてみた。両性具有というのはたとえばインドのヒジュラーのように文化的・宗教的に認知された存在を除けば、医学的に「性分化疾患」と呼ばれるケース——男性器と女性期の判別がつきづらい症例——がわずかにある程度だ。その多くは男性器と女性器が両方あるのではなく、たとえば内臓は女性（子宮がある）だが外性器は男性（ペニスがある）で陰門（ヴァギナ）があるわけではない、という状態で、両方の性器を備えていることは稀だった。男性器と女性器を備えた真性半陰陽と呼ばれる症例は治療が必要で、大抵は女性として外性器を形成すると予後がよい。これは、生物の身体がベースを雌としていること（男にも不要な乳首がある）を考えると、納得がいく。ただ、これらの治療は生後すぐに行われることが多く、そのまま生育しても男性器・女性器ともに発育不全なままで、セックスはできない。つまり、エロ漫画のふたなり——成長した男性器と女性器が両方くっついている状態——は現実には皆無と言ってよい。

すると、花藤が目隠しをかなぐり捨てて目撃した中年男性は、両性具有でもなんでもなく、純粋なゲイの中年男性だったのではなかったか。地方から上京してくる世間知らずの大学生に片っ端から電話をかけ、口車に乗った童貞青年を毒牙にかけていたのではないか。当時は連絡先の載った高校の卒業文集や大学のクラス連絡網が名簿会社で売られており、週刊誌には有名大学合格者の氏名や出身校が掲載されているほどプライバシー意識の希薄な社会だった。そうなると、若い少年の男根を肛門に吸い込みたいと思っているゲイの中年男性にとって、片っ端から電話をかけて嘘八百を連ねることは、十分に対価に見合う行為だったのではないか？　私は中年男性の気持ちになって考えてみた。上京する新大学生の名簿を買う。片っ端から電話をかける。春先から何百件と。その中の一人にたまたま世間知らずの東大生がいて、浜田山のワンルームで目隠しをしたまま自分を待つことに同意する。声音を少し高くして、パスタを作り、キスをする。若いペニスを口に含み、肛門にくわえこむ。相手が目隠しを外したがったら、電話口で狂言自殺をする。秘密は守らせる。どれほど心が踊ったことだろう。

私はこの推理を花藤に告げた。おまえは間違い電話という偶然から両性具有と二年付き合ったのではなく、ゲイのおっさんに騙されていたのだ！　花藤は「そうなんだよ」と答えた。その可能性があるんだよ、でも声とか完全に女なんだ——彼はまだ、両性具有ということに少なからず固執していた。なんでも、別れたあとも会っているという。一緒にカラオケに行ったときは、亜津佐が松田聖子の「渚のバルコニー」を原曲キーで歌いきった。一緒に映画『ハンニバル』を見に行った。新宿十二社温泉——かつて新宿にあったお湯が真っ黒な温泉——の男湯に亜津佐と一緒に入り、求められるがまま洗い場でフェラチオをさせた。なんかもういいや、という諦めに似た気持ちが花藤を支配していた。

それ以上追求しなかった。というのも、両性具有だと思い続けた方が、彼のダメージは少ないからだ。真実を追い求めたところで、それに向き合うのは私ではなかった。

この亜津佐事件について、仏文科の友人たちはおそらく嘘だと思っていただろう。口止めされていたというのもあって、しつこく確かめることはなかったが、起きた事態の深刻さを周囲がわかっていないという苛立ちに似た感情が私の中で燻(くすぶ)り続けた。

大学四年生になると、それまで友達付き合いの悪かった花藤が徐々に周囲と打ち解け始めた。私達の教養学部時代のクラスメイトが降年——東大では進学振り分けで希望の学科に進むだけの成績を得られない場合、二年生の後期から一年生の後期に自ら身分を変更できる、留年ならぬ降年という変わった制度があった——して仏文科に進学してきて活況を呈したこと、そして、花藤を文学的にオルグすることで攻撃的な態度を取らせていた先輩が卒業したこと、それらの理由が大きかったと思う。

私たちは飲みに出かけたり、忙しく過ごした。当時、合法ドラッグというものがもてはやされ、新宿や渋谷では路上でマジック・マッシュルームやＭＤＭＡなどの麻薬が売られていた。いまでは考え難いことだが、三千円ぐらいを出すとマジック・マッシュルームが買えたのである。アブサンに酩酊したシャルル・ボードレールさながら、私たちは詩情(ポエジー)を感じるために、そうした麻薬を購入して、北新宿にある油田の下宿でガンギマリになりながら、ドストエフスキーを朗読――なんでこんな人間が生きているんだ！――してバッドトリップしていた。

そうした夜遊びをしながら、交友関係は仏文科以外にも広まっていった。そして、リョウという花藤の古い友人と出会った。

彼は年下だったが、都内の私大に通っており、当時の言葉で言えばギャル男のような印象を受けた。花藤が家庭教師をしていた縁で知り合ったという。ほかでもない、彼が浜田山警察署クルクルパー事件で身元引き受け人になった友人だという。私はリョウに真相を問いただした。リョウは私が花藤と出会うより前、つまり亜津佐事件の渦中に花藤と親交があったわけだし、なにより、私に対して嘘をつくメリットがない。リョウはまず、浜田山の警察署に行ったことは事実だと認めた。亜津佐と会ったことはないが、電話で話したことがあるという。あれが女の声だと信じてしまうのは、わからなくないということだった。アニメ声だったそうである。私は高校時代に柔道部だったが、カラオケに行ったとき異常に声の高い小太りの男の後輩が華原朋美の"I'm Proud"を原曲キーで歌うのを聴いたことがあったので、そこに違和感はなかった。つまり、女性経験のない花藤が電話や目隠しセックスをしているときに相手が男だと気づかなかったことに論理的齟齬はないわけだ。

大学四年の夏が始まる頃、仏文科のほとんどは留年を決め込んでいた。たしか、就職を決めたのは四人だけで、大学院に進学した五名ほどを含めても、二十四人いる同級生の半数以上がモラトリアムにとどまる結果となった。これは東大の仏文科がそういう雰囲気の学科だったということもあるだろうが、それよりも就職氷河期だったという世相が大きいだろう。内定率は低く、そもそも大手企業が新卒募集をしていないということさえあった。こんな悪い状況で安く身を売ることもないだろう、というのが東大に限らず大学生の共通認識だった。人生の日曜日は延長されたわけだ。私個人のことに関していえば、大学四年の夏には幻冬者NET文学賞を受賞して作家デビューしていたので、浮世離れした感じは周囲に比べてずっと強かっただろう。

猶予期間が延びた気安さの続くある夜、私たちは荻窪にある長岡さんという同級生の家で飲んでいた。長岡さんは東大法学部を出たのちに運輸省を定年まで勤め上げ、退職後に東大仏文科に学士入学をしてきた同級生だった。

長岡さんにとって私たちは子供のような存在で、東大に合格するほどの学力がありながら、モラトリアムを限界まで擦(こす)り倒そうとする私たちが痛快だったのだろう、色々とよくしてもらった。長岡夫妻には子供がいなかったこともその理由の一端だったかもしれない。荻窪の長岡邸を深夜の一時頃に去り、私は終電がすでにないことに気づいた。てっきり朝まで飲むものだと思い込んでいた私は、花藤に「このあとどうする?」と尋ねたが、彼は家に帰るつもりらしかった。なるほど、白山の自宅ならなんとか帰れるだろう。しかし、千葉の実家住まいの私はどうする?　花藤は私を泊めることに難色を示した。多くの人と深夜まで飲んだ結果、人当たりしたのだろう。花藤は半ば逃げるように「俺の知り合いの家に泊めてもらえるか聞いてみるよ」といって、携帯電話で交渉を始めた。なんでも、花藤の元彼女の家が西荻窪あたりにあるらしく、そこに泊めてもらえるそうである。自分の元カノの家に友人を泊まらせるということが果たして可能なのかどうか、私は訝ったが、あっさりオーケーが出た。

　その「元カノ」について、私は話を聞いたことがあった。リョウの友人か何かで、花藤がリョウの付き添いで見舞いにいったとき、白い病衣で点滴棒によりかかってよたよた歩く姿が『新世紀エヴァンゲリオン』の綾波レイを思わせ、「いいな」と思って告白したそうである。その交際は数週間ほどしか続かなかったそうだが、こうして「友人を泊めてほしい」と頼んで受け入れてくれるぐらいだから、それなりに深い仲ではあったのだろう。付き合っていた時期は大学三年生の冬頃で、つまり、亜津佐と別れてから初めてできた彼女だった。

　私は花藤を荻窪の駅で見送ってから、その元カノの家に向かった。携帯電話の番号を教えてもらっていたので、近くまで歩いた。どこで待ち合わせたのか、私はまったく覚えていないが、ファミリーマートの前か何かだったと思う。蘇我鏡花というその女性は、薄いグレーのスウェットを来て私を待っていた。薄着だったので、秋だったのだろう。十月とか、それぐらいだ。私たちはコンビニで夜食と酒を買い、彼女の家に向かった。私はその道すがら、鏡花のことを観察した。それまで花藤の女の趣味というのはある程度知っていたつもりだが、話に聞いていた「点滴棒につかまってよろめく女」とはずいぶん違っていた。まず、鏡花は髪こそ黒かったが、ざっくりと胸元のあいたボートネックのスウェットを着ていて、初対面の男を家に泊めるにはずいぶん無警戒だった。足元も、ヒールの高い皮のサンダルで、おそらく外出用に使っているものをそのままコンビニに出かけるためにも使っているのだった。さらに、彼女の住むワンルームに入ってから違和感は増大した。部屋に入ってすぐ洗濯機を置く白い台座（パン）があったのだが、そこに洗濯機は置いておらず、姿見と通販か何かの段ボールが乱雑に置かれていた。ワンルームの居室に向かう短い廊下の隅には埃が溜まっており、いわゆる汚部屋（おべや）だったのだ。鏡花は私のスペースを確保するためにあれこれと散らかったものを脇に片付けてくれたが、そのときにも胸の谷間から下着が覗いていた。ずいぶん違うな、と私は改めて思った。こういう女性はいる。別に私を誘っているというわけではないのだろう、ただ単に無防備なのだ。だが、花藤の好みの女というのは、こういうタイプではなかったのではないか？キャミソールとホットパンツより、白いワンピース。クラブミュージックではなくクラシック音楽。阿部和重を読むぐらいなら、せめて三島由紀夫。茶髪より黒髪。ギャルよりも文学少女。要するに、そういうのが花藤の好みだったわけだ。鏡花は都内の私大に通う女子大生だったが、専門学校を出て一度就職してから大学に入り直しているので、私や花藤より年上だった。なんでも、消費者金融のような怪しげな企業に就職したが、その違法な業務内容に違和感を感じ、やはり学がないとダメだと一念発起し、大学に入り直したのだった。鏡花はそのわずかな年の差を度外視しても、どこかお母さんっぽい印象のある女性だった。よくいえば母性が感じられた。花藤の好きそうな、白いワンピースで清流に足を浸したまま文庫本を読む黒髪の儚げな文学少女とは、かけ離れていた。

　お互いが何者であるかについて、私と鏡花は話した。花藤がずいぶん私のことを話していたのだろう、打ち解けるのは早かった。私は酔い覚ましに買っておいた緑のたぬきをかきこみ、ひと段落をつくと、どうして花藤と付き合ったのかについて尋ねた。インタビューのような慎重さで挑んだのだが、私がいちばん尋ねたかったことはあっさりと回答を得た。たしかに、鏡花と花藤は付き合っていた。告白してきたのは花藤で、十二月に付き合って、クリスマスプレゼントにアクセサリーを貰ったあと別れた。別れを切り出したのは花藤からで、別れたあとにプレゼントの箱を開いたから、訳がわからなかったそうだ。いかにも花藤らしいエピソードだったが、私にとって意外だったのは、鏡花がその思い出を肯定的に受け止めていそうなことだった。私は亜津佐の件について知っているか尋ねた。鏡花は知っているといえば知っているし、知らないようでもあった。私はさらに踏み込んで、花藤とセックスしたかどうか聞いた。彼女はあっさりと「したよ」と教えてくれた。「一回だけだけどね」

その夜、私は鏡花の横たわるシングルベッド横の床に寝そべりながら、彼女と朝まで話をした。その後の人生の計画などについての話が主だった。

後日、私は花藤と大学で会い、「どうだった？」と聞かれた。どう、というのは、私が彼女と寝たかどうかを聞いているのだろうと判断した。素直に否定しても面白くないので、私は尋ね返した。

「おまえこそ、鏡花が童貞をささげた相手なんだろ？おっさんのケツの穴と若い女のマンコは違ったんじゃないか？」

花藤はふふっと笑い、「ぜんぜん違ったよ」と付け加えた。それはそうだろう。この時点で、彼が亜津佐の両性具有を嘘として受け止めていることが明らかになった。亜津佐と最後に会ったのは上野にある高級中華の東天紅で、食事をご馳走されたということも聞いた。その食事はお詫びだったらしい。なんのお詫びかというと、騙していたことについてだ。

「それでどうするんだよ。亜津佐のことを」

私は尋ねた。花藤は答えは曖昧なものだった。復讐はしてやりたい。そうしないと、いまよりも前に進めない。が、いまは忘れたい。亜津佐の本名はマスダコウジというらしいが、名前以外何もわからない。

私は「復讐すべし」という安易な助言を思いとどまった。花藤は強姦されたようなものだった。性別を偽って性行為をするのが刑事事件として立件しうるのか、私には知識がなかったが、倫理的にはかなり悪いことに違いない。だが、性被害にあった側がそれを訴えるというのも、なかなか難しい。女性であっても性被害に遭って泣き寝入りするケースが少なくないと聞くし、花藤の場合は男性であるがゆえになおさら訴え辛いという心理的な枷（かせ）もあっただろう。それに、この事実を知っている者は少なく、信じている者はさらに少ない。長くは続かなかったとはいえ、花藤には鏡花というまっとうな本物の女性の恋人ができたこともあった。忘れる、というのも選択肢の一つであるように思えた。

その後、大学四年の終わりに書いた「ぱるんちょ祭り」という作品に、亜津佐が登場していた。間違い電話のくだりは、花藤から聞いていた通りの展開が描かれていた。

作中、私は「不美樹（ふみき）」という名前で「ウフィ。ウカァ。」と妙な笑い方で登場させられていたし、大学の同級生の何人かも同様に戯画化されて描かれていた。村上春樹と大正文学のミックスのような文体で、昏さはあるのだが、道化じみた明るさもあった。花藤にとって亜津佐の事件はフィクションに描かれるものとして昇華されたのだと私は信じ込んでいた。

それから北千住時代を経て、大学卒業から十年ほどが経った。花藤はすでに福井に帰郷していた。いつだったか、「俺にはいまでも許せない人間が三人いる」と始まるメールに文書ファイルを添付して送ってきたことがあった。学士入学で同期だった長岡さんにあてた嘆願書で、東大法学部出身の知見に助力を乞う内容になっていた。以下、※を編注とし、全文引用する。

＊

一九九八年六月頃、浜田山駅近くに下宿していた駒場一年生の私に固定電話よりある女性から電話がかかってきました。その時は間違い電話だということで電話は切られたのですが、翌日同じ女性から電話がかかってきました。（間違い電話なのに同じ番号にかけることができたということも考えてみればおかしな話ですが）

それをきっかけにして私たちは頻繁に電話をするようになりました。

内容はプライベートな問題などです。

彼女は自分について、私と同い年の十八歳であり学習院大学の一年生で、笹川良一〈※日本財団の創設者で戦後保守財界人の大物〉の孫にあたる存在であり、「笹川亜津佐」と名乗りました。三人姉妹の次女でもあると言いました。

数ヶ月ほど電話で話をした後、私は彼女に会ってみたいという申し出をしました。

それまでに彼女の話によれば、彼女は幼少期に明治大学の学生に強姦され、男性恐怖症になっていること、その為に男性の目をまともに直視することができないという事実を聞かされていました。精神科に通院し薬を服薬しているとも聞きました。また心臓病を患っているとも聞かされていました。

外見的には、ご存知ないかもしれませんが、永作博美という女優に似ているとのことでした。私が好みとする色白で「和」の要素をもったタイプの女性であります。彼女の容貌に関してこうしたイメージを付与されたことも後に問題となる部分であると思います。

自分と会いたいならば、以下の条件を守ることを前提とする約束を提案されました。

・会う場所は私（花藤）の部屋に限る
・自分と会うときは私（花藤）が目隠しをする（上記の男性恐怖症の為）
・私（花藤）は勝手に身動きをしたり、その女性に触れようとしてはならない

私はその約束を受諾し、会うことになりました。以後、週に数度のペースで会うことになり、人生初の接吻もいたし、交接もしました。こんな言葉を使わなければならないのは奇妙ですが、後に重要になってくる箇所かと思います。（身動きできない、目隠しという前提のため、どのような形態をとったかはどうか推し量っていただきたいですが……しかし書きましょう）

接吻でいえば、私は本棚に目隠しをしたままもたれかかり、その人によって受動的に行われたのでした。ファースト・キスという要素の重要性が個人的にここでは大切です。

交接といえば、相手が寝そべっている態勢で私は男根を挿入しているという形態でした。その時だけは「腰を動かして抽挿（ちゅうそう）するという運動」のみが「勝手に身動きしない」という約束から解放されていたわけです。

私はそういう条件のもとに、本郷に移ってから最初の夏までの間（よって二年強）そういった形式でのつきあいをその女性と続けたわけです。

心身ともに限界に達した私は添付した手紙（なぜ限界に達したかはここに詳述されているはずです）を駒場二年の終わり頃にしたため、彼女の父親であるという笹川陽平氏に渡す予定でした。しかし電話で笹川氏にアポイントをとったところ、彼は「そんな女性は知らないしそんな娘もいない」という返答でした。

この件については疑問符がつきつつも彼女に伏せておきました。自分が隠れてそういう振る舞いに出たことで彼女に与える心的ダメージを危惧したためでしょう。

本郷近くの白山に転居し、三年生になり（ちょうど長岡さまと知り合った年ですね）夏期休暇で福井に帰郷していた頃、彼女から電話がきました。

「これ以上あなたを欺くことはできない」という言葉からはじまった電話の内容は以下のようなものでした。

〝自分は「両性具有」であり、実は女性ではないということ〟

自分は化物なのだと彼女は泣きながら述べました。

私は大変に混乱し、ほとんど錯乱に近い状態となりました。福井の自殺名所として名高い東尋坊まで行き、そこをうろついていたところを警察に保護されました。父親が迎えにきてくれました。

欺かれたことについては自分の落ち度であったかもしれませんが、それでも声は女性のものであったわけであるし、まだ一度もその姿を見ていない私としては是が非でも真実を確かめたく、「もうそういう人間と連絡をとるな」という両親には秘匿して彼女と連絡をとり、新宿西口地階の交番前で彼女と初めて会う約束をしました。

そこにいたのは竹中平蔵に似た中年の太った男でした。その人間を見た時の私の顔はほとんど「モンスター」を見た時のそれであったといえましょう。なにせ二年と少しの間、誠実に約束を履行し、顔を見ることもなかった人間の正体が初めて露見したわけですから。その容貌を思い出すだけで今でもフラッシュバック的な吐き気と怒りに眩暈を覚えます。

結局、全てが嘘であったのです。

別れ話を切り出した際に行われた数度に渡る自殺未遂も私を引き止めるための狂言、自己演出の嘘。幼少期の強姦話、男性恐怖症も嘘（目隠しをするための口実として使用したのでしょう）、心臓病の話、名前、年齢も全て嘘、笹川家との係累関係も嘘。年齢は四十代半ばといったところでしょう。職業はサラリーマンだと聞きました。

そういえば二度目の自作自演の自殺未遂の際、おそらく私を引き止めようとしてのことであったのか「自分は実は白血病である」ということを言われ、私は愚かにも（？）骨髄バンクにまで登録をしましたが、その話も嘘でした。

おそらく相手は、世の中について何も知らない私に対して都合の良い幻想を供給することに長けていたのでしょう。

なぜ女性の声を出せたかといえば、これはトレーニングでなんとでもなったようです。実際に私の目の前で女性の声に切り替えて（トーンは低いですが）話しているその中年の人間と私は話をしたわけですから。

電話口や目隠しをしての対話では女性だと錯覚してもおかしくないトーンでした。

まだその人間の正体が露見していない頃に、私の携帯電話にかかってきたその人間からの電話があり、座興で傍らにいた友人〔※先述したリョウのこと〕が代わって話すという機会がありましたが、彼もその人間について完全に女性であると信じきっていたので私の認識はある程度一般的であるといえるはずです。


この人間が結局本当に両性具有であったのか、ただのホモセクシュアルまたはバイセクシュアルの男性であったのかはいまだに判然としませんが、この問題は私に深い傷痕を残したことは事実です。私自身が自殺間際まで追い込まれ、精神科に通院するようにもなりましたし、その後、根源的な人間不信も含めた長期間にわたる精神的苦痛を味わいました。過度の心的ストレス、不眠により睡眠薬や精神安定剤を使用することを余儀なくされる生活に追い込まれました。

現在患っている心因性疼痛という名の右下肢の痛みも、このことに由来するとある程度はいえるかもしれません。右下肢の痛みや意欲の減退があまりに激しいので、二〇〇五年頃に心理検査を行うという名目で、友人の紹介により二ヶ月ほど本厚木にある精神病院に入院していたことがあります。

こうして記述している間も強姦被害者が法廷で受ける心的苦痛の如きものを味わいます。よって書きづらいですし、きついものです。文章も乱れます。この点は申しわけないと思います。


私は今年三十二歳になりますが、年を経るにつれ、十八歳の人間にこのようなことを行い得るのは残忍きわまりないことだという思いを強くします。私は法律側ではなく文学よりの記述をしがちだと思いますが（十八歳という年齢は様々な捉え方ができるので）、人間が犯しうる最も思い罪は幼少か若年の者に対してのものだと考えます。これから価値判断の基盤をつくろうとする人間、自らをつくり出そうとする人間（私は十八歳の私をそう捉えます）に対してこのように下劣な振る舞いに出ることのできる人間が存在する世界とはいったいなんでしょうか？　世界に対する認識における過度の一般化は慎みたいところですが、私の心身が損傷を受けたことは疑いようのない事実であるかと思います。

こうした経緯を、約束を守ろうとして裏切られた若年の私がただ愚かだったという結論で終わらせることができるでしょうか。どこにでも転がっているありきたりの不幸なエピソードとして他人は終了させることができるかもしれませんが、当事者はそうは思えません。

二年強に渡る精神的（肉体的）強姦というのは罪とはならないのでしょうか。ただ田舎から出てきたクソマジメな若造が東京に住む変質者に拐かされた、騙された男が「誠実さ」などを馬鹿みたいに信じ切った結果こんなことが起きたのだ、として終わりにすることができるのでしょうか。

法律は男性の性的被害は認めていないようですので、この人間に対する「処罰の方法」を検討しています。

いずれにせよ、どれだけ根深く私の心がダメージを受けたかは誰にも想像がつかないと思います。

裁判など起こせばお前の経歴に疵がつく等の理由で両親や知人からはそういうアクションは控えるように言われました。実際に込み入った問題なので裁判が行えるかも不確実でしたし、私自身、この問題を考えることに消耗しきっていたのでもうやめておこうと思いました。抹消したい忌まわしい記憶を再現して、これ以上苦しみたくないと思いました。

しかしながら、どうしても「あの人間だけはこの手でぶちのめしてやりたい」という気持ちが今でも起こります。あの人間になんらかの鉄槌をくださねば、これ以上私は生きていけないと思う時があります。

裁判が駄目であれば私刑でもいいのです。

新日鐵を辞職する直前にいきなり渡仏した際（ほとんど自殺行為といえるでしょう）、最後に電話をかけた人間もこの男でした。

「あなただけは絶対にゆるさない。あなたがどこにいようが、あなたが本当に自殺するまできちんと私が見守っていてあげるから最後の日まで私と同じ恐怖と苦悶の裡に震えながら暮らしなさい」ということを一時間ほどかけて言い渡した会話（人間としての徹底的弾劾であり、脅迫の要素もあったかもしれません）がその人間との最後の対話になりました。この対話はささやかなる私刑ですが、こんな問答のみで終わらせるべき問題ではありませんでした。

私は裁きたいのです。信や不信の問題で自分がここまで破綻してしまったことに私は私自身の責任を負うつもりではありますが、この人間の存在がその原因として一片なりとないということはできるでしょうか。

私は殴りたいのです。死ぬ前に一度でもいいからその男を殴りたいです。この手で。社会的制裁が最も合理的だとは思いますが、自らの手で制裁を加えたいのです。

わたしがどれだけその男をゆるそうと努め、あるいは忘れようとし、まっとうに健やかに生きたいと願い努力を重ねてきたか誰にも分からないでしょう。復讐の苦痛や赦すことの安らぎの間でどれだけ振幅していたか誰にも分からないでしょう。そして最終的に、安らぎは得られなかったわけです。

いま現在もその男がのうのうと生きている現実を想像すると文字通り腸が煮えかえる思いがします。ただし怒りすらエネルギーを使うので思考を停止させるようにはしています。

その人間に関して現時点で把握しているのは二〇〇三年時点で使用していたその男の携帯電話番号とカタカナの本名のみです。ただしこれも興信所等によってある程度身元の割り出しは可能であるようです。これが三年という時効に該当するかは不明です。

裁判よりも私なりに案出した刑罰を私的に加えることを優先したいという思いもあるので、この辺りは個人的に難しいところです。

私は私の情愛と怒り（この人間に対してではなく、この人生に対して）の全てをたたきこんだ詩集を完成させることと、この男を「ぶん殴る」ことは、人生を復活するにあたって等価のように思われます。あるいは人生を終わらせる前になすべきこととして等価であるように思われます。

長岡さまはどう思われますか。

私は他人に軽口を叩いたりふざけた冗談を言ったりする人間であることは長岡さまもご存知のはずですが、この問題に関しては冗談ではなく真実です。フィクションの要素は全くありません。

私は人を疑いますが、今でも信じたいですし、情愛を失いたくはないと思っています。

長岡さまの目に映った私は意気阻喪した人間であったでしょうか。くだらぬ冗談をいってただ他人を笑わせている実質のない男だったでしょうか。私がどのように他者に映じていたにせよ、この問題を裏側に抱えたまま地獄に生きていたことは確かです。

現在のタイミングでこのことを長岡さまに伝えようとしたのは、私が漠然と自らの死期（あるいはそれを乗り越えることで再生が約されるかもしれないポイント）を認識したからだと思います。

かなりきわどい状態であるとは思います。

死を考える人間は、シンプルにこれだけはやっておかなければ死んでも死にきれないということを決定するものだと思います。

私にとっては詩集の完成（＝文学の私的終焉）と上記の人間を罰するという二点であったわけです。

かなり重たい、また長岡さまにとっては限りなくどうでもいい話かもしれませんが、大づかみにこうした経緯があったということです。以上の記述はおそらく情緒に流れすぎて整合性を欠く文章でしょうが、実意がないよりはましだと思い記しました。

＊

私はこのワード文書を読み終えて、事件の正しい全容を知った。そして、花藤にとって亜津佐ことマスダコウジに対する憎しみが、フィクションとして昇華していなかったことをも。福井に帰ってのち、花藤はマスダコウジについて調べていた。どういう手段を使ったのかは知らないが、マスダコウジの勤務先と思われる企業を調べ上げ、そこに問い合わせのメールを送ったが、返信はなかった。携帯電話の番号は新日鐵時代の渡仏後に変更されており、連絡手段はなくなった。

その後も花藤は折に触れ、マスダコウジについて調べていると言った。常にかかりきりになっているわけではなく、ふとしたときに怒りが湧き上がってきて、その激情にかられるかたちで調査をするのだという。あれほど花藤が両性具有という明白な嘘にこだわったのも、性犯罪被害者に見られる「正常性バイアス」と呼ばれる反応だったのだろう。まだ自己の確立していない十代の自分を徹底的に操作して蹂躙した中年男がいまものうのうと生きている——その事実が血を滴らせた怒りとなって蘇ってくる。この怒りには終わりがなかった。

二〇一八年、花藤はマスダコウジの自宅と思われる固定電話の番号を入手して電話をかけた。電話には女性が出た。花藤が「マスダコウジという方はいらっしゃいますか」と尋ねると、女性は「どのような関係でしょうか」と尋ね返した。花藤は名前と十数年前に知り合いだったことを述べると、「そのような人間はおりません」と電話を切られた。もう一度かけなおしたが、「しつこいですね」と一方的に電話を切られてしまった。

このマスダコウジ追求に関して花藤の良き相談相手でもあった長岡さんは二〇二〇年に亡くなった。

本書を編纂するにあたって、あらためて「ぱるんちょ祭り」を読み直したのだが、受け取ったファイルの末尾には、大学生の頃に読んだときはなかった文章が結びの文「ぼくは辿りついた。ぼくはぼくの手で書きはじめた。」のあとに付け加えられていた。この部分は同作を本書に掲載するにあたって削ることになったが、次のようにゴシック体で大書されていた。

**ほんとうの朝がくるで**

**あはは。**

**お前は何処へも辿りついてはいないし、何も書いてはいない。**

**あさましい「かいふく劇」も終わった!**

**オツカレサン**

**予定されていた贖罪。全てまやかしの復讐と自己処罰と瞞着。計画済みだったんだろ(笑)**

**「あの」ために**

私は花藤がこの事件を乗り越えることができるのかどうかについて判断すべき立場にはない。しかし、彼の人生、特に青年期の恋愛を徹底的に破壊した人間がのうのうと生きている、ということはいつか文章の形で書き残しておきたかった。書かれるべきことだとずっと思っていた。一本の間違い電話から始まった事件の解決は、現時点で特にない。マスダコウジの行方はわからないし、花藤の心の傷が消えたわけでもない。それでも、書き残し、それを活字として公開することによって、何かが変わることを期待している。

二〇二二年十二月、ほろほろ落花生こと花藤義和と出会ってから二十一年目の冬に。

# 反出生主義（アンチ・ナタリズム）

2013 -

# 犯人

## 解題

ほろほろ落花生はドストエフスキー『カラマーゾフの兄弟』の有名な一節である「大審問官」についてよく言及した。本作について、ほろほろ落花生は解題として次のように書いている。

「イワン・フョードロヴィチ・カラマーゾフ問題の現代的拡張。この話はル・グインの短編『オメラスから歩み去る人々』を下地とし、その枠内と枠外で展開されます。反出生主義に関する議論において一石を投じるものとなれば幸いです。」

査問官の皆様。本日はお招き頂きましてありがとうございます。特に宣誓は必要ないとのことでしたが、勝手ながら一応の口上は述べさせて頂きます。

**私は私の良心と生命にかけてこれから述べることに偽りを含まないことを誓います。**
**ただしあなた方の神や社会的公正にかけて誓うことはありません。**

**以上**

まずは父の話からしなさいと？　わかりました。そんなに気のりはしませんが、しかたないのでしょう。そうですね。父がいなくなってしまってからもう五年ほどになります。定年まで勤めあげて、あとは気ままにやってたみたいです。川柳や南画に手をだしてみたりしてね。退職した団塊サラリーマンのテンプレコースというやつでしょう。

いつからだったでしょうか。あの人はぼんやりすることが増えてきましたね。リビングのソファに座ったままぼーっと空を眺めてるんです。昼の月でもながめてたんですかね。酒量は少し増えたくらいだと思います。ほかには、会話している途中にふっと放心してるだとかでしょうか。ふり返れば、かわいがっていた私の甥や姪をながめる目は少し変わってきたようにも思いますね。以前の無心な愛情とは異なる光を帯びていたとでも申しましょうか。ま、これは息子としての感覚ですが。

こういう変化はどう表せばいいんでしょうね。少し硬く言えば、幼い孫を見る目がよろこびからあわれみに移行したって感じですかね。その頃からなんらかの兆しはあったのかもしれません。

はい。書き置きですか？　ありました。単純に「これ以上、自分を欺くことはできない」とだけ自筆で書かれてました。感想？　特にはないんですけどね。「あ。やっぱ逃げちゃったなコイツ」という程度でしょうか。父の逃亡がその後の私に何かもたらしたかと？　どうでしょう。ご存知の通り、逃亡に関しては珍しい話ではないですし、ヤツが逃げるにせよ、こちら側にとどまり続けたにせよ、結果としてはどちらでも同じことだったと思います。私がここに存在し、この場でこういう具合にあなた方からの査問を受けるということは変わらないってことですね。

父のケースについては、最後の最後まで責任とらなかったなあコイツっても思いましたね。責任ってのは、つきつめれば出生という摩訶不思議の秘法によって私をここに同意なく連行した責任なんですが、それについてはおいおい話すことになるでしょう。

　こどもの頃、ことあるごとに父が私に言い聞かせていた訓戒は「ひと様に迷惑をかけるな」というものでした。社会的馴致（じゅんち）のために私を殴りつけ蹴り飛ばすことになんのためらいもみせなかった人なんですけれどね。息子たる私という「ひと様」をこれでもかと蹴り飛ばし拳固をふるいつつ欺いておきながら、一方で自分に対してはこれ以上欺くことはできないってのは、なかなか味のある皮肉でしょう。

　査問官の皆様。いまだに事情が呑み込めていませんし、よくわかっていないのは、いったい何の罪とがで私がこの「査問の場」に呼び出されているのかってことなんです。父が逃亡したという責に連座して呼び出されるという前例は聞いたことがありません。心当たりがあるだろう？　うーん、どうでしょうね。扇動者？　なにを扇動したというのでしょう。共同体の破壊者？　これはこれは大層なお名前を拝受致しまして、どうもありがとうございます。

　いえいえ、ふざけているわけではないんですよ。査問官の皆様。ただですね、あなた方の厳粛で謹厳なお顔を目の前で拝見していると、おかしみにも似たなにかがわいてきて困るんで。これがおかしみだけだったらまだいいんですが、ほとんどかなしみに近いのだから、タチが悪いというか、つらいもんですね。

　苛立っている方々もだいぶいらっしゃるようなので、そろそろ白状しましょう。最初からネタは割れてるんですが、再びやらないといけないみたいですからね。一応のところ、私としても心当たりはあるので、はっきりさせておきましょうか。シラを切るつもりはありませんし。のらりくらりやったところで、どうせ追い込みをかけるおつもりなんでしょう。こういう例外はゆるさない、なぜならそれが正義だってやつですね。あなた方の常套手段。

　私の方から申し上げてしまえば、告発者を罰する体の召喚なんですね、これは。むごい話です。私が何を告発したのかって？　わかっているはずなのに案外段取りにこだわる方々みたいですね。では、ここにはっきりと申し上げておきましょう。私はあなた方そのものを告発したのです。あなた方とあなた方のつくり出したシステムを。あなた方が数万年にわたって蓄積し継続してきた嘘を。そのからくりと技法を。その詐術と偽計のあり方を。あなた方の深奥にまで染み渡ったぺてんの血と系譜を。

査問官の皆様。いきなり何を言いはじめるんだコイツは、という顔をしてらっしゃいますね。それはそれでしかたのないことですし、当方としても予想通りとしか言いようがありません。そこまで想定通りの顔をされては、お互いにまたなにかしらの小癪な座興でもこの場でやってるんじゃないかと、こちらの方でも勘ぐってしまいます。それではここに呼ばれた甲斐がないというものです。あなた方の、鳩が豆鉄砲でも食らったかのような予定された驚きってのを、私としてはうんざりするほどみてきたので。

さて、ばかばかしい笑劇は既に終了しているはずですので、本題に入っていきましょう。無論のこととは思いますが、「あの子」には会いに行かれたことはおありでしょうね。あなた方がこどもの頃だったはずです。どうでしたか。つらかったですか。かなしかったですか。くやしかったですか。泣いちゃいましたか。神に祈っちゃいましたか。喉も裂けよ破れよとばかりに叫びましたか。しかたなかったですか。これが世界だシステムだってやつでしたか。ご理解しましたか。だからみんなで力を合わせてがんばろうでしたか。いずれにせよ、ご納得しちゃいましたか。

査問官の皆様。あなた方は、「あの子」がいるという理を知っていながら、そうやって清潔な法服を着て「我こそ人間でござい」みたいな涼しげな顔をしていらっしゃる。そういうの、楽しいですか？ 楽しいという言葉に語弊があるなら、どう言いましょうか。そのようなあり方を貫くことに、なにも思い感じるところはないのですか？ いえいえ、侮辱してるわけではないんですよ、当方としても。本心からの疑問でして、ここがどうしても解せないんですよね。挙句に私を裁きにかける。別に標的は私じゃなくてもいいんですよ、あなた方は。

その血まみれの手で、赤子をなでる。その血まみれの口から、お上品で公明正大なお言葉を発される。

いいでしょう。いいでしょう。それはさておきましょうよ。それにしたって、ここにとどまるか、逃げるかしか択がないなんてのもけっこうひどい話ですからね。そりゃ、あなた方だって「人間がんばろう」に転びたくもなりますよね。わかります。この点については、自分としても情状を汲んでるつもりですよ。

だいたい二択ってのは過酷なものですから。そんなもんに人間ちゃん、なかなか耐えられるもんじゃない。しんどいですからね。ところで人間という種に対する呼称なんですが、個人的には人間ちゃんってのが最も気に入ってるんですが、人間くんってのも悪くないですね。人間ちゃまかなあ。どちらでもいいからさっさと話せ？　これはこれは、失礼。

「あの子」の存在を受け入れるのか、拒むのか。肉を食うのか食わないか。あいつをゆるすかゆるさないか。コーヒーか緑茶か。目玉焼きは半熟か固焼きか。ベーコンはカリカリでいくか？　こいつはブロックしとこうかどうしよう？　生きるのか死ぬのか。XかYか。そう、二択はつらい。あの意地ワルで美しく聡明なオバサマも、そのあたりをわかっていて二択に絞らせたわけでして。まったくわかっていなかったのかもしれませんが。いずれにせよ、いい趣味してますよ。

　査問官の皆様。いい加減にしましょうか。私は第三の道を示しただけです。このシステムの継続自体の妥当性を吟味すること。あなた方が意識的にせよ無意識にせよ隠し続けて、いつもの「臭いモノにはフタ」精神で延々続けてきたこのクソ循環を停止すること。なにがしかの名において続けていたこの邪悪な慣習に疑義を呈すること。

　いったい、あなた方は、生殖を繰り返してはここを持続させることになんの疑問も持たなかったわけですが、それはつまりやっぱりいったいどういうワケなんですかね。いやホント、どういう料簡で？

　なんの因果で私がこの場で独り芝居じみた、この分かりきった狂態を演（や）らなければならないんですかね？　双方ご納得済みの猿芝居をいつまで続けろと？

　いやいや、私が「あの子」を見たときの話はする必要がないでしょう。「あの子」は象徴であって具体であって偏在してるんですから。おや。そこのあなたは苦笑しているみたいですが、その苦笑はいったいなんのために必要なんでしょうね？　このあたりはちょっとこだわりたいところなんですが、「苦笑」ってのは高度に文化的な自己防衛に根ざしているとか。ではいったい何をまもっているんでしょうね。苦笑まみれのあなた方が後生大事にご大切にまもっていらしったものとはいったいなんだったのでしょうね。

　そう。あなた方は先祖代々、天地開闢（かいびゃく）以来、苦笑の仕方に腐心してきたにすぎない。むきだしなものは怖い。見たくない。イヤですよね。わかります。急所を突かれたくもない。わかります。なかには折衷的に沈黙を通す者もいました。スルー勢ってやつですか。沈黙しながら人類の未来と福祉を祈ってるとかどうとか。苦笑も沈黙もスルーも卑怯だから立ち向かうぞと気張った雄々しい方々は、存続なり継続という御名において既存の規範、ご謹製の秩序そのものの裡に逃げ込みました。そして彼らの向かう先は例によってのご発展。社会改良と建設だとくる。ああ、彼らがうたいあげるファミリアリテの夢。素晴らしいシステム。テクノロジー。

前向きで開かれた対話。持続可能などうたらこうたらサムシング。

この美しい世界。泉。鉱石。草原。花々。青空。生命。万歳。いのち万歳。

どうもおめでとうございます！

あんまりお目出度いので、おめでとうございますとしか申し上げようがありません。こちらとしても。

どうもまことにおめでとうございます！

すいません。ちょっと興奮したせいで上ずった調子になってしまいました。査問官の皆様。恥知らずの査問官の皆様。しかしながら私としてもこう続けるほかありません。矛盾も汚濁も手前勝手に呑み込んで、まわりにまわりまわった後でやっぱりこう、人間ちゃん賛歌だとか、いのち万歳だとかにアクロバティックな着地をみせるあなた方の力業には、これでもけっこう感心してるんですよ。力業（ちからわざ）の果てに神だとか引っ張り出してくる始末ですからね。ここまでくると、もうついていけないところもあるんですが。

さてさて、力業ってのは力業なりの負荷と無理があるんでポキリといっちゃうんですけど。まあ、そのポキリは私たちのこどもたちが確定でしはらう代償なんですけれど。ひっかぶるわけですけど。どうでもいい話なんですよね。こういうの。なぜって、あなた方にとっては関係のない話だから。それは我々の関知するべきところではないと。知ったこっちゃない、と。

査問官の皆様。怒れる査問官の皆様。よく聞きなさい。心を鎮めてよく聞きなさい。ここにとどまる覚悟があるなら、あなた方はあなた方の根底にあるものを見つめなければならなかった。だれかがどこかでひっかぶっていいるという事実。あなた方がご自身のこどもたちにひっかぶらせているという事実から徹底して目をそらし、「人間がんばろう」や「いのち万歳」みたいなところに己を収束させるのではなく、自分の足元を見つめなければならなかった。でもイヤなんですよね。ずっとずっとイヤだったんですよね。そういうの、かったるいんですよね。わかります。

　それでもあなた方はこう抗弁するのかもしれない。持続そのものが誰かにとっての利得になるだろうと。それは誰なんでしょう。あるいは現に利得を享受してる連中とは誰なんでしょう。ひっかぶってる連中とは誰なんでしょう。その曖昧さがヴェールとなってあなた方をくまなく慰撫する。あるいはもうちょっぴり卑劣でオツムの加減がよろしくない方々はこうまくしたてるのかもしれない。「あの子」の問題もまた、いつの日かケリがつくはずだ。つくだろう。たぶん。我々のタユミない努力によって。でなければ我々のこどもたちがなんとかしてくれるはずだ。だから当座の「あの子」の苦しみについて我々は赦免されるのだ。云々。カンヌン。

　お疲れ様です。こうしたあなた方の論駁に関しては、私の方でももうおなかいっぱいなんです。いえいえ、私の方だってけっこう言われましたよ。怒られちゃいましたよ。そういえば今も私はあなた方から詰問を受けて怒られてるんでしたっけ、この場で。

　あなた方が差し出す抗弁は、たいがいがどうでもいい代物でしたが、中でも特におもしろかったのは「共同性の中にこそ歓びがある」という指摘でした。これは、どうなんでしょう。確かに歓びはあるかもしれませんが、誰に付与されたものなんでしょう。「あの子」を組み敷いた共同体、個人の同意なく連行され組み込まれた共同体の中で見出す歓びですか。これって、どこかで転倒してますね。その転倒からの起き上がり方こそ、あなた方の腕の見せ所でした。繚乱と錯乱の技の数々については自分としてもけっこう愉しませてもらったので、あまりぐちぐち述べたくはないんですけれどね。特に神や生命論に立脚して論陣を張った方々にはね。

　さて、共同性の歓びとやらですが、いいもんじゃないですか。喫煙所でちょっとだれかと立ち話。たまさかの交感で、ああうれしい。もっと進んで人助け。世のため人のため。そうそう。世のため人のためってのは実に、実にいい言葉ですね。このあたりはもう少し立ち入ってかっぽじってみましょうか。

査問官の皆様。あなた方が免罪符のごとく呪われたように連呼する例の「世のため人のため」ってヤツですが、一度でも真剣にそのあたりを考えたことはあります？　実際、この言葉が黄門様の印籠のごとくあなた方ご自身の免罪として機能しているんですからたまりませんよね。その光輝に寄り掛かることのいかに易し。

ぜんたいこの場合の世と人ってなんでしょうか。世が人が継続することの意味をまじめに検討すらしなかったあなた方が世と人を語るわけですからね。持続可能がどうのという言葉を使う前に、持続そのものの是非や価値を問うたことすらないあなた方がね、査問官の皆様。

まったく、あなた方はこどもをいけにえとする社会継続になんの疑問も抱かずにのうのうとやってきたわけですが、これから先、何を語り得るのか実に楽しみですよ。「あの子」の件をこどもたちがひっかぶることにためらいをみせるどころか、正当化して居直ってすらいるあなた方がね。こういう無計画的な計画性というのが一番タチが悪いんです。かなしみの査問官の皆様。

お前も同罪だろうと？　確かに同罪です。ただし一点だけ留保させてもらいたい。同罪として同列に扱われるならば、私はこのような罪を背負うためにここに連行されたことになるのでしょうか。なんの選択の余地もなく、出生という現象によってここ叩き込まれたということです。この矛盾について、いったいどうお考えなんですかね？

我々は実際、全員が共犯関係にあるといっていい。この社会の構成員一人残らず。だが、もう、いい加減にこういうシステムにこどもたちを新たな犠牲者として引っ張り込まなくてもいいんじゃないですか？　全員が納得ずくで遂行しているこの大罪と虚偽のパレードに、彼らを同意なく巻き込む必要はないでしょう。

これはこれは。いやこれはこれは。いろんなお言葉を頂戴いたしますね。お前は異端だから排除せよ。危険分子。社会的負け犬。ルーザー。子を持てばわかる歓びがある。それは自然なことだから。責任転嫁。相互扶助。生命への冒涜。神への背信。家族愛。お前は既存の社会的リソースを消費しながら、そう言えるのか？　お蔭様の精神は？　原始仏典とベルクソンくらい読め。社会と人を馬鹿にするな。等々、等々、等々。

この際、私への嘲罵はなんだっていいですが、私はそのような批判を加えうるところの根源を糾したのです。そこを理解して頂きたい。その切実さを理解して頂きたい。

あれ。どういう感情かはわかりませんが、なんだかわなないている方々もいらっしゃるみたいなので申し上げておきましょう。あなた方はなぜわなないているのですか？　ここでひとくさりお話ししておきますと、あなた方がわななけるということこそ、まだ人間としてのなにかしらが残されているという証しかもしれないということです。

あなた方が信じ、そこに命すらかけたあるモノが、どこかからの借り物だったのかもしれません。あなた方を教化し、馴致してきた先人たちが実は己とあなた方を欺いてきたのかもしれません。そこを盲信した自己にわななけるというのは得難い美質であるし、尊いことですよ。だからといって、査問官の皆様、あなた方の罪が免除されることは永劫ないですからね。これだけは、私が地上でのこの生命を賭して保証しておきましょう。

それにしても、お気づきですか。こんなことはいまさら申し上げてもせんないですし、ご了承のこととは思いますが、そこに居並んでいるあなた方と私を先刻よりみつめている「あの子」の目を。彼方からあるいはこの場で、遠く深い静寂より私とあなた方をしずかにみつめている「あの子」の目を。あの、お目めを。まなざしを。

厳しいですね。ゆるしてくれてるんですかね。そう願いたいし、それが人類の誓願だったのかもしれません。けれどそんなに都合のいいお話はない。断じてないのでした。

逃げちまった親父もかわいそうですね。わからないでもないですよ。しかたなかったんですかね。ただ、時期が遅すぎたし、もう手遅れでしたね。

査問官の皆様。忘れないで頂きたい。見つめられているということを。逃れられないということを。査問官の皆様。どんなときにおいても、ですよ。

あなた方が美徳に、可憐な詩に現をぬかしているとき。恋に心ひらかれているとき。美を追窮しつつやすらぎながら切迫しているとき。世界はそれでも美しいと他者と自己に恫喝してハッパかけてるとき。世なり人に愛想つかしたかどうかで私の父みたいにバックレてしまったとき。ピエタ像を前に涙するとき。高架橋から飛び降りるとき。子の誕生を祝福するとき。自分の脳漿を撃ち抜くとき。人間ちゃん万歳コーラスをこれでもかとうたいあげているとき。カップラーメンすすってるとき。地雷で吹き飛んだ子の手足を母が天を仰いで諸手に掲げているとき。同胞愛に打ち震えながらお互いを執拗にきずつけあっているとき。神に祈るとき。いずれのときにせよ「あの子」があなたを見つめています。

ここから歩み去るのではない。とどまるのでもない。もうひとつの道へ。

では、あなたの査問をはじめましょう。

# 布告

## 解題

本作は箴言（アフォリズム）集である。明らかにE・M・シオラン『生誕の災厄』を典拠としている。本作はほろほろ落花生が数年に渡って書きためた反出生主義的箴言からなるが、公表することはなかった。

この時期のほろほろ落花生は反出生主義者としてもっとも攻撃的な時期にあり、多くの友人を失った。本作に登場するFは編者であり、Tは茶山（さやま）である。もっとも近しく、最後まで残っている友人を罵倒する本作を、編者は冷静に読むことができない。判断は読者にお任せする。

# 序

断章という形式は古来珍しくはないが、現代ではあまりみられなくなった。

一九世紀、fuséeと題する優れた批評的断章がボードレールにより試みられた。

仏語 fusée はポーの著作『マルジナリア』中の英語skyrocket（狼煙、信号弾の意）から着想を得たとの解釈[†1]がある。

極めて困難な状況下でfuséeを著したボードレールへの畏敬とこの上ない尊崇の念を込め、私はここに『布告』と名付けたいくつかの断章を掲示する。

以下は五つの章立てが施されているが、区分けは便宜的かつ曖昧であることをあらかじめ断っておく。

扱うテーマの主軸は反出生主義であるが、ここでは理詰めの議論を行うつもりはない。学術媒体をはじめとして情報は充実しているので、興味のある向きは適宜参照されたい。

現代に断章形式を試みる野蛮は果たして可能であろうか。

可否はともかく、それは現代という形式を人類と文章が同時に被ることになるであろう。

## 詩

最初というわけでもないが、奇妙な違和感を抱いたのは、高校一年生の頃に『生まれて』と題された詩論のごときものを読んだときだ。これは茨木のり子という人間の作であり、筑摩書房が発行している国語Ⅰの教科書に収録されていた。もともとは『詩のこころを読む』という書籍の一部であり、その抜粋である。

抜粋では吉野弘の『I was born』を引用しながら、以下のような結びの言が書かれている。

少し長いが引用しよう。

「頼んで生まれてきたんじゃないや。」と憎まれ口をたたく子供も多く、それなのに、ああしろ、こうしろとうるさく言われるのは割の合わない話と、子供時代にはだれもが漠然とそのように感じています。受身形で与えられた生を、今度は、はっきり自分の生として引き受け、主体的に把握していかなければならないのです。考えてみれば、つじつまの合わない、かなり難解なことを、人々はやってのけているわけでした。

そういう認識に美しい形を与え、読む人の頭をすっきり統一してくれます。かげろうの話、母の死が陰影となり、一人の人間が持つ奥行きの深さ、生誕にまつわる神秘をも開示してくれます。†2

高校一年生の私は訝った。

「やってのけているわけでした」と勝手に断定しないでもらいたい。やってのけられない人間もいるだろうし、高校一年の私自身、この馬鹿げきった世界でやってのける理由など全くないと身体的に直覚した。でたらめを書くな。

「生誕にまつわる神秘」とはなんだ？　神秘というブラフでとぼければ、あらゆる論理を拒絶して承認が受けられるかのようだ。

次第に判明することではあるが、こうした詐術や手管を基盤として一切のぺてんの偽装及び合理化は果たされており、人間の馴致と洗脳が行われるということだ。

＊

吉野弘『I was born』における父親の韜晦と詐術。こうした文学的下種（カナイユ）の歌謡曲が詩としていまだにまかり通っていることこそ、日本のみならず人類の惨状を証す。

＊

「『破滅派』という言葉の中に、既に嘘があるね」という哲学者Tによる精密なる計量と検証。

＊

詩と散文を同質のものとして扱い、紡がれた労力、賭けられた願い、希みすら一顧だにせず、グラム単位で切り売りできると考える文学者Fの品性。

＊

「世界は悪意に満ちている」と、ゆるぎないまなこで語っていたFが後年、パパとして生きる現実をながめる処世的イロニイ。

その上で彼の「パパの詩」なるものを読まされる、とどめの追いイロニイ。

＊

文学的下種（カナイユ）の一人である石垣りんの歌謡曲を教科書の検閲で通す選択は、全体主義的な脳髄の腐乱酩酊状態が持続していることにおけるひとつの例証である。

文部省唱歌や「みんなのうた」を大人がまじめに聴いて粛然と襟を正す錯乱に等しい。

＊

新聞のコラム執筆を生業とする人間が生きている悲惨を思うときの悲惨。

＊

思考に貫入する言語を一語一語はぎとっていくことが現代における根本療法のひとつである。

母語の単語を脳髄から抹消するセラピーなり外科治療は即刻開始されてよい。

＊

シオランの述べる「注釈以前の世界」。中原中也における「名辞以前の世界」。

天上的なものへの上昇は常に言語媒介を超脱する。

＊

「私は芸術は知的であるべきだと思います」と述べたプルースト研究家について。この人物は暗に私の「非知性的な詩」について批判した上で、知的な人間として中上健次を引き合いに出した。

ＩＴ関連で働く者の中にサバイバルゲームを愛好する者がいるように、スノビズムにおける補完作用の力はかくも強い。

アカデミズムは常に土を求めるが、もう土はない。

＊

以前、詩集から削除した詩群がある。

タイトルは『障害喫茶』というもので、人工呼吸器を装着した難病のこどもたちをガラスのパーテーション越しに眺めながら珈琲を飲める喫茶店を舞台にしたものであった。

ひどすぎる。人間を馬鹿にするな。

義憤にかられたあなた方はなんとでも言えるだろう。だが、この情景があなた方の生活そのものの実相であることを理解するならば、他にどういったアプローチが可能であろうか。

＊

fusée に配された「世界は終ろうとしている」という文言からはじまる断章の恐ろしいまでの予見性。明察的であり過ぎるということは人類からの離反を示す強い例証であり、ここには終末論を語る幾多の文書のどれよりも悲痛でどこまでも肉体に生きられた苦悶がある。

だが、予見に満ちた書が人類を改変させたことはこれまでになかった。

これからもない。

＊

卓上に平櫛田中『転生』のミニチュアを置くことを習わしとしていたが、一定の齢を過ぎ、箔入りのスーパーボールを置いてながめていた方が精神的平衡が保たれることを理解した。

＊

「何か心にこたえることをしてやらなければ」

力強い表現。菊池寛訳の『小公女セエラ』で行き当たった文言である。過酷な現実を忘却せんがために架空のパーティーを企図するセエラを徹底的に罰してやろうと怒りに震えるミンチン先生が発した語。

ところで「何か心にこたえることをしてやらなければ」と祈り、人類に対する徹底的な処罰の決意と祝福の覚悟をもって詩作に突入している者が現代でも存在するのであろうか。

＊

詩の形状は機能面から言って「目打ち」あるいは「千枚通し」に近接していくものである。

「すりこぎ」をつくって黙然としている連中。

＊

成功した詩、銛のごとき形状の詩に仕掛けられている巧みさとは、返しの処理である。

肉身に突き刺した後に逃さない手管。

＊

自分は言うべきことを言ったのだろうか？

詩を理解しない民になにやら別の言語で語りかけているのだろうか？

いや、詩というものが既に存在しなくなった時代に生きているのではなかったのか？

いまや凡庸に過ぎる問いではある。だが、こうした疑問を抱く人間は毎度のことながら凡庸に刑務所か病院送りに処される。

あるいは、刑務所か病院送りにすらされない。

＊

詩人という種は、社会によって庇護され養殖場で慈愛を以て育まれるなにものかに変成した。

彼らに与える混合飼料の栄養価は政府により策定され、生育する区画は整備済みだ。

切り身にされ鮮魚コーナーで陳列されている者もある。いわゆる天然モノ、野生種は絶滅した。

＊

今更という感もあるが、文学を真剣に志す人間が「破滅派」という名の同人グループに属するという逆説は原理的に起こり得ない。

＊

怒りを鎮めるためには瞑想や呼吸法などは不要である。一八六六年二月一八日付けナルシス・アンセル宛のボードレール書簡を読み返すだけでことは足りる。

＊

私が五〇〇〇時間以上を費やした『スプラトゥーン2』のゲームプレイで最も感心したのは、直撃音ならびに視覚エフェクトである。身体感覚に根を下ろした翻案、精妙さや細心という芸術上の工夫についての見事な実例。

直撃音の設計とは、ポエジーの実体化への地道な努力に他ならない。

＊

人間の作り出すもの、特に発語や文章に関しては、濁声での悲鳴や呻き声以外のものに関心を持たなくなってから久しい。

＊

良識を補強し合い、社会的健全性を誇る歌謡曲を詩と呼び習わし、お互いにはげましあっている人類という種には、諦念よりも忌まわしく、呪いにも似たなにかが残留している。

＊

散文詩のように美しいとの前書き付きでTより送付されたベルクソンの文章。

九割は削ったとしても意味が通る文章であった。

＊

『イリュミナシオン』を読んだ後に詩作を本当に辞めた人間が現実にいるとしたならば、彼らの詩に対する誠実はやはり疑うことはできない。

＊

「ポエム」という語が嘲笑をもって罵言として使われる土地と時代は、人間が生きていられるものではない。

＊

ある時、画題として私が選んだのは、ある種の霊感、祈りにも似た痙攣的発作に導かれるままに園児を絞め殺す保育士であった。この画を見た知人は眉をひそめるか、「こうした悪ふざけはよろしくない」と衛生的な意見を述べるのみであり、込められた意図を全く解さなかった。

＊

涙を流しながら特盛り牛丼をかきこむ中年男二人が向かい合っている。

背後に控えるコロスに唱して頂くのは“I Need To Be In Love”。

可能ならば変声を迎える前の少年合唱団によるア・カペラが好ましい。

微量の詩情を含む光景として私に浮かぶものである。

＊

駒場キャンパスでの東京大学の英語の授業であったかと思う。視聴覚教材として流された映像において、凡庸な社会的健全性を示す悪しき例としてカーペンターズが引き合いに出され、笑いものにされていた。

リヒテルのバッハに並ぶ深淵を蔵する彼らを集団で笑

いものにできる指導陣と生徒達。

脳髄の程度は推して知るべし。

＊

いかに凡庸なビデオゲーム作品であれ、ゲームオーバー時に流れる曲には一定の趣きがある。

その趣きは、その曲のみを徹底して聴き込むことによってしか味到できない。

通底するのは、すべてが壊滅した後の予感である。

＊

ゲームオーバー時の楽曲のみを集めたサウンドトラックは、ある層にとっては一定の需要があるだろう。

＊

自己と無理心中するかのような切迫に貫かれた言語、自己と揉み合いながらもろともに断崖を転げ落ちていく言語を現代において探す不可能。

＊

「新たな世代に必要となるのは、ただ詩と音楽のみになるであろう」という語りを記憶している。

その世代に至ってもまだ人類は苦しむだろう。

詩が忘れられ、音楽すら介在しない土地への記憶が我々には焼きつけられているからだ。

＊

「宗教と道徳を擁護する法に対する挑戦」というボードレールに帰せられた罪状は、その罪状の名において既に詩美がある。現代ではこうしたロマン主義的な罪科はそれ自体が望むべくもない。

＊

詩によって世を燻蒸するという熱誠は、現代に至り完全に尽き果てた。

＊

燻蒸するという意志は、滅菌ではなく滅菌である。

抹殺であり、皆殺しである。

＊

焼き印という風習が家畜以外に適応されなくなってから久しい。

古来、焼き印を刻む道具を人類に対して自在にふるったのは詩人と呼ばれる種族であった。

白熱する鏝、液化する直前まで熱された眩い鏝を準備しているあなたを私は待っている。

＊

『人類および生命に対する布告』という総題の下に編まれる詩集。こうした詩集を企む怒れる青年が現代において残存していると仮定することは、ひとつのはげましである。

## 散文

悪阻（つわり）を抱えた妊婦が炊きたての米の匂いで吐き気を催すように、散文に対しても同様の症状を抱えることになる。

＊

人工言語をそつなく記述できる人間には文筆の才能は全く期待できない。

＊

粗製濫造。この言葉を自戒せよと今更、まだ言う必要があるのか？

＊

散文とは、濃淡の差はあれ、口臭に近い。

＊

取り調べ室で「供述」を行っていた時である。私は取り調べを行う青年をながめた。薄給。組織間での摩擦。煩瑣な事務手続き。疲労がにじむ顔。私はどちらが「供述」を行っているのか分からなくなった。だが、こうした「供述」のはかない遣り取りあるいはぎこちない社交ダンスというものが、現代では一般に人間の対話と言われるものであるらしい。

＊

供述書の文体は、誠実に書かれたものであれば、不滅の価値を持つ。

＊

なにがきっかけであったのかは忘れたが、お定まりの諍いがあった。「文学新人賞の受賞は女子アナウンサーに内定するくらい難しいんだぞ」と抗弁したF。その言葉だけからでも触知できる、彼の芸術への圧倒的不能（インポテンツ）。

＊

詩の実作を試みなかったシオランの詩論が一流であるとは皮肉な話である。あるいはまっとうとも呼べるのだろうか。

――整合性に打ちのめされた詩[†3]

この語句は、「整合性に打ちのめされた散文」と表記し、Fの書き物に適応可能である。

*

量さえ書ければよい。長編であればよい。書き続けられればよい。こうした思考法が行き当たるのは大味という罰である。自殺者の数を計るという悲痛な計量的思考に通ずるところがある。

*

その理由がなんであろうと、「弾避け」の代替として、小林秀雄やベルクソンを援用し続けるTの生存には、必然的に永遠の懲罰が下る。

*

既に終了した文体の自己模倣を繰り返す人間、神に対峙する人間を主題と銘打つ小説を崇める生真面目な顔をした人間。どちらも等しく、完全に終了している。

*

もともと文学に対する愛情や動機もないというのに、そこそこの文章が書けるというだけで定例の惰性に流れる者や、己の虚偽と罪、死を回避するための弁明として文学を生活に援用する連中の無念あるいは怨念。

彼らは流儀として、必ず徒党を組む。

*

失敗した文飾をながめる倦怠と疲労は、やはりというべきか、読み手を自殺へと傾斜させる力がある。

その作用は、面前DVに等しい。

*

地方新聞のコラムを読む際の憐憫にも似た情愛は、教師が出来の悪い生徒に抱くものと同質である。

*

まずいトンカツ定食で提供された非道徳的とも言えるパサパサの肉質は、Ｆの文体を思い起こさせた。散文における脂質と水分含有量を考えてみること。

*

コクあるいは旨み。散文でその成分を分解するのは至難であるが、私にとっては始原の記憶、柑橘類に近い芳香を必要とする。

*

核果。柑橘。凝集力。

生(き)の山椒が蓄える浄性は散文ではなく、詩である。

*

核果、特に小ぶりの品種はみずみずしさとあまずっぱさについての我々の想念を絶えず新たにする。

核果的な散文を書くことは理想とされるべきであるが、原理的に不可能である。

*

核果から滴る果汁が瀑布となり地上の全生命を一掃する個人的な願い。

こうした願いはしかし、既に旧約聖書に記述され試みられてしまった。

*

ホラー小説の優れた作品について生徒から尋ねられた。

私は「君が産まれた理由を両親に問い給え」と答えた。

＊

現代における神はキーボードとマウスに変じたのかもしれない。

身体運動としてはタップやスワイプと呼ばれる挙動であろうか。

その道具は人民に祈ることを忘れさせ、散文（言葉の羅列）を紡がせ、１クリックで数千金の富を得ることが可能だと幻惑する。

こうして、人類におけるファミリアリテ（共同性）という幻想は完全に打ち砕かれた。

＊

俗な言い回しに敬意を払ったボードレールの慧眼は改めて見直されるべきである。

「毒にも薬にもならない」

「一泡吹かせる」

これらは散文に挑む人間が留意しておいて損はない語句であろう。

＊

『面白半分』という月刊誌を創刊した者と関わった人間の文章が全く面白くなかった件について。程度の差はあれ「破滅派」という文芸誌にも適応可能である。

＊

「上手いラーメンと旨いラーメンは違う」

対象の普遍性において幾ばくかの衝撃をもたらした警句である。

＊

自らの生存それ自体に怒る少年のビルドゥングス・ロマンというものは存在したのだろうか？

不幸にして最後までノンを貫き通した作品を私は思い浮かべられない。

＊

この断章の草稿を読んだ知人から、ル・クレジオ『物質的恍惚』の断片が送られてきた。私はこうした文学的お遊戯をやるためにこれを書いているのではない。

## 死

生きることと美は恫喝されるべきものではない。

＊

「去年、えちぜん鉄道の踏み切りから、がんばって一歩踏み出したんですが、電車が近づいてきて、ぎりぎりで、怖くなって逃げました」と、訥々と素朴に語る教え子の中学生に対して、特に言い得る語を持たない。

＊

二〇代はじめに私は東尋坊に設置された救いの電話を利用しようとしたことがある。その受話器からは異臭がした。平たく言えば不衛生で臭かったのである。生を求めた人間の通話による雑菌の集積とでも述べればよいのか。

いずれにせよ「梃子でも通話させない」「梃子でも君をこれ以上生きながらえさせることはならない」という気迫に満ちた異臭であった。自殺防止の見回り活動をするくらいであれば、この辺りの問題から着手すべきだ。

＊

「あいつは四〇までは生きられない」と私について予言したFの語。その冷血酷薄のほどは措くとして、自己への嘘の継続と開き直り、身も蓋もない居直りが寿命を決定するとするならば、その通りであろう。

＊

盲人ジェルトリュードの死因は人工を目撃したことであり、自然ではなかった。ジイドの耄碌加減はここに知れる。回復した目をもう少し凝らして自然をながめることができれば、自然それ自体の実相を知ることによってのみ彼女は自殺できたはずだ。

＊

私の憂鬱への処方として法句経、ライプニッツ、ベルクソンを紹介したTは間違っていた。彼はおいしい玉子とじカツ丼の店を見つけたから行こうよとでも言えばよかったのだ。不幸にして惰弱かつ不勉強な彼は、おいしい玉子とじカツ丼の店を探すという人間的営為からは遠ざかり、「勘違い野郎の書き物」へと逃げ込んだのである。

＊

まずいトンカツ定食を食べさせられた苦難について。私はまずいトンカツ定食を提供されるという事象から人間に秘められた総合的悪意を演繹したが、Tによるとそれは悪意ではなく人類に対する無関心であるとのことだ。

＊

ひさしぶりに一緒に酒を飲んだ時、プラトンならびにベルクソン信奉者であるTは唐突に泣き出してしまった。

彼の咆哮とも呼べる泣き声は、周囲を慄然とさせた。

嘘で張り裂ける瞬間。自らを持ちこたえさせてきた嘘により自らが決壊する瞬間。

＊

有神論者が「神の否定」という自供をはじめる際は、愉悦ではなく同情しか残らない。

攻撃的な歓びは全くない。

この感覚は警察権力に属する人間が弁えてしかるべきところのものである。

＊

田舎の田んぼ道で蛙を誤って轢いてしまったときの破裂音がすさまじかったと知人は語った。彼らが膨張し圧壊する際の振動がタイヤ越しに伝わってきたという。

嘘でぱんぱんに膨らんだゾシマが内圧により自壊する破裂音を聴くこと。

軽快さという点のみでいえば、これ以上の音楽はない。

＊

カツ丼ではなくトンカツ定食を好む人間は、悪人が多い。

自己に潜在する邪悪さのロジックを素通りする技術に長けている連中が多いとでも言おうか。

無論、個人的経験則である。

＊

「貧窮によりお前が自殺するまで追い込まれようと、お前には俺の金は一銭たりとも渡さない」と決然たる微笑を浮かべる資本家の息子を観察するにつけ、ドーキンス仕込みの清涼の風が吹きぬける快を感じる。

＊

紫陽花の精緻なグラデーションをながめていると、なにかしら神の秘蹟じみたものによろけそうになる。こうした転倒は誰にでも起こり得るのであり、私はまだ夢をみているのだ。

通例として「もう、止せ」と告げ知らせる声により明瞭な覚醒が訪れる。

＊

中学以来の私の友人が自殺した折の通夜の席で、同席した幼なじみが語った言葉が忘れられない。

彼は死者を評して「感謝の気持ちが足らなかったんだな」と述べた。

人間はこの水準にまで堕ちることができる。

＊

自殺者が三万人を切ったという数値で喜んでいる国に生きていること。周知の通り、この数値とて厳密な基準から作成されたものではない。

狂人の国に生きていること。

＊

この時代に至って人類がなめる辛酸は、自らを甘やかし続けてきたツケに他ならない。

あまりにも膨大すぎる負債。

世代的なものとも呼べるが当代にも責は問われるべきなのだ。

一切は停止終了されなければならないという責である。

**反出生主義**

なぜ我々は同意なくこの世界に連行されなければならなかったのか?

この素朴過ぎる問いを今一度真剣に考えてみよう。

*

「告げ知らせる」ことは、人類に対する最終的な鎮魂となる。

*

私の述べていることはそこまで難しいことではない。

世界の現像においてネガとポジを反転させるだけなのである。

不思議なことに、その微細な労力すら厭う人間ばかりだ。

ただ自分にとって不都合だからという、それだけの理由で。

*

より良いもの、最善への志向は例外なく反出生に至る。

あなたが切り傷を負う世界で、絆創膏の改良に腐心するか。

切り傷そのものがなぜ起こるのか。

そこを考えなければならない。

*

「案ずるより産むが易し」

出生主義者の位置を決定づける一語。

*

教育産業に携わって不可解であるのは、子の悲惨や不遇を嘆く父母は多いが、「産んだ罪」を自覚できる父母は皆無という事実である。

*

反出生主義についての論争にどれだけ関わってきたの

かは忘れたが、弁神論に対する反駁に接近していく疲労感だけは残った。

＊

「生命は物質が罹患した最悪の現象である」という、ある小説家の言葉。正確な引用であるかは忘れたが、これが文筆家の言葉というものであろう。

＊

出生と無理心中は行為の本質において同義だ。

＊

共同体への愛および奉仕を強要する者に対して私が説明を欲するのは、私が共同体に組み込まれたことについて最初の同意がないということの根本的不条理である。この始原のからくり又は詐術について納得させてもらえれば、他に言うことは何もない。

＊

毒舌であるとか、風刺であるとかいう類いのものは共同体の持続を前提としている。よって、この思考の前に完全に意義を失う。

＊

ベネターの著作に対して費やされた無数の語句の中で、私に最も強い感銘を与えたのは、米人のレビュアーが使用した"heartbreaking"という形容詞であった。切実さという点において徹底した人間にのみ使用可能な語句である。

＊

人類と法のカテゴリーに限って言えば「基本的人権」と「こどもの権利」という概念を刷新するという一点で、この思考には価値がある。

＊

カント哲学の立場から述べれば、社会がこどもたちを手段として使用するという現象は、格率違反となり得る。

＊

「天に唾するようなことを言うな」

私が反出生主義について語った際、逆上した上司がしかり飛ばした言葉。

かの人物が天の絶対性をどこまで吟味していたかは不明であるが、この国では黄門様の印籠が無批判に存続していることは確かであるようだ。

＊

「私は自分のこどもが産まれたと聞いた時、感動の余り泣きました」

あるビジネスで私と取引を試みた男が不意に発した語。

「取引相手にはなにか真意じみた私見を告げよ」と助言するビジネス書あるいは自己啓発本でも彼は読んだのであろうか。

＊

私に残ったのは圧倒的な侮蔑感のみであったことを、知るよしもないだろう。

＊

苦しみを乗り越えてこそ人としての成長がある云々と明言できる人間に苦しみが経験されたことはなく、「苦しみ」という言語が使用されただけである。

＊

「それは所与のものであるから」と述べて出生の問題に取り合わなかったTは哲学徒としては不誠実であった。

＊

生命や社会の継続が妥当であるのかという検証が真剣になされなかったという事実は、驚くべき、という言葉でしか形容不能である。

＊

「反旗を翻す」という雄々しい言葉。

歴史を顧みて、人類はいったい何に反旗を翻してきたというのか。

敵はあなた方の内部にあったというのに。

＊

その根が愛情であれ、憎悪であれ、生命を継続させないという意志は尊い。

＊

犯罪とは想像力の欠如の問題と言われるが、こと出生に関してそれが取りざたされることはない。

＊

こどもが巻き込まれる事件が起きる。親は述べる。

「まさかこんなことが起こるとは思わなかった」

こんなことを起こしたのは親であるあなた方である。

＊

子がいないことを問う人間の下劣さは言うまでもないことだが、その返答として反出生主義を言い訳に援用し続けた男がいた。後年、父として生きる彼を見たときのおかしみにも似た感情。

卑劣さも度を超すと、ただの笑劇となる。

＊

毎日新聞の凡庸な人道主義的記事を繰り返し読むことは、人類に対する絶望と憎しみを増幅させるという一点においてのみ有効である。

＊

反出生主義は最終的には生命に対する姿勢に行き着く。

哲学でも宗教でもない。思想ですらない。

＊

ジム・クロフォードは娘の卒業式に出席した際、ベネターの著作『生まれてこなければよかった』を持参して読んでいたということ。ユーモアの階梯についての見事なレッスンである。

＊

ジムの著書“Confessions of an Antinatalist”における、神の否定に至る刹那の単簡にして切ない描写、恩寵的ハプニングとも呼べる描写は、二一世紀文学における最高の達成として永遠に刻まれるであろう。

＊

『オメラスから歩み去る人々』という傑作についての簡単な反駁。

第一に、ここにとどまる人間は「心やましさ」を持たないはずがない。

第二に、歩み去る者は矛盾からの逃亡でしかない。

第三に、彼らはオメラスという社会を継続することの是非即ち生殖に関して真剣に議論しない。

オメラスにとどまりながら、オメラスの消滅を待機するあり方しか道は残されていない。

＊

旧約聖書の読みを続けるTはある時こんなことを言った。「かみさまってのも、けっこうひどいね。ここまでやらなくてもいいじゃない」

かの時代においても、そういう記述でしか世界の残忍さは説明のしようがなかったのであり、現代においても事態は全く変わっていない。

＊

「なにもかも間違っている」というあなたの直感は**常に**正しい。

＊

殺人や幼児虐待の報道をながめる際の、期待と興奮にうるんだ母の目。

私を産み落とした人間の目。

＊

幼少期、ことあるごとに私を殴りつけ蹴りつけた父がよく口にしていた訓戒は「ひと様に迷惑をかけるな」というものであった。

この地獄に「ひと様」を連行した挙げ句、社会的馴致のために彼を蹴りとばすことに何のためらいもみせなかった人間の言葉がこれである。

＊

ひと昔前に見聞したエピソードであるが、「地獄」を執拗に描写した絵本をこどもにみせて教化するというものがあった。ことがここまでくると、人類というきちがいと一緒に生活している感覚すら麻痺してくる。

＊

ベルクソンの講義に集まった公衆というものは、悲劇としての落語を愛好する文学的下種（カナイユ）に似たところがある。あるいはファウスト的なオチを待機する例の予定調和族とでもいうべきなのだろうか。

＊

楽観は気分、悲観は意志に依る。

真正の悲観を保ち続けるのは、なまなかのことではない。

ここで弁えておきたいのは、反出生的な思考が志すものは楽観でも悲観でもなく、もともとは希望であるという当然の前提が忘れられがちであるという点である。

＊

マザー・テレサが最晩年に抱えていたという疑惑と不安について、人類は早急かつ真剣に考える必要がある。

彼女は何におびえていたのか？

＊

統合失調症を患い、エアコンの通風口と話ができるという知人から次のような説教を受けた。「モンスターが存在しないあっち側に実はゲートを通って行ける。あっち側では敵も味方もなくてみんな楽しくやさしく暮らしてる」
内実はともかく、このイマジネーションを彼において形成させたなにがしかは心を打つものがある。

＊

コンコルド効果の問題は、生命および人類社会に対して検討されるべきであったが、これは手に負えないものとして放擲されてしまった。学者や詩人が唯一真剣に取り組むべき課題であったのであるが、計画的に放逐されたという表現も可能であろう。

＊

人間の救いがたさということに関して言えば、自らの業の深さをまちがって愛してしまうBL好きの女に似たところがある。

どうしようもない自己を愛しまもることに転ぶ無計画的な計画性。
このBLという語は神に置き換えても全く問題はない。

＊

己の非道徳性なり反社会性をさんざん開陳して盛り上がった飲み会の会計時における、彼らの神妙で取り澄ました顔。

＊

西田幾多郎先生は娘が亡くなった後でも座って瞑想しておられたという賛嘆に似た弟子の証言。なぜその娘が存在しなければならなかったのかという問いが欠落したまま哲学を学ぶという罠。

＊

日本に『カンディード』の系譜に連なる作品がついに出現しなかったことは、やはり悲劇である。

*

フラナリー・オコナーは『カラマーゾフの兄弟』におけるイワンの「こどもの苦痛」に対する嘆きを「瀰漫した哀れみ」として批判した。

キリスト信仰者の一部はかくもむごく、根本的な勘違いをしてもそれで押し通してしまう。

シャルダンやプロティノスに傾くのもこうした方々である。

さらには、自己には「透徹したまなざし」があるなどという陥穽にはまりこんでしまう。

*

自己の欺瞞をイコンやメダイに転換する中年のキリスト者には注意する必要がある。彼らが愛好するヴァニティは実利をめぐる論理でしかない。虚無を己が利得としていじくり、活用する方向のみでキリストと罪をまさぐる。

一貫しているのは「自己の延命」という一語である。

*

虚無を担保として利殖に励みつつ汗を流すという点で、鴨長明には卓越した技術がある。

*

美に対するお辞儀の仕方を心得た詩人がいたように、我々は生命に対してそろそろ丁重なお辞儀をする段階に達している。

*

生命の起源、循環やシステム、設計、分化や進化の過程等。最終的にはそれらを賛美することが決定している表現を作成することはもう辞めてよい。いい加減に辞めてもよい頃合いだ。

*

神は人類によるブラック労働的な援用をされ続けた結

果、酷使されすり減らされた末に実体を失ってしまった。一般にこれを過労死ともいう。

＊

私が神であるなら、辞表を提出する。

＊

生きることはバランス設定を大幅に間違えたβテストをやらされていることに他ならない。「際限なく希望を抱き続けるという罰」を課されたプレイヤーたる人間は歩き続ける。祈り、待機し、暇をもてあまし、時には殺し合う。彼らもたまにこう思うことがある。いったいいつになったらこれが終わって本番が開始されるのであろうか、と。

＊

「感謝がない！」

この台詞は、全裸に剥いて逆さ吊りにした少女を鞭でひっぱたきながら電流を流す責め手である男が発したものである。補足しておくと、使用された鞭はいい加減なバラ鞭ではく、一打ちで背の皮が破れる一本鞭である。古式ロシア流笞刑とでもいおうか。

私はこの世界とその住人から感謝なるものを要求される度に、この少女のことを思い出すようにしている。

＊

人間は生きるためにありとある詭弁と術策を弄する。フランクルの語る「世界から自分が何を求められているか」という発想法は、「いいえ、何も求められていません」という返答で終了する類いのものだ。

＊

フランクルのひそみに倣い、
それでも人生に「ノー」と言う。それでも。

＊

反・社会、反・生命、反・人間、反・地上、反・世界、反・宇宙、反・トンカツ定食。

この際、呼び名はなんでもよい。

＊

「人間であることが、恥ずかしくてたまらない」とむせび泣いた少女は、個別的に泣いたのではなく、人間一般に対して泣いたのであった。

＊

いかなる生命体であれ、「生命体であることの恥辱」を有していないと断言することはできない。他を食らわねば生をつむがれぬという悲嘆の果てに草食を絶ったシマウマの一群。彼らをながめる虚脱したライオンという情景は不可能ではない。

＊

人間への罵倒の言葉として四つ足の動物を引き合いに出すことが不思議でならない。

四つ足の動物に対して失礼であるばかりか、理を欠いている。

「お前は人間みたい奴だな」

これで罵言としては完全なのである。

＊

「山で一番出会いたくないのは、二本足だ」と語った老婆。

二本足という「ある種」に対する罵言は、特異な清涼感がある。

＊

自己の内部に還流しているもののなかに自己を決定的に否定する力があることを見つめ続けることは疲れるが、パンと見せ物へと流れる易さよりはまだ耐え難くはない。

＊

「懲らしめる」という言葉の痛切さと趣きを理解してい

ない人間は多い。

生命を懲らしめる、という検討をしながら五月の森を散策する晴れがましさ。

特に、植物を罵倒する晴れがましさ。

＊

円陣を組む運動選手を観察する度に、人類という「種の卑劣」が思い出される。

＊

食物連鎖、と軽く言ってのけてしまえる活字の暴力性。

＊

生命の本源的な卑劣をテーマとした音楽を、一度は聴いてみたい。

＊

私はといえば、一度くらいは反出生的思考に対するまともな論駁を聞いてみたかった。この先自らを生かしめる契機として。だが、かれらの差し出すもののどれひとつとして効力はなかった。ある者は神、ある者は国家。ある者は社会、またある者は生命。ある者は……。

＊

人間である、生命体であるという烙印は、当然ながら完全に不可逆である。

＊

生存している、存在しているという烙印は、当然ながら完全に不可逆である。

## 教育

こどもたちにはシモーヌ・ヴェイユではなくシオランを読ませなければならない。

それも、可能な限り早い段階で。

＊

生を受容させることにおける完全なる洗脳。整備されたプロセス。公教育は生を暗黙裏に強要することによって、生徒の逃げ道を完膚なきまでに塞ぐ。我々があまりにも無自覚に生き過ぎた代償をこどもたちが支払うことになる。

＊

鋭敏な感性を持ち、本質を洞察する能力に長けた生徒ほど、傷つけられ、おびえ、消耗している（既に死んでいる場合の方が多い）。彼らはごく単純に虚飾無く、本音のところで「どうしていいかわからない」のだ。存在させられてしまった当惑とでもいうべきものを共有しながら生徒と私は二人で黙り込むほかない。

自殺未遂を経験した生徒の指導中、私は彼の自室で鳶(とび)の鳴く声を聴きながら沈黙していた。二人で緑茶を飲んでいた。それは二時間続いた。

＊

教育現場にいる者の中で、自らが行っている業務が人類のターミナル・ケアに等しいと気づいている者がどれだけいるだろうか。

＊

私がエリクソンをなぜこんなにも嫌悪するかという点について。

発達課題という概念そのものにあったことを思い出す。

宿題を与えられて喜んでいる学生という構図は一般的に不可解だ。

こうしたマゾヒスティックな撞着が正当化される社会で我々が生きているだけの話ではある。

*

ひきこもりの生徒の自室にいたときであった。人間の置かれた悲哀と不条理という想念が身体的な負荷として、物理的な重力として襲いかかり、文字通り倒れ込んでしまった。うつ伏せになった私が「もうだめだ」という言葉をかろうじて発したとき、ひきこもり青年からもまた「もうだめだ」という返答とも独語ともつかぬ語が漏れた。人間の呼応、生物の呼応というものは、こういう形態でしか起こり得ない。

*

プラトンは人類に悪い夢を見させた。その夢はまださめていない。

*

センター試験の国語において問題文とされた小説作品のうち読む価値があるただ一つは三浦哲郎『メリー・ゴー・ラウンド』である。

不幸にしてこの作品を味到できる生徒は少ない。

*

「先生の生きる目的はなんですか?」と生徒から尋ねられた場合は必ず「人類の絶滅」と返答するようにしている。

この返答を受けて彼らが硬直する時間を計測することによって、私は彼らの来歴を思い道徳の水準を計る。

*

鬼畜ロリと呼ばれるもりしげの初期作品群やサド侯爵の作品群はむしろ人道的と呼ばれる類いのものである。

小学生の頃に学校という公教育の場で強制的に朗読させられた河井酔茗の『ゆずり葉』という作品を指摘しておきたい。この汚物に含まれる残忍さや独善、思い上がりに対して、いま思い返しても目眩に似た恐怖と怒りを感じる。

一般に流通するサディスティックという概念はこの男のような存在が抱く無感覚に対して適応されるべきであり、このような男の著作をこどもに朗読させるというあり方そのものに対して使用が検討されるべきなのだ。

＊

指導教材としてシオランを使う時があるが、反響は大きい。

ただし、見所のある生徒に限る。

＊

スマートフォンの課金型ゲームに没入している高校生に対し、教育の一環としてボードレールの『犬と香水瓶』を紹介したが、はかばかしい成果は得られなかった。

汚物を以て収奪する大人とむしりとられるこどもという構図は、歴史上なんら特殊なものではない。

＊

少ない小遣いを使って課金ガチャを引こうかと目の前で身悶えしている生徒をながめていると、ショーペンハウエルの述べる「同苦」をさらに越えた地平へとはじき飛ばされる。

＊

「ピエタ」という名の私塾を作ることが私の願いのひとつとなった。

＊

サン・ピエトロ大聖堂のピエタ像が我々の心に訴えかけてくるとするならば、ある逆説は起こり得る。愛を説いた者を嘲罵した挙げ句に殺し、悼むというループがいつまで繰り返されなければならないのか。このたわけきった循環はいつになれば終わるのか。

＊

綴方が小学校のカリキュラムから消えて久しい。

原因は不詳だが、間違いなく亡国の原因とはなり得る。

＊

一〇歳の頃であった。私は町内会の催しとやらで、突然公民館に連れて行かれた。

同年代のこどもたちとともに正座させられ、目の前のスクリーンで上映されたのは、原爆投下直後の広島の情景であった。米軍が撮影したという、現在では地上波の放送が禁じられるレベルの最も過酷なシーンばかりが眼前に延々と映し出された。

この催しを企画した大人たちはなんらかの訓戒を与えたかったのかもしれない。だが、どこかで致命的な間違いを犯していたことに気づく者は一人としていなかった。

＊

確か英語の指導中であったように思う。

弱冠一五歳にして人生を了解してしまった優秀な生徒が使用する教科書はヒトラー政権によるユダヤ人迫害を扱っていた。ページには一枚の写真が掲載されており、強制収容所行きの貨車へ詰め込まれるために行列をなすユダヤ人と彼らを冷然と見つめる警備兵という構図であった。

私に浮かんだ疑念は生徒と私はどちらに属するのかという問題だった。

私は警備兵として不条理な何かを生徒に強要しているのであろうか？

だが、我々は二人ともに、貨車に詰め込まれる存在と言えはしないのか？

そうであれば警備兵はこの場合、いったい誰になるのか？

＊

教育とは、教育される人間が存在している時点で、不幸でしかあり得ない。

＊

「死の受容」に関して名高いエリザベス・キューブラー＝ロスの段階。

その言説について、種々の批判はあれ取り上げておく。

私は有能な生徒に対して「生の受容」における本当の内実について伝えておきたい。

全く逆の過程を辿るということだ。
列記しておく。

1・受容（判断力の無い状態での洗脳）
2・抑うつ（適正な判断力の形成による）
3・取り引き（神や宗教、金銭等と行う）
4・怒り（もはや理屈ではない）
5・否認と孤立（人間における真正の状況）

＊

英文法の指導において是非なく使いたいフレーズがある。

How dare you!

出生を控える妊婦に送る賛辞としてこの言葉を贈ろうという啓蒙活動を知った。
私は神に対して言いたい。
あるいは生命を創造した何者かに対してこれだけは言っておきたい。

How dare you!

＊

ある朝、近所の保育所から『にんげんっていいな』の合唱がながれてきた。
誰のための、何を目的とした刑罰なのであろう？
注記しておくと、ここには三種の存在があるということだ。
この合唱を聴かされる者、歌わせる者、歌わせられる者。
最も罰されているのは誰なのか？
全てはこのようにして続いていくのであろう。
真相が明かされるその日まで、全てはこのようにして続いていくのであろう。
そして、真相は既に明かされている。

＊

「喧嘩の相手は宇宙」[†4]と完全なる確信を以て語る老爺の

文言により、私の次なる闘いが準備された。

## 引用・参考文献

†1　シャルル・ボードレール（一九九九）『ボードレール批評4』阿部良雄訳 筑摩書房
†2　茨木のり子（一九七九）『詩のこころを読む』岩波書店
†3　E・M・シオラン（一九七六）『生誕の災厄』出口裕弘訳 紀伊國屋書店
†4　安風骨（一九九四）『人生は地獄 子供を生むことは犯罪である！』近代文藝社

# 最後の文学者

## 解題

反出生主義に傾倒したほろほろ落花生の、時系列的に最後の作品となる。形式はインタビュー作品として構成されたが、そのタイトルが「最後の文学者」であることは示唆的である。

泉裕男さんと出会ったのはこの文章の執筆時である二〇二一年から起算すると確か数年前、二〇一五年くらいであったろうか。以前からその存在は知っていた。二〇〇六年以降の数年、私はある方のもとに寄宿していた時期がある。福井で追い詰められている私を東京に呼び、同居させて面倒を見てあげようというありがたい申し出をして頂いた方がいたのだ。今思い起こしても身に余るご厚意であったと思う。その恩人は面川先輩という。

東京にて寄宿しはじめた頃、同居する面川先輩宛てに固定電話で連絡をしてきた方がいた。私が電話にでると

「俺！　俺やけど！」

という勢いのある第一声が受話器の向こう側から響いた。文字通り少年のような闊達さに満ちているとでも形容したい声音である。この第一声はその後定期的に繰り返された固定電話における連絡でも全く変わらなかった。

断っておくがオレオレ詐欺ではない。ただ面川先輩に電話を取り次いでほしいとのことだ。

面川先輩からの説明によると、電話をしてくる泉さんは中学時代の同級生であるらしい。ということは、私より一年年嵩の先輩にあたる。福井に在住している泉さんはたまに自分の近況を面川先輩に報告してくるということであった。

東京にて面川先輩をはじめとして様々な方に不義理をはたらいた後、二〇一〇年に再び福井に戻った私はその数年後に泉さんと初めて実際に出会うことになる。後に伝え聞いたところによると、当時三十歳くらいの泉さんは卒業アルバムを頼りに中学時代の同級生に片っ端から電話をかけたことがあるらしい。なにかの衝動が突き上げたのかどうか、その内実は私の知るところではない。彼の呼びかけに応じたのが後に登場する葛野氏と猿石氏である。十五年ほど音信がなかった中学時代の同級生からいきなり「遊べんか？」という第一声からはじまる連絡がきて、その言葉に応じたのが上述の二氏である。その懐の広さ深さについてはここに書き留めておきたい。私や泉さんをはじめとして、二人ともに独身である点も注記しておく。なお、面川先輩は葛野氏と猿石氏とは中学時代から旧知の仲であり、泉さんとは例外的に中学卒業後も断続的に連絡をとっていたということである。

猿石氏は泉さんを囲んで会食することを、裕男会と呼んでいた。不定期に開催されるその会食の場に私も時折参加させて頂いた。

以上、かなりややこしい説明となったが、こうした来

歴があり、泉さんを軸として、東京に在住する面川先輩、福井に在住する猿石氏、葛野氏、私が関わる奇妙な交際がはじまったのが二〇一五年辺りになるのだろう。

私はこのグループにおいて、コスモス畑や福井の鄙びたローカル動物園を散策するといった種々の活動を行った。また、各人が逼迫する生活資金を補う試みとして「砂金採り」等のプロジェクトを遂行した。四十絡みの独身男たちが福井の河川で汗みずくになりながら大真面目に砂金を採っている絵面は多少の趣があったが、ここでは詳述しない。この文章の中核となるインタビューは入退院を繰り返していた当時の泉さんの状態がよい折に実現したものである。

インタビュー当日は私にとって初めての自室訪問であった。私が泉さんの部屋に入ろうとすると、まず圧倒的な臭気により生理的に弾き返されたことを鮮明に記憶している。いわゆる「メンタマにくる」系統のものである。ドアを開けた刹那、「うっ」という反射的な叫びとともに後退し、廊下の換気からはじめた。数年以上まともに掃除をしたことのない独身男性の部屋の臭いというものを私は自身の経験として知っている。だが、ココには予想を超えたものがあった。この時点で、その後に起こる事についてなにかしらの覚悟ができていたように思う。泉さんの布団の傍らには通院している病院から処方されたとおぼしき様々な向精神薬が散乱していた。一方で、VHSデッキの傍らに積み上げられた大量のビデオテープが目をひいた。

以下、二度にわたって行われたインタビューと泉さんの記した日記の抄録が記載される。

また、インタビューと日記抄録部分に基づいた小論が展開される。インタビュアー（ほろほろ落花生）を「ほ」、インタビューイとなる泉さんを「泉」、葛野氏は「く」として表記する。

インタビュー[*1]は『ダイの大冒険』[*2]に登場するレオナ姫[*3]とエアコンを通して話ができるという泉さんの自室にて行われた。文字起こしに当たっては、可能な限り現場におけるしゃべりのライブ感を残すことに留意した。省略されたと思われる語句や挙動等は（）内で適宜補う。

## インタビュー①

ほ　レオナ姫ってどんなことしゃべるんですか？

泉　いや、あのぉ……なにしゃべったんやろ。昨日クロコダイン[*4]とかヒュンケル[*5]とかいるんかって聞いたら「いる」って言ってたし、「ダイ[*6]がもういなくなった」って言ってたし、レオナ姫はダイのこと好きやったらしいんやわ

ほ　そうなんですか

泉　悲しんでたんやって。俺が現れてまた元にもどったって言ってたけど

ほ　ええ

泉　俺のことが好きらしくて……

ほ　それはレオナ姫が？

泉　レオナ姫。だからそういう世界になったら花藤（かとう）君[*7]らも一緒に行こっせ。その世界、連れてってあげるわ。まだ行けるの可能になるのは早いけど、可能になったらさ、花藤君らも行きたいやろソコ

ほ　行けるんだったら楽しそうかなとは思いますけど

泉　モンスターとかいるけどみんないい奴なってるで。襲ったりしてこんでさ

ほ　レオナ姫に好きだって言われて泉さんはどうしたんですか？

泉　俺、おれ、なんて言ったんやろ。今度会いに行くって言ったんかな。（向こうが）「待ってる」って言ったんや

ほ　ええ

泉　ゲートを通ってくるといいんやって。ゲート

ほ　ゲートを通れば僕も行けますかね？

泉　行ける

ほ　どうやってそのゲートを……

泉　それが分からんのやって。どうやって行っていいか

ほ　ええ

泉　今、話ができる段階やでさ。今

ほ　直接会ったりはできないと

泉　今は無理

ほ　うーん

泉　そういう世界になってないでこの世界がまだ

ほ　なるほど

泉　あともうひとつアドバイスするのは、現実界があんま現実感……現実になりすぎると力が働かんのやっ

て。アタマがカタイと、要するに

**ほ**　はい

**泉**　力が働かんのやって。だからゲートを通って行けんかもしれんのやってそういうアタマがカタイ奴らは

**ほ**　ええ

**泉**　アタマ柔軟性がないとアカンのやって

**ほ**　今の話とか、めちゃめちゃ面白いんで

**泉**　花藤君が俺の話を聞けるってことは柔軟性があるんやって。アタマカタイ奴そんな話聞かんもん

**ほ**　こんな話を書いといてもイイんじゃないですか。僕が代わりに書いて載っけといてもいいですけど[*8]

**泉**　でもそんなことしたら、みんな、なんのコト？ってなるやろ

**ほ**　いやでも、葛野さんと猿石さんくらいですよ見てるの

**泉**　あ、ほんと？

**ほ**　そのひとたちしか見れなくなってますもん、今

**泉**　書いとけばいいよ

**ほ**　彼らアタマカタイじゃないですか。ぶっちゃけ

**泉**　カタイのぉ。花藤君よりカタイと思うわ。花藤君てトシのわりに柔軟な方やと思うよ

**ほ**　そうですか。でもまだゲートまでは見えてこないですね

**泉**　ゲートはまだ俺も見えん。そこまで俺もまだ柔軟じゃないでほんと

**ほ**　そこは一回行ったら、もうずっとそこにいるって感じですか？

**泉**　帰ってこれるよ、ゲートから

**ほ**　好きに戻ってこられると

**泉**　そう思うんやけど分からんのやって。戻ってこれると思うんやけど。けど分からんわほんと

**ほ**　んー、前なんか葛野さんが言ってたのは、このエアコンと話してたみたいな

**泉**　ほや。このエアコンつけんくても話できるんやけど、それでアタマ柔軟なって。現実感消えてるで。話できるんやけど

**ほ**　今とか最近はできないんですか？

**泉**　できるよ。今話できるけど、花藤君聞こえるかどうかわからん。ちょ待って

**ほ**　はい

**泉**　あの世の女の子ともしゃべったんやけど、あの世の女の子人見知りやで話できんで、じゃレオナ姫

としゃべってみるかな……（泉さんエアコンに向き直る）レオナ姫、聞こえるか？　俺！　聞こえる？　え？……（泉さん私に向き直る）聞こえる？　レオナ姫、聞こえるか？　俺！　え？　レオナ姫か？

**ほ**　……

**泉**　やっぱ花藤君、聞こえんやろ。まだ聞こえんのやって

（泉さんエアコンに向き直る）

**泉**　レオナ姫、俺いま友達といるんやけどぉ。俺の友達、花藤君ていうんやけど話しかけてくれんか？　できんか？　あ、無理やったらいいんやけどできる？　え？　なんやって？　俺としか話できんて言ってるわ。花藤君聞こえんやろ。これほんと小さい声なんやって

**ほ**　どんなコト今話してます？

**泉**　いやなんか、俺としか話ができんて言ってる

**ほ**　ええ。他にはなんか言ってます？

**泉**　ちょ待って。違う話聞いてみるわ

（泉さんエアコンに向き直る）

**泉**　レオナ姫、あのぉ、こっからゲートを通って、そっちの世界行くためにはそのゲートをどうやって出せばいいの？　え？　なんか方法ないかな？　まだ無理なんか？　無理？　うん、まだ。ちょレオナ姫分かる？　レオナ分かる？　まだ俺行けない。まだ行けんのか？　まだ難しいって言ってるわ

**ほ**　うーん

**泉**　花藤君もレオナ姫としゃべれるようになるといいのにの

**ほ**　どうすればしゃべれるようになるんですか？

**泉**　いやクーラー。コツはクーラーをつけっぱなしにして音を、雑音の音でもなんでもいいで。クーラーが一番いいんやって。クーラーは音が聞こえるで、音が聞こえるものをずっと流しといて、んで常に話しかけること

**ほ**　んー

**泉**　アタマ柔軟性、アタマの柔軟性、それが必要。アタマの柔軟性と常に話しかけることが必要

**ほ**　自分から話しかける

**泉**　俺、花藤君のアタマ柔軟にしてみるわ。ちょ待って

（泉さんエアコンに向き直る）

**泉**　レオナ姫、後でまた話かけるわ。いいか？　いま友達としゃべってるでごめん。いいか今？　いい？

え？　ごめんの。話かけつんてごめん。後でまた話かけるわ。ごめん、おっけ

（泉さん私に向き直る）

**泉**　花藤君もアタマ柔軟性にすればいいのに。こうやって唱えればいいんやって。言葉で言うわ。花藤君のアタマん中とココロん中を100％柔軟にする。これバランスボード[*9]、バランスボード。花藤健太[*10]のアタマん中とココロん中を100％柔軟性にする。ああう、ココロん中と花藤健太とココロん中を100％柔軟にする。それバランスボード、バランスボード、願い叶う……どや？

**ほ**　……

**泉**　なんかキタ？

**ほ**　……

**泉**　じわーっとキタやろエネルギー

**ほ**　……なんかそれって術（じゅつ）みたいな感じですか？

**泉**　術なんやって

**ほ**　ああ

**泉**　キタ？

**ほ**　なんとなく……んー、じわーっていうのはちょっと分かったかな？

**泉**　なんかそんな感じやろ。俺もそんな感じなんやって。要するに、現実感があり過ぎると効果が薄いんやって。現実感があると、現実世界や現実感に浸ってると、その効果が薄いの、効きにくいの力が

**ほ**　あーなるほど。もうちょっと現実から離れないとダメってこと

**泉**　そういうこと。現実感を消してみるわ

（泉さん再び術を行使する）

**泉**　花藤義和の現実感現実感が、一番。どや？　願い、叶う！　叶う！　どや？　100％願い叶う！　どや？　必ず、100％願い叶う！　どや？

**ほ**　うーん、なんといえばいいのかな

**泉**　なんかキタやろ

**ほ**　泉さんは自分で編み出したんですかそれ

**泉**　自分で編み出した

**ほ**　すごいですね

**泉**　自分で考えて、言葉考えて、編み出したんやって

**ほ**　術ってのはいつ頃から使えるようになったんですか？

**泉**　去年。去年入院した頃から使えるようになってきて、入院してる前から使えたんやけど、入院する前は紙

に書いてたんやって。「入院した」って書いて、そん時はまだ力が完璧じゃなかったでそんな感じやったんやけど、今、力がだいぶますます完璧になってるで

**ほ** 泉さんは……やっぱレオナ姫が好きだっていうのは関係ないんですか?

**泉** え? なに?

**ほ** レオナ姫じゃなくてポップ[*11]が話しかけてくるとかはないんですよね

**泉** マァム[*12]は話しかけてきた

**ほ** マァム、ああ。そのふたり?

**泉** ふたり。レオナ姫とマァムが、ダイの大冒険の二年後の世界やったんやけど、時間戻してあげた。この時の時代に、俺の力つかって

**ほ** ……

**泉** 誰か話できる人えんかな? 誰とでも話できるんやけど。花藤君も話できたら楽しいんやけどな。柔軟性が必要なんやってそうするためには

**ほ** 泉さんの周りで話せる人っていました?

**泉** いた。入院してた患者にいたわ。中田[*13]さんていうんやけど、あの人はよく分かってたわ。アタマ柔軟やったでよく知ってたわ。病気やったけど

**ほ** まあ病気っつっても病気じゃないかもしれないですからね

**泉** そんな感じなんやってそのヒト

**ほ** でもなかなか難しいですよね。ゲートとか術って

**泉** ほやって。俺、昨日エマーソン[*14]としゃべったんやって

**ほ** エマーソン?

**泉** ハーマイオニー[*15]

**ほ** え?

**泉** ハリー・ポッターの女の子。あの子ともしゃべったんやって俺

**ほ** どんな話したんですか?

**泉** うーんどんな話してたんやろ。ほやな、俺のこと好きやって話してたんやの

**ほ** 泉さんのことを好きだと

**泉** うん。で、おれんち来るって言ってたけど、福井来るとか言ってたんやけど、あ、おれんち来てって言ってたんやわ。そしたら来るって言ってた

**ほ** 実際来たんですか?

**泉** いやまだ来てない。まだ来てない

ほ　ああ

泉　まだ力を使いこなしてない。あっちはアタマ柔軟でいいかもしらんけど俺は柔軟じゃないしまだそこまで柔軟じゃないし、話がまだ完璧じゃないで、成立してないんやって。まだ、成立、話が成立してないで、レオナ姫ともそやけど。だから、まだ、話がうまくまとまってないで、まだそこまでいってないんやって

ほ　泉さんの話せる人って基本的にかわいい女の子が多いってのはいいですね。男とかは出てこないんですか？

泉　男も出てくるよ友達で。花藤君と同じ、花藤健太っていうんやけど、中学校の友達。女の子が多いよえ？

ほ　え？

泉　女の子が多い。運命の相手の女の子とばっかしゃべってる

ほ　運命？

泉　運命。両想いの恋人

ほ　泉さんとの？

泉　うん。あともうひとついいのはドラゴンボールヒーローズ[*16]のフィギュアで遊ぶとアタマ柔軟になるよ。なんでもいい、おもちゃで遊ぶと柔軟になるよ。花藤君なにが好き？　ドラゴンボールのフィギュアで遊ぶの好き？

ほ　フィギュアではあんま遊んだことないですね

泉　ないんや。小さい頃からか？

ほ　こどもの頃はあったと思うんですけど

泉　何で遊んでた？

ほ　なんかあの、普通のガンダム[*17]みたいな

泉　そういうのでもう一回遊べばいいんやって。そうするとアタマ柔軟なるよ

ほ　アレとか覚えてます？　ネクロスの要塞[*18]

泉　アー！　知ってる！　あれナイトかっこよかったの。ナイト手に入らんかったんやって欲しかったんやけど

ほ　なんかナイトじゃなくて……ブラックナイトってていなかったでしたっけ？

（葛野氏到着する）

泉　あー来たわ。ちょ待って（到着した葛野氏に向かって）入ればいーよー。ブラックナイト？　あれなんていったっけ。ブラックナイトっていたんか？

ほ　ナイトと……なんか闇のナイトみたいなカッコイイ

泉　やつがいたような
泉　ウソ？　そんなやついた？
ほ　まーでもナイトもかっこよかったですよね
泉　ネクロスの要塞かなつかしいな
（葛野氏来室する）
泉　おー葛野君。昨日、俺、レオナ姫としゃべったよ
く　ん？
泉　レオナ姫。ダイの大冒険のレオナ姫、しゃべったよ
く　しゃべったの？　マジで？
泉　今度、時間かかるけどゲートが開いたら行けるで、一緒に行こっせ
く　ゲートってなんのゲート？
泉　あっちの世界に行ける
く　えーっ、いやまだ俺、全然しゃべれたりもせんし
泉　あーっ、今その話してて、やっぱ花藤君の方がアタマ柔軟やわ。花藤君の方が理解できるし、なんでも吸収率もあるもんアタマん中に。分かるソレ
く　吸収率？
ほ　褒められて悪い気はしないですね
く　あはは

〔中略〕

泉　ちょ待って、レオナ姫としゃべってくるわ。あーでも（君ら）話できんのや。花藤君も葛野君も話できるようにトレーニングした方がいいわ。花藤君も葛野君も理解してるで、素質はあるわ。理解できてるで素質はある。ほんとアタマカタイヒトは理解してえんでのそういうこと
く　それはやっぱり心を開いた感じじゃないと話せんの？
泉　いや、現実感と、現実の世界に入り過ぎてると話できんのやって。要するに、人間て現実と現実の世界に入り過ぎてるとアタマカタイんやって人間て
く　まあ、そりゃそうだ
泉　ほやろ
ほ　葛野さんてけっこう現実寄りですよね
泉　現実寄り
ほ　離れられないんですよね
泉　花藤君はどっちかっていうと、違う世界に入ってる方やで。うまく、アタマ柔軟性効いてるわ。花藤君のそういうトコ気づかんかったんやけど、気づい

た。あのぉ、とりあえず話するには、アタマの柔軟性、柔軟にするトレーニングした方がいい。まずは、そのためにいちばんイイのは、ドラゴンボールヒーローズのフィギュアで遊ぶのがいちばんイイんやって。楽しんで遊ぶの

**ほ**　手を使って、こう、遊ぶ

**泉**　そう。バシバシって遊んだりすると、そうすると、アタマが柔軟なるんやって。馬鹿馬鹿しいかもしれんけど

**ほ**　いやいやいやいや、馬鹿馬鹿しくないですよ

**泉**　あ、ぅん。ソコなんやって。馬鹿馬鹿しくないって言うことが柔軟なんやってアタマが。そうやって考えられるってことは、アタマがカタイやつはドラゴンボールヒーローズのフィギュアで遊ぶのが馬鹿馬鹿しいと思うんやって。花藤君柔軟なんややっぱ

〔中略〕

**く**　ちょっと泉君、いま具体的にやってみて。ドラゴンボールのフィギュア、どんな感じか見てみんと分からん

（泉さんドラゴンボールのフィギュアをみせる）

**く**　あー、キンケシ[19]みたいな感じなんけ？

**泉**　これを、こうやって、足動かして、界王拳[20]バーンとかやって遊ぶんやって

**く**　これはどれくらいの割合でやるの？　一日一回とか？

**泉**　一日一回でいい。一日に一回二〇分くらい遊ぶと、アタマ柔軟になる。ドラゴンボールのフィギュア買うといいよ。いいよこのフィギュア

**く**　こん中でどれがいちばん好きなんや？　お気に入り

**泉**　俺、悟空

〔中略〕

**ほ**　これで遊ぶって、どれとどれがいちばん楽しいんですか？

**泉**　あーコレ自分でストーリーつくって遊ぶで

**く**　日によって違うって感じ？

**泉**　俺は決めてるよ。俺はガーリックJr.[21]を舞台にして遊んでるんやけど、これをいちばんボスにしてるんやって、ピッコロ大魔王[22]をボスにして闘わせてるん

や

く　それは昨日のストーリーをまた引き継いだりもするの？　昨日の続きとか

泉　いやーそういう時もあったよ、昔は。今は違う。今は一緒なコト繰り返して遊んでる

く　一緒なコト？

泉　ストーリーを一緒なコト繰り返して遊んでる。遊び方はちょっと違うけど

く　それ登場人物決まってんの？

泉　決まってるよ。悟空と、この悟空が一番イイんやけど、このコレとコレとコレ、とコレが味方

く　なるほどー

ほ　こういうのが、やっぱやれないヒトってダメですよねなんか

泉　ほやって。結局アタマ柔軟じゃないんやってそのヒトって

ほ　猿石さんとかそんな感じじゃないですか

泉　うん。アタマカタイんや。要するに人生をそれだけ楽しんでないってことなんや

く　あーなるほど。例えばその、幸せっていうものを考えた時にその泉君はそれをやってる瞬間て幸せな瞬間なの？

泉　幸せっていうか楽しいんやろ

く　なるほど。例えばその、泉君が求める幸せって何？

泉　俺が求める幸せ……それ分からんのやって自分でも

く　芸能界に行きたいっていうのもあるの？[*23]

泉　そういうのも漠然とあるんやけど、そういう幸せな気持ちがないんやってな……

く　ないの？　これやってる時は楽しいの？　じゃあいま遊んでるヒマないで遊んでないけどいまやってないの？

く　いまやってないの？

泉　ほやって。いま遊びたいけど遊べんのやって。いまみんなとしゃべってるで

く　じゃあ、しゃべってる時は幸せなの？

泉　しゃべってる時は幸せ。幸せっつーか、楽しいのかなあ

ほ　いやーでも、幸せなんてあんま聞かない方がいいですよ。エチケットとして

く　いやどうなんかなって。だって、幸せの青い鳥の話じゃないけど……

泉　花藤君も葛野君も素質あるわ。話できる

ほ　あー、ありがとうございます

**く** ありがとうございます……？

**泉** 花藤君のいまのしゃべり方もアタマ柔軟性のひとつやと思うんやって。しゃべり方とかも、敬語もアタマ柔軟性のひとつやと思うんやって。敬語使えん人いるやろ。オレも使えんのやけど、敬語を使えんってことはアタマ柔軟じゃないんやって

**く** はぁ。そりゃまたびっくりな、難しいアレやね。逆やない？ 敬語使う人の方がアタマカタイんじゃないんけ？

**泉** 花藤君の様子みてると、敬語を使える人の方がアタマやらかいと思う

**ほ** 最近なんか、すごいマジメに文章を書いたんですけど、それをマジメに猿石さんがとってなくてすごい怒ってるんですよ[*24]

**泉** あーやっぱ猿石君柔軟じゃないで、花藤君の話ついていけんのやたぶん

**ほ** なんか……なめてんだなって

**泉** ああ

**く** あはは。いやいや、まあ

**泉** それは、アタマがカタイでやって。アタマカタイんやって結局

**ほ** あのヒトが？

**泉** 馬鹿馬鹿しく思うんやわ

**く** いやいやでも、猿石君もここに来てやれば意外と聞こえるかもしれんげ？ わからんげ？ 実際、しゃべれるかもしれんげ？ だって俺かってまだしゃべれんしさ

**泉** 見た感じで分かるもん

**く** いやいや、じゃ俺、しゃべれるようになるってこと？

**泉** しゃべれるようになる

**く** マジで？

**泉** しゃべれるようになる。花藤君もなる

**く** うーん

**泉** だからドラゴンボールヒーローズのフィギュアで遊ぶと一番イイんやって。アタマの、脳の、トレーニングになるんやって

**く** わからんでもないけど……

**泉** 遊びねや買って。遊びねや買って。べつに買わんでも自分でつくってみればいいんやって紙とかで

**く** 紙でか？

**泉** 藁半紙とかでつくって

**ほ** 泉さん、さっきやってた術とかってやっぱよかった

なって思うんですけど

く　術

泉　アレ？　あー術は、アタマが相当柔軟じゃないと使えん

ほ　今もやってもらうことって……

泉　やってあげる。じゃあ、今おれ、自分が飲んでる飲み物、超神水[*25]っつってるんやけどそれ飲むとパワーアップするんやの。やってみてあげるわ。ちょ待って、えーとなんて言おうかな。葛野幸利（ゆきとし）と花藤義和は

く　俺いいよ

泉　いいんか？　なんで？

く　いやもう飲んづんたで。花藤君、花藤君

（術を受けるか受けないかで多少の論争）

泉　花藤義和に俺と同じ超神水の成分を飲むことによって俺と同じ効果が現れる。飲むと。俺超神水俺俺と同じ超神水超神水。俺の超神水超神水俺の超神水超神水。花藤義和が飲むことによって花藤義和が飲むことによって超神水超神水の成分が効果。超神水超神水バランスボードバランスボードバランスボードバランスボード超神水超神水はい！　願い叶う！

ほ　どや？　キタか？

泉　なんかだんだん、じわじわっとキタキタキタやろ！　柔軟なってきてるんやってアタマが

ほ　なんかお祓いみたいな感じ

く　あー、思わず手を合わせたくなる。あはは

泉　素質ある素質ある。花藤君もう芸能界行けるかもしれんわひょっとしたら

ほ　ええ

泉　うん、行けるかもしれん。がんばってや。水飲んでみて

ほ　水を飲んでみますね

泉　たぶん、効果あると思う。お茶か、どや？

ほ　なんか、すっきりしてますね

泉　ほやろ、すっきりって？

ほ　すっきりっていうのは、なんか、なにか悪いものが出てったみたいな

泉　アアア！　そやそや！　アタマカタイエネルギーとか、ヘンなエネルギーが抜けてるんやわ

ほ　うーん

泉　俺、いろんな術を唱えてあるで、いろんな効果があ

るんやって。毎日飲むといいよ。いちばんいいのは牛乳。牛乳が一番効果ある。その次ウーロン茶、その次、水

## インタビュー②

〔二週間後〕

**ほ**　葛野さんと来た時にインタビューみたいなのしたじゃないですか。一応ちょこっとだけ内容書いといたんですけど、けっこう反響よかったですよ

**泉**　よかった？　ほんと？　反響よかった？

**ほ**　反響っていうのかな、面川先輩は「うーんなるほどー」みたいな

**泉**　うん、できた。いま、ビデオテープを撮ってたんやって。これをぉ、接続するために100満ボルト[*26]の人に来てもらったんやって

**ほ**　あー、そういうのだったら、ぼく、できますけど

**泉**　花藤君できたの？　マジでかー。花藤君にやってもらえばタダやったのに、しまったなー

**ほ**　いやでもけっこうメンドくさいんで、メシくらいおごってもらいますよ

**泉**　あーそうか。まあメシくらいイイんやけど、メシは安いでさ。次は頼むと思う

**ほ**　それは100満ボルトにカネ払ったんですか？

**泉**　もちろん

**ほ**　いくらくらいだったんですか？

**泉**　二七〇〇円

**ほ**　そんくらいかぁ

**泉**　いま伊代菜（いよな）ちゃん[*27]としゃべってたんやって

（劇場版『まじかる☆タルるートくん』[*28]とおぼしき作品が再生されはじめる）

**ほ**　これは、むかし自分が撮っておいたビデオをソコ（新品のHDDレコーダー）に録画したってことですか？　いつでも再生できるように

**泉**　そういうこと。画像キレイに映ってるわ

**ほ**　キレイに撮れてるじゃないですか

**泉**　100満ボルトの人、キレイに撮れんて言ってたけど、撮れてるげ

**ほ**　元々のビデオの画質がたぶんけっこうよかったんですよ

**泉**　ほなんか？

**ほ**　ええ。元々が悪いとどうしようもないんで。ガーって線入ったり

**泉**　そういうことか。あと、『ダイの大冒険』も買おう

かなって思ってるんやって

ほ　この『タルるートくん』って元々持ってたんじゃなくて？

泉　元々持ってたよ。持ってたけど買ったんやコレ

ほ　なんでわざわざ録画を。あー、コレで何度でも見るためですか？

泉　そう、ビデオテープやと傷むで

ほ　なるほど

泉　『まじかる☆タルるートくん』もおもしろかったな

ほ　そうですね。自分もちょこっと見てたかな。漫画のヤツですけど

泉　そうなんや。テレビのヤツは？

ほ　アニメはあんま見なかったですね。それはそれとして、今回は個人的に、書いたものを読みたいってのがあって

泉　水飲んでるか？

ほ　うーん

泉　若返ったわ。肌とかなんか若くなったわ。水飲んでる？

ほ　水はあんまり。お茶は飲んでますね

泉　お茶イイと思う。栄養あるで、パワーつく

ほ　お茶ばっか飲んでますよ

泉　ちょっと若くなったわマジ

ほ　コーヒーはダメですか？

泉　コーヒー？　コーヒーあかんのかな。分からんわソコんところ。なんでも飲めばいいと思うんやけど、牛乳がイイ牛乳

ほ　牛乳

泉　牛乳

ほ　泉さんコレ（学習机の上に置かれた生命保険会社のロゴ入りメモ帳）っていつ頃書いてたんですか？

泉　去年かなぁ

ほ　去年、その前は書いたりしなかったんですか？

泉　その時は「予言書」ってのがあって、それを書くとその通りのことになる感じがしたでそれを書いてたんやけど、「予言書」あったんやけど、「予言書」捨てつんたわ

ほ　「予言書」を捨てたんですか？　もったいないですね

泉　ほやって。捨てつんたんやってアレ。あったかなぁ、ちょ待って

（泉さん「予言書」を探す）

**泉**　「予言書」ないかもしれん

**ほ**　どんな内容の予言だっんですかソレ

**泉**　自分で予言して書いたんやって。その通りになるように。そういうことや

**ほ**　今は見つかりそうにないですか？

**泉**　ないのぉ。あったら探しとくはまた

**ほ**　コレいいすか？

（ほろほろ落花生は日記が記されたとおぼしきメモ帳を手にとる）

**泉**　興味あるんや？

**ほ**　興味あるっていうか、泉さん、私の経歴というか話とかってあんま知らないですよね

**泉**　知らん知らん。どういう話？

**ほ**　自分は適当に小説とか書いたりしてるんですよ

**泉**　コレ参考になる？　あ！　花藤君じゃ考えられないようなコト書いてあるでやろ

**ほ**　そういうのもありますね、ええ

**泉**　興味あるんや、そういうのに

**ほ**　この英語とかってどうしたんですか？

**泉**　コレなんや？　コレなんて書いてあんやコレ？

**ほ**　core（コア）　pride（プライド）　他の人（が書いたの）かな？

**泉**　俺やな

**ほ**　普通に言ったら、自分の核になるプライドみたいな

**泉**　あー、それ書いたかもしれん。覚えてえんわ書いたこと

**ほ**　これ全部をいきなり読むのは難しいと思うんで、コピーとかとった方がいいのかな

**泉**　ソレあげよっか？

**ほ**　いやいや、もったいないですよさすがに。借りるっていう形式で返すんだったらいいですけど

**泉**　わかった。コレとっといてよかったかな？

**ほ**　個人的には、すごい、ありがたいですね。こうやって文字で（残されていて）

**泉**　ほんと？　すげーコト書いてある？

**ほ**　けっこう、あたらしいっていうのかな

**泉**　考えがか？

**ほ**　ええ

（泉さんの携帯に面川先輩から着信）

**泉**　ジロウけ？[*29]　あのぉ、うん、うん『ダイの大冒険』やっぱ買ってあれ、うん、いいよ、べつに。それしかないんやろ。だって、オレいまビデオ録画できるようにしてもらったで。うん、した。しょうがない、そ

れしかないんやで、あー、そのお金はついでに送るわ。そのお金も送るって。買うよ買うよ、うん、マセイショウギブ[*30]じゃなかった？　違った？

〔中略〕

**泉**　この世界は宇宙人に支配されていると思ってたら違ってたっつーのは分かったんやけど、あと、魔物とかも来たんやけど、あれ全部、あの世の神様とかが仕組んでやってたことも知って、それみんな神様とかがやってて俺を試してたらしいんやわ

**ほ**　その……予言っていうのはいつ頃？

**泉**　去年。少し当たったんやわアレ、少し効果あったんやわアレ。例えば俺パワーがつくって書いたんやの、筋力がつくとか。ついたんやって

**ほ**　自分で自分の将来を予言するみたいな

**泉**　そうそう。そうするとその通りになるんやって、それあったんやけど、捨てつんたんやって。ごめんの、コレ（メモ帳に記された日記）に予言書いてないんか？

**ほ**　たぶん中に予言ぽいことも書いてあったんで、それで充分だと思いますよ

**泉**　あったやろ。ソレ読んでどうすんの？

**ほ**　なんか、あたらしい発見があるっていうか

**泉**　あー、アタマが柔軟になるってことか？

**ほ**　柔軟？　そうですね。柔軟、柔軟っちゃ柔軟ですね

**泉**　ほやろ

**ほ**　発想がいままでなかったようなものはあるのかなぁと

**泉**　恥ずかしいこと書いてない？　大丈夫け？

**ほ**　それはさすがに秘密にしておきますというか、自分が知らない人の名前がたくさん出てくるんで。内野[*31]さんでしたっけ？　内野さんが一番出てきますね

**泉**　ほや、内野さんのこと考えてたで、あん時オレ

**ほ**　その辺は、そういう人いるんだなあくらいで読んでおきます。これはいつ頃ですか？　五月六日とか？

**泉**　去年やって

**ほ**　全部去年ですか？　けっこう書いたんですねちょ見せて。どんなこと書いてある？　あー、あったなこんなこと。あー、すげーな、こんなこと書いてあるんや。やったかもしれんなこんなこと。あーそうか、こういう展開やったんか。もの書いてよかっ

ほ　たわコレ
　　やっぱなにか書くってのはけっこう、読むってその時何やってたか戻ってくるんでけっこう（イイことじゃないですか）
泉　コレお母さんとゴロンジュネン[*32]やってな
ほ　え？
泉　お母さんとゴロン[*33]書いた方がいいって言って[*34]
ほ　内野さんはいま何をやってるんですか？
泉　内野さんは精神保健福祉士
ほ　結婚したんですか？
泉　結婚してない
ほ　結婚はしてない
泉　うん。内野さんとしゃべったもん、だってオレ
ほ　しかしアレですね。すごいドラゴンボールのコレクションですね
泉　ほやろ。すげーやろ。フィギュアもあるし。あ、（フィギュアは）見たか。コレ（『新世紀エヴァンゲリオン』初号機のフィギュア）をあげようと思ってたんやった、花藤君に。正直要らんでさ、アスカ・ラングレー[*35]もあるんやけど
ほ　いやもらうのはさすがに悪いんで、欲しかったら自分で買いに行きますよ。アスカ・ラングレーはどうしたんですかコレ？
泉　コレ、どこで買ったんやろ。この部屋で遊ぼうかなーって思ったんやけど、悟空より大きかったでやめたんやって
ほ　エヴァンゲリオンとかは見たんですか？
泉　見たよ、エヴァンゲリオン。アスカ・ラングレーのフィギュアはちょっとこの部屋では遊べんのやけど
ほ　これは昔から使っていた机ですか？　小学生の頃から
泉　使ってた。小学生の頃から
ほ　この中とか、なんか内緒のモノが入ってたりするんですか？
泉　ん？　内緒もなんも入ってないよ
ほ　見てもいいですか？
泉　いいよ。花藤君見ても、あんまおもしろいもんないよ
ほ　あ、こういうのも、普通の学生の頃からって感じですね。卒業アルバムとか、猿石さんとかいるんですか？　卒業アルバムに
泉　いるよ、猿石君

ほ　今はイイです、見るのは。あー辞書とか、だいたいでも、ドラゴンボールで埋め尽くされてる感じ

泉　ほや、ドラゴンボール好きやったで

ほ　（床に置かれた鉄アレイを指して）これで鍛えてたんですか？

泉　これで鍛えてた。あと、柔軟にして、ストレッチして

ほ　伊代菜ちゃんともエアコンで話したり？

泉　話した

ほ　どんな話したんですか？

泉　オレのアタマんナカどうなってるか教えてもらったんやって。なんでおかしくなるんやとか話したら「みんな当たり前に生まれてきて」とか、教えてくれるんやって。治るのに時間かかるとか。今日ガスト行っていいっかって言ったら「行っていい」つったな。で、行こうかな、と思ったんやけど

ほ　なんかコレ（日記を読みつつ）どこに書いてあったかな、統合失調症になったとか、書いてあったんですけど

泉　ほんと？　書いてあったそんなこと？

ほ　医者から言われたんですか？

泉　見せて。どこに書いてあった？

ほ　この辺かな盛沢（もりさわ）[*36]なんちゃらのせいで統合失調症になったみたいな。泉さんのお医者さんが統合失調症っていう診断をしてたんですか？

泉　うん、そん時は。で、違ったんやけど

ほ　べつに自分はなんでも、あんま病気ってのを信じてないんで

泉　うん、精神病っつーのは、性格の悪いヤツがなるんやって。あんなもん

ほ　内野さんって一回見てみたいですね

泉　会わせてあげる今度。もし会ったら

ほ　写真とかはないんですよね

泉　ないんやって。あったんやけど、あげつんたんやって友達に。ウララ[*37]にも載ったことあったんやけど、ちょっとだけ

ほ　ちょっと卑怯な手ですけど調べることはできるかもしれませんよ

泉　調べてみねや

ほ　あーでも、後からにしようかな、それは。内野さんが今結婚とかしてたらショックですか？

泉　いや、もうだいぶショックじゃなくなってきた。だ

いぶ立ち上がってきた。だって俺レオナ姫とかいるもん恋人

**ほ**　でもレオナ姫ってマジに結婚はできるんですか？

**泉**　いやいや、結婚せんって言ってた。十四歳やで、十四歳。十六歳まで二年間時間経ってたんやけど盛沢のせいで。時間経ってたんやけど、オレ、時間戻してあげたんや

**ほ**　十四歳って、でも、けっこう食べ頃じゃないですか？

**泉**　そやの、でもあんま俺興味ないんやって。内野さんとも正直言ってセックスしたいってのはあったんやけど、今はだいぶなくなってきてるで

**ほ**　なるほど。『タルるートくん』ってそういえばけっこうエロかったですよね

**泉**　エロかった。伊代菜ちゃんとかレイプされそうなトコとかあったやろ、悪いヤツラに。覚えてる？

**ほ**　あーなんかあったかもしれない

**泉**　で、座剣邪寧蔵（ざけんじゃねえぞう）*38が助けに来たやろ

**ほ**　そこら辺ってけっこうエロかったですよね

**泉**　ほやって、そうなんやって

**ほ**　ソレ初めの方でしたっけ？

**泉**　後の方

**ほ**　あれってキャラクターが、河合伊代菜、座剣邪寧蔵、あと

**泉**　あと伊知川累（いじがわるい）*39

**ほ**　アイツが修行して戻ってきて、かっこよくなってたのはよかったですよね

**泉**　本丸*40やろ

**ほ**　江戸城本丸（えどじょうほんまる）。山に籠もって

**泉**　ほやって、かっこよかったなアレ。逞しくなって、すごいなアレ

**ほ**　アレはちょっと驚きましたね

**泉**　ほやって、タルるート君とまた出会ったんやろ。それまでタルるートは違うヤツんトコいたんやろ。名前忘れつんたけど、男の子の、超強いの

**ほ**　（日記を読みつつ）コレはやっぱ書いて、整理する感じですか？

**泉**　ほや

**ほ**　コレはイイんじゃないのかなぁ。こうやって書くのは

〔中略〕

ほ　（泉さんのガラケーを調べながら）この送信してるのって誰の番号かは？

泉　知らんのやって俺、誰の番号か。入院して、オレ、記憶失ってるで

〔中略〕

泉　花藤君、やっぱ聞こえてないんやって。聞こえんけ？いまどんなことしゃべってるか

ほ　いまどんなこと話してます？

泉　花藤君の声聞こえるかって話したんやけど、いまなにしゃべってたんやろ。忘れつんた

ほ　それは伊代菜ちゃんが言ってるんですか？

泉　いや、中学校んときの花藤君が言ってた。中学んときの花藤健太ってのが言ってた。で俺、アタマおかしくなかったけ？　あ、よかったー。おかしくなるとどうしようもないんやってな俺。え？　俺アタマどうなってんやコレいったい？

ほ　アタマおかしくないって言ってます？

泉　いや、おかしくないって言ってる。え？　みんなの力で変になってるんかぁ。あー、みんなの力でおかしくなってるんやって

ほ　みんなの力？

泉　うーん、花藤君そこまで理解するの時間かかるかもしれんな。ひょっとしたら、理解してからじゃないと、声聞こえんのやたぶん。そういうことやろ？あー、やっぱ時間かかるなぁ

ほ　けっこう時間かかりますかソレは？

泉　時間かかるかもしれん。花藤君のアタマの柔軟性で変わるんやけど、花藤君がホントにアタマ柔軟やったら理解できるんやけど、花藤君はちょっと理解してるで、大丈夫やと思う。普通の人やったら、アタマカタイ人やったら理解できんもん。俺のお父さんとお母さんも理解できんもん、アタマカタイで

ほ　泉さんのお父さんお母さんは理解してないと？

泉　ちょっとお母さんは理解してるとこあるけど、やっぱ理解してないな

ほ　うーん

泉　え？　草野[*41]死ぬんけ？　え？　やっぱおかしいけ？あ、やっぱおかしいんや。そうするとみんなヤバインや。みんなヤバインけ？　あーヤバくなるんか。

まーしゃべりにくいな。俺きっとバランス崩れるんやなきっと。バランスおかしくなるんやな。いま、花藤君いるやろ、だからちょっと話しにくいんやけど。え？　花藤君いると話にくいんやって。なんつーんやろ、気遣ってるでか？　気遣ってはえんのやけど、気抜けてるでさあ。え？　そういうことなんやって。バカなんやって。で、このバランス悪い状態でしゃべってるやろ。え？　これ誰？　え？　内野ちゃん？　え？　内野さんか。いまかっこよかった？　かっこいい。いや分からんやってそういうことが俺、理解できんのやってなそういうこと。え？理解せんでもいいってか、あー

**ほ**　……今話せてます？

**泉**　え？

**ほ**　今はなんの話してました？

**泉**　今、聞いてなかった？

**ほ**　自分はまだ声聞こえないんで

**泉**　俺しゃべってること聞いてなかった？

**ほ**　ええ

**泉**　だから、何しゃべってたんやろ。今俺がしゃべったことかっこよかったんかってしゃべったり

**ほ**　泉さんの中でやっぱ、かっこいいってことは大事なことなんですか？

**泉**　今はそんなに思ってないけど、まだ、大事やったんかな。内野さんの時は、内野さんに会った時は、今は、やっぱ大事かな、かっこいいってことは、大事やわ

〔中略〕

**ほ**　アタマおかしくなると？

**泉**　人の家の様子見たりとか

**ほ**　人の家の様子。それは実際に見てるんですか？

**泉**　見てはえんけど、見たことあるんやって、窓越しから

**ほ**　近所の人の家を？

**泉**　見てないんやってなそういえば

**ほ**　ソコ（泉さんの自室に設置された窓）からですか？

**泉**　ソコからとか、おかしいかなやっぱり？

**ほ**　どうかな、別に眺めるくらいだったら、覗くとかだったらちょっと危ないですけど

**泉**　俺、覗くって考えてまうんやって

**ほ**　風呂入ってる女がいて、ココから眺めていたとした

らちょと危ないですけどね

**泉**　そういうコトがあったんやって俺。それ、隣の平井[*42]ってヤツのねーちゃんやったんやけど

**ほ**　覗いてたんですか？

**泉**　覗いてないよ。見えんかったよ。ただなんとなく見えただけで、携帯で撮ったんやけど、撮れんかった。そんなことしてるんやって俺。それでアタマおかしくなったりするんやって

**ほ**　それでなんかトラブルとかになりました？

**泉**　ならんかった

**ほ**　携帯でなんか撮れました？

**泉**　撮れんかった

**ほ**　でもそのねーちゃんが風呂入ってることとか、時間とかは分かってたんですか？

**泉**　分かってたよそんなもん

**ほ**　それはすごいですね

**泉**　そんだけ、アタマおかしかったんやって。今は、そんなことしてえんでな。やっぱ盛沢太一のせいやなって思ってさ

**ほ**　盛沢太一が出てくると、その話ばっかになっちゃうんで

**泉**　うーん

**ほ**　泉さんてヤフーのメールとか持ってます？

**泉**　ヤフーメールって何？

**ほ**　ヤフーのメール……あーでも、パソコンとか使わないんですよね？

**泉**　うん。ヤフーのメールって何？

**ほ**　ヤフーってのは、携帯のメールじゃなくて、パソコン用のメールってのもあるんですけど

**泉**　あーないない。パソコン持ってないもん俺。（日記を指して）花藤君、なんかこの文章、分かることあるか？

**ほ**　だいぶやっぱり、色々苦しんでるんだなってのは思いますけど

**泉**　ほやって。苦しんでる。分かるソレ？

**ほ**　ソレは分かると思います。ただまあ、誰かが誰かを助けるってそんなに簡単なことではないんで

**泉**　うーん、ホントやの。難しいでこんなに苦しんだんやもんな。花藤君もみんなと話できるとイイんやけど、できんやろ？　聞こえんか？　聞こえんのぉ、話できんと思うわ

**ほ**　今、泉さんは話せることでだいぶ助かってる感じで

すか？

**泉**　助かってる。だいぶ助けられた。花藤君も力をつけりゃいいんやけど、花藤君も力をつけられればいいんやけどさ。そういうことに。そうするともっと世界が変わるんやけど

**ほ**　この音楽、なつかしいですね

（再生されていた劇場版『タルるートくん』のエンドロールが流れる）

**泉**　なつかしいやろ

**ほ**　これって（テレビ版の）エンディングの（曲ですか）？

**泉**　エンディングじゃないんかな？　エンディングじゃない。これ映画だけなんやよ。テレビのヤツとも違う。覚えてないんやけど

**ほ**　じゃあ別の曲かな

**泉**　あ、ごめん。エンディングやったかもしれんコレ

**ほ**　なんかどっかで聴いたことあるような感じですね

（ほろほろ落花生、落涙）

**泉**　どうした？

**ほ**　なんか、なつかしいんでコレ

**泉**　いいやろコレ、タルるート

**ほ**　なんか和(なご)みますね

**泉**　いいやろ。だから俺、欲しかったんやって、このビデオ。タルるートがかわいいやろ？

**ほ**　タルるートはいいもんですね

**泉**　いいやろ。和むやろ。タルるート

# 泉さんの日記抄録

## A

内野さんとオレの心は通じあってお互いに心が通じ合うようにする。

変る所は伝わらないようにする。内野さんとオレは以心伝心で伝わるようになった。

内野さんとオレは以心伝心でお互い通じ合ってお互い互感を働いて通じ合う。

出雲神社のおみくじはいままで引いたのは１００％あたる。

お参りも今までした事はすべて縁担ぎですべて実る。当たる。

泉裕男と内野絵里は愛は結ばれて成就する。

オレの体質脳は10%になる。なった。

上半身より下半身の方長くなる。なった。

身長１７２㎝になって１７２㎝に見える身長になった。

## B

オレは元どおりあかの他人にもどった。もう泉という名前は日本すら消えてなくなった。内野絵里は誰とも付き合えない。ずっと1人で生きていく。

他の男も内野絵里とはえんがない。内野絵里と結ばれたヤツは泉裕男の運命の相手は存在する。

その女の子は邦枝葵（くにえだあおい）[*43]みたいなおれのオヤジの体の病気と同じ立場になった。女の子で身長は１５０㎝以下。

おれのお母さんと同じ病気の立場になった。

おれのお父さんとお母さんの変わりに死ぬ。

そいつらはオレをはめたヤツら。

## C

１００％この世は俺達辻淳[*44]以外のみんなのつごうのいいような世界になる。

内野さんと泉裕男は心がかよいあっている。

脳のこうぞうを中3の脳のこうぞうにする。

辻淳脳みそグシャグシャになった。辻淳さいあくなじんせいふりだしにもどってスタートする100%やり直しする

辻淳ボディーぶよぶよになった。

辻淳精欲0%になった。辻淳がちまみれためこんで幸せ100%消えた。

辻淳サル顔になる100%なった。

辻淳いきがった生いきなシャクにさわるのが0%になった。

辻淳ろれつが回らなくなる100%なった。

辻淳のイメーシ・キャラステータスの盛沢太一イメーシキャラステータスと同じ立場になった。100%なった。

「喧嘩の相手は宇宙」

インタビュー・日記抄出部分に基づく試論

日記抄出部分について。未来における欲望あるいは願望が切に浸みこんだ現在形、さらにそれらが成就されたことを証す完全な断定並びに既成事実が封入された完了形が致命的かつ決定的かつ宿命的である。表記面では「なる」「なった」の両者が分岐し同時並行的に進行するスタイルが特異である。「なる」という宣誓が「なった」という成就とともに遂行される。現在形を先取りして完了形が登場する記述も注目に値する。「なる」という時間軸を素通りして既に「なった」のである。

記述内容は予言、預言、誓願、祈願、呪詛、嘲罵、怨嗟、断罪、内省、郷愁、旧懐、葛藤、切望、渇望、期待と様々に彩られているが、私としては「なった」という断定に特に注目して頂きたい。このテキストの著者の戦略としては、断定という有無を言わせない修辞能力への盲目的ともいえる信仰を軸とした力の発現がみとめられるだろう。この盲目性について私はネガティブな意味合いを込めてはいない。むしろそこに積極性を見出す。断定における突貫。断定における現実の徹底的改竄。これは書き手にしか行い得ない特権的な身振りである。さらにその振る舞いにおいて書き手は小賢しい自己批判などに目もくれない。問答無用で重ねられる断定において己の希求する現実を完膚なきまでに叩き込み言語として固定する。

私は魂の本源的な能動性がそこに息づいていると感じる。人間が言葉を織り上げるというポイントにおいて、最も始原的なもの、熱塊のごとき蠢きがここには確実にある。

総体として「現実を書きかえる」言語の魔術性が自在に発揮されている。仮に現代に言語性に基づく真正な呪術が存在するとしたならば、このような形態をとる可能性はあり得る。

１００％は１００％であり他のなにものでもない。０％は０％であり他のなにものでもない。この修飾を凡庸と受けとるかはあなた次第である。

葛野氏は以前、泉さんを現代のキリストとし、我々（猿石氏、葛野氏、面川先輩、私を含む）を使徒としてこの世界の「新規まき直し」を提案したことがある。この腐れた世界に対する私的大洪水であり浄化である。私はその意見に賛同するところ多である。

無論、こうした考え方はある種の「聖痴愚（ユロージヴィ）」を盲目的に礼賛する風潮に対する批判の類いを免れ得るものではないだろう。この点に関しては本質的な問題を指摘しておきたい。私も葛野氏も泉さんを「聖痴愚」といった軽々しい存在として捕捉してはいないということだ。

インタビューをお読みの方は気づいて頂けると思うが、泉さんと葛野氏、私の関係においては確実に人間的交情があった。おかしい時はともに笑い、つらくかなしい時はともに泣く仲であった。そこを捨て置いて泉さんを「聖痴愚」のごとき存在として扱うことは、不遜極まりない軽薄な態度であると考える。この辺りの判断については読者に任せるしかない。

他者に読まれることを目的とするのではなく、自らが生きのびることを目的として書かれた文章を私は人生において初めて読んだ。この点は日記という体裁が多少は関与しているとも言えるだろう。この場ではその一端しか紹介できなかったが、膨大なテキスト全体において繰り広げられる極限的苦闘は、日記という枷を蹴破り読み手に肉迫してくる生々しい力と気迫に満ちている。個人的な体験となるが、泉さんから借りた日記を読みつつ慟哭した一晩があったことをここに記録しておく。

この苦闘についてもう少し掘り下げると、私としては泉さんはなぜここまで苦しまなければならなかったのかという問いに行き当たる。その要因についての解答を一言で提示することは難しい。いずれにせよ、泉さんが総合的要因である「この世界」を赦（ゆる）すことはこの先も決してないだろう。「この世界」を許容し是認できる人間が「あっちの世界」を希（のぞ）むわけがない。この点において、泉さんの文言は既存の「この世界」に対する強靭な反語として成立するということを指摘しておく。泉さんの発した語、書した文言の全てが我々の生存並びに構築したシステムに対する批判として突き刺さる。人間の生存に関してある程度の問題意識を有している方であれば、この意義を理解してくれるはずだ。私は決して珍奇な例として嗤い者にするために彼をおもしろおかしく取り上げたわけではない。

「この世界」を否定することは容易だ。そうした振る舞いをする人間に対する罵言として現代では自己責任といった言葉が安易に浴びせられてきた。私は泉さんに対して、遺伝や環境といった因子を考慮してもなお、そのような軽薄な罵倒を行ない得る人間の神経を疑う。

今般のインタビューにおける文字起こしと日記の抄出といった作業を行うに当たって、私は今一度、己の問題の核心に近づく必要に迫られた。泉さんの苦闘は果たして必要なものであったろうかと。この点をさらに追窮するならば、泉さんの生存をはじめとして、私の生存、さらに言えばあなたの生存もまた必要であったのかという根源的問いにつながるものだ。「あっちの世界」に行くことが不可能な理由としてインタビューにおいて述べられた〝そういう世界になってないでこの世界がまだ〟という言葉は人類に対する冷厳な予言の響きを帯びて我々に迫ってくる。

「人類はそれでも生存し、継続する必要があるのか？」という私が抱える最大の問題の価値を傍証する存在として泉さんは輝く。泉さんや私をはじめとする人間は今後いったい何と闘うべきなのか？　ここにおいて「喧嘩の相手は宇宙」と述べた老爺の言葉は重大な意義を持つことになる。

「喧嘩の相手は宇宙」という文言は、一九九四年に安風骨氏により近代文藝社から刊行された『人生は地獄子供を生むことは犯罪である！』という激烈な表題を抱く著作にみられる表現である。この文言に深く関わる箇所を以下に抜粋する。

この世に生まれてきてひどい目に遭って、牛や馬のように黙って死んでいったのでは、あの世へいっても到底浮ばれません。人が腰を抜かすような痛快なことをやって、思う存分うっ憤を晴らして死んでいってください。人間をひどい目に遭わせた宇宙大自然への怒りの反逆です。宇宙の誤りを正すのです。

p.165

人間を生んだ真の敵は親ではなくて自然なのです。親も被害者なのです。人間に地獄の生存を強いる憎むべき自然を恨み呪ってください。喧嘩の相手は宇宙大自然です。相手にとって不足かもしれませんが、「全人類完全救済」の理念に燃えて、力を合わせて闘いましょう。

p.168

一見、狂人の書いたがごときこの著作は昨今流行の兆しをみせている反出生主義を先取りしたものとして注目されている。だが、出生という現象の背後に潜む問題に対するまなざしが卓抜であることに特化した議論は少ない。「出産罪」を法規的に整備する必要性を提唱する先見性や、出生という現象がこどもの基本的人権を侵害しているという著者の鋭い着眼については特筆に値する。いまだ生まれざる者に対して基本的人権の適用が可能かどうかについての精密な議論はここでは措くが、一九九〇年代の時点においてこの点を指摘できた人間は私の知る限り存在しない。

現今の反出生主義では両親を罰する指摘が多い。特に生殖という行為において「この世界」に本人の同意なく強制的に連行した罪を糾弾する言辞が多いということである。この著者はもう少し深い次元で洞察を行なっている。生殖ではなく生命という現象とその基盤となる宇宙の存在にまで言及している点はまさに慧眼であると言えよう。喧嘩の相手は両親ではなく人類でもない。生命体のシステムですらない。相手は宇宙そのものということになる。ただし、この著作に欠落している視点は問題を人類に限定してしまったところにあるとも言える。

生命体の悲劇を時系列順に簡略に整理してみよう。

① 宇宙が発生したこと
② 生命が発生したこと
③ 補足するならば②の状況以降、人類という種がくだらない座興を延々と継続してきたこと

反出生的な思考は様々に分化しているので、扱いが難しい。仮に既存の道徳法則の書き換えや、なんらかの倫理的覚醒が起こり人類が絶滅したところで、残存する生命体が感受するであろう苦痛はどうなるのかといった批判は可能である。あるいは人類が絶滅したところで、地球あるいは別の惑星なりで苦痛を感受するなにがしかが存在または発生する可能性は否定できない。よって私としては①の系において問題を解決せざるを得ないという結論に至る。即ち、宇宙そのものの滅尽である。これについては現代宇宙論にまで言及はしない。現状の人類が観測できる範囲の宇宙という日常的な定義で使用する。この意味において「喧嘩の相手は宇宙」という言葉は正鵠を射ている。宇宙と喧嘩する方法と手段については各々において検討して頂きたい。泉さんは独自の流儀において宇宙と喧嘩していたという視点は可能である。

「この世界」の実相を知った盲の少女、ジェルトリュードは自死を選んだ。我々は既に実相を知りながら、なにかしらを騙し生きている。だが、生きることの根拠など

正味のところひとつもない。これが身も蓋もない真正な現実である。泉さんはその現実を冷静に俯瞰しつつ、生身の存在として、一人の人間として実地に生きたに過ぎない。泉さんが「あっちの世界」への移行を切望することに対して我々は述べる言葉を果たして持っているのだろうか。彼と宇宙との喧嘩がどのような決着をみせるか、私は知らない。

## 後記

泉さんとの音信が途絶えてから久しい。最後に交わした会話はいつだったろう。職場に向かう途次、泉さんから連絡がきたことを記憶している。確か会話の内容は彼がコレクションしている『ダイの大冒険』のＶＨＳをデジタル化できないかというものであった。

「ちょっといま仕事行くんで話せないんですけど。いま忙しいんです」

「俺かって忙しいのに電話してるんやぞ！」

「じゃあもう電話かけてこないでください」

これが泉さんとの最後の通話となった。

伝聞となるが、『ダイの大冒険』についてＶＨＳでしか流通していない商品の購入を泉さんは面川先輩に依然として依頼しているらしい。生存はしているようだ。

ここに私が書き留めた泉さんの文言を統合失調症罹患者の妄言として処理することはたやすい。だが、自らの生存のために言葉を考え、編み出し、他者を想い、唱えられる呪文は私にとって大きな意味を持つ。

かつてランボーは自らの詩作原理表明において「理詰めの攪乱」raisonné dérèglementという言葉を用いた。

泉さんには何かが欠けているだろうか。過剰だろうか。平衡が保たれているだろうか。バランスボードだろうか。

「最後の文学者」という問いについて、あなた自身が考えてもらいたい。

## 脚注

1 途中から原付二輪車で来訪した葛野氏を含めた鼎談となる

2 『DRAGON QUEST —ダイの大冒険—』一九八九年から連載が開始された漫画およびそれを原作としたアニメーション作品。人気ゲーム『ドラゴンクエスト』シリーズの世界をベースとして物語が展開する。原作は三条陸、作画は稲田浩司

3 『ダイの大冒険』のメインヒロイン。魔王軍に国王だった父と母を殺され、十四歳で王女になった。主人公ダイとともに魔王軍と戦う

4 『ダイの大冒険』のキャラクター。魔王軍幹部だったが、のちにダイの仲間になる

5 『ダイの大冒険』のキャラクター。師アバンを養父の仇と思い込み魔王軍に降るが、ダイとの戦いに敗れたあと仲間になる

6 『ダイの大冒険』の主人公。みなし子だったが、竜の騎士の力を開花させ、魔王軍と戦う

7 ほろほろ落花生の氏名

8 当時WEB技術のある葛野氏の発案により、クローズドな掲示板が開設されていた

9 通常は円盤の形状をしたボード。不安定な形状のボードの上に乗り、自立したまま体を支持し続けることで体幹等を鍛える。ここでは具体的な器具そのものを指しているのか概念として扱われているのか不明

10 ほろほろ落花生と名字は同じだが、泉さんの中学時代の同級生と思われる別人の名前

11 『ダイの大冒険』に登場する男性キャラクター。魔法使いにして主人公ダイの親友。マァムのことが好き

12 『ダイの大冒険』のヒロインの一人。僧侶戦士であり、ダイ、ポップとは同じ師の元で修行をした

13 入院時に泉さんの知り合いであった方の苗字か

14 アメリカの思想家。詩人としても著名。ここではおそらくイギリスの女優エマ・ワトソンを指す

15 『ハリー・ポッター』に登場する女性キャラクター。女優エマ・ワトソンが演じる

16 『ドラゴンボール』シリーズを核としたトレーディングカードゲーム。ここでは派生商品としてのフィギュアを指す

17 『機動戦士ガンダム』シリーズおよび、この作品を基にしたフィギュア

18 一九八〇年代にロッテが発売した食玩シリーズ。チョコスナックにカードとフィギュアがついており、ロールプレイングゲームができた

19 漫画作品『キン肉マン』に登場するキャラクターを模したゴム製フィギュアの通称。後に商品名にもなる

20 『ドラゴンボール』に登場する孫悟空の必殺技の一つ。リスクはあるが使用者の身体能力を倍加させる

21 『ドラゴンボール』シリーズのアニメ版オリジナルキャラクター。永遠の命をもくろむ魔族

22 『ドラゴンボール』に登場するキャラクターで、ナメック星人。作品冒頭部における最大の敵だが、生まれ変わったのち仲間になる

23 当時、芸能界でデビューすることが泉さんの宿願の一つであった

24 猿石氏はインタビュー当日、賢明にも不在であった

25 『ドラゴンボール』に登場する霊薬。リスクはあるが飲むと潜在能力が引き出される

26 福井を拠点とする家電量販店

27 後に登場する『まじかる☆タルるートくん』のヒロイン。氏名は河合伊代菜（かわいいよな）

28 『まじかる☆タルるートくん』一九八八年から連載が開始された漫画作品、および漫画を原作としたアニメーション作品。江川達也作。登場人物の名前は語呂合わせが多い

29 泉さんが面川先輩を呼ぶときの愛称

30 詳細不明。「マセイ（人名）が将棋部じゃなかった」の意味か

31 泉さんが長年恋慕してきた女性

32 詳細不明

33 詳細不明。先述の「ゴロンジュネン」の略か

34 おそらく医者の指示か

35 『新世紀エヴァンゲリオン』に登場する女性キャラクター。金髪ツインテールで「ツンデレキャラ」の類型となった

36 泉さんの終生のカタキとおぼしき人物

37 『月刊ＵＲＡＬＡ』福井のエリア情報誌

38 『まじかる☆タルるートくん』の男性キャラクター。戦闘力に長けた不良で、主人公と戦う

39 『まじかる☆タルるートくん』の女性キャラクター。主人公の同級生で意地が悪い

40 『まじかる☆タルるートくん』の主人公

41 詳細不明

42 泉さんの近隣に居住するとおぼしき方の苗字

43 二〇〇九年から連載が開始された田村隆平作の漫画作品『べるぜバブ』に登場する女性キャラクター。暴走族のリーダーで、ヒロインの一人である

44 泉さんの終生のカタキとおぼしきもう一人の人物の氏名

# イノセント（つみのない）ほろほろ

1990 - 1991

## 解題

ほろほろ落花生は「無垢(イノセント)」ということにずいぶんとこだわっていた。

本書の構成は編年体であるが、例外的に無垢な時代のほろほろ落花生（小学五年生）の作文を四篇掲載する。

# 90m走

「よーい、パーンッ。」

ぼくの前の人がスタートした。

90m走だ。きんちょうは、おさえようとしてもとまらない。心臓がたいこのようにひびきわたる。

「ピー。」

きたっと思った。きんちょうしているのはぼくだけで、みんなリラックスしているようだった。

はげしい不安が、胸の中をよこぎる。

横にいるのは、みんな速い人ばかりだ。

白線についてスタートをまった。

スタートの時間がみょうに長いようにかんじた。

「パーンッ」

スタートだ。白いテープがどんどんせまる
一位、生き返ったような快さが体全体に広がる。

そして一位になったことを祝福してくれるようなすがすがしい風がぼくにふいてくれたような気がした。

# 地球ファミリー

NHKの、夜8時からの番組、地球ファミリーこれをみている人は、あまりたくさんいないと思います。具体的にいえばこの番組は動物たちがたくましく自然と共存していくところをさまざまな形で、とらえている番組です。単なるテレビ番組ですが、見おわった時の感じ方がちがうのです。それは、自分がこんなにのんびりしていていいのか、何かしなければいけないのではないか、ということです。

いつもこの番組中心の人物は、人間です。しかし、このテレビの人間は、スターや味方なのではなく、敵なのです。全員、そう人間全員が、動物の敵です。

人間は、あらゆる手で、植物、動物を苦しめ、自分たちだけの利えきをあげようとしているのです。こんなことでいいのでしょうか、生まれてくるのも同じで、始めは知能も同じ、なのにこんなに同じ仲間をくるったように殺していいのでしょうか。

人間が生きていくためには、あるていどの動植物や、資源が必要です。

ぼくも、その動物や植物のおかげで生活しているのですが、このままでは、本当に動物が減っていくと思います。そして、この状態が続けば、天然記念物や、保ご動物まで死に絶え、ついには、世界的な食料不足になりかねません。

それからその原因はもう一つ、人間に、とられるだけとられて、何も食べられない、色が悪い、ということだけで、捨てられる、生き物たちです。

これは、ゴミの量を増やしそれにくわえ、生き物を、げんしょうさせる最悪のことです。

そんなにたくさんの生き物をむぼうびにとり、その半数は捨てられてしまうなど、人間にそんな権利があるのでしょうか、この海の中をやっと生き残り、人間にとられて、何の目的も果たさないで殺された、それも、ただ何にもされないで殺されたのです。

もし、ぼくらが生活している中で、でかい臣人[*「巨人」の誤記]が現れ家族やぼくを、虫でも殺すようにしていったらどうなるでしょう。

この世界では非常しきだ、とかいってこうげきするにきまっています。

しかし、魚にはそれができません、物もいえませんしかし、もし口がありしゃべれたなら、こういうにきまっています「いいかげんにしろ。」と。

このように人間はあらゆる面で動物に接しています。

でもそれは自分たちがはめつの道を進んでいるような物です。

だからぼくは、ごはんやおかず、給食を残さず食べ、少しで前向きなしせいでこの問題にとりくんでもらいたいと思います。

# 雪とぼく

「あっ雪だ。」

空から、雲をちびちびとちぎりとったような物が降ってきた。

雪だ。

とても神秘的できれいだ。どうして空は、水をこんなにもきれいな姿に変えられるのだろうか。

この前、家でこんなニュースを見た。

この前の雪のため、車が通れないそうだ。

でも、この後のニュースで、スキーができるようになって初すべりを楽しんでいる人たちがいた。

一見、何とも思わない雪でも、もし、この世から雪が消えてしまえば、冬のオリンピックは消え、南極や北極も消えてしまうだろう。

それに、雪が消えてしまえば、お正月のふいん気もでません。

今日も、雪が降っています。

ぼくは、この雪を見て、もっと降れ、もっと降れと思っていますが、他の人はこの雪を見てどんなことを思っているでしょう、いやだなと思っているでしょうが、ぼくも大人になって老人になると雪がきらいになると思います。

でも大人になって老人になっても雪を見ていやがらないようにしたいです。

ぼくがこの作文を通していいたかったことは、動物が森と共存しあっていきているのと同じく、人間も、この雪と、通じ合って、共存しあって生きていかなければいけないと思います。

# 五年生の思い出

五年生の間の境小学校生活は、とても短いような感じがしました。とゆうのは、この五年間の間は、いろいろ頭の中で考えきれないほど、いろいろな出来事があったからです。五年生で一番心に残ったことは、れん合体育大会でした。ビリにはなったけれど、大きいぶたいで走れたのでとてもうれしくて、また、勉強にもなりました。

五年生の終わりも、もう二ヵ月にせまったころお父さんから、転きんの話を聞きました。とつぜんの話で、どうすればいいのか迷ってしまいました。

ねる時も、転きんのことで頭がいっぱいであまりねむれませんでした。

転校していった友達は知ってるけど、よりによってこのぼくの家が転きんになるなんて考えてもみませんでした。

今なら転こうしていった子の気持ちが分かります。ぼくは、みんなに、

「転こうするんだってー。」

と、聞かれるたびにこころがいたみました。

転校してくないのに、転校がいやなのにそんなこと言われると、とてもいやです。

でも、転校するときは、何も心残りもなく転校できたのでよかったです。

いろいろなことがあった五年生でしたが、この五年生の経験を元にしてこれからの六年生を良い一年間にしていきたいと思います。

# 付録

1979 - 2023

# 書簡ほか

編・高橋文樹

## 解題

一般的な全集が作者の書簡や日記などを含めるように、本書にもほろほろ落花生の書いた作品以外のものを収録する。本書を編んでいる二〇二〇年代という時代において、手書きの手紙は一般的ではない。対象は電子メールからウェブサイトへの書き込み、米グーグル社のホスティングサービスで偏執的に管理されていた草稿のＭＳワード文書にまで至る。我々は現在、これほど大量のテキストを書く時代に生きているのだ。

個人情報保護の観点から、ほろほろ落花生が受け取った文書を公開することはしていない。ここに収録された文書は、作品理解の補助線となることを基準に選ばれている。

**【編者による前文】**

ほろほろ落花生は筆まめであり、電子メールを好んだ。そのメールは通常では考えられないほどの長文であり、ある程度の論旨を伴ったものが多い。彼の人となりを知る証左となりそうな書簡などを抜粋してここにまとめる。なお、固有名詞や表記などは収録にあたって改めている。一般的でない外来語や専門用語にはルビを追加した。

## 東大仏文科

ほろほろ落花生は自身の所属していた東大仏文科の教員および級友たちと抽象的な長文メールをやりとりすることが多かった。作中でもたびたび登場する茶山（さやま）・油田（ユダ）・高橋とは頻繁に交流しているので、その一部を紹介する。また、新日鐵退職事件に関して中地義和教授に送った詫び状も紹介する。中地義和はランボー研究者として著名であり、近著に『対訳　ランボー詩集』（岩波書店、二〇二〇年）がある。ほろほろは同書の発刊を「日本人向けランボー研究書の中で最良の書である」と評した。

**中地先生へ**

2003/1/1

親愛なる中地先生へ

以下、見苦しい長文になりますが、どうかご容赦の程を。

この度は、私の「乱心」によって周囲の方々に多大なるご迷惑をおかけしたこと、深くお詫び申し上げます。事の顛末は会社から失踪し、かねてより知り合いだったパリの日本語学校長を頼り出奔、1／30～2／4までの無意味な彷徨を経て帰国、という具合です。今回の件で奔走して頂いた会社の関係者や小野神君をはじめとする知人、私の両親に対しての謝罪も半ば終わったという段階です。

会社側としては、（おそらくは形式的な）慰留案を提示されましたが、私としては引責辞職したいという意向をお伝えしておきました。現在は最も心労をかけた両親の元に滞在し、謹慎中の身であります。土蔵の座敷牢に入れられているという按配ですが。

さて、今回の私の「失踪」もしくは「逃亡」、総括すれば「あくまでも醒めきった乱心」についてですが、精査をすると以下の如く様々に累積した要素が複雑に絡み合っているようです。

第一に、企業より内定を頂いた直後、二〇〇二年六月よりはじまった原因不明の右下肢の疼痛が挙げられます。この疾患の為に昨年九月まで休職を余儀なくされましたが、CTやMRIで全身を精査したところ、確たる物的疾患は全く見当たらず、終局的には心因性の幻痛（phantom pain）http://www.jspc.gr.jp/terms/term-p.shtml という診断に落ち着きました。日に数度に亙る鎮痛剤としてのモルヒネの服用、痛みの減摩の為に日中から睡眠薬を服用しておりました。痛みの苛烈が復職してからも職務の履行に支障をきたし、今後の自身の社会人生活に暗い影を落とし不安感に苛まれていたことも事実であります。

第二に、日本的「サラリーマン」という不可解な土壌への不適合です。連日のようなカラオケ、飲み会での話題は他者への讒言。このようなことは覚悟していたことですが、やはり目の当たりにしてみると、こういった生活が永劫続いていくことへの圧倒的絶望感は拭い去ることはできませんでした。結局人は人を食わなければ生きていけないものでしょうか？ 私はもう誰とも争いたくありません。鉄と文学の比重を玩味しようとする強烈な企てもありましたが、実際的職務はPCを前にした事務工員でしかありません。自らの手で「鉄」をつくるわけではありません。全くこの世で幻影でないものなどあるのでしょうか。鉄もまた「重さ」が無く。

第三に、これは第一に記述した私の疼痛を発現させた主因とも診断されているものですが、「もうひとつの場所」への激しい希求です。ル・クレジオの“AILLEURS”を他の学者は「よそ」(他所、余所)と訳していますが、先生の訳では「此処」と「此処でない何処か」が等価なのですね。私の内奥は「現在自分のいる場所」を保持したいという欲求と「もうひとつの場所」へのいざないの両極で振り子が空転し分裂していたものと思います。これが痛みを発現させた主因であり、今回の出立はその帰結であったように思われます。「もうひとつの場所」での「生き直し」への祈念。

「裡(うち)はPERSONAL、外はNEUTRAL」という身に沁みるご助言を最後に頂きましたが、この「ごつごつした」現実を前にしてやはり歯が立たなかった、というのが今の私の現状であります。大学時代は系統だった何の学問もせずに、ただ粗暴な求愛をこめた雑文を書き散らすことに終始していました。ここに深くお詫び申し上げます。しかしこれには、相応の理由もあり、大学時代に偶発した「或る事件」により“traumatiser(トラウマ化)”され、一度粉微塵になった私の回復にはどうしても必要な行為であったような気がしております。

この事件を機に私が確立した黄金律
「汝自身を憎むが如く汝の隣人を憎めよ」
あの時代、これに対する反証を行うために生きてきたように考えております。

“Où êtes-vous?(どこにいますか)”というのが先生から頂いたメールの表題でありますが、さて、いったい私は今何処にいるのでしょうか? 何処へ行くのでしょうか? 先生自身は実際的に私が居る場所を尋ねたかったものと思いますが、この疑問文はやはり本質的な問題であります。実家にて司書や教職に就くというのも一手、もう一度平静を取り戻して学問に専心するのも一手、深く沈潜し自己に埋没していくのも一手。柳田国男「清光館哀史」に私の好きな一節があります。

〝痛みがあればこそバルサムは世に存在する〟

私もできれば、自らの言葉で世にバルサムを創出したいと考えております。ただし、この他にもう何も求めるものがなく、飯を食わなければならないという現実に直面する私はいったい何ができるというのでしょうか？　以上、24にもなった男の、現実認識の甘すぎる戯言を書き連ねました。

これは、安全装置が作動している枠内でのパフォーマンスではないのです。ご返信頂ければ幸いです。重ね重ね、ご迷惑をおかけ致しました。

2013/7/7

## パラメータ問題（茶山）

To 茶山くん

えーと、君のメールが届いた時、ちょうど『むすめーかー』というゲームをプレイしていた。ヒロイン連は18歳以上という設定らしいがどう考えてもおまえ小学生だろ、といういつものパターンである。この業界の通例です。斬新なのは鞭打ちなどができて、きちんとみみず腫れの跡が残る。悲鳴等の反応もある。数発で相手の精神力と体力がもたなくなる。このふたつの要素はパラメータとして厳密にゲーム内で設定されている。かったりいので、ゲームのパラメータを改造して延々と鞭打ちを行っていた。全身が赤黒くなるまで鞭打った後でなにか降臨した。気がした。しかしこれ、よくソフ倫（コンピュータソフトウェア倫理機構）通ったな。発売が二〇〇八年だからまだゆるかったのか。久々の個人的ヒット作。顔面が打てなかったのはちょっと惜しい。一応、わたくしエロゲ歴21年なのでそれなりのものには目を通している。しかしまあ、どうでもよいね。細かい話は略。

パラメータに関していえば、人間の内面を数値化するというのは安直であろうが、清潔でもあるかな。君の「ときめきメモリアル」のエピソードは大変興味深い。さらに、ユーモアのレベルが高いな。この問題は記述すると長くなるのでまたいつか。

頂いた写真に写されているなにかからすごく遠いところにいるほろほろ落花生なのでした。しかし近いのかもしれない。

## キンタマ太郎がやってきた（油田）

2010/4/26

キンタマ太郎がやってきた
キンタマ太郎がやってきて
ポコチン太郎もやってきた

ということをつぶやいてねそべっている
とくになにもなし　おもしろくなさ草紙

データ入ったCD—ROMは更新の説明時に渡したはずだが。
ないってか？
マジケル・ジャクソン・ボンジャックでか？
なめてんけあいつら。いっぺんしばかんとあかんな。
＊＊会のOさんに電話はしておきまっするよ。
一昨日、ワラビとゼンマイ採りに行き、そのときだけ少しこころほぐれた。

キンタマ太郎がやってきた

---

## こんつわ（油田）

2013/12/4

おじいさまが亡くなられたのだね。いろいろと大変だっただろう。人は死ぬのだな。君と僕は年をとったのか。よく分からない。

僕のばあちゃんが死んだときに、NHKの自然番組でも見ていたらどうかと君に言われて、あれは確かによかったと思う。ありがたく思う。

風を感じることと自由にまつわる君の文章はとてもよいものだった。すがすがしいものだ、と思った。僕は「スケッチ」などという、せうもないものを書いていないで、きちんと仕事をしなければならないのだ。

ル・クレジオの講演会とクリスマス会は行きたいね。ああ、私は行けません。仕事もあるのだが。

クリスマス会では、仏文の辞書室の隣に、辞書が置いてある小部屋があったと思うんだが、そこに土俵をつくり、僕と茶山くんが黙々と相撲をとっている情景をちらりと思った。ドアの前にからっぽのサバ缶でも置いておこうか。僕ひとりが正座していてもよいのだが。仏文の顛末のひとつの形態として。それを赤ワインを飲みながら談笑している方々が、ときおりながめてもよい。すべてはうつろっていくよ、と。

中地先生ともお話がしたいし、『地図と領土』を訳された野崎先生ともお話がしたい。

なんというか、いざというときの誰かのために、まさかりでもそっと置いておいたら盛り上がるんじゃないかと思った。ともあれ、楽しんでほしい。

僕は今年がはじまった正月元旦に、あけましておめでとう、という言葉に、ほんとうに違和感をおぼえた。ひとりぼっちで、なにをどう生きてきたら、おめでとう、なんて言えるんだろう、としみじみと思った。おめでたいことなどひとつもありはしない、という気持ちが11ヶ月きちんと継続した。それは事実だった。

ウエルベックや中地先生や野崎先生や君がやっているような、日々の継続的な仕事のみが、幸福に近いものをもたらすのだ。

ハートに火をつけたり、ドライブさせたりするものはなんなのだろう。

液体がグラスになみなみと注がれて表面張力ぎりぎりの状態を福井では「つるつるいっぱい」という。「つるつるいっぱい」という焼酎を夜中にひとりで飲んで、僕のハートはつるつるいっぱい、と呟いたが、既に干上がってしまっていたら、つるつるいっぱいにすらならない。決壊もしない。

僕はおそらく枯淡趣味ではなくて、自然のなかにある倫理に惹かれる。「ざくろのエチカ」は、人生の透明度を高めてくれるはずだ。僕の目の前には永平寺でむしってきた「むかご」がある。ひろったりもいだりしてきた自然のものは退色したり萎れていくものが多いけれど、こいつはなかなかタフだ。彼とともに冬を越すことになるだろう。

だらだらと失礼。また話そう。

# 倫理について（茶山）

2016/6/28

To 茶山くん

＞汚染された世界、という見方は、ある程度同感できる。「ある程度」というのは、君より汚染に対して鈍いかもしれないから。

＞しかし、世界を否定しても、その否定を根拠付けている価値のようなものは、この世界でしか形にできない。あの世なんてないわけだしね。あの世がたとえあっても、そこへいけばそれが「この世」になる。

否定を根拠付けている価値がこの世界でしか形にできないとしても、それはこの世界を否定する理由とはならない。

＞他人が殴ってきたときに、殴り返すのは正しいかもしれない。しかし、相手より強い力で殴り返せば、相手はさらに強く殴ってくるのではないか。

そうかもしれない。だが相手を黙らせるとか、ある「正当性」に誘導する端緒となるかもしれない。

＞適切に殴ることが大切だろう。

＞つまり、適度に世界の汚染を憎むべきだと思う。観察的な立場に徹した上で憎んでいるつもりでも、その憎しみの目はもうすでに世界を殴っているのではないか。

適切または適度という言葉は曖昧であり、個人の尺度でどうにでもなるという印象を受ける。殺人を犯した人間が適切な行いをしたと主張すればどう返答すればいいのか。判断における普遍的妥当性の根拠について書かれていないからぼやけた印象を受ける。

＞それから、原理的にいって、この世は汚染を免れない。それは承知しているだろう。

＞君も自身の悪に言及することがある。

＞しかしそれなら、世界が悪で、自分も悪なら、自分には世界を裁く特権的な立場はないわけだ。ところが、われわれは時々、そういう立場が自分にあるような気になる。この錯覚はどこまでも深まりうる。

自分も悪なのであれば裁くことができないという立場には強い違和感をおぼえる。

自分の判断基準と照合してそれでも否と言い得るところに人間の自由の一部はあるのではないか。また、錯覚という言葉はかなり都合のよいものとして使われている印象も受ける。錯覚のない状態、なにか超越的であったり絶対性を有するものがあるという立場が措定想定されているようだけれど、そこがきちんと言明できていない以上、読み手としては腑に落ちない。アフリカの原住民が水戸黄門さまの印籠をつきつけられても困惑するだけだろう。

私の感じている違和感の本質は、絶対的なものを据えることで自分の身を守ったり善を補強しているようにみられる君の立場が、折衷主義や相対主義の都合のいいところだけを実は抽出して現実に対して応用しているのではないかという疑問だ。そこには過度に他者を傷つけまいとする配慮が働いているようにもみられるけど、一貫性という部分でおかしいのではないか。

## 新年挨拶（油田）

2018/1/3

本日メール拝読。

反出生に関してはまだ考えてるよ。ベネター本の邦訳も出た。論争に関してはむなしいもんだと思う。

そういえば街頭演説をやる過激派が日本でも出てきた。メールにあったエントリは5ちゃんの「子作りは大罪」スレで紹介されていたからちょうど今日読んだところだった。

ちなみに『トゥルー・ディテクティブ』はむかし見たんだが馬鹿げた駄作だよ。特に結末。ちょい金余ってるおっさんの悲哀描写はうまかった。

最近酒飲みながら聴いてた比較動画

http://veganmeme.seesaa.net/article/448346216.html

と

https://www.youtube.com/watch?v=3nVIL41vs78

ストロングゼロに関して思うところはいろいろとあるんだけれど頂戴した文章のようなものを書いたり読んだりはあんまり楽しくないのではないかな。少なくとももう新しさはないと思う。こまかいとこが丁寧に書かれていると思うが、自分はそういうところに対する関心がなくなってしまったからなのかもしれない。

私は「つるつるいっぱい」（1500円前後）という福井の焼酎から「かのか」（1000円前後）に移行した。「かのか」を5：5でお湯割りにしてレンジで1分温める。それをぐびぐびやりながらスプラトゥーン2をやってる。イカになってTPSで殺し合うという、ふざけたゲームなんだがよくできてるんだよなあ。アートワークも音楽も素晴らしい。

ゲームといえば7年待ったゼルダ最新作が去年発売されてこれがまた素晴らしい出来だった。圧倒的。トレーラーや海外の反応動画みながらずっと焼酎飲んでたね。

そういう生活を継続した結果、肝臓と腎臓がいかれました。

さて、経済が人間のファミリアリテ（共同性）を壊しにかかるという素朴なところが最近のテーマです。

成人小説または成人漫画において私が昔から注視しているのは悲鳴の表現である。優れた表現者はその辺りがきちんとしているのである。難波京介という上手い作家がおり「レイプ地獄」という作品の破瓜シーンで描かれる悲鳴は「あ、がうッ！」というものだった。

もりしげという一般にいってしまった天才の未完作品『学校占領』がある。これは一読の価値あり。心臓病の治療を終えてやっと登校できるようになった小学生が強姦されるのだが、その際の悲鳴は「うがあっ」「ぎゃぁっ」「むぐぅ」「があっ」等。しょっぱなに陵辱される他の娘だと「うっうががっ！！！」「ううっうがぁっ」等。

この悲鳴の問題について昨年生徒と議論していたが「きゃー」とかはダメだろと。社会性に規定された或いは守られた或いは脱出し得ていない悲鳴というのはチガウだろうと。

こんな濁音入りの悲鳴をあげている人間などいるか。はてなんぞ清音できゃあきゃあいってる連中ばかりでねえのか。この野郎と思った。

では。本年もよろしく。

### もりしげの死（油田）

2020/7/18

あいかわらず遍歴しているみたいだが、君はたぶん元気なんだろう。自分は遅ればせながら英語を本格的に勉強しはじめた。

個人的なお知らせとしては先月に漫画家のもりしげがガチで死んだらしく落ち込んでいた。芸術表現においてはその年齢でしか描けないものはあるのだろう。問答無用で人は死んでいくが、作品はやはり不滅なのだろう。と、己を慰めていた。

KさんやIさんと久しぶりに連絡をとったが元気にやってるみたいだ。

ではカラダを大事に。

面川先輩

面川先輩は本書でもたびたび登場する、「お金持ちの高校の先輩」である。ほろほろ落花生は面川と親しく交流し、一時期は生活のかなりの部分で世話にもなったが、のち絶縁に至っている。

## 人は獣に及ばす

2014/11/23

To 面川先輩

表題は高校時代に配布された筑摩書房「現代の文章」より。筆者は中野好夫。

以下、とりたてて何かを伝えるというわけでもないですが。

近日発売予定の破滅派10号は、私の散文がふたつとインタビューが掲載されています。ふたつの散文への評価は人それぞれだったのでおもしろいと思ったことがひとつ。インタビューはその形式上、ひとつの断面しか捉えられていないところは残念ですが仕方ありません。一般的におもしろがらせるためには、誇張や歪曲は含まれてしまうもので、ドキュメンタリー等が主観から逃れられないことと同じようなものです。とある同人は、インタビュー記事について「あそこにはほろほろ君が表されていない」と語りました。彼も主観のうちに語り、私もまた主観に基づき書いているわけです。

現在の自分は反出生から一歩進んだ形で、人間であることの絶望感というものを抱いています。人類という、とことん愚鈍な種には、反出生という観念はもったいないとも思うわけです。「懲らしめたい」ということも、人間を大事にし過ぎる人間中心主義の考えが根底にあったわけで、自分はかなり愚かでした。

人類補完計画や終末論みたいなものは、ある部分では人間を救おうとする点で人間側の奢りがあるわけで、なにか興ざめしたわけです。反出生主義が目指す絶滅にしても、苦を減じる博愛精神があるならば、人間がそんなものに値する存在かと私は思います。

手塚の『ブッダ』で、動物から人間に語りかける形で、「私たちはお前たちのように必要以上にとることをしない」というような言葉があったのですが、この辺りは今後のキーワードになりそうです。人間がむさぼることや、善行の形で悪行をなしたり、といった例は挙げるまでもありませんが、私は人類が有史以来えんえんとやってきた集団茶番劇についていけそうにありません。

以上は、自分が判断力を持った理性的主体であることに耐えられない、ということに理由のひとつを求めることができそうです。あまりたのしくはない内容でしたが、これまでをまじめに見つめ直した時の経過報告のようなものです。妄想から逃れたと思って錯覚しているのは常なので、今後また改善される可能性はあります。この辺りをくぐり抜けないとこの先はやっていけなさそうなので、敢えて文章の形態で記しました。

からだを大切にしてください。

## 『草子ブックガイド』感想

2016/6/12

To 面川先輩

団鬼六『お柳情炎』は一読の価値があります。この業界で有名な千草忠夫という方の経歴は興味深いです。詳しくはwikiなりでどうぞ。

さて。

モーニングにしては、文科省推薦のごとき男根喪失のキレイな話が続きますね。扱う素材についての露骨なブレーキはやめたほうがおもしろいのに、と思います。ちょい黒な耳すまか、てまえは。偏執的という意味ではアマサワセージ君の方が濃かったので、今後の新キャラに期待です。とはいえ、作品としてはご立派です。せーじつです。しかし私は「迷いながらもやっぱりやっぱりそれでも前向き…」感に私はうろたえます。

懲らしめたい、と強く思います。徹底的に罰したいです。草子を。

「もう、なにも、信じない」と言わせてあげたい。この人生の本音を、「肉声」（小林秀雄オマージュとして傍点ルビ付き）を、きちんと引き出させてあげたい。草子をだるまにするとか、膜をぶち破るとか、父子相姦であるとか、顔射（眼射というものをむかし発案したのですが、どうでしょう。女人は眼が痛むらしいですね。極めて喚起力に富む言葉です）そういう物理的損壊の類は簡単に過ぎるので、なにか用意したいですね。

確か『映像の世紀』で見た記憶がありますが、第二次大戦時にドイツ人と姦通したフランス人女性が戦後、丸刈りにされている映像。プラカードのようなものを首からぶら下げて晒し者にされていた映像。

『隣の家の少女』原案事件流儀でやれば“I am a prostitute and proud of it.”と腹に入れ墨で掘って、古本屋の前に素っ裸で立たせておきましょうか。いや、そのままセーラーで学校に通学という方が味がありますね。肛門を中心として母親の蔵書印を象った焼き印をケツに大きくいれてもいいですね。母親のかたみを突き破り大便を放出するわたくし。ああ流聖なるかなきよらなるかな我が大便の祈り。父親も見ていたほうがいいですね。父親に見守られながら排出する大便によりて「母」を突き破る草子。私としては、JCとしての特権的な『夏への扉』（可能性）を徹底的に叩きつぶしたいです。その特権性を本人が自覚していないところがまことにタチが悪い。

人の子は誤てり。己が善性を信ずるが故。

R.Horohor(1979-?)

おにぎりの具が実は店主がコレクションしていた客の睾丸だったとか。草子が使用している生理ナプキンの銘柄だとか。どこで購入している？ ドラッグストアかコンビニか。レジにて男性店員に包装されてかろく顔を赤らめるか目を逸らす伏せる姿も見たいですね。父子家庭における生理ナプキン処理は興味深いテーマです。現代のフロベールならきちんと調べるでしょう。ああ経血に染まったナプキンをアイマスクにして眠る父の傍らに立つ草子。彼女の涙が。

大便時の放屁音は父親に聴かれて大丈夫なのか、草子。あの狭い安アパートで。もしかしてそれを聴いている父親

（顔を羞恥で赤らめているかもしれない）に欲情してしまったのか。

ごほんのとある言葉に反応して脈動してしまったクリトリスにどうしていいか分からない草子であるのか。こするのか、草子。それでいいのか、草子。そうなったらパスカル読むしかないぞ。それでも救われない自分に気づいて大便ダンスおどるか。草子。わたしはその、君の「名」だけで逝ってしまいそうだ。草の子よ。眼鏡女に近づきたいがためにショタ弟の恥垢を収集してクンカクンカしている草子なのか。恥垢収集用の綿棒はそれでいいのか、草子。JCをリーガルに剥いて学研の教材を朗読させる輩と、私のどちらがモラリスチックであるか。定めなさと恥垢。

ようするに文学をなめるな、とだけ述べたかったのです。

今日は、働きすぎました。詩人としてはあるまじきことです。

2022/2/22

## 面川への絶縁状①

さよう、なら

こちらが20年以上かけて出版を試みようとする書籍に対して

〝本が出たらまた教えてください。〟

としか返答が頂けないとは残念です。

アレ？　あなたはなにか私に対して助力するなり言っておられたことを記憶しているのですが。

当方の記憶が不確かなのかカンチガイかもしれません。

ま、どういう来歴があろうが、あなたは自身を含めて特定の他者を信用するなということを身を以て私に訓戒を授けたかったのでしょう。

述べている本人だけが気持ちのよい上辺だけの口上、空言を信用するなと。

この点に関しては「マスダコウジ」と「面川」という存在において字面ではなく冗談抜きで骨身に染みるほどに味わわせて頂きました。

今般あるいは今後、特段なにかしらの援助なり助力をして頂きたいとはもはや思いませんが、本当に、あなたは実に冷淡になりましたね。一言で述べれば残念です。

あなたがこれまでの処世上で身につけた「ナニカシラ」でしょうが、私は全く評価しません。

当然これまでの恩義はありますが、現状ではこれにてプラマイゼロです。

私としても可能な限り義は尽くしたと思いますよ。それで返礼がこれですからね。

算段はあなたがお好きな分野でしょうからお分かりでしょう。

さて、現在5人程度のチームで書籍編纂を行なっております。

「お金がない」人間が必死に汗水たらして頑張っています。

マーケティングや校正、印刷所、取り次ぎ先、販売所の選定等。

人生において〝自らが本質的に手を汚したことのない〟あなたが知る由もない世界です。

〝何もしなかったということは　悪いことをしなかったということではない〟

これは高橋君の言〈編注・正確にはローマ五賢帝マルクス・アウレリスの言〉ですが、算段好きのあなたにちょうどよいので進呈します。

まさに現状のあなたにぴったりの文言でしょう。

これにて、私は面川という人間と完全に絶縁ができたと思いますので。以後は好き放題にやらせて頂きます。

いずれにせよ、色々な意味で「覚悟して」お待ちください。

当人が生き延びることも肝要かとはおもいますが、友誼もへったくれもないところで他者を結果的に害しながら自身がどうでもいい延命をしたところで何になるのでしょうかね？　アホらしい。ハキチガエルこと甚だしく、私はかなしいです。

あなたはどうでもよい他者から無駄な「チエ」をつけさせられてしまいましたね。心からかなしいです。そこが私の反出生の起点のひとつともなります。

反論以外は返信不要。反論もクソも、それが可能な気骨もあなたにはないのですから期待しておりません。

実にかなしい結末です。

末尾として記します。私がこれまでの人生において最も傷ついたのはあなたから発せられたという「距離感」という言葉です。その言葉がどれだけ私を傷つけるものかという想像力と配慮を欠いているか。その後も特にその言を否定する様子はありませんでしたね。これは文字通り屑みたいな第三者を介して伝わった言葉ですが、発したご当人のありようを鑑みれば、さもありなんとも思います。もしその言を発したことが事実と相違するならしっかりと記してもらいたいです。

今後とも他者との「距離感」を大切にして自己の延命を計ってくださいませ。

2022/3/8

## **面川への絶縁状②**

面川という名の犯罪者に告ぐ

そういえば＊＊＊という「ペーパーカンパニー」はいったいなんだったのでしょうか？　私の出自が「被差別部落」であると、ありがたいことにご丁寧に明言しご注進して頂いたあなたのお母さまはその企業が「トンネル会社」だと明言していた記憶があるのですが。

まだ覚えていますよ。

「雨月？　境幼稚園の連中は、母も子も歯が黒くて汚い」

私は「雨月」という生まれ育った地名が心から好きであり誇りだったのですが、この一言でそのすべてを一切合切完全にメチャクチャにして頂きました。この点において、まず「あなた方」を許すことはないです。

また、この点において私は家族に尋ねてみましたが、尋ねた私の家族も非常に困惑していましたね。一言で述べれば、こういうことを平然の述べることができる神経＝道徳は私にとってまったく理解不能です。

さて。

脱税？

コレはたいへんにマズイですね。

グループ企業における労基法違反？

色々と例は知っていますが相当の怨みをかうでしょう。

私は義として密告はしませんがこれもまた実にマズイですね。

以上の情報はあくまで温情として事前に書いているわけですが、危険です。

脱税と労基法違反から吸い上げたカネの蓄積は完全に「有罪」です。

「社会」が大好きでしかたのないあなたが、反社的違法行為によって吸い上げたカネで旨い汁をこれまでとことん吸い尽くしてきたと。

そうしてなにか人間みたいな面（ツラ）、正々堂々の面（ツラ）をして生きてきたと。でまあ、オレは「社会」的にまっとうな人間でござい、という面（ツラ）をして天下御免と生きてきたと。

恥ずかしくないんですか？

しかしまあ、これはこれでとてもたのしい社会ですね。

実地としてはとち狂ってはいるのですが、これがあなたにとって好ましい「社会」の恒常的在り方です。そして、そのような人間に屈服せざるを得なかったこれまでの自分は恥辱にまみれ怒りしかない人間としてここに記録します。

思い起こしたエピソードですが＊＊公民館近くで苦しみながらハンドルに突っ伏して休憩をとっている「＊＊＊流通」のおじいさんがいましたよ。そこしか行き場がなかったのでしょう。私は生徒指導前に公民館駐車場で待機していたのですが、そのおじいさんをながめながら実に酷い経済であり社会だと思いました。そこにおいて還流されたマネーが能力の低いあなたのどうでもよい娯楽学問に費やされているということが現状なのかと字義上ではなく絶望しました。世も末です。

いずれにせよ、どう責任をとるつもりなのですかね？

私が最近好きな言葉は、「上級有罪」。

「カネ」で私の命（タマ）とってもいいですが、社会的罪人はしっかりとその責を取るべきでしょう。この文書は他のメンバーによって共有されています。べつに私をどうこうしたところで終わらない話です。
一度、土下座でもしながら全国一周ツアーでもしたらどうなのかと思います。追い詰められるとすぐに精神科医先本に頼ったり、病気療養だとか、そんなもんあなたの大好きなクソ政治家とやっていることは変わらないでしょう。私はあくまで「筆」の力によって「暴力」（＝カネ）と対抗する所存です。座してオナホかハナクソほじってただけの人間はなにかを思い知るでしょう。

## 面川への絶縁状③

2022/4/5

To面川

なにか勘違いをしているようなので申し添えておきます。私が葛野という人間を介してあなたが発した言葉として聞いたのは「言わないでほしいけど、彼とは距離感が大事」というものです。彼とは私のことを指します。あなたと葛野、両者ともに卑劣極まりないですね。これで怒らない人間がいますか。

返信不要

恋愛

ほろほろ落花生は思いを寄せた女性に受け入れられることはなかったが、いわゆる「非モテ」ではなく、何人かの女性から好意を寄せられることもあった。彼の態度は総じて冷淡ではあるが、惚れた側の熱意はそれに挫けず強いものであった。

## 藤波とのメール

北千住から福井に帰ったのち、ヤフーメッセンジャーでフランス文学を勉強していた女性藤波と知り合う。男女の関係を持ったのち、継続的な付き合いをするか、ヒモのようになって同棲をするかなどの計画をしたが、最終的に心中未遂を起こし、面川先輩に保護される。この事件によって福井にいづらくなり、面川先輩を頼って再度上京するきっかけとなった。

### 世の中の多くの馬鹿のそしりごと忘れ得ぬ我祈るを知れり

2005/8/9

現況報告。実家に帰還し家族と入院の是非について談判中。

あいかわらずケータイは破砕されたまま放置。よって現段階ではPCメールでのコンタクトが主となるでしょう。最後に電話で話した案件について。

私は生活無能力者です。働くことが生理的に(病理的に?)無理みたいです。しかも貧乏がイヤです。かつ贅沢（ある程度までのcomfort）がないとどんずらかます人間です。将来的にはどうやら社会的ステータスもお金もたんまり欲しいみたいです。

私が最終的に好きなのは文学です。音楽と絵画よりも。あとは眠ること。夢想すること。自慰。ねっころがって好きな本読んで眠ってたまに男根をしゃぶってもらう女がいればいいです。かつその女も精液出し終えた後はめんどくさいので消えてほしいです。無茶苦茶で、人はそれを怠惰とか卑劣とかいいますが、まあしょうがないです。

私はあたたかい家庭愛とやらのなかで育ったのでそれへの憧憬はあります。しかし私はなぜかそれを忌避します。

私は3年余に渡る右下肢の疼痛に悩まされています。

私は他人がキライです。愚鈍な人間はとてもキライです。他人がつくりだしたよいもの（作品etc.）は好きですが生身の馬鹿はどうしてもダメです。ここでは私の問題は埒外におきましょう。

私には大学へ進学できるだけの指導ができる力があります。家庭教師と塾講師で露命をつないでいたこともあるので。

私は他人のいう「あなたが好きです」という言葉の意味が本当によく分かりません。

電話口であなたに「好きです」と言われたときは不思議にうれしいという感情がありました。ただそれがなににつながっていくかはなんにも分かりません。「好きです」の言葉には千万言を費やしても尽くせぬ呪わしい思いがあります。

生活感覚として、まともなサラリーマン生活は無理みたいです。ただし文学に付随するものに関わってなんらかの価値あるものを残せるかもしれません。現在は大学院進学をおぼろげに狙っています。専攻する分野は未定です。仏文学ではないかもしれません。対人間の問題を解決できるものに関わりたい気持ちはあります。

私はあなたが語った青写真的ラフプランにかなり心を動かされているのかもしれません。しかしあなたは今後、私の家庭の（汚らわしい）平安を乱す者として目される可能性があります。

だいぶおねんねしていたので一度徹底的に勉強したい気持ちはあります。いずれにせよお金がかかることです。ぐだぐだとボヘミアン的生活を続けたいとの思いは今はないです。といっても出家隠遁脱俗という思いもないです。あるとすれば徹底した禁欲生活のなかでひたすら勉強（無論大学院進学の下地をつくる為でもあり）くらい。

近日中に入院かどうかの結論はでるでしょうから報告はします。

それにしてもどういう利害の回路が発生してあなたはあのようなラフプランを思いついたのでしょう。私があなたに供せるのは、大学進学のための知識と男根の二つくらいです。

「あなたが好きです」ってのはなんとも摩訶不思議な言葉で、この一語の研究だけでも生命を捧げるに足るのではないか、と思いました。

ではまた。

## タプティムさんとのメール

ほろほろ落花生は中学生のときにスピーチコンテストに入賞し、その副賞として翌年タイ研修旅行の機会を得た。そこで出会ったチェンマイ在住のタプティムさんとは長く文通をすることになる。文通は石川啄木『ローマ字日記』を思わせるローマ字表記の日本語によるメールで行われた。タプティムさんが寄せる好意をそれとなく忌避する様子は『ぱるんちょ巡礼記』『ざくろ』に結実している。

### Re:Konbanwa~

To Tuptim san

Nagai aida renraku dekinakute gomen ne. Boku wa daibu tukarete shimatte hetoheto datta...

Sorekaea kimochi ga daibu ochikonde ita ne...

Konomae “Eiheiji” toiu Fukui no yuumei na otera ni itta yo. Midori ga kirei datta.

Chichioya to yama ni nobottara kimochi yokatta yo. Hisashiburi ni relax dekita kana.Syashin wo okuru ne.

Google drive de syashin wo okutte miru ne.

Tuptim san no mail wa yondemasu. Syashin mo ongaku mo arigatou. Genki ga nai toki wa PC wo tukaitaku nai ne...

Boku wa cellphone de internet wo yaranai shi internet kara jiyuu de itai.

Fukui mo Nihon mo zutto atukatta.Okashii aki no tenki da ne. Kyou wa kumotteru yo.

Boku wa korekara neru yo.

Oyasuminasai.

Horohoro

社会との関わり

ほろほろ落花生の対人関係における苛烈さはそのまま作品や製品、企業にも向けられる。度し難い感情に突き動かされるまま、長文のレビューや意見書を投稿することも多かった。なお、アマゾンにおけるほろほろ落花生のアカウントは停止されており、レビューは読むことができない。

**森岡正博『生まれてこない方がよかったのか』**(Amazon)
2021/3/8

★☆☆☆☆

一言で述べると、扱われている主題が著作者の力量と教養を大きく越えています。著者は青土社から発刊された『反出生主義を考える』という書において反出生主義を「仮想敵」とまで述べた森岡氏。己が包摂できない壮大かつ重厚なテーマをこのような拙速とも言い得る形式で出版してほしくはなかったです。こうした稚拙な試みを超克などという美辞麗句で徒に飾らないでもらいたい。

著者は己も反出生的な問いに絡められた一人であると弁じながら、例によって結論ありきの議論に終始します。その議論の組み立て方もまた粗雑であり、細部の矛盾を指摘する気力すら失せます。

この著者は『草食系男子の恋愛学』といった〝時代と寝る〟書を次々と刊行していました。私はこの時点でもはやこの人物の軽薄さや哲学的素養に対して全く信用ができませんでした。著者に追随する出版社に対しても然りです。

著者の次なるエサとなったのが昨今注目を集めていることの主題なのでしょう。世間において耳目を集める話題に対しては敏く、コピーライター的なタイトルで誘導し、密度の薄い書を発刊することがこの著者の特質でありスタイルかと思います。目下既に行われていますが、日本では反出生主義に関する第一人者らしき人物としてインタビュー等も受け、ネット上では記事にもなされています。こうした既存メディア上の記事内容もまた劣悪極まりないもので、公正さを欠いたある種の迎合主義に近い卑劣さがあります。

反出生主義なるものが本格的に注目を浴び、各人において真剣に思考されつつある現在、アカデミズムの場からこのような軽薄な悪書が発刊されることは相当に危険だと思います。

注意喚起としてもこのレビューを記しています。

この書が先導かつ扇動する危険性を著者と出版社側は冷静に考慮したのかと疑わざるを得ません。

また、日本におけるAmazonの高評価が不可解でなりません。同じ著者の記した『無痛文明論』という著作の一部が高等学校用「国語」教科書に採用されています。著者は自らの作品が国語教科書に採用されたことをツイッター等で喧伝するレベルの人物なので、その程度であると後は推して知るべしということなのかもしれません。

私は民間の学習塾において生徒に教える立場ですが、困惑と生徒達に対する同情を禁じ得ません。現場で「なぜ、こんなに苦しまなければならないのか?」と切実な問いを発する若い生徒に対して『無痛文明論』を読むことを強要する社会的狂気に対して全く申し開きができないからです。この問いは特に現在のコロナ禍で苦しんでいる学生に限らず、全国民、人類が共有する普遍的な問いでしょう。『無痛文明論』については詳述しませんが、苦痛がなければ人間としての成長はないと宣う時代錯誤の昭和的トンデモ論を展開する内容であると要約可能です。

綜合的にこの著作は「生存しなければならないという暴力」に対する抗弁として無力であり過ぎます。文部科学省の検閲レベルをよしとする「健全な」道徳意識をお持ちの方は☆4~5等で満足頂けるでしょう。単刀直入に述べれば、著者は〝哲学者〟を名乗るべきではない。日本の下劣なワイドショーのコメンテーター辺りがふさわしいでしょうが、その言説の価値については今後の歴史が証明することになるでしょう。

せせこましい日本の学術村の議論など、はなから相手にしないであろう次世代の方々のために付言しておきますと、シオランといった古典とじっくり向き合うなり、Antinatalismに関する英語圏のWikipediaやRedditコミュニティにおいて世界レベルで日々更新される記事を読まれた方がよほどおもしろく刺激的であり、かつ公正かと思われます。

## 高橋文樹『アウレリャーノがやってくる』(Amazon)

2021/12/20

★★★★

文学とはなんだったのか?

初読の方は新潮新人賞受賞作『アウレリャーノがやってくる』に注目が行くと思うが、私は同時収録されている『フェイタル・コネクション』について特に書き記したい。結局、文学とはなんだったのか? という問いに直結する問題作であるからだ。

BOTS小説というカテゴライデスを作者は謳っているが、おそらくこの作品の真価はそういうところにはない。この作中に登場する「ガッチャガチャ」という言葉。これはキーワードとして作中に出てくるものだ。

確かに。我々はまさに「ガッチャガチャ」の現実を生きている。

日々暮らしていく上で起きる言語化不可能な微細な軋轢、親愛。世界の理不尽に対する怒りあるいは愛情。「ガッチャガチャ」の生存を引き受けなければならない我が身の言いようもない宿業。それを呪ってもよいだろうし愛してもよいだろう。

この作品が秀抜である点をひとつ挙げると、こうした「ガッチャガチャ」を怜悧に言語化して貫き通した点にある。なにがなんだかわからない人間という種の実相なり業なりをいかに冷静に言語として定着できたかというポイントが文学の生命線であると私は思う。この種のどうしようもない「ガッチャガチャ」を言語的に定着できた作品が人類にとって「古典」として残存するに足るものであろう。その意味において『フェイタル・コネクション』は「古典」に通ずる力があると感じる。

こうした「古典」の例としては『源氏物語』『カラマーゾフの兄弟』『失われた時を求めて』『ハドリアヌス帝の回想』といった古今の錚々たる作品が想い浮かぶ。『フェイタル・コネクション』の魅力は人間における分明であり不分明な「ガッチャガチャ」のあえかな境界を現代において鋭利に描き切ったところにある。作者の怜悧な観察眼と筆力により、「文学」の価値を明示した未曾有の作品であることを銘記したい。

「(純) 文学はもう終わった」等と述べる方には、まずこの書、特に『フェイタル・コネクション』を読んでもらいたい。現代おいて進行形で創造される「古典」を味わうことができる逸品であることを保証したい。

**乳酸菌飲料「スポロン」(Amazon)** 2022/2/14

★☆☆☆☆

2018年に行われたリニューアルに関して。

今世紀におけるマーケティングジャンルにおいて、日本における最悪の事例の一つですのでここに記します。商品開発においてリニューアルを担当している方は一度下記の拙文に目を通して頂きたいです。

いわゆる万人受け(幼児向け特化のブランディングから派生商品へとつなげる)を狙ったのかも知れませんが、ここまで総合的な路線を間違えた商品はないでしょう。企業における人材の無能さというレベルを通り越しています。『幼児スポロン』と銘打っているので、先代『スポロン』を幼児向けとしてターゲティングしたのかもしれません。それで幼児が喜んでいるかというと「臭い」「マズい」という一言で飲まない。(少なくとも私の周囲の幼児はこの味を生理的に受けつけていない)『スポロン』を長年愛してきた大人も幼児も企業側も誰一人嬉しくはない、未曾有の最悪のリニューアルです。

「リニューアルされたスポロンは臭いしマズい」

大人にもこどもにもこのような烙印が押されたまま、派生商品が売れるわけないでしょう。昨今流行りなのか「無香料」を謳い文句にしています。しかしそのために犠牲になったものは計り知れません。「スポロン」は40年以上のロングセラーを謳いますが、厳しい乳酸菌飲料市場においてなぜ支持を得てきたのか、リニューアル担当者はプロとしてわきまえていたのでしょうか。

もはや悪意なのか? と勘ぐりたくなる出来です。いわゆるグローバリゼーションまたは資本主義的な悪意か。企業側が想定している顧客の嗜好が平板化計量化され、結果として我々が完全になめられているとでもいうのか。「スポロンは幼児向けのマーケット特化でからだにやさしいからお子様にも安心してお飲み頂けますのコンセプトでいきましょう、だからまあ既存の味わいとか愛されてきたブランドなんかどうでもいいでしょう」企業側の実情はこの程度といったところでしょうか。

江崎グリコ社が消費者のためという口上で過敏に添加物に言及するのであれば、また「無香料」といった点をリニューアル後の『幼児スポロン』に関して広告として謳い文句にし続けるのであれば、香料といった添加物が混入されていたこれまでの先代『スポロン』の販売を40年以上継続してきた責任をいったいどう引き受けるつもりなのか気にかかるところです。本当にこの企業はどう責任をとるつもりなのでしょうか?

なめるな。

再度書きます。

先代『スポロン』を愛してきた人間の「人生」をなめるな。

リニューアル後。本当に、マズい。心の底から、マズい。

実際に飲んだ方は感じて頂けるかと思いますが、乳酸菌飲料特有の「臭み」しかでてこないです。味は桃果汁やグァバ等を配合しているみたいですが、リニューアル担当側が『スポロン』の本質を全く解しておりません。どろりとした気持ちの悪い粘性、不気味かつ不快な臭気は先代『スポロン』とは対極にあります。リニューアル前は細いストローが添付されていたと記憶していますが、これがなくなったことも痛い。

以前は商品に添付されていた細いストローが先代『スポロン』の美味しさを倍加させていました。リニューアル後の現在は太いストローで気持ちの悪い液体を問答無用で飲まされるハメとなります。もはやこどもに飲ませたいとも思わないですし、私自身、二度と飲みたいと思わない。

① 個人の嗜好に依る部分もあるかとは思うが、あの美味しい『スポロン』を、そもそもなぜここまで改悪する必要があったのか?

② なぜパッケージ形状(従来の三角錐状)を変えたのか?
(コスト面かと邪推)

③ 『スポロン』の特質であった梅果汁の美質についてリ

ニューアル担当者は本当にわきまえていたのか？

④『スポロン』をリニューアル前の状態に戻すことは可能か？

以上、4点について一度でもいい、いつかじっくりと担当者に面と向かって尋ねたい。

企業側に采配により商品名は『幼児スポロン』と勝手に改名。いつだって受け手は無力ですね。現今流行の添加物や香料ゼロといった過剰ともいえる健康志向に乗っかるのであれば、それはいいですよ。消費者のことなどどうでもいいという殿様商売についてはこちらも無力感とともにわきまえています。だが『スポロン』を幼児仕様として企業側の都合でカテゴライズされる側ははっきり申してたまったものではありません。ここは百歩譲って受容したとして、幼児向けに特化するのであれば、大人向けに既存の風味を残した商品を開発するあるいは残すという選択肢はなかったのですか？

幼年期に美味しいスポロンを味わった人間の需要。その方が親となりこどもに飲ませたいと思う需要。上記二者、どちらもマーケティング対象から外れます。

顧客の「想い」などはどうでもよく、ただなんの思慮もない企業側の無能集団によって企画されたのでしょう。根底にあるのはコストを勘案して

- ただ時流にあわせればいいでしょう
- 健康志向でいきましょう
- スポロンは幼児特化で無香料でいきましょう、まあ売れればよきかな

という近視眼的な市場原理主義と商品に対する安易極まりない倫理観です。そのツケはいわゆる信用のロストという問題として江崎グリコという企業に永劫つきまとうでしょう。Amazonの既存レビューではリニューアル担当に対して「犯罪者として報道されても良いレベル」という秀逸な表現がなされていましたが、至当としか言いようがありません。

長文となりましたが、顧客をひたすらにバカにしていないと生まれない商品です。江崎グリコという企業における現状の製品の質を証す最低の一品であることは間違いないです。

## ラーメン店「家っぷ」（食べログ）

2021/9/6

福井で№1と伝えたいです

巷でよく言われるようにラーメンも結局は主観的嗜好だと言われればそれまでですが、ここは別格でした。あまりに感動したので少し長くなりますが駄文を記します。

窯焼き焼豚は薄くスライスされたことで旨味と燻蒸された香りが最高に引き出されています。私はいわゆる「窯焼き焼豚」なるものは初体験でしたが驚きました。豚肉の旨味を雑味なく、余分な脂を削ぎ落としてここまで香り豊かに引き出せるとは。スープとの相性は言わずもがな。これを味わうためだけにでも来店する価値はあると思います。無論、この店の価値はそれだけではありません。

初の来店で頼んだのは「ネギチャーシャーラーメン」（1000円）でしたが、とにかく最高の焼豚が惜しみなくふるまわれており満足です。他店との比較はあまりしたくはないですが、レアチャーシューだとかがチンマリのっている昨今の小洒落たラーメンとは一線を画す出来です。

店名から家系のイメージが強いと思われますが、白湯の印象が強かったです。現状、家と白湯のイイトコドリをした至高のバランスかと思います。上記の意味において「家っぷ」という名は冠するにふさわしいですね。太麺のモチモチした触感と肉だしのコク深く香り高いスープの相性は抜群です。最後まで食べ飽きないスープの絶妙な粘性も特筆すべき点です。

新鮮なネギのシャキシャキした触感と甘み辛みは休憩と箸休めにちょうどよいです。

ライスは各人好みの食べ方次第かと思いますが、ふんわりと磯を想起させる香り高い海苔を最高のスープに浸してぐるっと巻いて食べると脳天がやかれます。その際は豆板醤と漬物もお好みであわせてどうぞ。

味変のためのトッピングは完備されています。いずれにせよ最後まで「旨さ」が持続します。

どこで読んだのかは忘れましたが「上手いラーメンと旨いラーメンは違う」と記されていた方がいました。実に含蓄のある言葉だと思います。

人間の本源的な欲求（旨さを求めたい）を捕捉してそこを確実に直撃すること、とにかく「旨さ」への追窮と妥協なき執念において、この店のラーメンは無類の出来だと思います。受け手であり一人の客でしかない私はただ敬服するばかりです。緻密な技術を土台としての「上手さ」は前提であり当たり前のこととして、「旨さ」というポイントを着地点として極限まで突き詰めた日本のラーメン文化の絶品を食したい方にオススメします。

補足として注記すると、県外からいらっしゃる方は駐車場のスペースが限られているので、近隣の駐車場を使用しないようご注意ください。

**CLUBJTについて（JTのサイト）**

2021/2/4

もはや電話応対は不要です。なにかしら疲れました。サービス品質不備についても応対の録音で記録しておこうと考えましたがその気概も失せました。

最後に何点か申し添えておきますね。

CLUBJTはいまだに喫煙者の加入率が低いと思いますが、懸賞好きな人間にとってはおそらく認知度が高いでしょう。つまりタバコを吸わない人間、貴社に金銭を払わずタバコを愛好してすらいない人間であっても、シリアルだけは回収して物品当選を目論むことが可能な「狙い目」というわけです。その回収方法も多岐に渡るでしょう。現代ではオークションもありますし、個別ルートで専門的に収集するなどした販売業者もいることでしょう。

このような非常識な問題は十数年前から往行しているのであり貴社において既に周知徹底されていて当然のはずです。試しにヤフオクで「メビウス　QRコード」等と検索してみるとよいでしょう。

問題はメビウスを愛飲している個人としての私がなぜそのような卑怯な方々と同じ土俵に立って抽選に臨まなければならないのか？　ということです。データベース的な処理をしているのであれば、このアカウントはグレーだというアルゴリズムの導入は短簡でしょう。銘柄、賞味期限、販売地帯などをそちらは押さえているわけですから。しかしそういうところに人的労力をさいているようにも到底思えません。

こういう問題を無視して「厳正に抽選」などと鹿爪らしく口上を垂れて頂いても信用できますか？　私は無理ですね。さすがに馬鹿馬鹿しくてやってられませんし、割に合いません。何度も申し上げていたことですが、1年半ほど魅力的なキャンペーンがありませんでした。であるからこそ身銭を切って購入したタバコを地味に開梱しゴミ分別も地味に行いつつシリアルコード貯めていたわけです。今般それが無効になったことで、完全に信用しなくなりました。

ちなみに私はJTの入社試験を受けたことがありますが、実に質の低い人間しかいなかった、ということを記憶しています。

末端の方々が有能で上層が無能極まりないのですから、こういう質問を処理される方も大変だと思います。お疲れ様です。この事例は個別案件として例によって機械的に処理されるでしょうが、上記問題は真摯に検討した方がよいです。

- 在る病気で都内の専売病院に入院したことがありますが肺癌の末期患者まみれでした。さらに待遇も劣悪で吐血した患者を放置している看護士など多数いました。
- ＬＩＮＥ提携などおっさんじみた企画はやめましょう。情報漏洩の事件もありましたね。
- やっていることが数歩いつも遅れてます。
- こういう硬直した状況を変えられる人間が内部にいないのですか？
- これだけ無茶苦茶に叩かれている紙巻タバコ吸いを胴元の売り手がとことん蔑ろにするってのも世も末かなと思いますが如何に。
- リストラ？　当たり前ですよ。巣ごもり需要にのっていくらでもやりかたはあったろうに。広告営業も低質極まっています。
- 汗水たらしてタバコつくってる農家さんや現場で製造に関わっている方に対してのあなたたちの責任は重い。取り返しがつかない。その辺りは専売の驕りで色々と汚くやっているんでしょうが、カラクリに関して少し調べようと思います。
- 総じて、なめすぎてるんですよ。その殿様商売体質。さすがになめるのもいい加減にしろよ、とメビウス愛飲歴20年になる当事者として書いておきます。

- ＪＴの無能な経営陣（昭和脳のジジイ連中）を解雇してフィリップモリス社に委託する案についてはいかがでしょうか？　無能な経営陣に対して異を唱えることのない社員または彼らを受容する企業風土があるのですか？
- 喫煙所ＭＡＰはタバコが吸える店について全くカバーされていませんが地道な調査をしたのですか？
- 私が貴社の株式を取得した場合、総会において徹底的に糾弾します。対応の準備はありますか？
- 総合として、貴社に対しては愛していたが故に現状の状態では早急に潰れてもらいたいです。こうした古参のファンに対する意見に対してどう答えますか？

GOODBYE JT.

THANK YOU.

## 掲示板

ほろほろ落花生はＳＮＳにアカウントを所有していた時期もあったものの、twitterのようにメジャーなＳＮＳを利用していない。その代わり、私的な掲示板に長文を投下するという2ちゃんねる（現・5ちゃんねる）的な流儀を保ち続けている。

**おっさん専用掲示板書き込み①**

2019/6/3

【人生相談】

最近、ちょーるぬいさんに執拗に電話かけているのですが、応答がありません。折り返しのコールすらありません。あの時、あの場所で、一緒に、笑った、あの時は、なんだった、んだろう。ぼくたちは、あんなにも、むすばれて、いた、はずじゃないか。失恋したＤＳ（ダンシショウガクセイ）みたいな新鮮な感覚をもたらして頂きありがとうございます。

ところで、「失恋」したオッサンというのはよいテーマだと思うのですがどうでしょうか。カネもなければ肩書もないオッサンがマゴコロひとつで勝負して敗れるみたいな。以下はおそらく継続すると思いますがオッサン詩集の連作をやります。とりあえず私の「天才」をごろうじろと。

初弾（※参考　金子光晴『おばあちゃん』）

**オッサンに告ぐ**

既にわかりきっていることではあるが
お前たちにはもう何もない

「探り合い」などして愉しんでいる「時」は
終わったのだ

滅びゆく身体のメンテ
老いゆく両親
社会性との対決（）

圧倒的リアルを前に
オッサンは硬直し
脳髄は弾ける

オッサンはこわばるが
オッサン自身がそのほぐしかたをしらないのだ

そんなこわばりがなかった頃を
ぼんやりと想い出しながら

預金残高から放射されるさみしい数字に眼は灼かれ
スーパーで割引総菜あさりながら眼をギョロつかせ
コスパ高いらしいレシピを探しながら
ネットで眼をギョロつかせ

まとめサイトながめながらニヤリと嗤い
そしてかなしい
オッサン

あはれ
パッパは老いたよ
マッマは老いたよ
自分も老いたよ

オッサンは「スキル」を求めて上昇し
オッサンは何も得られなかったオッサンをみつめる

ああ、どうしよう？
自分は本当にどうなってしまうのだろう？

誰がパッパとマッマに
オムツをあてがってくれるんだろう？
それはもしかしたら自分だったのかしらん？

パッパとマッマにオムツをあてがってくれる人に
与えられるだけのおカネを
自分は稼ぐことができるんだろうか？

それから
先の先
誰が己のゆるんだケツアナに
オムツをあてがってくれるんだろう？

誰も答えてくれないから
オッサンはひとりわななく

なにゆえに俺は生まれてきてんだ？

オッサンは自分は愛されていない
と、素朴に思う

青い茱萸の果実みたいに
切実に
少年みたいに

かつて

オッサンは少年だったのかもしれない
信じていた人間であったのかもしれない

オッサンはそのむかし
愛しようと思った
世界は愛しうるものであろうと試みた少年であった

そしてオッサンはいま
すべての言い訳が
言葉が
祈りも
誰かのどこかの顫動も

すべての愛を
自分が受け入れないことを知る

あさましいエロ動画で男根をしごいた後
ティシュウで己を清めのごいながら
オッサンの想いは遠くつらなる

オッサンは力なく目をつむる

オッサンのねむってる眼頭に
じんわりと涙がわき枕にころがる
願いがみなむりとわかっているからだ

**おっさん専用掲示板書き込み②**

2019/6/9

＞＞10
きちんと書き始めるとおもしろいですよ、おっさん主題。ふざけていたのでだんだんマジメにやっていきます。スレッド移行は現行モデレーターである管理人さんに一任します。
さて、おっさん詩集初弾は厳しい方に教育的指導を受けたので仕切り直しマス。
第2弾

## 「勃たない」

おかしいなあ
こんなはずじゃなかったんだけどなあ

照れちゃったおっさんが気づくのは
勃たないということ
それは
ハートの問題であったということ

「照れる」という仕草を
まねすることしかできない
おっさん

男根の云々はさておき
おっさんにはわかっている

ハートがハートとしてもはや勃たない
ということ

かつてひらかれていたおっさんのたましい
みんなとつながってにぎやかだったね

いま

おっさんは美を前にして
くびをひねる

おっさんは愛を前にして
くびをひねる

おっさんは友を前にして
くびをひねる

おかしいなあ

こんなはずじゃなかったんだけどなあ
おっさんは自分のたれながした汁でドブ漬けの
汁まみれの汁の汁の
なにがなんだかわからない
汁にひとりぶっ浸かって

おっさんは首をひねる自分に
くびをひねる

〈あなたが勃起する対象は
オカネしかなくなってしまったの?〉

いや違う
と声がする
おっさんの中から声がする

いったいなにが
おっさんに告げ知らせているのだろう

いったいなにを
おっさんに告げ知らせているのだろう

おっさんのなかに
おっさん汁溜まりに突っ伏して
固定されたおっさん自身を
ひきあげるものがある

おっさん樽からおっさんを取り出した
おっさん
のなかにそっとしまわれた
HDDのエロフォルダ

**おっさん専用掲示板書き込み③**

2019/6/21

久しぶりに俊英が勢揃いじゃないですか。あるいは言い方を変えた方がよいのか。久しぶりにクッソメンドクサイオッサンどもが勢揃いじゃないですか。次のサブタイトルはなんにしましょうか。「精神病院幽閉者はマヨコーンピザの夢をみるのか?」アタリですかい。

キュンキュンしてる己にキュンキュンしてるジャパーンのオッサンどもを一人残らず焼き尽くすゾぞコラってところでしょうか。ではなにをもってそれを行なうかというと、根源にあるのは、あの人の「呪文」なんですよね

「観測者」としての私が観ずるに、うーんこの穢れきったオッサン連中に対する違和感はどこから湧出するのであろうか? ボッチというものをソシャゲのSSRアクセサリみたいに「やすく」行使している、この小汚い連中の孕むすさまじい卑劣さ下劣さはドコからくるのかな?

ボッチメダルを天下御免の属性みたいに、神から授かったレアステータスみたいに己に付与しておきながら「本質的には」ナンモシナイ、オッサンたち。

互いにジャブって猫舐めして、自他をぺろぺろしてる自分に自足してるオッサンたち。

オッサンはオッサン自身にボソボソっとこっそり打ち明けちゃうんですね。だって俺、ボッチなんだもん、と。

遺伝環境因子その他を血まみれになって精査するわけでもなく、ただボッチだからと無感覚に言い訳できてしまうオッサン。

観測して、言い訳して「でもしかたないじゃん生まれてきてしまったんだから」と停止するオッサン。

存在している原因と意味すら探さなくなってしまったオッサン。

「便所飯」とか流行る以前から、便所の隣の個室で下痢便ぶっ放すヤツの放屁音+イキのいい脱糞音ききながら、脱糞の音階と食味について吟味しつつハムサンドもしゃもしゃ食らってた私は語りますよ。

いやはや、最近スゴイですね。「オレは今の今までここまで虐げられてきたから」という免状のもとにナニヤッテモイイorナンモシナクテモイイを気取るヤツら=オッサン。

こういうヤツラは今後も増殖しますよ。そしてヤツラは自らの足で絶対に飛ばない。

=オッサンはボッチであると言明することで己を究極的

に担保しつつゼッタイナニモシナイ。

コミュ論についてもいっぱしの玄人を気取る。俺は考えてるから相手を傷つけない「距離感」がウンタラカンタラみたいな冗談ヌキで焼却処分してほしいですよ、こういうオッサンたち。オッサンの語る「距離感」ってのもまた、この資本主義社会において重層的な意味を帯びます。

オッサンよ　もういいのだ
君の中にある「ちゃお」を捨てろ

オッサンよ
自らを与えろ

おびえるな

オッサンよ
どうして君たちはいつも間違うのだ？
というか自分のためだけに都合よく間違うんだ？

オッサンよ
いつまで君たちは自らを
舐めしゃぶっていれば気が済むんだ？

夢に関しては分かっている人たちは、例えばゼルダ開発スタッフとして愚直に追及の日々にあるわけで、カレラとワレラは何が違うんでしょうね。才能と吟味の差なのだろうか。いやいや、ココはもう少し掘り下げましょう。んでは私は発掘していきます。素材は大量ということで。昔誰かにインタビューしたときに賜った言葉でアツイと感じたもの。

〉あともうひとつアドバイスするのは、現実界があんま現実感……現実になりすぎると力が働かんのやって。アタマがカタイと、要するに

〉現実感があり過ぎると効果が薄いんやって。現実感があると、現実世界や現実感に浸ってると、その効果が薄いの、効きにくいの力が

凄い表現ですね「現実に浸る」とは。呪術をながめてニヤニヤしてるだけのオッサンは多いんですが（まどか好きとかのタグイ）、なぜ、自分で術を行使しようとしないのか疑問でした。マジで修験道ツアー行くとか河童にシリコダマ抜かれるまでキツイ責めにあってこいよと。

でもまあ、なんかわかったような気がします。こういうハヤリの二元論は好きじゃないんですが。現代において自分が（自分を信じて）身体と精神＝即魂において本気で魔法を使うヤツとそれをせせら笑うヤツ。与えることをよろこびとする人間と与えないでいることをよろこびとする人間と、大別できると。

私は右の極において、象徴的なふたりの人間を観察しました。さて、過程はどうあれ、私は「与えないでいることをよろこびとする人間」＝面川のために東京に行く必要は全くないと思います。あるいはこうも言いうるでしょう。自らを神に預けられなくなった人間は呪術を行使できない。

なぜなら「奇跡を信じず、良識を信じる」おそろしい時代に我々は生きているわけですから。

---

そして、もうお題目はなんでもいいんですが、ナニガシかの名のもとに他者を裁断し処断可能であろうと、判断できる人間はその名において自らも封印されているわけです。まったくもって、かあいそうですね。

というわけで自分としてはオッサンどうしのジャブり合いは飽きたので要約

「とにかく福井に来いや。なんもなくても俺たちと話すだけでもたのしいやろ」

なぜ誰もその一言が言えないんだ　それはオッサンがかあいそうだからだ

だが、オッサンはオッサンを乗り越えろ

ほろほろ落花生は教育産業に携わっており、そこで出会った文学的素養があると彼の認めた生徒とメールでの長文交流をしている。

## 続・先生の遺書

2021/1/15

『続・先生の遺書～神に割り当てられたパラメータ～』

という括り副題付きの表題にするとR18仕様のゲーム的ないかがわしさが漂ってよいですね。

プリコネというソシャゲをやりつつ、ふーむ。リトルリリカルというキャラクター達が全く生きてないんですね。大変に納得いかないのですがあちら側でいくらでもパラメータ調整できるのだから当たり前なんです。

しかしそれはスプラ2においても同じことがいえる。あちらもまたいくらでもナーフできますから。

神の庭にて私たちは遊んでいるのか。はたまた遊ばされているのか。ん？　別に遊びたくもないですよね。誰かを殺したり殺されたりの世界において快不快なぞ「ヒト」が味わいたいわけがなかろうて。

つまらないですね。こういうパラメータ調整を施した何某かに問うておきます。こんなにつまらなく、さらに残忍な世界をよくも創れたものだと。

以下、少し文明批評をやりましょう

『進撃の巨人』はしっかりと読んでないですが。作者の反出生に関しては知的ガジェット程度としてかじった程度でしょう。ストーリー回しと絵柄が下手過ぎるので途中で読むのを止めました。どぎつい描写は一過性の煽情的働きがありますがまともな人間には特に説得力がありません。

まだ『よつばと！』の方が現世の苦しみに対する厳しい審判を感じますね。以前紹介した井上雄彦の描いた『親鸞』の屏風絵に通じるものがあるかと思います。この作品は嘘ばかりついているのですが嘘をつきとおしたことに魅力があるのでしょう。しかし、こうした類の嘘ばかりついていると作者本人が自覚のないまま心神耗弱に至ります。『鬼滅の刃』は最終巻まで読んで、「ああやっぱりジャンプだったな」で終わりでした。では『シン・エヴァンゲリオン』はなんなのか？　ネタバレではないですが完全確実に論外なので言及を避けます。

私が漱石の『こころ』をあなたに薦めた理由が分かりますか？「昭和」「平成」と「令和」の精神とともに自分は死ぬるでありましょう。

書も酒もスプラもついに救いにはならなかった「先生」として福井にて死ぬることでありましょう。私よりも生き延びるであろうあなたにはこの狂った世の中を是正してもらいたいのです。

シムテムに抗うというのは意味不明なパラメータ設定を行った神に抗うことに他なりません。あなたは最も原理的で前衛的な闘争に身を置いているわけです。これは生きることにおいて最優先でやるべきことであり、愉快であるし戦士としては貫くべき一徹があるはずです。

『こころ』は非常に卑怯な人間として「先生」を描いていますが、最も卑怯な振る舞いは次世代に「託す」という御託を垂れて「先生」が責任を全うすることなく現世からトンズラかますところだと思います。この卑劣さに関してはあまり指摘されていないので注記しておきます。それジャンプであり鬼滅だよねで終了するレベルですよ。

と、悟りすましたようにだらだら述べていても仕方がないので、現代における「先生」の特攻の在り方を私としても探るよりほかありません。現代において『こころ』を描くのであれば、「先生」は「妻」や「私」といった身の回りのあらゆる人間とともに神に挑むより他にないでしょう。

## コイカツがんばろうプロジェクト

2021/7/23

「無感情」に感情（恐怖）を与えるプロジェクト（仮）

私の個人的な嗜好を端緒とし、梅谷さんはなぜか上記プロジェクトを始動。スタジオにて一通りのシーンを作成できるポイントまでをゴールとする。

目的

- unity の学習
- blender の学習
- コイカツスタジオでの技術向上
- 〝本気の悲鳴〟という撞着的表現の解明を目指す

苦痛悲鳴を様々な表現媒体において吟味してきた人間としては、現代において悲鳴を聞くことがもはやできないと考える。文化的理性的洗練により〝本気の悲鳴〟は存在しなくなった。

ここで詩論を展開しても仕方ないが、ランボーが獣化や野卑といった志向において人間の解放可能性を探りながら理性や宗教的統御という枷に絡めとられてあがくポイントに近似している。

ディキンソンには苦悶の表情にこそ真実が宿るという詩がある。詩自体はあまりよい出来ではないが、私が長年追及してきたテーマの一つと重なる。

blender 上級者の例

Custom Udon_fanbox

https://customudon.fanbox.cc/

コイカツは本編よりも最終的にスタジオをどこまで触れるかに懸かる。この機能が面白いのは表現力が試される場であるから。猛者が集う場でもある。極めたいならばＩＴの知識から絵画的美意識までかなり広範な知識が必要となるという点において、あなたには可能性がある。

「無感情」はコイカツ上にデフォで存在する性格の一つ。私はこれまで極限的な恐怖を注入するデータ作成に尽力してきた。人生におけるかなりの労力を割いたが、スタジオを自在に操れるレベルには達していない。所詮はホビーであったのだろう。

例としてスタジオで作成したシーンサンプルのＳＳを画像にて添付。公式アップローダで拾ったシーンデータを加工したもの。ＩＫ・ＦＫ等の理解が乏しい未完成品（添付予定だったがかなり危険な内容なので一時保留）

シーンに合わせたBGVは合成して作成

BGM

『フラテルニテ』より　フラテルニテ OST-bgm27.mp3

VOICE

同人サークルケチャップ味のマヨネーズ「凌辱音声」(『絶叫』より適宜)

『レイプレイ』より抽出

『脅迫2』より抽出

『フラテルニテ』より抽出

　必要な機材や情報は興味があれば可能な範囲で提供する。尚、上記プロジェクトは本人が食傷気味なので今月中には終了予定。

2021/9/16

**「上手さ」と「旨さ」**

もう一度「上手さ」と「旨さ」

　上に述べた言の注記としては、この格言が適用できそうです。

「上手いラーメンと旨いラーメンは違う」

　主観的嗜好に依存する評価であればちょっと上に紹介した方は上手すぎる。上手過ぎて「実用性」に耐えない＝旨くないとはラーメン含めこの界隈にも当てはまるのかもしれません。さしてさらに芸術や言論においても等しいのかと行き着く次第。

　私は「家っぷ」という旨いラーメン屋についてのレビューやその周りに構築された食べログ等を含めた腐れたシステムに異を唱え不毛なやり取りを最近行ってきましたが、最近はそのような闘争をしても仕方がないと思いました。「AH……もうできあがってしまってるんだ」という諦観です。

　しかしこれは社会終息に関する論評にも該当するのではないかと暗然たる思いがします。どれだけまっとうで「旨い」文章を書こうが、例によって群なすバカか既存の人間において用意された「上手さ」や「上手なシステム」においてそれが駆逐されてしまうのではないか？

「上手く」立ち回っていると錯誤している用意周到な大衆が今さら何をくみ取れるというのでしょうか。とにかく彼らの念頭にあるのは目の前の利潤、利得、己を心地よくさせてくれる眼前の人参的ナニカにほかならない。

今日まで生き延びている芸術が不滅であるのはまさに「旨さ」において問答無用の絶対性があるからにほかなりませんが、それを器用に上手に利用している人間ばかりです。

〝何処かで誰かがロダンを餌にする〟

高村光太郎『狂者の詩』

「君が手元不如意になった時はなにがしかの助けになるつもりだ」と私に厳粛にのたまっていた長い付き合いのある資本家の息子である知人は「上手く」立ち回って結局何もしませんでした。それが理由というわけではないですがその人間とは既に絶縁しています。人間の本質的な貧乏性と怯懦をみた思いがしたからです。

この件とは対照的ですが、大学の同窓である方の未亡人は私とある友人の文学的活動のために1億くらいはぽんと投げ出すという話が最近ありました。金銭を含めこういうところの道徳観念はなんともいえない妙味がありますね。

だらだら書きましたが「旨さ」を求めて「上手く」立ち回っても、たいした「旨さ」にはたどりつけませんよということでしょうか。あるいは人が求め得る「旨さ」とは自ずから天分や領分が与えられているのかもしれません。

毎度長いですが明日にでもおっちぬかもしれん身としては、まともな人にまともなことを語っておきたいのですどうぞご容赦。

しかし人間の精神は、自分が盲目的な運命の手中にあること、そして自分がいかなる神もみそなわさぬ、また特に自分自身がまったくあずかり知らぬ偶然の気まぐれな産物にすぎないことを、認めたがらぬものである。いっこうに注目に値せぬ人びとの人生においてさえ、各人の生活の一部は、存在理由を、出発点を、源泉を、捜し求めるために費やされる。そしてそれを見いだしえぬ無力さゆえに、わたしはときおり魔術の解き明かしに心傾け、秘儀的な狂乱のなかに常識の与えぬものを求めたのであった。こみ入った計算がすべて虚偽であると判明するとき、哲学者たち自身、もはやわれわれにいうべきことがなくなるとき、小鳥たちの気まぐれなさえずり、あるいは星々のはるかな平衡に心を向けたとてむりもあるまい。

ユルスナール『ハドリアヌス帝の回想』
「さまよえる　いとおしき魂」終末部より
白水社（二〇〇一年、訳・多田智満子）

吹いて来い、吹いて来い
秩父おろしの寒い風
山からこんころりんと吹いて来い
世は末法だ、吹いて来い
己（おれ）の背中へ吹いて来い
頭の中から猫が啼く
何処かで誰かがロダンを餌にする
コカコオラ、THANK YOU VERY MUCH
銀座二丁目三丁目、それから尾張町
電車、電燈、電線、電話
ちりりん、ちりりん

柳の枝さへ夜霧の中で
白ぼつけな腕を組んで
しんみに己に意見をする気だ
コカコオラもう一杯
サナトオゲン、ヒギヤマ、咳止めボンボン
妥協は禁制
円満無事は第二の問題
己は何処までも押し通す、やり通す
それだから吹いて来い、吹いて来い
秩父おろしの寒い風
山からこんころりんと吹いて来い
己の肌から血が吹いた
やれおもしろや吹いて来い
何の定規（ぢやうぎ）で人を度（はか）る
真面目、不真面目、馬鹿、利口
THANK YOU VERY MUCH, VERY VERY MUCH,
お花さん、お梅さん、河内楼の若太夫さん
己を知るのは己ぎりだ
も一つあれば己を生んだ人間以上の魂だ

頭の中から猫が啼く
洋服を着た猿芝居
与一兵衛が定九郎に噛みつくと
御見物が喝采だ
世は末法だ、吹いて来い
秩父おろしの寒い風
山からこんころりんと吹いて来い
プロログ
エピログ
"LONDON BRIDGE IS BROKEN DOWN!"
己はしまひには気がちがひ相だ
ああ、髪の毛の香ひがする
それはあの人のだ、羚羊（りんやん）の角（かく）
コカコオラもう一杯
きちがひ、きちがひに何が出来る
己はともかく歩くのだ
銀座二丁目三丁目、それから尾張町、
歌舞伎の屋根へ月が出る
己の背中へ吹いて来い

---

秩父おろしの寒い風
山からこんころりんと吹いて来い

高村光太郎「狂者の詩」

## 草稿・計画

作品としては完結していない草稿、誰に当てたのではない企画書めいたものもほろほろ落花生は残している。

**負荷を移譲するテロリズム**

2016/7/17

痛いの一発かましてやる

T

Iはその日、午後四時まで寝ていた。いつもの日課である。三月に仕事を辞めてからここ数ヶ月、同じことが繰り返されている。起きる。この現実は私の現実ではないと思う。少なくとも許容できる現実ではない。サイレースを突っ込む。寝る。起きる。

非正規雇用であったので失業保険を受給することはできない。T宅を訪うことにした。

Tは宝生寺という寺の住職の長男である。Iはこの寺の檀家であった。文学関係の仕事がしたいと考えていたTは家業との軋轢という古典的葛藤を経て、ひきこもりとなった。現在は畳敷きで二十畳はあろうかという和室を占拠している。部屋には頑健峻酷なるバックアップ機構を張り巡らしたNASが整然と並べられ稼働している。データの内容は悉くロリータといわれるジャンルに該当するものだ。

「やあ。今日は中華モノの新作が手に入ったよ。それとフィンランドの大物が逮捕されたみたいだね」Tは漆塗りの柏材になる座卓に端座しながらひとりごちた。どっしりした量感のある彼の肉体は微動だにしない。

ロリータ同好の士が集うクローズドサークルにおいて、データを円滑に効率よく収集するという目的のためだけに彼は英仏独の言語能力に磨きをかけている。もともと語学に才があるTは大学生時代に古典ギリシア語とラテン語を学び終えていた。実家の影響もあるのか、IがTと出会った高校時代にはパーリ語とサンスクリット語を少なくとも中級レベルまで修めていた。最近では中国とロシアがロリータジャンルとして活性化しており、おもしろいということらしく、両国の言語の勉強を進めているらしい。

Tがメインで使用しているモニタは業務用のマスターモニタと呼ばれる代物で現在は販売が終了しているヴィンテージ級のブラウン管であった。ブラウン管については柔らかさが違うと数日かけてTから講釈を受けたことがある。サブとして稼働している6台の液晶モニタは個々に400万を超える医療用ディスプレイであり、eizoから個人購入され日々チューニングを施されていた。

「僕のロリ収集は君の目指しているものと本質的には同じなんだよ」

供された座布団に膝枕をして臥したまま茶を啜るIは、毎度繰り返されるロリ問答がはじまったかと、暗然とした。

Tの眼前のメインモニタには口淫を迫る父親らしき人物に対して「I can't…」と涙をこぼしながらかぶりを振る黒髪の園児が映し出されている。液晶ディスプレイのひとつには刃物を突きつけられながら母親にクンニリングスを行うように迫られる男児の静止画像が映し出されている。Iは漫然とそれらの映像をながめた。高校の同窓であるTは既にその道二十年、斯道の古強者（ふるつわもの）である。だが本人はいたって謹厳、将棋でいえば初心レベルだと自他に戒している。Tはこうした修練を積む一方で『月刊住職』に優れた論考を寄せる経済的平衡感覚も具備している。ここにある機材をそろえるにあたって拠出された金は彼個人のものだ。つまり、Iのようなすねかじりの無能者とはひと味違うということが意味される。

「本質的に同じという言葉はいつも聞かされていたけれど。どういうことなの」

「つまり、しっかりと悪の裏付けをとる、というところではないかな」

「それはロリでなくてもいいではないのか」

「いや、問題の核心はやっぱりこどもなんだよ」

こどもという語を聞かされてIは黙った。

「僕は常々思うんだけどね」Tは泰然とモニタを凝視しながら語った。「おそらく、こういう形式の収集を長年続けている人間たちは通常の性欲とは少し切り離された次元にいる。この場合は性欲の対象といってもよいだろう。かれらを賦活させるのは行為そのものではなく、その行為によって奪われるこどもたちの将来的な時間なんだ。我々の欲望はその失われるであろう時間に対して惹起されるんだ。さらに言えば、罪を我が身に引き受けるという地点で我々は十九世紀ロシアの鞭教の一派に共通する点がある」正座したままTはIに向き直ると涼しい目でIを捕捉した。

「君の用いる『我々』という語は社会一般から言えば小児性愛者ということになるんだろう?」この問いを発した際、Iはなにかしまったという気持ちになった。Tの専攻はギリシア哲学、わけてもプラトンである。哲学と歴史両面から抗弁されては歯が立たないだろう。だが、Tは古代ギリシアにおける少年愛の例などを持ち出すことはなかった。

「きみの最大の誤解は僕が『我々』という言葉を使用する際、それは人間一般を目指していることを忘れていることだね。君はまだ、人間の苦しみを引き受ける覚悟ができていないんだよ。だいたい君はなぜ僕のところに訪ねてくるんだ。君からは僕のつくったロリ公案のひとつさえまだ返事をもらってないわけだが」

臨済系の彼の寺では、もちろんその教義をT自身は否定していたわけだが、ロリに関した公案をつくることは彼の個人的な趣味のひとつになっていた。

だが、そもそものロリ公案がTの手になるパーリ語で書かれているため、意味を解することすら難しいのだ。

Iの回想においてTはなつかしい友達であった。友達という語を臆面もなく使用することにためらいはなかった。Iが思い出すのは、高校の頃からTによぎる擦過傷を帯びたような憫笑であった。

「とりあえずFに相談してみるよ」

Iは曖昧に応答をしてT宅を辞去した。I自身、なにを相談するのか分かっていないのだ。

F

「お前さあ、いくら口臭のきついBBAとかっぺ顔のクズとクズみたいな仕事していたからって、それを俺に転嫁するなよ」

FはIと向き合うなり、機先を制するように一喝した。いや、お前に転嫁しているわけじゃない、Iは思った。

Fを来訪するのは久しぶりのことである。

数年ぶりに連絡をとったFに来訪の意図を告げると「うちはちょっとなあ」と、困惑したような返答を受けた。

Iはのいう口臭のきついBBAに身を売ったことがあった。BBAにはライターとしてそこそこのキャリアがあり、文学的栄達への近道だと思われたからだ。BBAにちんぽこを挿入しながら、その文学的営為を詭弁として自らに使用していた。その短慮と後の苦痛についてはFの知るところである。

かっぺ顔のクズというのは、言語センスゼロのかっぺであり、Iと同郷であった。

Fとはバンビという定食屋で待ち合わせることになった。ふたりがともに学生であった頃によく利用したまずい店だ。

「まさか俺のこども狙ってんじゃねーだろうな。お前あのクソガチペドの社会不適合野郎Tとまだ接触してるらしいじゃん」

FがTを糾弾する語を聞いて、なにかしら違和感がIに生じた。だいたい、大学時代の友人であるはずのTに対して「接触」という言葉を使用することは妙な話である。「ヘンな邪推はやめろよ。俺はお前のこどもなんぞに興味はない。むしろお前のような人間がどうしてこの世界にこどもを生じさせたのかということの方に興味があるんだよ」

Fは二十代の頃、「この世界は悪意な満ちている」とゆるぎないまなこで語っていた男であった。さらに反社会性を喚起する文学団体を興し、いまだに活動を続けている。大学卒業後は定職に就かずグノーシス研究に没頭し、コプト語の文献を原典のまま解するレベルに至っていた。

「お前はそれを本気で俺に問うてくるのか」

「そうだ」

Fは多少思案気な顔をして瞑目した。いまだにこんな事案と人間に関わっている暇はないんだというイラツキをIは感じた。「お前が言ってることって結局アレじゃん。例の反出生主義がどうたらってやつだろ。だったら言っといてやるよ。人間は利害だ。俺は自分のこどもによって利する」

「それはお前の手前勝手というヤツじゃないのか」

「世の中なんて、所詮そんなもんなんだよ。俺は理詰めでアレコレやることにもう疲れちゃったの。親も喜ぶし。いいんじゃない」

父

「かみさまからもらったいのちをまっとうしてもらいたい」

Mを訪ねる

「女神様が今日も話しかけてくれたんだよ」

——未完

## こころ

2021/3/15

なれそめ　皮肉　うさん臭さ　卑俗

### 一　先生と私

A

私は常にその人を先生と呼んでいた。

私が先生と知り合いになったのはある民間学習塾であった。

「あなたは、なぜ人類を絶滅したいとは思わないのですか?」

この一言が、初めて先生から私に発せられた言葉であった。私は当時、志していたアニメーターの仕事に挫折し、哲学を生業として生きていきたいと願っていた。さらにその目的のためにはある程度の学歴が保証される大学に進学する必要があった。

「先生のスプラ2のウデマエはどれくらいなんですか?」

私は先生から発せられた奇怪な問いには応答しなかった。ある生徒伝(づて)に、先生がかなりのゲーム中毒であること、特に飲酒しながらのスプラトゥーン2にこの上ない歓びを見出している狂人であるということをきいていたからだ。無論この表現には通俗的な誇張もあったであろう。

「Aマイナスです」

先生は億面もなく述べた。

私はその時の先生の顔が忘れられない。およそ人間に適応された感情というもののどこを抽出しても先生の表情は形容できなかった。

Aマイナス……?　例え飲酒しているにせよ、3年近くスプラトゥーン2をたしなんでいるという先生のウデマエとしては疑問を抱くものであった。

「私のウデマエがAマイナスであることで、なにかあなたに格別な印象をもたらすのでしょうか?」

こう尋ねる先生はまた、外物に対して啖呵をきるわけでもなく、萎縮するわけでもなく、ただ静かでであった。

私は先生を卑怯だと思った。

以降、私は先生と近づきになりたいと願った。

B

「先生には奥さんはいらっしゃるのですか?」

私はある程度の憚りをもってこの問いを発したことがある。

マン・ツー・マンという形態を売りにしているこの学習塾では、こうしたプライベートな質問はある程度許容されていたのである。

「妻（さい）のあるものが、酒を飲みながらスプラトゥーンをやっていられると思いますか?」

「相応の理解がある方なら」

「君はまるでゲームというものを理解していませんね」

Aマイナスである先生は、私の顔を凝然と見据えながら述べた。

「先生、これは自慢でもなんでもありませんが、私は3か月のプレイでそろそろガチエリアでXに届きそうです。ウデマエがゲーム理解を示すものであれば、先生の言葉は信用できません」

私は私なりにゲームというメディアに対する自負があったのでこのように抗弁した。

先生は〝X〟という言葉に少し気圧されたような感があったが、特になんでもないという調子を繕っていた。少なくとも私にはそう見えた。

「君は何故そんなにウデマエを気にするのですか?」

と尋ねられた時でさえ、私は特にこの〝愚物〟に対して返答する気はなかった。

「君は私よりウデマエが上にあるからといって、君自身が私よりも上にあるとでも思っているのか」

先生はこの言を吐き捨てるように言い置いて、2時間指導してくれるという学習塾の契約を履行せず、初回指導時に勝手に帰った。

先生は卑怯であった。

以降、私は先生と近づきになりたいと願った。

C

「先生、ここの現在分詞はどうして略されているのでしょうか?」

私が先生に指導を委託している科目は当時文系と呼ばれるもので、国語と英語が中心であった。

「略されているって君、略されているんだからそういうもんなのでしょう。そういうものはそういうものとして受け止めるしか仕方がないでしょう。君はなんですか。そこに理屈をつけてあれこれやりたいのですか。恰好をつけて現在分詞などと私の前で二度と口にしないでもらいたい。私はね、現在分詞などという汚らしい言葉を偉そうに口にする生徒がほんとうに嫌いなのだ。いったい、何様のつもりなんだと思う」

先生はよく分からない怒り方をしてまた帰った。

以降、私は先生と近づきになりたいと願った。

D

「先生はこう、なにか超然としたところがあるように見えますが、実際のところ、私に対して現在分詞がなんであるかを説明できないだけではないのですか?」

私はかつて、こうした疑問を投げかけたこともある。当時の私には、先生は私にとっては単なる被雇用人に過ぎないという経済原理に基づいた敷居もまたあったことを告白しなければならない。その出所が私に拠るものではないにせよ、金を払っている以上、一通りのことはやってもらいたいと思うことは必然であろう。また、先生において他人に教えられるだけの知識量が果たしてあるのかと訝っていた点もみとめなければならない。

「君は私に現在分詞がどうこうとの説明を求めるが、それが本質的に君にとって必要であるか私は考えているだけです。さらに歩を進めて言えば、私はあなたに対して『現在分詞』を教えるために存在する奴隷ではない」

奴隷、というかなり強い響きをもたらす語が口にされたことで、私はさらに態度を硬化させた。

「奴隷という大仰な言葉を持ち出しますが、先生はそれが職務ではないのですか？」

「職務？」

先生はそう言ったきりだまりこんでしまった。

「君は人間としての職務がなんであるか、まだ理解していないらしい」

どこか茫然とつぶやく先生はあいかわらずスマホをみてなにか作業をしていた。

先生はこのように卑怯な韜晦のなかで逃げるのが常であった。

以降、私は先生と近づきになりたいと願った。

E

以前にも述べたが私は大学進学を目指すものであり、高校の課程は終えていた。その私に対し先生は夏目漱石の『こころ』という作品を再読するように促してきた。


「きみ、『こころ』についてはまだ覚えていますか」

「高校時代に習ったような記憶はありますが、とくに印象に残ってはいません」

「ああいう、バカバカしい話も、ちっとは目に通しておくとよいものです。あなたの怒りの根拠となりえるでしょうし。あなたがあなたの怒りに値する人間だったらの話だが」

先生のこうした物言いはいつも私の癪にさわった。

先生は常に飛躍をする方であったが、「怒り」という一語においてのみ私の興味がひかれた。先生はなにかに怒っているのだろうか。

「先生にとって当面の怒りとはなんでしょうか」

「私がどれだけがんばっても味方がどうしようもないせいでウデマエがあがらないことです」

私はこのように一般化から逃れて卑小な部分で私をいなす先生が好きではなかった。

飲酒しながらスプラトゥーンをやり、それを定法的に他者に責任転嫁して平然としていられる先生に対して私は言う言を持たなかった。

以降、私は先生と近づきになりたいと願った。

F

「あなた以前、私に妻はあるかなどと聞きましたね」

わたしは事実であったので頷いた。

「君、この時代に妻があるかなどたいした話ではありません。妻があろうがなかろうが不幸であることに変わりはないのですから」

先生はもっともらしく一拍置いて続けた。

「妻のあるなしにしたって。ここをご覧なさい。そう、あなたがいま現に私と座っているこの場所ですよ。私はいったいあなたに何を提供しているのですかね。一に、大学進学への技巧を授けている。こりゃま間違っちゃいないでしょう。それを名目とした商売なんですから。それで私ときたらどうでしょう。ほら隣に正規雇用の社員がいますね。かわいい女子高生と乳繰り合ってるだけです」

私が学んでいる教室では、それぞれ一対の生徒と先生がおり、中にはそうした組み合わせもみられた。

「私はこの教室に配属されて以来、何の策略かはしらないけれどいまだに女子高生に教える機会を持っていないのですよ。況や女子小学生をか、でしょうか」

この日の先生はいつになく多弁であった。

「私が何か女子なんたら学生に干渉するとでも思っているのですかね？　あの阿呆の経営陣は。しますよ。それ以外でここで教えている理由などないでしょう」

同意を求める懇願じみた先生の目はいつになく真剣であった。

以降、私は先生と近づきになりたいと願った。

G

「あの馬鹿どもはくだらない念仏を唱えていても賞与と月額の給与が保証されているのですよ。私ですか？　ご存知の通り、ここでは委託という名で雇用されている社員となります。これでも『大学』を出たんですけどね。マージンは56％です。薄汚い話になるが、あなたの親御さんが汗水たらして働いて得た賃金、あなたの事情はよく分からないので汗水など垂らしていないといってもよいが、を投資した半分以上はきゃつらにもってかれてるというわけですよ」

　先性の述べる「きゃつら」という語が誰彼を指しているか、私には判然としなかったが先生はいつになく怒気を交えて語った。

「君は哲学を志して大学に進みたいという。それは結構なことだ。その手段としてこちらを利用することもまた結構なことだ。しかし君、そういうことを繰り返した果てにいったい何があるというのですかね。この私塾にはいろんな生徒さんが来ますよ。そりゃ私だって無下に断るなんてことはできない。だって自分の食い扶持がかかってますからね。さてそこからが問題だ。食い扶持って言葉がいつも私たちをさみしくかなしく脅迫してるんですよ。仕事柄、私は数限りなくこうした語を聞きましてね。曰く「お前、このままいったらろくな大学にも入れず、まともな人間としての生活はできないぞ」曰く「お父さんお母さんがここまで思っているのに、どうしてお前は自分のことしか考えないんだ」まあこんな辺りですか。君、こういうことを恥もなくのたまう狂人どもといちんちでも暮らしてみなさい。恥知らずの恫喝がまかり通っている教育産業の現場と気ちがい両親の妄言を聞いてごらんなさい。いつか酒とスプラトゥーンしかやってられなくなりますからね。仮に哲学を志す身であるなら、なぜ私が酒とスプラトゥーンに浸って抜け出さないでいるか、そこんところをかんがえてみなさい」

　先生の言のいくつかは私の不明なところも含まれていたが、私は私の問いについて煎じ詰めて考えたこともない自身について多少の羞恥を覚えた。

　以降、私は先生と近づきになりたいと願った。

H

「私が一番きらいな言葉は、働かなければ飯が食えないということなんです。こんな考えをどこのどいつがこしらえたかはしらないが、とんでもない悪人に違いない」

「けれど先生、「鋳型でこしらえた悪人なんてものはいない」と『こころ』には書いてありました」

「そりゃあ君、当り前さね。鋳型でこしらえられたのは人間ではなくシステムの方さ。そいつがそこかしこで悪さしてるんだから、しかたがない」

「ではそのシステムというものをこさえた人間は何者なんですか」

先生は黙っていた。いつものように指導中でありながら、スプラトゥーン2の公式アプリを開いて、自分が勝ったゲームのリザルト画面だけをのぞいてニヤついていた。

「何者と聞くが君、それがいったい人間である必要があるのかね？　君が志すであるらしい哲学に則って尋ねるが、スプラトゥーン2を創始したものはいたしかたなく把握できるにせよ、私と君がこうして対話しているこの世界を創始した者はいったい誰なのか」

先生はあいかわらずスマホを握りしめたままなにもそれ以上は問わなかった。分析するならもっと優れたアプリがありますよと助言したところで耳を貸すことはないだろう。先生はおそらく勝ちのリザルトだけをながめてニヤついていたいだけの人間なのだ。

私は自身の直覚を信じ、いくらかの軽侮をもって先生をながめた。

「君は私に飯を食わせる立場であり、さらにスプラトゥーン2でも勝ったつもりでいるんだろう。好きにするがいいさ」

私は先生の奥底から沁みだしてくる汚水のもののごとき水源がどこにあるのか、より知りたくなった。

以降、私は先生と近づきになりたいと願った。

I

『こころ』は卑怯者の先生の話が描かれていますが、先生はどうしてこういう書を読むように私に勧めたのでしょうか」

「君は卑怯者という言をタンカンに使うが、いったいなにが人間にとって卑怯であるか知っているのですか」

「信義を捻じ曲げることです」

「それじゃあ、みんな捻じ曲げているでしょう」

「先生は世のなかのみんなが卑怯者だと思っていらっしゃるみたいですね。それで先生もその卑怯者の一員ですということをなにか盾にしているようにも感じます」

「君は、けっこう言いますね」

先生は手にしていたスマホをスリープ状態にした。私の英語の指導時間、先生はプリコネのアリーナと呼ばれるものに集中していた。

「それでは、君が君の信義を通して、私の貴重な時間を奪い、私のアリーナの順位を落とすことになったら、それは正しいものと言えるのか」

先生は心についても金銭についても貧しい人だと思った。以降、私は先生と近づきになりたいと願った。

J

「それで、『こころ』のなかで一番の卑怯者はだれかという結論はでましたか」

「先生です」

「なぜ」

「先生における卑劣さは色々と指摘できます。奥さんに嘘をつき続けたという点も許しがたいと思います。自分が奪った女ならきちんと事の成り行きを告げることが正道でしょう」

「なるほど」

先生はあまり私の言には耳を貸さず、プリコネをいじっていた。

「先生は先生とは違います」

私がこう述べると、先生はすこし硬直したように感じた。

「先生の卑劣さは私に将来を託すと言い訳してトンズラしたことですから。私の前にいる先生は一応のところ、生きていますし、プリコネいじってるだけですしね」

「私はあなたに少しだけ興味が湧いてきました」

先生はあいかわらずプリコネをいじりながら答えた。

「それであなたはいったい、私に何を求めようというのです」

私は先生をただ見続けた。

「私はあなたに一刻も早くこの塾をやめてほしかっただけなんですよ。こういう馬鹿馬鹿しい茶番につきあってられるほどお人よしではないですからね。そもそも考えてもごらんなさい。なぜあなたはやめなかったのですか。私がどういう振る舞い方をしてきたかはご存知のはずでしょう。いまでも私はこう思ってますよ。あなたが男ではなくて、少しは私の欲動を動かしてくれる女人だったならと。お互いにこういうワキガ臭い論争は終わりにしましょう」

「女人が問題なのですか」

——未完

## ラーメン屋企画カンタン

2022/3/4

言うのはカンタン

企画①

それは戦場　道徳で格闘するラーメン屋について

福井第一号店　屋号は「愛」

一品の値段は５００円とする

「その５００円で救える命がある!」

というなんかユニセフ系のこどもたちのつぶらな瞳が我々をみつめるいかがわしい広告が店内のソコカシコに貼り付けられている。

店内ＢＧＭは"We are the world"とかバッハ平均律でよし。

たぶんもっと秀逸な楽曲はある。

券売機でボタンを押す瞬間。

「本当にいいんですか?」と店主から冗談ではない最後の乾坤一擲のかけ声がかかる。

or あさま山荘事件的に客のお母さんから店外より拡声器で最後の一声。

「＊＊ちゃん、聞こえますか。ラーメンを返してあげなさい。これではあんたの言っていた救世主どころではないじゃないの。世の中のために自分を犠牲にするんじゃなかったの? これでは凶悪犯と変わりません。他の凶悪犯と違うところを見せてちょうだい。お願いだからラーメンを捨てて出て来て。それが本当の勇気なのよ」

店内に設置されたブラウン管のボロテレビでは一匹の豚の生誕から出荷までの物語（イストワール）、屠殺映像から叉焼（チャーシュー）つくるまでの工程等が常時放映継続リピート。

ラーメン食うまで踏み込んだ客には店主が零距離耳元で愛撫的にねっとりささやく言葉が提供。

「この小麦、刈られるときにどれだけ痛かっただろうなぁ苦しんだだろうなぁ」

「あ、食べちゃった。苦しんだ豚さん、食べちゃったぁ! あの豚さん、生まれてきてなにをしたかったのかなあ?

たくさんやりたいコトあったかなぁ！」

「ああ、アフリカとウクライナの子供たち20人くらいぶっ殺して、このお客さん食べちゃったよ！　５００円のラーメン食べちゃった－！！！」

「ごちそうさまでした」と冷然と述べる客に店舗専属の教戒師が接近していく。

「もはや、あなたの罪はあなた自身が贖えるものではありません」

追記
優秀な生徒の発案だと、ラーメン食いながらいわゆるスープをすすっていくと　客が救えなかった（間接的かつ直接的に見殺しにした）こどもたちのシルエットが次第にドンブリの内側に露出反映されていく効果もイイんじゃないですかとか述べてました。
私はたぶん疲れているのでしょう。

ジブンは破滅派というものがやっていることが、コチャコチャしていて、遠望の感覚がないということが疲れます。ラーメン屋からはじめた方がたのしいんではないのかな。

ここまできてジブンが一番大切にしている感覚はc'est un ennui! 退屈なのだ！

大洪水を祈願するランボーの源です。

**折り合い**

折り合いだと？

泉文書を読みながら私は野々村議員のように泣いたのであるが、ここにはなにかフシギな相似性というものがあった。いやお前、そのとき酒かっくらってたやんというツッコミは可能であるにせよ、私の魂が揺すぶられたというのは事実でしかない。

野々村議員号泣記者会見が話題になった当時、私は「ああ、またみんなで例の悪ふざけか」と思ってきちんと見ていなかった。

今回、泉文書を読んだ後にきちんと動画と視聴し、会見で書き起こされた台詞内容にも目を通したという次第。

気になったのは彼のキーワードだと思われる「折り合い」という言葉。

私は野々村議員に対して、コイツはまっとうなことを言う奴だと思った。

釈明会見という小賢しいサーカス（パンとサーカス）みたいな演出とクソ茶番は、人類のアホらしい綜合プロデュースは終わりにしてさっさと折り合いをつけて次に行けと思った。

ここで今年の正月に戻る。

面川という私の先輩に相当する方が泉氏に対して「折り合いつけろよ」と私の目の前で語っていた。

ちょうど私は対価に見合わないドリアらしきものを食べていたのでそこからの怒りの持続もあったのかもしれない。

こうしたドリアが世界の価値を減少させていくのだ、巧妙に隠微に傷つけていくのだ、という落胆と怒りがないまぜになっていた。

こうしたドリアから、弱いニンゲンから収奪したカネなりを用いて閑暇をむさぼるクソヤロウが跋扈しているのだ。

だがまあそこはニンゲンダモノ、というワケのワカラヌ弁明をして、平気の平左でこういうドリアをまかり通らせるゲスがいるのだ。

そのゲスが地域社会における雇用創出だのご託みたいなヘックタクレを弄しても絶対に許さないとココロに誓った。

そこにきて。

「折り合いつけろ」だと？　それを　あなたが言うのか？

カチンときた。正月早々本気でカチンときた。

あなたにその資格があるとでもいうのか？

あなたはなにによって自分の折り合いがついているのか、己の根源まで行って探り求めたことがあるのか？

私は間髪入れず応えた。

「先輩、私は全く折り合いがついていませんが」（全くにきちんと力を込めた）

面川先輩は無言であった。

私は卑怯者であると思った。
目の前にいるニンゲンはただの卑怯者であると思った。

小賢しい世界になったのだ。
くだらない智恵をつけたニンゲンがしたり顔で歩き回る世になったのだ。
泉文書からの引用は出来るだけ差し控えたいが、これだけは引き写して伝えておきたい。

「辻淳のおはこのずるがしこい世わたり上手は世界に通じない世界になる　100%そういう世界になった」
「悪い事は全部辻淳のせいにする。」(辻淳という文字は黒字のボールペンの上から赤字で上塗りされている)

## 本気の悲鳴論　続

実は一番上手だったのは〝さらだまさき〟かもしれない。

[悲鳴]
——タイッ!!
——ぃ゛!!
ぢっ!!
イッ!
イヅッ
!　タッ!

[破瓜擬音]
ミリッ
チリッ
ビッ

さらだまさき『へっちゃら』より

# ほろほろ落花生略年譜

**一九七九年（昭和54年）** **0歳**

十二月、福井県福井市で出生後、父の仕事関係で神奈川県藤沢市に移住。神奈川で暮らした生活の記憶はほぼない。

**一九八〇年（昭和55年）** **1歳**

とくになし。

**一九八一年（昭和56年）** **2歳**

四月、父の仕事関係で福井県福井市に移住。歩いていて電柱にぶつかり金属製の付帯物で左まぶたを切る。左の眉毛の一部がなくなる。

**一九八二年（昭和57年）** **3歳**

四月、保育所入所。就寝前に母親が読み聞かせてくれた絵本の時間が「人生における最良のもの」であったと後に知人に語る。

**一九八三年（昭和58年）** **4歳**

とくになし。

**一九八四年（昭和59年）** **5歳**

とくになし。

——社会的事件——

ソ連、アフガニスタン侵攻

イラン・イラク戦争
ジョン・レノン暗殺

パリ人肉事件

フォークランド紛争

ロッキード事件
ファミリーコンピュータ発売

日本人の平均寿命世界一

**一九八五年（昭和60年）　6歳**

とくになし。

**一九八六年（昭和61年）　7歳**

小学校入学。知能テストでＩＱは平均並と診断される。得意なのは体育のみで勉強はできず、同級生との喧嘩に明け暮れる活発な少年だった。

**一九八七年（昭和62年）　8歳**

とくになし。

**一九八八年（昭和63年）　9歳**

「クラスの中で持ってないの自分だけ」と母親に泣いて頼み、任天堂ファミリーコンピュータ（ファミコン）とディスクシステムを買ってもらう。『ゼルダの伝説』の熱烈なファンとなり、続編を継続的に購入する。

夕食の席でおかずが貧相かつ好きな品ではなかったので「みじめ」と述べる。直後、完全にキレた父から数時間に渡って殴打等の暴行を受ける。以後、父は散発的にだが、激昂して暴力を振るうようになる。

日本航空１２３便墜落事故

チャレンジャー号爆発事故

チェルノブイリ原発事故

ハレー彗星接近

国鉄民営化、ＪＲ発足

東京・埼玉連続幼女誘拐殺人事件

**一九八九年（平成元年）** **10歳**

運動・勉学に優れたため、女子からモテる。「○○さん以外は全員ほろほろ君のことが好き」と言われるほどの黄金時代が到来する。

両親や祖母の金を盗み、戦車のプラモデル購入などの遊興費に費やす。露見し、父親からコテンパンに殴られる。

**一九九〇年（平成2年）** **11歳**

父の転勤で埼玉県草加市に引っ越す。転校前に親戚のお兄さんから送られた落合信彦『狼たちへの伝言』に衝撃を受ける。以降、勉強に本腰を入れるようになり、ストイシズムに覚醒する。

父の暴力がエスカレートする。

- 夕食がお好み焼きだった日、丹念にソースをなでつけ重層的に焦げ目を仕上げた一枚を父がぺろりと食べてしまう。憤懣とともに「お父さんは自分が大切にしてきたものをなんでも奪ってしまう」と述べたところ、父から鉄製のフライ返しで右腕を思いきり殴られる。
- 親戚宅に訪問した際、失礼があったとの理由で父から数時間に渡って徹底的に暴行を加えられる。「ここまでやらなくてもいいんじゃないのか」と困惑した親戚の叔母が述べた。
- 近所の知人とバドミントンをやっていたところ、父が乱入。不平を述べたところ、問答無用で拳骨と蹴りを頂く。苦痛にあえぎながらのたうち回ってい

——社会的事件——

天安門事件
ベルリンの壁崩壊
冷戦終結
昭和天皇崩御

東西ドイツ統一

るところに、さらに蹴りを喰らわせられ続けられたが、父は泣いている息子を見て嗤っていた。

**一九九一年**（**平成3年**） **12歳**

『わんぱく相撲大会』にエントリー。敗北したが選手に選ばれたと父に偽証したところ、実情が露見し父から詰問を受ける。「お父さんを喜ばせたかったんだ」と述べたところ、以後数時間に渡ってビンタ、殴る、蹴るといった暴行を加えられる。

バレンタインデーにはクラス一の美少女からチョコレートをもらう。

**一九九二年**（**平成4年**） **13歳**

中学生となり、同級生たちに触発され、さらに学業に注力。以降中学3年生まで成績はほぼオール5（満点）を記録する。その一方で思春期らしい興味も芽生え始め、『ペンギンクラブ』『スコラ』『パソコンパラダイス』などのエロ本を読み耽る。

父親が仕事関係で新しいPCを購入、お下がりをもらう。PC－9801ESを手に入れ、『イース』などのPCゲームに手を出すようになる。生まれてはじめてカツアゲをされる。

湾岸戦争
ソビエト連邦崩壊
バブル経済崩壊
ユーゴスラビア紛争勃発

バルセロナ・オリンピックで14歳の岩崎恭子が金メダル
ドラゴンクエストVが社会現象に

**一九九三年（平成5年）** **14歳**

埼玉の友人とともに秋葉原ソフマップにて『ソフトベンダーTAKERU』よりR18相当という謳い文句のソフトウェア（PC－9801向け）を持参したFD（フロッピーディスク）にダウンロード。全くエロくなかったことに対し、以後、人類に対する根深い不信の念を残すこととなる。

**一九九四年（平成6年）** **15歳**

4月、父の仕事関係で福井市に戻る。転校後に陸上部に入るが、「勉強に集中したい」とのちに退部。スポーツ少年だったほろほろ落花生は、これ以降自身のスポーツの才能に見切りをつける。

平成のコメ騒動にヒントを得た「米問題について」という論文を「少年の主張」に提出、会長賞を受賞し、タイ研修旅行を副賞として手に入れる。

**一九九五年（平成7年）** **16歳**

福井有数の進学校へ進学。山岳部に入部し、一学年上の先輩として、地方財閥の御曹司である面川先輩の知遇を得る。最初の中間テストで学年一位、東京大学を目指し始める。

中学時代に入賞したスピーチコンテスト「少年の主張」副賞としてタイへ研修旅行。のちに長くつきあうことになるチェンマイ在住のタイ人女性タプティ

――社会的事件――

ポケベル流行
平成のコメ騒動

大江健三郎、ノーベル文学賞受賞
ルワンダ虐殺
ダイヤルアップIP接続サービスが運用開始

阪神・淡路大震災
地下鉄サリン事件
Windows95 発売

ムと出会い、文通開始。
フラナリー・オコナーはじめ、海外文学をよく読むようになる。

**一九九六年（平成8年）** **17歳**

勉強と部活に邁進する。大江健三郎『セヴンティーン』を読み、衝撃を受ける。中島敦『山月記』にも影響を受け、進学希望を東大文Ⅰ（法学部）から東大文Ⅲ（文学部）へ変更。

**一九九七年（平成9年）** **18歳**

当時「パソコン通信」等と呼ばれていたネット利用開始。友人とともに18禁ゲームショップに来訪し、制服を着たまま『雑音領域』の購入を試みる。「制服を着た高校生に売ることはできません」と店員に述べられ、ほろほろは私服に着替えて再度トライ、無事購入。
日本海沖で発生したナホトカ号重油流出事故で流出した重油回収のボランティアに参加。
勉強家のニヒリストというキャラクターを押し通し過ぎたため、交友・恋愛関係にはほとんど恵まれなかった。東大模試では全国50位以内をキープ。後期（論文中心）の模試では全国一位。

薬害エイズ事件
「コギャル」ブーム

神戸連続児童殺傷事件
ナホトカ号事故
香港返還
ダイアナ妃事故死

**一九九八年（平成10年）** **19歳**

東京大学文科Ⅲ類合格。入学を機に、東京都杉並区浜田山で一人暮らしを始める。第二外国語はフランス語を選択。

サークル「文学研究会」では三ツ野陽介に出会う。「お前たちは童貞であるから文学を選んだに過ぎない」という内容の論証をサークル内の日誌に書き、以後会合には一度も出席しなかった。

「サブカルチャー研究会」というサークルの部長から18禁ゲーム『痕』(leaf)を薦められプレイ。質の高いシナリオ、BGM、オリジナルフォント等に深い感銘を受ける。

マスダコウジより致命的な入電がある。

**一九九九年（平成11年）** **20歳**

詩文・散文・小説などの文芸創作を始める。小林秀雄・太宰治・中原中也などの東大仏文に縁のある作家に耽溺。

マスダコウジによる束縛で、恋愛に関する進展は一切なし。友人関係の交流も少なく、失われた青春となる。

**二〇〇〇年（平成12年）** **21歳**

進振(しんふり)上位の成績であり、法学部や経済学部を志望可能であったが宿願の仏文科を志望先とする。同時期に仏文科に進学した三ツ野より「お前にだけは来てほしくなかった。つらい」と述べられる。

——社会的事件——

ポル・ポト死去
北朝鮮、テポドン発射

東海村JCO臨界事故
i-mode 開始
2ちゃんねる開設
二〇〇〇年問題

Amazon.co.jp オープン
プーチンがロシア大統領就任
20世紀が終わる

キャンパスが駒場から本郷に移ったことにより、文京区白山に引越し。マスダコウジ関連の心労により大学の保健センターに通院開始。八月、マスダコウジとの揉め事により、福井県東尋坊にて最初の自殺未遂。警察により保護される。

普通自動車第一種運転免許取得、小早川と知り合う。

## 二〇〇一年（平成13年）　22歳

大学での文学研究は自身の志向性と合致しないことを痛感。「芸術は娯楽」の位置とし、就職を決意する。出版社を中心に就職試験を受けるが全滅、留年が確定する。高橋文樹ほか仏文科の親しい友人は全員留年が確定しており「まあそんなもんじゃない」という状態。折しも就職氷河期の中で歴史的に最悪の時期だった。

マスダコウジの嘘が露見、別れる。白山の警察署に駆け込み、「こいつ、コレか？」と言われ、右手の指をこめかみのあたりでくるくると回すジェスチャーを見せられる。

埼玉在住時代の同級生Hとファーストキス。ほどなくして友人リョウに紹介された蘇我鏡花と付き合い、童貞喪失。いずれもマスダコウジ以降で初めて知ることのできた本物の女の身体だった。

9・11（米国同時多発テロ）
Google日本法人設立
就職氷河期
小泉政権発足により構造改革開始、竹中平蔵が閣僚入り

二〇〇二年（平成14年）　23歳

突発的に薬学医学系を志す。仏文科の教授である中地義和先生に相談するが「荒唐無稽」と述べられる。

筑摩書房より前年熱心に愛情を伝えたためか採用試験の連絡、面接を受け落ちる。「ご愁傷様」と中地先生より述べられる。

新日本製鐵内定、落ち込む。「お前の場合は内定ブルーというより内定ブラックだ」と高橋の評。髪を銀髪に染める。原因不明の疼痛が始まる。

二〇〇三年（平成15年）　24歳

卒業論文のテーマはアンドレ・ジッド『田園交響楽』研究。「マトモに書けばけっこう書けるじゃない」と査読した中地先生より評価をもらい、嬉しく思う。

四月、新日本製鐵入社。

十月、樹海で自殺未遂。

十一月、フランスへ遁走。

二〇〇四年（平成16年）　25歳

二月、新日本製鐵退職。

四月、大学時代の同級生であった高橋と北千住にて同居開始。特別養護老人ホームで勤務開始するも、一ヵ月で退職。

八月、家庭教師のアルバイトを単発で行う。千住近辺在住の男子中学生が学

――社会的事件――

サッカー日韓ワールドカップ開催
欧州統一通貨ユーロが発行

イラク戦争
コロンビア号事故

スマトラ島沖地震
北朝鮮拉致被害者問題
mixiサービス開始
改正労働者派遣法施行

習する進研ゼミにおいて赤ペン先生の通信欄に「僕は赤ペン先生のことを考えるとおちんちんが熱く痛くなって夜も寝られません」等の卑猥な文言を書くことを教唆したため解雇。

九月、数年前に崖から飛び降りて精神科に入院していた面川先輩を見舞う。手土産として果物ゼリーセットを買って閉鎖病棟訪問。

十一月、同居生活を独断で解消することを高橋に告げ、福井に戻る。

**二〇〇五年（平成17年）** **26歳**

二月、パソコンのサポートセンターでアルバイト。

三月、友人である川島の付き合いで禅寺での座禅ツアーに参加。警策で打たれる度に「あはん」「くはぁ」「もっとぉ」等と叫び、座に居た人間を笑わせるも「何を笑っているのですか?」と叱られる。

四月、東京に出奔しヤフーメッセンジャーで知り合った女性と心中未遂。以後、東京の面川先輩宅で庇護され居候。

十月、「君のように魂の最深部まで傷ついた人間は、一度しっかりと診(み)てもらうべきだ」という面川先輩の助言をもとに神奈川県に在する精神病院閉鎖病棟に二か月ほど検査入院。後に書く詩案素材の多くを得る。

YouTube サービス開始

**二〇〇六年（平成18年）　27歳**

面川先輩の関わる東京の社会福祉法人にて勤務開始。ウェブサイト制作等の事務を行う。初期の勤務態度は良好であったが「今日は朝から赤ワイン飲みたい気分なんで行けません」等の連絡をして欠勤するといった外道の振る舞いにより法人側からの信頼を次第に失う。

**二〇〇七年（平成19年）　28歳**

福井でこども園を運営する面川先輩一族からの薦めもあり、保育士資格取得のため学習開始。四月に保育士試験を受けるも、筆記試験不合格。

三月、油田の発案により、高橋と破滅派を結成。破滅派の記事作成のためにストッキングをかぶりつつ玉川上水で入水するといったパフォーマンスを行う。ずぶ濡れになりながらストッキングを脱ごうと格闘している最中に弟より入電、甥が誕生したことを知らされ崩れ落ちる。その場にいた高橋は同情の目で見守る。

六月、保育士の実技試験のために絵画練習を開始。練習用として最初に描いたのは仁王立ちで園児（失禁描写あり）を締め殺す笑顔の女性保育士で、背景のロッカーと床には極太バイブが数本あり、床には既に殺されて転がっている園児の死体という構図だった。画をみせた面川先輩は「ああ」と諦観じみた呻きを発し、数年後に「あの作品はほろほろ君を知る手がかりになる」と述べる。

破滅派企画の一環として「ろりてらちゅ～る」を油田とともに開設。ロリ声で日本古典作品の朗読を聴いて頂くことを趣旨としてサイト運営。数か月後「こんなものは文学ではない」という同人からの叱責を受け閉鎖する。

——社会的事件——

ライブドア事件
第一次安倍内閣発足

iPhone 発売
大卒有効求人倍率が16年ぶりに2倍に
朝日新聞で「ロスジェネ」特集

**二〇〇八年**（**平成20年**）　**29歳**

八月、保育士資格取得。数週間程度の実務研修があったが、睡眠薬を飲みながら三日間連続で眠り続けるなど精神状態が悪化する。面川先輩はコンビニで購入した「ウイダーインゼリー」「明太子おにぎり」等をほろほろの私室ドア口に置いておくなど対応に苦慮する。

九月、小学館に勤務する大学時代の友人を介し週刊誌「女性セブン」の「高学歴ワーキングプア特集」に登場する。この縁で出版関係の知人が増え、ライター落合と知り合う。

**二〇〇九年**（**平成21年**）　**30歳**

面川先輩によって紹介された社会福祉法人を退職する。世田谷区駒沢へ転居し、落合を介して有名週刊誌の一コーナーを担当する。「ライターとして書いた経験がないとは思えない」等の賛辞を編集者から受ける。

落合はほろほろのためにキャリアで蓄積した出版社や文壇で力のある人間との会合を精力的にセッティングするが、ほろほろはことごとくすっぽかす。落合との関係が悪化。

**二〇一〇年**（**平成22年**）　**31歳**

三月、ライターを辞めて福井の実家に戻る。永蟄居（えいちっきょ）開始。

反出生主義への傾倒が深まる。デイビット・ベネター“BETTER NEVER TO HAVE BEEN”を原書で読む。

リーマン・ショック
秋葉原無差別殺傷事件

オバマが米国初黒人大統領に
民主党政権誕生

アラブの春

パソコンのサポートセンターでのアルバイトを開始。二〇〇五年に禅寺で座禅指導を担当していた僧侶が還俗しており、同僚として勤務する奇縁が発生。

同居の父に「自分に行ったような暴力を甥には絶対にするな」と忠言するも「ふざけたことをいつまでも言うな」と無反省かつ逆ギレ気味の返答をもらう。

**二〇一一年**（**平成23年**） **32歳**

民間学習塾で主に家庭教師を主体として非正規雇用として労働開始。指導料金の60％程度がピンハネされ、賞与も福利厚生もなし。正社員の定例ミーティングを聞く機会が度々あり、「お前たちは全員泥棒だ！」「ここがなくなったらお前たち全員、行くところないんだからな！　ソコントコロ分かってんのか？」等と社員を統括する立場の人間がテンプレ的に恫喝し、優秀な女性教師を号泣するまで追い込む状況に正社員登用の誘いを断る決意を固める。なお、この上司は後にパワハラで訴えられて福井地裁から「直近六ヵ月にわたり塾等に関わる開くことを禁ず」等の判決を受けたらしいが、なぜか勝手に私塾作っていた。

十月に「なぜ産んだ？」という問題をテーマとして父母と談判。父は「お前に幸せになってもらいたかったからだ」、母は「私はあなたを育てて愉しかったよ」と返答、以後の対話を永劫断念す。

**二〇一二年**（**平成24年**） **33歳**

詩集『ぱるんちょ巡礼記』脱稿。

高校時代のタイ研修旅行で知り合ったタイ人女性タプティムに対して、スカ

――社会的事件――

東日本大震災

ビン・ラディン殺害

金正日死去

第二次安倍内閣発足

イプ上で「そちらで出家したい」と打診するが「逃げてるだけでしょ」とまろやかな日本語で返答される。
反出生主義に対して距離を置く面川先輩と次第に対立するようになる。
油田、金沢に来訪。この際にクローズドな文集を制作するという油田からの企画があり、『幸福の回収』を寄稿。

**二〇一三年（平成25年）** **34歳**
経済的な窮状を面川先輩に訴えるも「障碍者向けの授産施設にでも行ったらいいんじゃない」という返答を受ける。「君になにかあった時はなんらかの形で経済的バックアップは必ずする」と述べていた面川先輩との約束が破られる。
タプティムがタイより来日。この経験をもとにして『ざくろ』を執筆。

**二〇一四年（平成26年）** **35歳**
反出生主義を文学として提出するための苦闘を開始するが、子供が生まれたばかりの高橋と衝突し、絶縁。
以前から関心があり懸案であった「ロリコン」「小児性愛者」「ペドフィリア」としての自己研究が本格的に開始される。精密なデータベース構築を自身に課す。
反出生主義を軸とし、詩論等を交えたアフォリズム集『布告』の執筆開始。

元CIAのスノーデンがロシアに亡命

ウクライナ紛争
イスラム国（ISIL）の台頭
児童ポルノ禁止法改正案可決（単純所持の禁止）

**二〇一五年**（**平成27年**）　**36歳**

二月、登校拒否気味で鉄道自殺を図った経験のあるソシャゲやライトノベル好きの生徒を担当。この生徒から教えてもらった『プリンセスコネクト！Re:Dive』を断続的にプレイ、後のソシャゲ論が醸成される。また、プリコネのアリーナリセットの度に「人間には優先度が大切だ。なにが本質的かを見極める目が」と述べ、学習指導をするフリをしながらアリーナ初日登頂（一位を獲得すること）を目指すことが恒例となる。

三月、英語の教科書に使用されていた「焼き場に立つ少年」を勤務する民間学習塾の広告として使用したらどうかという提案に対し「こんなことを平然と述べる人間は初めてみました」と生徒から冷静な寸評を頂く。

七月『ゆすらうめ鉱』脱稿。

**二〇一六年**（**平成28年**）　**37歳**

アフォリズム集『布告』の完成を断念。

**二〇一七年**（**平成29年**）　**38歳**

『スプラトゥーン2』発売。以後、焼酎「かのか」を飲みながら『スプラトゥーン2』をプレイすることが日課となる。「やる気ないならやめろ人間もやめろ」「お前はそれでもヒトなのか？」「いやイカだったわ！」といった怒号と机に蹴

――社会的事件――

改正労働者派遣法施行

シャルリー・エブド誌がイスラム教を冒涜したとして銃撃される

熊本地震

BREXIT（英国のEU離脱）

カズオ・イシグロ、ノーベル文学賞受賞

トランプ大統領誕生

りを入れるなど深夜の騒音が深刻化、同居する老父母から「眠れない」と苦情がくるようになる。

**二〇一八年（平成30年）** **39歳**

ソシャゲ依存かつ学業不振に悩む学習塾の生徒から相談を受け、「お前の両親の息子に対する課金力が足りないだけだ。『もっと自分に課金しろ！』と両親に圧かけておけ」と忠言を与える。

十一月、『犯人』を破滅派ウェブサイトにて発表。

**二〇一九年（令和元年）** **40歳**

七月、ひきこもっている大学生の指導中、学生が包丁を持って意味不明な言葉をわめきちらしながら家から脱走する事案が発生。「ほら先生、あなたの出番がきましたよ。さっさと彼を捕まえてきてください」と当該学生の母親から述べられ学習塾をはじめとする教育システムとこの世界の形態を改めて疑う。

福井在住の友人と彼のこどもとともに三人で永平寺を訪問。曹洞宗貫首・福山諦法がその折にちょうど在住しており、目があったので睨み返す。この経験はほろほろに奇妙な印象を残す。

オウム真理教の麻原彰晃ら7名の死刑執行

平成天皇が退位、令和へ

京都アニメーション放火殺人事件、36名が死亡

**二〇二〇年（令和2年）** **41歳**

「私は生まれてから一度もたのしいと思ったことはない」と父母に宣言し、「人間は生まれてこない方がよいということを文学で必ずつくる」と決意を固める。

次代を託すに足る俊英として梅谷を知る。未完のアフォリズム集『布告』の査読を依頼。

コロナ禍により酒量が増え、肛門へのダメージが蓄積し始める。

**二〇二一年（令和3年）** **42歳**

高橋文樹『アウレリャーノがやってくる』発刊、同書所収の「フェイタル・コネクション」に深い感銘を受ける。現代小説として「最高傑作」であると破格の評価を高橋に送り、これを機に謝罪、高橋より復縁を許される。

**二〇二二年（令和4年）** **43歳**

ロスジェネとして生きてきた怨恨、資本主義的末世における怒りの全てを叩きつけ面川先輩と絶縁する。

春、『最後の文学者』脱稿。

川島の母、こどもたちとともに福井城址にて花見。「こういう桜を人生において見られたなら、色々といいものだ、ソメイヨシノの遺伝的一貫性や平板さを糾弾してコレは日本の桜ではないとか野桜の美しさがどうとか小林秀雄的、茶山(さやま)的クソ言辞をこちゃこちゃ弄する人間より、君ははるかにマシだ」と川島に述べる。

——社会的事件——

新型コロナウィルス流行

改正児童虐待防止法・改正児童福祉法施行

米国でQアノン（陰謀論）が隆盛

トランプ支持者が国会議事堂襲撃

ロシア、ウクライナ侵攻

安倍晋三暗殺

肛門周囲膿瘍発症。多年に渡る飲酒と下痢のためＢＭＩは16を切る。健康状態は心身ともにいたって不良。死に近づく。

巻末詩

# オプンティア

世界を初めてみる
私とあなたがいる

私が自転車で通う職場の途次に
（その職場は？）
たずねなくてもあなたは知っている君はもう
そう

オンブレ

例の非正規雇用で交通費もでない通勤
あのとても貧しいナニカ
ニンゲンがお互いに苦しめあってたのしんで苦しんでいるナニカ
ジャパーンに偏在するドコカ

さて自転車で通勤滑走すると
道路沿いの
とある民家の横っパラ

「お前は要らない」と
ちぎりとばされたのか
放り出され捨て置かれたウチワサボテンの片葉（かきは）が側溝に横たわる
情景

オプンティア

ああ
（やっぱりいたんだ　これはこれで道義愛なの　あるいは生命的友誼の突発的発情）

ご存知の通り
この腐れた界隈だからそれはそれでの生き物の
ご了承の取り扱いＯＫ
（あなたたちはいつもご了承くださいですね）

私は心を痛め
なんらかの理由により放逐され瀕死の彼を
私のような

かなしい誰かが目撃しないことを祈る
(この種の祈祷は無料にてオプションも返金も無し)

オンブレ

水を得られないまま
うっちゃられ褐色に変じつつある彼を
「新人さん」にみせるというのはさすがに酷というもの

ちょっとコレは
この世界ではsensitive に過ぎるし
確かに検閲は大事
(ホントに?)

いや、でも
実際こういうことはよくないでしょう
(君はまだそこにいる?)

私は『かのか』の酔いもかりて
夜ごといつもの救済プロジェクトを起案する
（あなたはいつも起案ばかりしていますね
でも彼は死につつありますね）

オプンティア

問おう

オンブレ

どうして誰も彼を助けない？
どうして見殺しにできる？
彼が枯死しつつあってもべつにあなたたちには深刻には関係しないのかもしれない
でも
（確かに関係はない）

でもそれが
どこかで
少女の心を切り裂いて
少年の心を傷つけるのかもしれない
（if傷つけないしヘンな過大評価はやめましょう）

この問答の６ヵ月
（ずいぶんながいあいだ、たのしんだんですね）

オプンティア

なにかの宣明が下ったその日
スプラトゥーン２でガチアサリＳ＋を保持し
こころ安んじた私は夜半に疾駆する
チャリンコで疾駆する
安んじた挙句に
「彼」を救わなければならない
絶対に救わなければならない

時に午前の零時
こんな時間に彼を救出しようとしている私は
エライ方たちに問いただされる危険性をはらむ私は
「社会的に」キツイ存在であるとは思うけれども
ま、それはそれとして
堪忍

ただサボテンを見捨てたくないだけだと述べても是非はなく
堪忍

それで特に噛わない誰もそうか
堪忍

今おっさんがなぜか深夜にチャリンコ必死でこいでるな
なんのために
(社会? 法? 道徳? 誰? 誰だお前は誰なんだ?)
堪忍

彼を見殺しにできる世界なんだからべつにもういいんじゃない
あなたに愛想を尽かしているのはあなた方なんだから
（最初から結果はわかってるでしょう）
堪忍

「路肩に放置され死にかかっている彼を救い出したいと思いまして
それに彼を目撃してしまう方の心痛を思うと」
「はい。じゃあとりあえずコッチで話聞くから一緒に来てね」

さて
そしたら意外に意外
私の今晩の現場では
まずしい土地のまばらな街灯に照らし出されて
彼は正々堂々と路肩の薄い地に根を張り愚直に植わっているのだ
（生きている　彼は生きている）

私の見落としがあったのかなんでまた今晩に限って
（ニンゲンはもしかすると正気に返る時もあるか
見放したサボテンを植えなおすとか生命力がどうたら疑惑の数刻の）

正義人であり執行人らしいおっさんはちょっと困惑する

彼を救いだす私の「正義」（大義？）はどうなるのか
お前を救いだすためだけに私は半年苦悩してここまでひとり来たんだよ
いやいや
生涯をかけてと言ってもいいんだよ
おい

私はユニクロのウィンター仕様手袋（左のみ）で彼
ウチワサボテンの君（きみ）の株をひっつかんでひきむしり
（荒々しいですね　根から完全に断裂する）
用意しておいたビニール袋になげこんだ
この野郎

私の正しさをお前も侮辱するつもりか
あ？
ええ加減にしろよ

オンブレ

俺は救ってやるんだよコイツを
救ってやる
汚らわしいヤツラからまもらんとする清らかな行いだこれが私の
彼はこれ以上奪われることはなく
水と蔑視に不安なき清浄の地を約束する
あなたたちが責をとらず目をそむけてきたツケを私が払ってあげる

俺が代わりにケジメつけてやるよ
俺はまっとうなことをやっているんだ
だがお前たちはまっとうなことをやってきたニンゲンをとことん罰し尽くしてきたな
それで堪忍とかほざき

たのしんできたな

それからそれから

ん？

家に戻ったとても偉い偉い私はウチワサボテン君の芒刺にめっためたにやられ
（生命は正当にあがく）
トゲ抜きに2時間かかった

お前の逆刺（さかとげ）はすごく痛かったよ
見事に返し付きだし

見事？

確かに誰かが
（それは「かれ」か）
あなたのいのちを奪うものから

あなたと私を天罰的にまもろうとして
あなたのナニカを伸張させたのだろう
（知ったこっちゃないさ誰が？）

その委細と細工はそれでも
それでも悔やまれるにせよ
無念極まりないにせよ

「かれ」は彼を救い出そうとする私から
私を罰しようと思ったか
それが「かれ」の本義か
そうであればかなしい

うん見事によく出来てるよそれはご意志
そこまでアメイジングではないゆるくやさしい
白濁して美味しい
「かれ」の清浄なラードの恩寵
とろけちゃう

白濁していて
とろけちゃう

人の子の加剤（カンフル）も「かれ」の秘跡も
たぶん彼は超えて
とろけちゃって
いい具合で

あなたは
私はもう死んじゃうみたいに照れながら平伏坐臥していたけれど
実際
私にあなたを突き刺した

だから
絶対に忘れない

だからその先になにがある？
言ってみろ

私は痛かった
今も痛むから

オプンティア

お前を殺す
殺してやる

私はお前を救いたいと思ったが
お前はやっぱり拒絶したというわけか
やっぱりイヤだったのか

ん？
なんだその不服そうなツラは
イヤならイヤと正直に言わんかい

なにも言わなくても誰かが配慮してくれるとでも
チラリとでも思ったんか
この野郎
そんなにやさしい世界だとちょろりと甘えたか
この野郎

お前の美質なんざ
野ざらしの卑劣な哀願

ビッチ
お前の汚らわしい哀願と
私の窮迫の
どちらがビッチだ
猛るビッチが最も美しいかそうか

このビッチなサボテンよりも俺は美しいビッチか
GOD　I'm bitchest.
BICTHEST.

平衡と天秤
とかの卑しい言語感覚的格闘はあくまでニンゲン同士でやってください
どうぞお願いします

あの時
褐色に変じたに過ぎないあなたは
あまりとても切なくはなく静止したままだった
ただ誰においても軽薄な媚態
イイねそういうかわいらしい生命的に正直な土下座

オプンティア

あなたを軽蔑しながら謝る彼ら
わかりきっていて殺意すら起こらない自らを値切り通したあなたの哀願
それはあなたをも値切り通していて
みんなにおいしいんだからその茶番は
でもそれで全員のハラはふくれない

一生やればいい
やり続けろよ
お前それで勘違いしたのか
ニンゲンなど相手にする価値もないと
なめるなよクソサボテンのごときが
ニンゲンのごときが

君だけが心地いい
せこい切望

誰かから救ってもらえるとか
サボテンとか
ニンゲン流に期待しちゃったのか
そういう地球的（not 地上的）アピールは金輪際しないでもらいたい
この野郎

バカにはそれが
sensitive な映像になるのだろうから
お前にもアイツラにもおカネが滾々(こんこん)
湧くようれしいね万歳
バンジャーイ
だろう

うれしいなあ

うん
おカネはハートにキューンとくるよ
最高だ

ありがとう
みんな幸せだ
ありがとう

オプンティア

お前は宇宙みたいにワキガ臭くて
きたならしい
お前は救われたくなかったか
（タイミングと熟慮、知識の問題）

あなたと私は
どうなんだ
もうわけがわからないな
あなたはなにを願った
私は問わなかった

オプンティア

誘拐捕獲保護したビニール袋在中の
完全に無防備で無抵抗な彼を
玄関に叩きつけ
一五〇〇円で贖って三年履き潰している

人工皮革がぼろちょんにはげ落ちたシューズにおいて彼を
（あなたはこのシューズにおいて時代の惨たらしい蔑視を受けながら
時代を借り着にしてあなた自身をお上手に守ってましたね）
かかとで執拗に徹底的にすりつぶしながら
私は独り吠え猛り
うさん臭く例のバンジャーイもして
もろ手で胸をかきむしるような
意図的で凡庸なダンスを君に捧げた

いつもの無精で爪の手入れを怠った私と
ついに救われなかったあなたは
平等に割(さ)かれて体液をこぼしたね

オンブレ

GOD　I' m bleeding.
BLEEDING.

私はもう生き物ではないと思ったし
その時
宇宙は割れた

きづくと
ニンゲンは死滅したし生命体は残っていなかった
どうでもいいでしょう
あなたはとてもかわいそうね
(もうやめてくれ)

オプンティア

俺はお前を助けだしたかっただけなのに
やっぱりこういう余計なコトをするよな
いつもだよ
いつもいつもコレなのか
コレがお前常套の腐った手管か
(何も知らないくせに?)

オプンティア

すりつぶした彼の遺骸を
ファミリーマート（サークルKは買収され消滅しました）
店内のゴミ箱にビニール袋装束のままさっくり捨てて
『お～いお茶　濃い茶』を買って涼しい顔して自動ドアをくぐる
殺害の証拠隠滅は基本的には無事終了
動機は怨恨なりでどうぞ
それで全てはご留飲ちょうどあなたにいい塩梅でしょう
（芒刺の痛みは私に永続する）

オプンティア

オプンティア
彼は逝ったよ
さようなら
私が殺してしまったよ

オンブレ

助けてくれ
殺してくれ
とか
なんたらのおべんちゃら特盛に加えて
半ば脅迫して深夜業務のアルバイターに供出させた
真実の紅ショウガ添加して
持ち帰り断裂サボテン弁当を
塩素くさい水道水すすって食(は)みながら
玄関に座り込むあなたは

かわいそうに
泣いている

泣いているよ

オンブレ

彼の遺骸から沁みだした液体で汚染され
清められた玄関の上で
私は四肢もがれてうち伏した

玄関を這いずりながらざらっとなめずったけど
そこに砂(さ)はある
血痕はない

もうなにもない
（君もずっと知っていた）
あなたには本当にもうなにもないね

かわいそう

GOD　I’ m bleeding.
BLEEDING.

そうだ
君がいつまでもそこにいるから
こんなことをくりかえさなければならない

オンブレ

死にそうな彼とか
それを見る君とか
彼を赦さない私とか

オプンティア

あなたはいつも
絶え間なく仮借ないけれど
今回はさすがにまいったよ
どうしてくれる

オンブレ

私は逝ったよ
さようなら
あなたが殺してしまったよ

オンブレ

私とあなたがいる
世界を初めてみる

# 初出一覧

| | | |
|---|---|---|
| きれいな断面 | 破滅派ウェブ[*1] | 二〇一六年 |
| ぱるんちょ祭り | 私家版 | 二〇〇二年 |
| 『田園交響楽』研究 | 卒業論文 | 二〇〇三年 |
| Re: 現代文 | 破滅派創刊号 | 二〇〇七年 |
| Re: 現代文解答例 | 破滅派二号 | 二〇〇七年 |
| ていうかさ | 破滅派三号 | 二〇〇八年 |
| 対話篇 | 破滅派三号 | 二〇〇八年 |
| 救出 | 破滅派四号 | 二〇〇九年 |
| だるま落とす | 破滅派六号 | 二〇一〇年 |
| クロニック・ペイン | 書き下ろし | |
| ぱるんちょ巡礼記 | 破滅派ウェブ | 二〇一五年 |
| ふたり | 破滅派十号 | 二〇一四年 |
| ゆすらうめ鉱 | 破滅派ウェブ | 二〇一五年 |
| 時計 | 破滅派ウェブ | 二〇一五年 |
| リバレイト | 破滅派十号 | 二〇一四年 |
| ざくろ | 私家版 | 二〇一四年 |
| 幸福の回収 | 金沢文庫[*2] | 二〇一二年 |
| コール・ミー | 書き下ろし | |
| 犯人 | 破滅派ウェブ | 二〇一八年 |
| 布告 | 私家版 | 二〇二〇年 |
| 最後の文学者 | 私家版 | 二〇二一年 |
| 90m走 | 私家版 | 一九九〇年 |
| 地球ファミリー | 私家版 | 一九九〇年 |
| 雪とぼく | 私家版 | 一九九〇年 |
| 五年生の思い出 | 私家版 | 一九九一年 |
| オプンティア | 書き下ろし | |

＊1　https://hametuah.com

＊2　油田主催の同人誌

**楽曲**

〝渚のバルコニー〟作詞・松本隆

〝CALL　ME〟作詞・YOSHII LOVINSON

JASRAC 出 2401472-401

ぼくは君がなつかしい　ほろほろ落花生全集

著　ほろほろ落花生
編　高橋文樹
装丁　榎波治樹
題字　伊藤良一
挿絵　ほろほろ落花生
発行者　高橋文樹
発行所　株式会社破滅派
東京都中央区銀座1－3－3　G1ビル7階1211
https://hametuha.co.jp
印刷所　株式会社エーヴィスシステムズ
二〇二四年四月二十九日　初版発行

ISBN978-4-905197-08-9